구씨네 정미소

이경희 장편소설

구씨네 정미소

2025 당진 문학인 출판사업

작가의 말

고향에 정착해서 쓴 첫 장편이다.

그야말로 적막한 시간의 연속인 이곳이 소설 쓰기에 최적이라고 생각했는데 큰 착각이었다.

틈만 나면 밭에 엎드려 있는 엄마도 챙겨야 하고, 돌아서기 무섭게 자라는 정원의 잡초와도 씨름해야 하고, 고양이와 개, 하물며 텃밭을 탐내는 고라니까지, 신경 쓸 일이 한둘이 아녔다. 그런 일에만 매달려 살기에 나한테만 집중했던 고향 밖의 시간이 너무 길었다. 하지만, 시간이 갈수록 풀을 뽑고 고양이와 장난을 치고 엄마의 간식을 만드는 일이 고요한 일상의 일부로 자리잡았다.

어쩌면 이곳이 나를 위한 마지막 안식처라는 생각으로 바뀌면서 이야기에 대한 고민이 시작되었다. 전작 "불의 여신 백파선"과 "늙은 소녀들의 기도"에서 나는 거칠게나마 주체적으로 살아가는 여성을 그렸다. 특히 국가와 사회 혹은 어떤 공동체라는 미명 아래 희생당하거나 폭력에 노출된 여성들의 문제를 다루고 자 했다. "구씨네 정미소" 역시 일제강점기와 한국전쟁이라는 비극적 서사에 휘말리면서도 자신의 정체성을 잃지 않고 주체적인 삶을 살아낸 여성의 이야기다. 희미한 역사로 기억되기 쉬운, 그래서 더 내 가까이 있는 포구와 산, 들 그리고, 그때의 우리가 어떤 시간을 견뎌왔는지 소설로나마 되살리고 싶었다.

창작은 결국 자신의 이야기라는 것에 공감할 수밖에 없다. 내 소설 속 주인공들은 내 엄마와 나 그리고 그 시대를 살아낸 모든 여성이다. 31년생 엄마가 호미질하다 풀어놓은 넋두리는 우리가 알아야 할 역사의 진실이었고, 마늘 껍질을 벗기다 들려준 엄마의 하소연은 우리가 다시는 겪지 말아야 할 국가의 폭력이었다. 엄마에게 퍼붓듯 짜증 냈던 내 잔소리는 부조리한 사회와 세상에 대한 고발이자 화해의 손짓이었다.

농촌의 시간은 도시의 시간보다 엄청 빠르다. 몸이 고달파 다른 생각할 겨를이 없다. 그래도 일 년 동안 매달린 끝에 소설을 완성했다. 책을 낼 때마다 그렇지만, 아쉬움과 부족함이 넘치는 것 같아 부끄럽다. 그러나 소설은 이야기고 내 이야기에 충실했다. 누군가 음학이 아닌 음악이라고 했듯, 내 소설 역시 문학이 아닌 즐거운 문악으로 읽어주었으면 싶다. 내 소설 속 주인공들이 큰 목소리를 내지 않고도, 자기 인생을 충실하게 살아냈듯이, 지금을 살아가는 그들도 작은 목소리의 주인공으로 빛났으면 싶다. 아무도 봐주지 않고 아무도 들어주는 이 없어도 자기만의 노래를 멈추지 말았으면 한다.

"구씨네 정미소"의 시작은 쌀농사에 대한 애정에서 시작되었지만, 이야기의 실마리를 제공해 준 사람은 백 선생(싱잉볼 명상가, 생태정원지기)이다. 그녀와 꽃과 나무, 삶에 관해 이야기하는 것은 언제나 즐겁고 유쾌하다. 이방인이나 다름없는 고향에서 함께 밥을 먹고 이야기 나눌 수 있는 도반이 있다는 것은 참 행복한 일이다.

화려하게 피었던 수국과 백일홍이 지고 있다. 겨울이 오고 있음이다. 시들어가는 꽃을 보며 벌써 내년 봄을 기다린다. 꽃을 심고 가꾸는 일은 계절의 순환에 순응하는 일임을 배운 까닭이다. 한 알의 씨앗이 꽃을 피우기까지 아니 하나의 이야기가 완성되기까지는 흔들리고 버티고 견뎌야 한다는 것을, 그렇다고 모두가 크고 화려한 꽃을 피울 수 없다는 것을 알면서도 나는 또 꽃씨를 모은다.

2025년 가을, 이경희

차례

1. 모이라이 23호점

아버지의 콧수염은 구씨 가문의 저주였다.

그 기이하고도 비밀스러운 아버지의 콧수염을 볼 적마다 그는 가문의 저주가 왜 자신을 비켜 간 것인지 두려웠다. 아버지가 가끔 콧수염을 만지며 어떤 상념에 잠겨 있는 듯 보이면, 왠지 잊고 있던 구씨 가문의 불행을 더듬는 것만 같았다. 그러나 끊어질 듯 끊어지지 않고 이어진 그놈의 저주도 아버지가 죽으면 끝이었다. 아버지한테 남은 것이라곤 쓸모없는 기억과 채워지지 않는 식욕뿐이었다.

그는 아버지의 기억과 식욕이 하루라도 빨리 사라지길 바랐다. 아버지의 왕성한 식욕은 가사도우미가 해결해 줄 수 있지만, 쓸모없는 기억을 처리해 줘야 할 상대는 그였기에 항상 아버지 눈에 띄는 걸 경계해야 했다. 아버지는 그만 보이면 다가와 말했다.

"함흥역에서 기차를 타고 동경성역으로 가던 중이었다. 그곳 어딘가에 있는 가축시장에서 내 사촌이 일한다는 소식을 들었어. 맨손으로 집 나가 성공했다는 사촌 얘길 들으니 나도 할 수 있겠다는 생각이 들었다… 어렵게 표를 구해서 기차를 탔는데 글쎄! 순사 두 놈이 몸도 성치 않은 여자를 구석으로 몰더니 아랫도리를 벗겼어. 나쁜 놈들!… 아는 여자였는데, 나도 도망자 신세라 도와줄 수가 없었다. 잡혀갈까 봐 모른 척했다."

아버지는 그가 화장실에 들어가기만 하면 문 앞을 서성이며 말했다. 화장실에서 나온 그는 젖은 머리를 털어내며 또 시작이냐고 소리쳤다.

"아버지, 그 얘기 그만하세요. 70년도 더 지난 일이에요!"

그가 머리 닦던 수건을 세차게 바닥으로 내던졌다. 그의 눈빛을 읽지 못하는 아버지는 한 발 더 다가와 끝나지 않은 이야기를 이어갔다.

"아니다. 모른 척한 것이 아니라 내 제삿날이라고 결심했다. 두 순사 놈 중 한 놈 먼저 때려죽이려고 주먹을 불끈 쥐고 달려 나갔다. 근데, 한 놈 뒤통수를 갈기고 나서 얼핏 바닥을 보았더니 글쎄! 하얀 쌀이 통로 바닥에 수북이 쌓여 있는 거야. 그러니까, 여자가 아랫도리 옷가지에 쌀을 숨겨 서울로 가던 중이었던 거지, 대단한 배짱 아니냐!"

"그만하세요!"

그가 소리쳤다. 첫 부분은 매번 달랐지만, 끝은 언제나 여자가 쌀을 빼앗긴 뒤 서둘러 옷을 입고는 아무렇지도 않다는 듯 제자리로 돌아갔다는 얘기였다. 아버지와 분명 눈이 마주쳤는데도 모른 체하며 사라졌다는 여자를 아버지는 왜 평생의 기억인 양 자꾸 꺼내는 것일까.

그래서 그 여자와 그다음에는 어떻게 되었느냐고 묻고도 싶지만, 아버지의 불안전한 기억에 관심을 보이면 알고 싶지 않은 이야기의 끝을 들어야 할지도 몰랐다. 아버지의 다른 기억은 신경이 쓰이지 않는데 이상하게 그 여자에 관한 이야기는 그를 불편하게 만들었다. 아버지는 기억나지 않는 그의 엄마에 관한 이야기는 한 번도 꺼내지 않으면서 그 여자 얘기를 수시로 꺼냈다. 어릴 적에도 그가 엄마 얘기를 꺼내면 못 들은 척하거나 화를 내며 다시는 엄마에 관해 묻지 말라고 했다. 그가 아버지에게 등을 돌리고 마음을 닫은 것도 그 때문이었다.

그는 그 여자에 대한 아버지의 기억이 그리움인지 아니면 좋지 않은 인연에 대한 트라우마인지 헷갈렸다. 이야기의 정황상 전자보다는 후자일 가능성이 클 테지만, 그마저도 더는 쓸모 없어진 주판 같은 것으로 여겼다. 그는 낡고 빡빡해져 계산의 기능을 상실한 주판알을 상대하고 있을 만큼 한가하지 않았다.

중견기업 한섬은 각종 식료품과 음료 등을 취급하는 프랜차이즈 회사로 성장 중이었다. 그중 22개의 직영점으로 운영되는 카페 모이라이는 국내는 물론 해외에서도 성장세를 이어가고 있어 경영자인 그는 하루를 분 단위로 쪼개 써야 할 만큼 바빴다.

"아줌마, 아버지 산책 좀 시키세요."

그가 주방에 있는 아줌마를 불렀다. 아버지의 얼굴빛이 금세 어두워졌다. 그의 부름에 총총히 걸어 나온 아줌마가 아버지 몸을 현관쪽으로 돌려세웠다. 아버지도 알고 있었다. 아줌마가 나타나면 하던 일을 멈춰야 한다는 것을. 반항하지 않고 순순히 아줌마를 따라가야만 자신이 원하는 음식을 먹을 수 있다는 것을 잘 알았다.

그는 서둘러 집을 나왔다. 대기하고 있던 기사가 그를 깍듯이 맞았다. 은발의 작고 뚱뚱한 남자였다. 작고 마르고 눈만 횡했던 젊은 시절의 기사는 그의 아버지와 다르게 편안하고 안정감 있는 모습으로 늙었다. 몸은 반듯했고 말은 정확했으며 제 일에 성실했다. 그는 기사가 자신의 역할에 충실한 사람이고 한결같다는 걸 인정하면서도 자신이 기사에게 매우 호의적인 사람으로 비치는 걸 원치 않았다. 그는 웬만해선 기사와 말을 섞지 않았다. 말 한마디 하지 않아도 기사가 알아서 행동했기 때문에 말할 필요를 느끼지 않는다는 것이 정확했다.

그가 차에 오르자, 기사는 두 손으로 조심스럽게 차 문을 닫고는 경박해 보이지 않는 걸음으로 운전석으로 되돌아갔다. 여느 때와 다름없는 출근길이었다. 담장이 지나치게 높은 동네 골목을 빠져나오자마자 한남대교로 진입하는 도로가 나타났다.

그는 반짝이는 물빛으로 가득한 한강에 시선을 주지 않았다. 여러 장으로 겹친 서류에만 집중했다. 집에서 본사가 있는 압구정 사거리까지는 십 분이 채 걸리지 않았다. 그가 출퇴근 시간을 아끼기 위해 동대문에 있던 집과 본사를 한남동으로 옮겼기에 가능한 일이었다. 그는 마지막 서류를 빠르게 읽어 내려갔다. 모이라이 유치를 위해 당진에서 보내온 서류였다. 그는 중요한 사안을 결정해야 하는 서류는 차 안에서 검토했다. 짧은 시간에 가질 수 있는 집중력 탓이었다. 넓고 쾌적한 사무실에선 비교적 가벼운 일 처리를 하고 깊게 고민해서 결정해야 하는 일은 차 안에서 보는 것이 효율적이었다. 차가 사거리에서 좌회전 신호를 받자, 그는 보던 서류를 정리해서 가방 속에 집어넣었다. 그러고는 잠깐 생각에 잠겼다.

주차장으로 들어가기 전 그는 검은색과 흰색으로 치장된 모이라이 건물을 올려다보았다. 주변 건물들과 조화를 이루진 않지만, 세련되고 아름다웠다. 검은색과 흰색은 모이라이의 상징색으로 모이라이 매장에서 사용하는 모든 집기와 용기, 온라인에서 판매되는 굿즈도 검은색과 흰색을 기본으로 만들었다. 본부장인 그가 직접 하나하나 관여해서 만든 것들로 시장의 반응도 매우 좋았다. 모이라이의 성장은 그가 다른 것들을 포기하고 얻은 대가였고, 그의 삶의 목표는 그래서 모이라이가 세계적인 기업이 될 때까지 쉬지 않고 일하는 것이었다.

모이라이는 15층 건물로 1층과 2층 3층은 본점 카페로 쓰이고 나머지 층은 프랜차이즈 업종의 경영전략실과 영업, 마케팅, 기획, 홍보 등 모이라이 직영점을 이끄는 핵심 부서들이 있었다. 본사와 직영점 직원들까지 오백여 명이 제 역할을 하도록 기획하고 설계하는 곳이 본부이고 그가 총책임자였다. 그는 카페 모이라이 본사에 도착하는 순간, 청량리 청자다방 구씨 아들이 아니라 모이라이 본부장으로 불리었다.

이른 시간인데도 모이라이 카페 광장 테라스에는 브런치를 즐기는 사람들로 꽉 차 있었다. 카페테라스를 유심히 살펴본 그가 누군가에게 전화를 걸었다.

"테라스 4번 테이블 옆에 있는 바닐라 프레이즈 목수국이 시들었군요. 그거 치우고, 봄꽃으로 바꿔 놓으세요."

프레이즈 목수국의 탐스러운 꽃송이가 누렇게 변한 지는 오래되었다. 내내 지켜봐 왔던 그는 오늘에서야 매니저에게 불만을 표시했다. 직원들에게 존경받는 경영자보다는 그들에게 모이라이에서 일한다는 자부심과 우월감을 느끼게 하는 것이 중요했다. 때문에 그는 잔소리와 갑질 따위는 하지 않았다. 대신 제 역할을 온전히 해내지 못하는 직원에게는 다음 승진 심사에서 불이익을 주었다. 그런 경영철학을 만든 것은 아버지 영향이 컸지만, 그는 아버지처럼 사업하고 싶지는 않았다. 아버지는 이름뿐인 모이라이의 사장일 뿐이었다. 그는 누구나가 아니라 누구보다 특별한, 모두의 것이 아닌 우리만이 공유할 수 있는 기업의 가치를 만들어 가는 중이었다.

카페 모이라이에서 가장 많이 팔리는 것은 우월감이었다. 크고 화려하고 비싼 그 우월감을 한번 맛본 사람들은 어떻게든 모이라이를 다시 찾았다. 그들은 저마다 번호표 하나씩을 들고는 불평 한마디 없이 오랜 시간을 기다렸다. 마치 천국행 표를 손에 쥐고 신이 불러 주길 고대하는 모습이었다. 그들이 표를 받고 기다리는 것을 당연하게 만든 것이 모이라이의 힘이라면, 그 힘을 키워 몸집을 불리게 하는 것은 우월감에 빠진 손님들이었다. 덕분에 모이라이의 유명세는 갈수록 커졌고, 쇠락해 가는 도시일수록 모이라이를 유치하려 안달이었다.

덕분에 모이라이 23호점은 아시아 최대 규모로 홍콩에 지어질 예정이었다. 그러나 당진시에서 제안하는 세제 혜택과 특혜가 상당해서 애초 계획을 수정하게 되었다. 한 건물에 호텔과 카페를 열기로 한 계획을 홍콩에는 호텔를 당진에는 카페를 하는 쪽으로 사업을 변경했다.

당진시는 충청권에서 꾸준히 성장하는 도시였다. 대기업과 중견기업이 들어서고 외국인 투자로 해양레저산업도 활발하게 성장하는 중이었다. 제2서해안고속도로가 뚫리면서 서울과의 거리가 짧아졌을 뿐만 아니라 젊은 인구가 늘어나 도시 분위기도 이전과 달랐다. 서해안 개발이 시작되기 전만 해도 군 단위의 작은 시골에 불과했던 당진은 대도시 못지않은 활기가 넘쳤고, 소비를 부추길만한 세계적인 브랜드가 시가지를 꽉 채웠다.

당진은 이번이 세 번째 방문이었다. 모이라이 본부장인 그는 당진시 담당자를 만나 최종 계약서에 서명한 뒤, 시가 추천한 23호점 후보지 세 군데를 돌아볼 예정이었다. 처음부터 당진시에 모이라이 23호점을 만들겠다고 생각한 것은 아니었다. 마케팅 팀장이 올린 후보지에도 당진시가 있었고, 받아본 제안 중 당진시의 혜택이 가장 매력적이었다.

솔직히 그는 아버지 얘기는 꺼내기 싫었다. 아흔일곱의 아버지는 조금도 미래지향적인 생각을 하지 않았고, 당신이 과거에 어떻게 살아왔는지만 중요하게 생각했다. 아버지가 함경도 피난민으로 자수성가한 사람이라는 것은 알고 있지만, 아버지의 삶이 특별하다거나 대단하다고 생각하지는 않았다. 아버지는 그저 그 시대를 살아온 수많은 사람 중의 한 경험자일 뿐이고, 세상의 자식이 모두 아버지를 존경하지 않는 것처럼, 그에게 아버지는 그저 아버지에 지나지 않았다.

피난민이던 그의 아버지는 청량리에서 작은 국밥집을 해 밑천을 만들었고 그 돈으로 다방을 차렸다. 모이라이의 전신이라고 할 수 있는 청자다방은 청량리 국밥집 이층에서 1980년대까지 운영했다. 당시 그는 뉴욕에 있는 한 대학의 MBA 과정을 공부하던 중이었다. 자신이 왜 고등학교 때부터 유학을 가야 하는지 이유를 알지 못했던 그는 공부를 마치고 돌아와서야 아버지가 자신에게 청자다방을 물려주기 위해서였다는 걸 알게 되었다.

그깟 다방을 물려주려고 어린 나이에 미국으로 보내졌나 싶었던 그는 귀국해서도 청자다방은 쳐다보지도 않았다. 일자리를 알아보려 대기업에 이력서를 돌리며 빈둥거리던 어느 날, 그는 청자다방이 설탕투성이 멀건 커피나 파는 곳이 아니라는 걸 알게 되었다. 청자다방은 황금알을 낳는 거위가 아니라 동대문의 큰돈이 모이게 하는 곳이었다. 커피 한 잔 값은 별거 아니지만, 그 커피가 열 잔 백 잔의 현금으로 변신해 동대문을 한 바퀴 두 바퀴 돌아오면 집 한 채 값이 되었다. 그의 아버지가 동대문의 큰 손이 되기까지 아니 청자다방이 돈줄 역할을 하기까지 걸린 시간은 그러니까 십 년이 채 걸리지 않았다.

그때야 그는 청자다방이 자신의 미래라는 걸 알았다. 아버지가 만들어준 미래가 아니라 청자다방을 얻기 위해서 자신이 원치도 않는 공부를 했고 대기업 입사의 꿈을 포기했으니, 자신이 청자다방에 대한 권리를 갖는 것은 당연하다고 생각했다.

그러나 청자다방의 모든 것은 달라져야 했다. 부의 가치를 아버지에게서 자신에게로 이동시키려면 촌스러운 상호도 바꾸어야 하고, 설탕투성이 커피도 아메리칸 스타일로 바꾸어야 구멍가게 다방 이

미지를 벗을 수 있었다. 커피잔과 인테리어, 경영방식까지 청자다방의 색깔을 모두 지우고 글로벌하고 세련된 문화를 선도하는 곳으로 변화해야만 했다.

그는 예전과 달라졌다. 다행히 아버지는 그가 주도하는 변화를 반대하지 않았다. 반대하기에 아버지는 너무 늙어버렸다. 무슨 말을 해도 논리는커녕 앞뒤조차 맞지 않았고, 요즘에는 가끔 대소변까지 실수했다. 구십 넘어 통제력과 조절 능력을 잃어버리는 것이 이상한 일은 아닐 것이다.

㈜한섬기업의 모이라이는 오늘 23번째 도약을 위해 중요한 결정을 내렸다. 당진시로 가 모이라이를 세울 입지를 고른 뒤 시장과 최종 계약서를 교환할 예정이었다. 짧은 부서 회의를 마친 그는 경영전략실 박 팀장과 출장길에 나섰다. 당진시까지는 두 시간 남짓 걸려 점심 전에는 도착할 수 있었다. 박 팀장과 그는 차 안에서도 계속 모이라이 13호 점에 관해 이야기를 나누었다.

"본부장님, 13호점 컨셉을 '산업과 예술의 공존'이라고 잡은 것은 잘한 것 같습니다"

"아까도 말씀드렸지만, 시는 짧은 시간에 산업도시로의 면모는 갖췄지만, 문화 예술에 대한 인식은 매우 부족한 것 같습니다. 지난번에 미팅한 그 시청 직원이 그러는데, 젊은 인구가 많이 유입되기는 했는데, 문학이나 음악 미술 같은 교양 강좌는 학기마다 수강 신청자가 없어 개강하지 못한대요."

"그러니까 모이라이가 필요한 거야. 모이라이가 제공하는 음악과 문학 철학은 따분한 강의가 아니라, 특별함을 느끼게 하는 마법의 공간을 제공하는 거지. 문화와 예술이라는 상품만큼 신분 차이가 뚜렷한 것도 없어. 그래서 우리는 커피를 파는 것이 아니라 앞서가는 최고의 예술을 파는 거야."

"본부장님 말씀이 맞습니다. 요즘 고등학생들 사이에도 좋아하는 여학생에게 모이라이 펜던트를 선물하는 게 유행이래요. 모이라이가 죽었던 유행도 살려낸다며 반응이 좋아요."

박 팀장의 말에 그가 피식 웃었다. 이제는 모이라이에서 무엇을 팔든 하나의 유행이 되었다. 모이라이 로고가 찍힌 모든 상품은 각각의 이야기를 하고 있고, 디자인과 색은 하나의 작품이 되었다. 모이라이의 먹고 마시고 가질 수 있는 모든 것이 예술이고 새로운 문화가 되기까지, 그는 배운 지식과 아버지한테 물려받은 사업 수완을 발휘했다.

박 팀장은 그의 흡족한 표정에 안도했다. 박 팀장이 경험한 구 본부장은 속을 쉽게 드러내지 않는 사람이었다. 오랜 시간 함께 일을 해왔지만, 단둘이 밥을 먹거나 술을 마신 적은 없었다.

일하는 스타일은 정확하게 알고 있지만, 그의 사적인 영역은 아는 게 거의 없었다. 60 중반의 나이고 결혼하지 않았으며 유학파라는 사실만 알았다. 회사의 누구하고도 가까이 지내지 않아 그에 관한 어떠한 소문도 돌지 않았다. 그가 왜 그 흔한 염문설 한번 나지 않는 것인지, 혹시 세상이 몰라야 하는 비밀이 있는 것은 아닌지 가끔 의문이 들 때도 있었다.

구 본부장의 관심사는 오로지 모이라이뿐이었다.

"박 팀장, 세 곳 중 어느 입지가 좋을 것 같아?"

그는 당진시에서 준 제안 서류 중 한 장을 보여주며 박 팀장에게 물었다. 회의를 통해 이미 입지에 대한 장단점을 들었는데도 그는 박 팀장의 안목을 한 번 더 확인하려 했고, 박 팀장은 본부장인 그가 자신의 의견에 무게를 실어주려는 것에 흡족해했다. 최종 결정은 그가 할 일이지만, 무슨 일이든 독단적으로 행동하지 않는 스타일이 맘에 들었다.

"본부장님, 저는 최종 후보지로 오섬이 맘에 듭니다. 여기 산 아래로 펼쳐진 너른 논 가운데에 모이라이를 만들면, 고속도로에서 접근하기도 좋고, 포구는 사라졌지만, 주변 환경을 조금만 개발한다면 산과 바다 들을 모이라이 풍경으로 만들 수 있을 것 같습니다. 다른 후보지 두 군데는 평야 지대라 개발하기 쉽다는 이점 말고는 별다른 매력이 없습니다. 시에서도 오섬을 자꾸 거론하는 걸 보면 여기 땅값이 다른 두 곳보다 조금 싼 것도 같습니다."

그는 박 팀장의 이야기를 주의 깊게 들었다. 현장에 가 봐야 정확히 알 수 있을 테지만, 박 팀장의 안목은 한 번도 나쁜 선택을 하지 않았다. 그는 박 팀장의 그런 안목과 일에 대한 꼼꼼함을 신뢰했다. 물론 함께 일한 시간이 길어 손발이 잘 맞기도 했다.

"그럼, 이따 시청 담당자에게 오섬에 대한 설명을 더 듣고 결정합시다."

그의 말이 끝나자, 박 팀장은 보던 서류를 정리했다. 도착시간까지는 아직 한 시간 정도 남아 있었고, 그가 눈을 감았다는 것은 쉬겠다는 뜻이었다. 십여 년 전까지만 해도 그는 출장지까지 한 번도 눈 붙이는 법이 없었다. 회의에서 빠트린 사항을 쉼 없이 질문하는가 하면, 전달한 사항이 잘 진행되어 가고 있는지 확인하기에 바빴다. 박 팀장도 어느덧 사십 대 중반의 나이가 되었지만, 구 본부장도 적잖은 나이였다. 그의 외모만 본다면 박 팀장과 별 차이 안 나 보이지만, 아무리 관리 잘하는 몸이라도 시간의 정직함을 배반할 수는 없었다. 그도 곧 노인이라는 사회적 구분에서 자유로울 수 없을 것이었다.

두 사람이 잠시 눈 붙이는 동안 그의 운전기사는 속도와 소음에 신경 써가며 운전했다. 박 기사는 젊은 시절 동대문의 한 봉제공장에서 몇 년 일한 것이 사회생활 전부였다. 이후에는 청자다방 구 사장과 인연이 되어 기사로 일하기 시작했고, 구 사장의 아들인 그가 공부를 마치고 돌아온 다음부터는 그의 차를 운전했다.

시를 십여 분 남겨둔 기지시쯤에 이르자 가까이서 풍악 소리와 꽹과리 소리가 들렸다. 경찰들이 수신호로 차들을 멈춰 세웠고, 소리를 따라가는 사람들의 행렬이 이어졌다. 사거리에 걸린 현수막에는 기지시 줄다리기 축제 문구가 펄럭였다. 그는 축제장으로 가는 사람들을 보았다. 처음 들어보는 축제였다. 지역 농산물 축제는 들어봤어도 줄다리기 축제는 생소했다. 줄다리기 축제를 알리는 현수막에는 국가무형문화재 제75호 지정과 유네스코 인류무형문화유산에 등재되었다는 문구도 보였다. 박 팀장 역시 바깥 풍경을 호기심 있게 내다보았다. 줄다리기 대회 얘기는 들어봤는데, 실제는 어떤지 궁금한데요. 유네스코에 등재되었다면, 제법 큰 행사일 텐데, 모이라이하고 접목할 수 있는 일이 있는지 구경해보는 것도 괜찮을 것 같은데요? 그도 박 팀장과 같은 생각이었다. 기회가 생겼으니 직접 보는 것도 좋을 듯싶었다. 음식이나 술 등 특산물로 하는 지방 축제는 하도 많아 식상한 느낌이지만, 줄다리기는 왠지 다른 느낌이었다. 그럼, 잠깐이라도 구경하고 갈까? 그가 동의하자, 신호 대기 중이던 박 기사가 서둘러 유턴했다. 기지시 사거리에서 다시 돌아야 축제가 열리는 줄다리기 박물관으로 갈 수 있었다. 진입로부터 이미 자동차와 사람들로 붐벼 주차장까지 십여 분 이상이 걸렸다. 행사 참가자가 족히 수천 명은 되어 보였다. 행사장으로 가는 길 양쪽에는 등불과 깃대를 매달았고, 축제장 한쪽 천막에는 우승 마을에 줄 황소가 매여 있었다.

시민들이 200미터의 긴 줄을 옮기고 있었다. 깃발 든 사람들과 농악대가 풍악을 울리며 축제 분위기를 고조시켰다. 박 팀장과 박 기사도 그와 함께 구경꾼에 섞였다. 이처럼 흥겨운 축제는 처음이었다. 줄과 줄이 합쳐지고 본 줄과 곁 줄이 나뉘고, 암 줄과 수 줄이 끼워지자, 징 소리가 줄다리기의 시작을 알렸다. 양쪽으로 나뉘어 줄을 잡고 있던 사람들이 징 소리에 일제히 환호하며 줄을 당기기 시작했다. 너나없이 아무 곳이나 끼어들어 줄을 잡으면 그만이었다. 거대한 지네 형상의 줄이 마침내 꿈틀거리며 앞뒤로 밀고 밀렸다. 축제는 고조에 이르렀고 농악대의 꽹과리와 징 소리가 창공을 울렸다. 안녕과 풍년을 기원하는 깃발은 거인들의 춤사위 같았다. 오랜 전설을 새끼 줄로 이어지게 한 축제, 암 줄과 숫 줄이 성스럽게 합쳐져야만 풍년을 약속받는 축제, 그 모든 원동력은 결국 농사였다. 농사의 부산물인 짚으로 만든 축제가 줄을 타고 현재에 이른 것이었다. 짚으로 새끼를 꼬고 또 꼬아 이어져 온 축제는 영원하지 않은 삶의 간절한 염원이었다.

먹고사는 문제의 염원이 만들어낸 축제, 그러나 벼농사는 쇠퇴하고 있었고, 사람들은 밥 대신 빵을 더 자주 소비했다. 그야말로 축제를 위해 농사가 필요한 시대가 올 수도 있었다. 밥을 먹기 위해 농사를 짓는 것이 아니라 짚을 모으고 축제를 하기 위해 농사를 짓는 시대, 그래서 박물관은 삶의 전부였던 농사의 모든 것을 전시하는 공간이 되어버릴 날이 머지않았다면, 축제는 더 이상 줄의 의미를 잃어버릴지도 몰랐다.

그는 줄다리기 축제가 생경하면서도 애틋했다. 뭔지 모를 그 애틋함이 자꾸 눈길을 붙잡았다. 연결되고 이어지고 계속되어야만 하는 삶의 연속성을 지켜내려는 자들의 눈물겨운 투쟁처럼 보였다. 그의 아버지 구만석이 그래왔고 그가 모이라이를 지키기 위해 애쓰는 것처럼, 축제는 추모가 아닌 염원이었다. 모이라이 집기에 줄다리기를 직접 넣기에 좀 그렇고, 시에서 발간한 홍보 책자를 잡지랑 같이 꽂아두면 나쁘지 않을 것 같은데요? 박 팀장이 줄다리기 축제 감상을 말했다. 그의 생각은 박 팀장과 달랐다. 사실 농사는 이제 저물었다고 봐야 하지만, 젊은 세대들에겐 호기심이 생길 수도 있을 겁니다. 모이라이가 대지, 여신 같은 의미를 담고 있으니 줄다리기 축제 이야기와 접목하면 분명 좋은 아이템이 나올 것입니다. 역시! 본부장님은 탁월하십니다! 박 팀장은 제 생각이 부족했음을 인정했다. 본부장님, 그만 시청으로 가야 할 것 같습니다. 축제는 이제 시작이었고 국수봉 당제까지 지내려면 저물어야 끝날 것이었다.

그들은 약속 시간보다 한 시간이나 늦게 당진시에 도착했다. 시청 담당자가 박 팀장과 그를 반갑게 맞이했다. 담당자는 모아라이를 위해 시에서 할 수 있는 모든 혜택을 동원하겠다고 했다. 지방은 인구 소멸이 가팔라 사람과의 전쟁 중이라고, 젊은 인구 유입을 위해서 시장이 모든 사활을 걸었으니, 모아라이가 당진시에 입주해도 손해 보는 일은 없을 거라고 했다. 사십 대의 담당자는 활기가 넘쳤다. 책상 위에 펼쳐놓은 서류에 사인만 하면 되는데, 담당자는 그보다 자기 말이 훨씬 설득력 있음을 강조했다. 박 팀장과 그는 담당자의 밝은 에너지에 호응하지 않을 수 없었다. 이미 결정한 일에 대해 추가 옵션을 제안받는 느낌이라 당진시에 관한 관심이 더 높아졌다.

문득 떠오른 듯 그가 담당자에게 물었다.

"해양레저 관광 복합단지 완공이 3년 후라고 한 거 확실하죠?"

시 담당자가 펼쳐놓았던 서류 중 한 장을 가리키며 자신에 찬 소리로 말했다.

"확실합니다. S기업 반도체 생산공장이 내 후년에 완공되고, 베트남으로 생산기지를 옮겼던 H사도 이번에 우리 시의 산업단지로 이주하기로 했습니다. 앞으로 2~3년 후에는 지금의 시 인구보다 3~4만 명이 더 늘어날 거라고 예상합니다. 현재 젊은이들한테 한창 뜨고 있는 강릉이나 고성, 양양 같은 곳보다 훨씬 인기가 좋을 거라고 확실합니다. 제3서해 고속도로도 완공되었고, 도시고속철도까지 곧 개통되면 당진시는 수도권보다 접근성이 좋을 것입니다. 지난번에 시를 돌아봐서 아실 테지만, 별 다방만 해도 다섯 개나 있고, 유명 요리사들이 운영하는 맛집도 거의 다 있습니다. 소비 인구가 그만큼 많다는 뜻이지요.”

담당자가 말하는 중에 박 팀장이 슬쩍 그의 눈치를 살폈다. 지난번에도 했던 이야기를 담당자는 똑같이 반복했다. 구 본부장은 같은 이야기 반복을 싫어하고, 아직 닥치지 않은 미래에 대해 지나치게 장담하면 이내 표정이 굳어지는 스타일이었다. 아나나 다를까, 한 가지 사안에 대한 답변만 확인하고 싶어 했던 그는 담당자의 장광설에 목소리를 낮춰 말했다.

“확신과 불확실은 한 끗 차이입니다. 장담하기는 이르니, 계약대로 잘 진행되길 바랄 뿐입니다. 저희는 시에서 추천한 세 곳의 입지 중에서 오섬포구가 있는 당산마을을 맘에 두고 있습니다.”

“시장님께서 오섬을 먼저 거론하신 것도 다른 두 곳과 달리 주민들이 거의 살지 않아서 땅값 문제로 크게 고민하지 않아도 되기 때문입니다. 얼마 전에도 산업단지 조성 문제로 주민들과 오랜 시간 마찰을 겪었습니다.”

담당자의 말이 끝나자, 박 팀장이 그를 쳐다보며 피식 웃었다. 그는 박 팀장의 추측과 시 담당자의 솔직함에 자신의 확신을 보태었다. 계약이 끝나기 전까지는 그 어떤 확신도 내보이면 안 된다는 것이 경영자의 태도였다. 상대의 패를 정확히 읽지 않고 자신의 패를 보여준다면, 한순간에 모든 걸 잃을 수 있었다. 성급해서도 안 되고 너무 늦게 결정해도 기회를 놓칠 수 있는 것이 사업이었다. 22개의 모이라이가 성공할 수 있었던 것은 그러한 치밀한 계산과 사업적 안목이었고, 그의 아버지가 청자다방과 사채놀이를 하며 터득한 사업 수완이었다.

시는 모이라이가 제시한 조건이 이행되지 않을 시 그에 따른 손해 배상 청구를 할 수 있다는 단서를 특별 조항에 넣었다. 문제가 생겨도 모이라이가 손해 볼 일은 없었다.

시 담당자가 그의 낮아진 목소리를 눈치채고는 서둘러 사인할 서류를 정리해 그 앞으로 밀어 놓았다.

"아, 네… 구체적인 내용은 계약서에 있으니 살펴보시고 저희는 최선을 다해 지원해 드리겠습니다."

그는 당진시와의 최종 계약서에 사인했다. 그의 아버지 구만석의 도장이 찍히고 그가 대리인으로 들어간 계약서였다. 모든 재산이 여전히 치매 걸린 아버지 명의로 되어 있는 것이 번거롭기는 했지만, 아직은 자신의 명의로 가져오고 싶지 않았다. 그리하면 막대한 증여세도 내야하고 모든 것을 책임져야 한다는 부담을 져야 했다. 또, 하나뿐인 자식이라 재산 싸움할 여지도 없거니와 가끔은 아주 멀쩡한 정신으로 모이라이 아니 청자다방이 만들어낸 신화에 대한 권리를 주장하는 아버지 때문에 지금은 본부장 역할로 충분했다.

아버지를 존경하지는 않지만, 아버지가 살아온 삶을 전부 부정하며 부딪치고 싶지는 않았다. 돈의 가치는 돈에 있는 것이 아니라 하는 일의 영역에 있었다. 그 가치는 어떻게 경영하느냐에 따라 부의 가치를 만들었다. 그는 일하는 개미와 여왕개미의 신분과 역할이 다르다고 생각했다. 신분은 돈을 벌었다고 높아지는 것이 아니라 역할의 가치에 따라 신분이 달라지고 돈은 그 역할을 만들기 위한 수단일 뿐이었다. 그는 아버지와 다른 가치를 만들기 위해 지금의 역할에 충실할 때이고, 그리하다 보면 부의 가치는 당연히 그의 것이 된다고 믿었다.

계약서에 사인을 마친 그는 다음 일정이 있어 서둘러 일어섰다.

"제가 현장까지 모실까요?"

시 담당자가 앞장서며 함께 가기를 원했다.

"아닙니다. 현장은 박 팀장과 둘이 천천히 돌아보지요."

그가 박 팀장을 바라보며 말하자, 담당자는 한발 물러서며 멋쩍은 미소를 지었다. 점심 일정까지 잡아놓았던 담당자는 그의 태도에서 그럴 필요까지 없다는 걸 깨달았다. 보통의 업자들은 담당 공무원과 밥과 술을 먹으며 친해지려 하고 힘든 일이 있을 때마다 도움을 요청하는데, 그는 그럴 여지를 보이지 않았다.

그는 담당자와 악수하고는 회의실 밖으로 나와 곧장 엘리베이터 쪽으로 걸어갔다. 뒤따르던 담당자는 시장님이 식사 자리 한 번 만들겠다고 하시더라는 말을 전하는 것으로 업무를 마쳤다. 박 팀장은 담당자와 가벼운 눈인사로 일갈하고는 구 본부장을 앞서가 엘리베이터 버튼을 눌렀다.

모이라이 23호점의 입지는 오섬포구를 끼고 있는 넓은 들 한가운데로 결정했다. 그는 사실 당진시로 오는 중에 이미 오섬포구로 결정을 한 상태였다. 입 밖으로 꺼내지는 않았지만, 마지막 사인을 하기 전에 결정을 내린 만큼 다른 부지에 대한 아쉬움은 없었다. 모이라이가 들어설 부지가 확실하게 정해진 만큼, 이제 땅을 보며 밑그림을 그려야 했다. 일차적으로 건축설계와 토목 전문가의 의견이 필요한 일이지만, 그는 매장을 열 때마다 전문가보다 먼저 입지 환경을 꼼꼼하게 살펴보았다. 모이라이의 상징을 살리고 입지에 맞는 콘셉

트를 극대화하는 것이 중요했다. 건축주의 생각을 제대로 읽지 못해 실패한 건축물을 만들어내는 걸 미리 막기 위해서였다.

그는 실패를 통해서 성공을 배운다는 말을 좋아하지 않았다. 실패는 경험이 아니라 패배이기 때문에 실패하지 않는 경험만이 진정한 성공이라고 할 수 있었다. 실패를 거듭해 쌓은 경험의 위험성은 예고된 실패조차 자신감으로 위장할 수 있었다. 청자다방을 하던 그의 아버지는 커피 한 잔조차 외상을 주지 않았고, 바로 옆에서 장사하는 친구들에게도 신용이 없으면 십 원짜리 한 장 빌려주지 않았다. 친구에게 술 한 잔은 사줄지언정, 외상값은 꼭 받아내는 것이 돈을 대하는 아버지의 철학이었다.

그는 살짝 들뜬 표정으로 대기하고 있던 차에 올랐다. 오섬포구로가 다시 한번 모이라이 입지를 확인하고 싶었다. 아침 일찍 서둘러 나왔고 점심때가 가까웠지만, 모이라이가 들어설 부지를 다시 보고 싶었다. 두 번 오긴 했어도 당시에는 입지에 대한 확정을 짓지 않고 왔던 터라 오섬포구의 지형을 제대로 보지 못했다.

박 팀장도 그가 오섬으로 갈 거라는 걸 알아 박 기사를 바로 출발시켰다. 오섬은 시청에서 이십여 분 거리에 있는 송산면 당산리 마을을 말했다. 포구와 나루터로의 기능이 살아있을 때는 인천으로 오가던 여객선과 고기잡이배들로 북적거리던 큰 마을이었으나, 지금은 100여 명이 조금 넘는 생태 마을을 유지하고 있었다. 당진시는 사업적 전략 때문에 선택했지만, 모이라이를 오픈할 입지에 처음 관심을 두기 시작한 것은 아버지의 한마디 때문이었다.

처음 당산마을에 다녀온 뒤 지도를 보여주자, 아버지는 당산마을이 금닭이 알을 품은 지형이라고 말했다. 그때는 아버지가 그냥 하는 소리라고 무시했다. 지형이 어떻게 생기고 물길이 어떻게 흘러야 좋은 땅이고 나쁜 땅인지 구별할 수 있고, 좋은 땅을 골라야 조상의 덕을 볼 수 있다고 말하는 아버지를 신뢰하지 않았다. 가끔 구씨 가문의 저주에 대해 혼잣말을 할 때도 그는 아버지의 치매가 더 심해졌다고만 생각했다.

지도에서 눈을 떼지 못하고 있던 아버지가 말했다.

"도태마을하고 똑같이 생겼다. 도태마을에 가 봐야 하는데… 꼭 가야 하는데…"

아버지의 고향이 함흥이라는 사실은 알고 있었지만, 도태마을 이야기는 처음이었다.

아버지는 좀처럼 고향 얘기를 입 밖으로 꺼내지 않아 가까운 지인들조차 아버지의 고향을 정확히 알지 못했다. 어머니에 대한 이야기도 마찬가지였다. 막연히 자신이 어릴 때 죽었거나 헤어졌을 거라고 짐작했다. 어머니에 대한 그리움이 없지는 않았지만, 어릴 적에는 아버지가 무서워 묻지 않았고 학교에 다니기 시작하면서는 아버지와 점점 멀어졌다. 그는 철저히 혼자였고 지금도 그의 마음속에는 아버지의 자리가 비어 있었다.

그는 아버지 말고 가족이라는 사람들을 보지도 듣지도 못했을뿐더러 그러한 관계들이 서로 주고받는 정이나 사랑 따위 감정에 대해 잘 이해하지 못했다. 가족을 원하기보다 일과 재산을 불리는 데 더 큰 애정을 가지고 사는 아버지 영향이었다. 지금처럼 정신이 오락가락하면서도 모이라이를 위해 땅을 보러 간다는 소릴 들으면 직접 챙기려 신경 쓰는 것만 봐도 그랬다. 이번에도 아버지가 그 어느 때보다 멀쩡한 모습으로 관심을 보여 혹시 치매 증상을 자신이 조절하는 것은 아닌가 하는 의구심이 들 정도였다. 평생 일밖에 모르고 살아 그럴 수도 있겠다 싶다가도 그가 하는 일에 지나치게 관여한다는 생각이 들면 아버지의 치매를 의심할 수밖에 없었다.

"도태마을이 기억나세요?"

그가 묻자, 아버지는 표정을 굳히며 잠시 생각에 잠겼다. 그는 망설였다. 한마디만 더 물으면, 아버지로부터 많은 이야기를 들을 수도 있을 것이었다. 그러나 그는 지금 와서 함흥과 도태마을에 대해 안다고 한들 무슨 소용이 있을까 싶었다. 그는 공연한 질문을 했다고 후회하며 펼쳐있던 지도를 접어 일어났다. 그러자 아버지가 그의 팔을 잡으며 말했다.

"도태마을? 무서워!…"

순간, 그는 손끝이 전기에 닿은 느낌이었다. 아버지 입에서 무섭다는 말이 나오다니, 청자다방 구씨는 그런 무섭거나 두렵거나 겁이 난다는 표현을 쓸 사람이 아니었다. 그러니까 아버지는 치매가 확실했고 남은 기억은 오로지 모이라이한테만 쓸모를 보일 뿐이었다.

그는 지도상으로만 보이는 당산마을의 낮은 산마루로 올라갔다. 아버지 말을 의식한 탓인지 포구와 평야를 마주하고 있는 오섬이 날개를 부풀린 암탉 형상을 하고 있었다. 전혀 틀린 소리 같지는 않다. 해석하기 나름이지만, 아버지와 당진시의 표현이 그래서 그런지 그가 보기에도 작은 오섬과 큰 오섬이 붙어 닭의 머리와 몸뚱이처럼 보이기도 했다.

박 팀장이 한곳을 가리키며 흥미롭게 설명했다.

"저쪽 산 아래쪽에는 아직도 서낭당이 있다고 합니다. 예전에는 그곳에서 해마다 기우제를 지냈고, 바다로 나가기 전에는 풍어제도 지냈다고 합니다. 그래서 마을 이름이 당산리라고 하는 모양입니다. 그러니까 모이라이는 예전의 포구와 마을의 중간에 있는 평야 지대라고 생각하시면 될 것 같습니다."

"그런데, 저기 들 한가운데 있는 게 뭐지?"

그가 가리키는 곳에는 분명 희미하게나마 짚더미 같은 것이 보였다. 당산 마을보다는 오섬 포구 쪽과 더 가까운 곳이었고, 암탉의 주둥이라 할 수 있을 정도의 야트막한 산 끄트머리 부근이었다. 햇빛을 마주하고 있어 정면으로 바라보기 어려운 그곳에 뭔가 있기는 한 것 같았다. 박 팀장은 정확히 대답할 수가 없었다.

"글쎄요? 추수하고 짚더미를 치우지 않은 것도 같은데, 가서 둘러보시죠?"

사라진 포구로 이어지는 너른 평야일 뿐인데, 그의 눈에는 거슬렸다. 마을과 마찰이 생길 이유가 전혀 없다고 시는 장담했다. 그는 일하는 데 있어 조금이라도 부딪침이 있거나 문제가 생긴다면 사전 준비가 철저하지 못한 탓이라고 여겼다. 지난번에 보지 못한 그것이 왜 지금에야 눈에 들어오는 것인지, 혹시 자신이 확인하지 못한 뭔가가 있는 것은 아닌지 신경 쓰였다.

마을에서 그곳으로 가려면 들 가운데로 가야 했다. 논이라고 할 수도 없는 초겨울의 들판은 마른 잡초가 허리까지 닿았다. 썩지 않은 벼 밑동이 가끔 발끝의 균형을 방해하는 것으로 이곳이 논이었음을 증명했다. 거친 바람과 맞서는 풀씨들이 공중으로 흩어지며 우우 소릴 냈다. 두 사람은 아무 말 없이 마른 풀숲을 헤치며 걸었다. 뭐라 말하기 어려운 애매하기 짝이 없는 불안과 비릿함이 뒤섞인 들바람의 기이한 소리가 두 사람의 대화를 끊었다.

그는 뭔가 비현실적인 상황에 놓였다는 생각이 들었다. 서울과 뉴욕 한복판에서만 살아 들판 한가운데서 맞는 초겨울 바람이 익숙하지 않았고, 빌딩 숲이나 도심의 거리에서 부딪친 바람과 다른 느낌이라 상쾌하지 않았다. 잡히지 않는 어떤 향과 밀도가 섞여 있는 것이 자연이 내는 소리 같지 않았다.

그는 이번 입지에 지나칠 정도로 신경을 썼다. 피로감이 쌓여 예민해진 것이라고, 토목공사를 마친 후에 방문해도 상관없는데 처음으로 번거로움을 자초했다는 생각이 들었다. 아니 아버지로부터 당산리가 도태마을을 닮았다는 소릴 안 들었더라면, 그리 신경 쓰이지 않았을 것이다. 나이가 들어 아버지에 대한 연민이 생긴 것도 아닌데, 그 말이 거슬려 여기까지 온 걸 보면 자신도 예전과 다른 모습으로 변해가고 있다는 생각이 들었다.

"여기는 전부 비어 있는 땅이라고 하지 않았나? 농사지은 지 한참 된 논이라고, 시 담당자도 그랬고 우리도 전에는 보지 못했잖아. 그런데 저기 있는 게 뭐지?"

그가 걸음을 멈추었다. 길 없는 길을 걷자니 더 확신이 서지 않았다. 길도 없고 목표물에 대한 정보도 없이 무작정 들판 한가운데로 걸어가고 있는 상황에 대한 조바심이었다. 박 팀장 역시 그와 다르지 않았다. 마을과 한참 떨어져 있는 곳이고 들판 한가운데라 별다른 것이 있을 리 없는데, 지난번에 보지 못한 무언가가 보인다는 것이 영 맘에 걸렸다. 시 담당자 말대로 마을 사람들과 동떨어져 지낼 수는 없을 것이라고 한 말을 귓등 밖으로 들은 것은 아닌가 하는 아쉬움이 남았다. 현장 답사만 할 것이 아니라 마을 사람들을 만나 봤어야 한다는 생각을 진즉 못한 것이 아쉬웠다. 그랬다면 들판 가운데 있는 물체를 직접 확인하러 가는 수고는 하지 않아도 되었을 것이었다. 박 팀장은 자기 잘못이 아닌데도 공연히 본부장인 그의 눈치를 보았다.

"오래전에 쌓아놓고 치우지 않은 짚단 같습니다. 요즘에는 볏짚을 공룡알처럼 기계로 말아놓았다가 축사에서 쓰지만, 예전에는 죄다 논바닥에 쌓아 놓았잖습니까. 사람 사는 집은 없다고 했으니까 그리 신경 쓸 일은 아닐 것입니다. 전에는 다른 방향에서 보아 짚단이 있는 것을 보지 못한 것 같습니다."

그러고 보니 박 팀장의 말이 맞았다. 두 사람은 매번 오늘과 다른 반대쪽에서 들과 포구 쪽을 바라보았다. 마을의 큰 길가 쪽이라 접근하기가 쉬웠고, 시로 나가는 도로와 연결되었기 때문이었다. 이번에는 그 반대쪽인 산 중턱에 있는 곰솔 밭을 지나 오른 산마루였다. 서낭당을 등지고 오른 산마루에서 보게 된 물체가 박 팀장 말대로 짚더미라면, 두 사람의 수고가 더 허무해질 수도 있었다. 박 팀장이 가장 신경 쓰이는 것도 본부장이 그 쓸모없는 확인에 쓰는 수고를 자신이 미리 챙기지 못한 사실이었다. 박 팀장이 그의 눈치를 살피며 물었다.

"본부장님, 토목공사 들어가면 그때 다시 와서 보셔도 됩니다. 짚더미 아니면 누군가 버리고 간 쓰레기일 수도 있으니 신경 쓰지 않으셔도 될 것 같습니다. 설마 시에서 골치 아픈 문제를 우리에게 떠넘기지는 않았을 것입니다."

"여기까지 왔는데, 한번 가봅시다. 사라지긴 했지만, 포구도 가보지 않았으니 온 김에 거기도 갑시다."

그가 나풀거리는 갈대 꽃잎을 휘저으며 앞장섰다. 어쩌면 처음부터 입지 전체를 돌아봤어야 했다. 시에서 제공하는 파격적인 혜택과 지도상으로 보이는 편편한 들판만 믿고 한 바퀴 돌아볼 생각은 하지 않았는데, 이제라도 살펴볼 수 있게 되어 다행이었다.

그러나 갈대숲은 목적지가 가까워질수록 더 깊고 날카로웠다. 살짝 스치기만 해도 상처를 낼 듯 예리해서 한발 한 발이 조심스러웠다. 그의 뒤를 따르는 박 팀장 역시 잘 벼른 칼날 끝을 피하듯 몸을 요리조리 움직이며 갈대숲을 걸었다. 예상하지 못한 일에 집중해서 걷던 두 사람은 어느 순간 찾아가야 할 목적지의 방향이 달라져 있다는 걸 알았다. 아니 방향이 달라진 것은 그와 박 팀장이고 목적지의 위치는 그대로였다. 앞서 걷던 목적지의 위치가 왼쪽이 아니라 오른쪽으로 더 멀어졌다는 것을 알고는 당황했다. 갈대숲을 조심스럽게 헤치며 걷긴 했지만 방향감각을 잃을 정도는 아니었다. 그는 무엇에 홀린 기분이었다. 분명 암탉의 날개 부분쯤 되는 산마루에서 보았을 때는 닭의 주둥이 부분이었고, 곧장 가면 불과 십여 분도 걸리지 않을 거리였다.

복잡한 도심에서조차 한 번도 길을 잃어본 적 없는 그는 촌 동네서 그것도 들판 한가운데서 길 잃은 꼴이었고, 십여 분 걸릴 것이라 예상했던 것보다 십오 분이나 지나 있었다. 그는 몸을 반듯하게 세운 뒤 다시 한번 가야 할 목적지를 바라보았다. 방향을 크게 벗어난 것은 아니었다. 그러니까 두 사람이 가야 할 목적지가 오른쪽에서 보면 더 멀었고 왼쪽에서 보면 큰 차이 없었다. 방향만 틀면 금방 갈 수 있는 거리였다.

그보다 그가 눈을 크게 뜨고 자세히 바라본 목적지는 박 팀장 말대로 높고 낮은 두 개의 짚더미가 맞는 듯싶었다. 멀리서 봤을 때는 보이지 않던 짚더미가 가까이서 보니 하나인 듯 둘이었다. 앙코르와트의 사원처럼 가까이 더 가까이 다가가 몸을 낮추어야만 보이는 형상을 하고 있었다.

"박 팀장 말대로 짚더미가 맞는군요. 근데, 왜 위성에도 잡히지 않고 산마루에선 보이지 않았을까요?"

"저도 그게 참 이상합니다. 자료조사할 때도 당산리 마을이 전부였거든요. 포구로 이어진 들판 한가운데에는 정말 아무것도 나타나지 않았어요."

박 팀장은 뭔가 억울한 기분이었다. 자신의 의견으로만 결정된 일은 아니지만, 왠지 자신이 책임져야 할 것 같아 피로감이 몰려왔다. 갈대숲도 두려웠고 의문이 많아지는 짚더미에서 벗어나고 싶었다. 낭만으로 출렁거려야 할 갈대숲이 자신과 구 본부장을 가두고 있는 것처럼 느껴져 답답했다.

"본부장님, 확인했으니까 그만 돌아가실까요? 점심도 드셔야 하는데…"

그러나 본부장인 그는 뒤돌아갈 생각이 없었다. 바로 앞에 있는 목적지를 놔두고 뒤돌아 간다면 또 다른 의문을 만들어낼 것이었다. 무슨 일이든 한 점의 의혹이나 궁금증을 해결하지 않고 넘어가면 결국 큰 문제가 된다는 것을 그는 뼈아프도록 경험하며 살았다. 그 역시 아버지로부터 배운 것이지만, 덕분에 그는 최대 피해자이면서 수혜자이기도 했다.

박 팀장 말을 못 들은 척 그는 갈대숲을 헤치며 다시 걸었다. 이제까지 경험하지 못한 풍경과 낯선 느낌의 실체가 무엇인지 직접 봐야만 다음 일을 진행할 수 있었다. 그는 뒤따르는 박 팀장과의 거리를 신경 쓰지 않았다. 뒤돌아보면서 너무 멀리 와버렸다고 안타까워하기보다 조금만 더 가면 목적지가 날 기다리고 있어라고 생각하는 것이 더 희망적이었다.

목적지는 멈췄던 지점으로부터 십여 분 거리에 있었다. 예상했던 시간보다 이십여 분 더 걸렸고 당산마을 산마루에서 목적지까지 삼십 분 걸린 셈이었다. 그는 시계를 확인하며 바로 잡은 오류에 마음이 한결 가벼워졌다. 뒤이어 도착한 박 팀장도 그의 표정을 읽고는 짚더미를 확인하지 못한 오류의 책임에서 벗어났다.

두 사람은 마침내 위성에서도 잡히지 않는 그곳에 도착했다. 바래고 허물어진 두 개의 짚더미가 그들 앞에 있었다.

"보세요! 전에 농사를 짓고서 치우지 않은 것 같습니다."

박 팀장이 한 발 더 가까이 다가가 짚더미를 찔러보았다. 손가락이 회색빛 지푸라기를 뚫으며 바스락 소릴 냈다. 황금빛 이삭을 매달고 있던 볏짚이 아니었다. 썩은 짚단은 잡초의 터전이었다. 자세히 보지 않으면 짚단으로 보이지 않을 정도로 들판의 풍경이 되어버린 목적지를 그가 발견한 셈이었다. 아무도 알아보지 못했고 누구의 눈에도 띄지 않은 폐 짚단을 그는 정글 숲에서 찾아낸 유물인 양 신기하게 바라보았다. 그러나 마지막 농사꾼이 떠난 터라고 하기에는 짚더미의 모양새가 기이했다. 바닥으로 완전히 무너져 내려앉은 것 같기도 하고, 간신히 버티고 있는 것 같기도 한 것이 짚단으로 위장한 어떤 생명체 같았다. 숨이 넘어갈 듯 뭔가 처절하고 위태로워 보이는 짚단에 사로잡힌 그는 박 팀장과는 다른 방향으로 한 발짝씩 걸었다.

두 개의 짚더미 중 작은 짚더미가 있는 곳으로 가던 그는 깜짝 놀라 소리쳤다. 그의 소리를 들은 박 팀장이 달려왔고 두 사람은 눈앞의 광경에 소스라쳤다. 그들의 소리에 놀란 짚더미가 부스럭부스럭 소릴 내며 움직였다. 짚더미 속 물체를 먼저 봐버린 그는 뒤로 물러서며 말했다.

"저기요! 저기요!"

짚더미에서 나온 것은 사람이었다. 두더지도 아니고 노루나 개 고양이도 아니었다. 날짐승이었다면 두 사람의 인기척에 벌써 도망쳤어야 했다. 그의 등줄기로 식은땀이 흘렀다. 살면서 맞닥뜨린 가장 무서운 순간이었다. 믿지 못할 상황처럼 무서운 일도 없었다. 가상현실조차 느끼고 만질 수 있는 세상에서 믿을 수 없는 일이란 대체로 기쁨이나 경이로움보다 두려움과 무서움에 가까웠다. 지금까지 그가 경험한 믿지 못할 상황도 거의 가 실체 없는 두려움이 아니라 놀랍거나 경이로움 같은 것들이었다. 새로운 세계가 알려주는 엄청난 과학의 힘이라든지 인간관계의 갈등으로 인한 복잡함이었지 무서움을 경험한 적은 없었다. 하물며 대낮 들판 한가운데 있는 짚더미 속에서 기어 나온 노인을 보고 그는 놀라 굳어 버렸다. 도망쳐야 하지만 그의 몸은 꼼짝하지 않았다.

하얀 머리를 풀어 헤친 크고 깡마른 노인이 짚더미 속을 뚫고 나왔다. 그가 지푸라기의 작은 떨림을 감지하지 못하고 그냥 지나쳤다면 발견하지 못했을, 가까이 다가갔어도 단번에 알아채기 힘든 노인이 지푸라기 인형처럼 짚더미 속에서 기어 나왔다. 짚더미 속에서 부활한 생명체라면 그리 보이지 않았을 텐데, 말라 비틀린 피부 조각을 껍질처럼 두르고 있어 이미 죽은 것도 같았다.

미이라 같은 노인의 몸에 걸려 있는 것은 짚단과 구분하기 힘들 정도의 옷가지로 계절을 상실한 지 오래였다. 노인이 짚더미 속에서 기어 나와 몸의 중심을 잡기까지 시간은 노인 편이었다. 그와 박 팀장은 갑작스러운 불청객일 뿐이었고, 의심 가득한 노인의 눈빛이 두 사람을 정면으로 쏘아보기까지 노인의 시간은 한없이 너그럽고 여유롭게 흘러갔다.   "아니 어떻게 사람이!⋯⋯"

여전히 서 있기만 한 그와 달리 박 팀장이 노인에게 물었다. 그러자 흰 머리카락과 지푸라기가 뒤엉켜 잘 보이지 않는 노인의 얼굴 어디쯤에서 탁하지만, 분명한 목소리가 튀어나왔다. 긴가민가했던 노인은 할머니였다.

"사람이니까 일어섰지, 뭐 하러 온 것들이야!!"

노인의 몸이 들판을 달리는 바람에 위태롭게 흔들렸다. 그는 머리가 복잡해졌다. 실체를 알았으니 두려움은 사라졌는데, 노인이 왜 이곳에 있는 것인지 황당하기만 했다. 당장 토목공사를 시작해야 하는데, 노인이 순순히 거처를 옮겨줄까? 들판에 혼자 살아온 흔적이 이토록 명백한데, 노인이 이 땅을 순순히 내어주려 할까? 시 담당자는 노인의 존재를 정말 몰라서 아무 말도 해주지 않은 것일까?

한 몸인 양 보이는 땅과 노인을 과연 떼어놓을 수 있을까? 그는 왠지 모이라이 23호 계획이 쉽게 풀릴 것 같지 않았다. 눈앞의 불안이 사라지기 무섭게 닥친 또 다른 불안은 기이한 노인의 눈빛이 암시했다. 순간 그는 도망칠 것이 아니라 노인에게 다가가 대화를 시도해야 한다는 걸 깨달았다.

그런데 그때 노인 앞으로 박 팀장이 불쑥 명함 한 장을 내밀었다. 그가 노인과 박 팀장이 명함을 주고받을 관계인가 의아해하는 순간, 명함은 노인의 손에 가닿기도 전에 날아갔고, 노인과 그는 잠깐 날아가는 명함을 바라보았다. 새처럼 날아가는 명함을 보며 그는 노인이 아닌 박 팀장에게 말했다.

"명함을 뭐 하러?… "

"우리가 누군지는 말해야 할 것 같아서요."

박 팀장은 자신의 업무에 지나치게 성실했다. 명함은 자신을 알리는 가장 간단한 방법이었다. 일 년에 그가 쓰는 명함만 해도 몇백 장이 넘었다. 박 팀장은 갈수록 구 본부장의 일하는 스타일을 따라갔다. 호기로운 말과 행동이 아닌 항상 자신의 위치와 목적에 맞게 행동하는 원칙주의자였다. 그러나 그는 가끔 박 팀장의 유연하지 못한 행동에 답답함을 느꼈다. 오랜 시간 함께 일해 그를 존중하는 것은 알지만, 그래도 상황에 따른 대응력이 달라야 했다.

사라진 명함에 대해 아쉽거나 황당한 것은 그와 박 팀장이지 노인이 아니었다. 노인은 눈 한번 깜박거린 것으로 날아간 명함의 존재를 무시해 버렸다. 조급한 것은 그였다. 그가 조금 친절한 목소리로 노인에게 물었다.

"할머니, 집이 어디예요?"

노인은 긴 지팡이에 몸을 의지하고선 채로 그를 쳐다보았다.

"여기가 내 집이다. 딴소리할 것 없으니 여기서 나가!"

노인은 전혀 대화할 생각이 없어 보였다. 가늘게 뜬 눈빛은 완고하고도 고집스러웠다. 타인에 대한 경계심이나 두려움의 눈빛이 아니라 자신의 영역을 침범한 이들에 대해 몹시 불편하고 불쾌해했다. 그는 점점 더 어려운 문제를 풀어야 할지도 모른다는 막막함이 몰려왔다. 짚더미가 자기 집이라고 말하는 노인을 어떻게 상대해야 할지도 난감했지만, 대화조차 거부하려는 노인을 무슨 방법으로 설득할지 당장은 아무 방법이 떠오르지 않았다. 아무리 좋은 전략적 입지라 할지라도 전략을 위해서는 협상이 필요하고 대화가 전제되어야만 협상도 가능한 일이었다. 그렇다고 물러설 수는 없었다. 지금까지 그가 만들어낸 모이라이 지점 중 전략과 협상이 통하지 않은 곳은 한 군데도 없었다. 그는 아버지가 시도하지 않은 기업의 사회적 책임도 지켰고, 골목상권을 침해하는 악덕 기업소리도 듣지 않았다. 그는 장사꾼이 아니라 기업가로 책임과 상생 소통의 기업이미지를 지키고 있었다. 덕분에 어렵고 힘들 때도 있었지만, 모이라이의 성장에 큰 타격이 될 정도는 아니었다.

그는 다시 한번 노인과의 대화를 시도했다.

"할머니, 여기가 진짜 집 맞아요? 다른 가족은 없어요?"

노인은 흔들리긴 하되 중심은 잃지 않았다. 들판을 지나는 바람은 노인의 산발한 흰 머리카락만 흔들 뿐이었다. 노인의 관심은 왠지 포구를 등지고 서 있는 그들이 아니라 그들 너머로 보이는 포구 같았다. 자신이 등지고 선 당산마을에는 관심이 없고 그들이 가로막고 있는 사라진 포구에 대한 미련만 남은 눈빛이었다.

"쓸데없는 소리 집어치우고 여기서 나가!"

노인이 더 크고 당당하게 말했다. 조금 전에는 그들 넘어 어딘가에 존재했던 포구에 대한 미련 어린 눈빛을 보내는가 싶었는데, 그가 초점이 잘 맞지 않는 노인의 눈빛을 잘못 보았을 수도 있었다. 그러나 카랑카랑한 목소리로 자신의 영역에서 나가라고 소리치는 걸로 보아 노인을 상대하려면 눈빛이 아니라 목소리 같았다. 그의 아버지만 해도 눈이 흐려지면서 세상을 보는 판단력에 오류가 생기기 시작했다. 생각과 판단의 오류는 전적으로 제대로 보지 못하는 눈에서 시작되었다. 아버지가 보았거나 보았다고 착각한 것들이 대개 문제를 만들었다. 아니 그런 아버지를 잘못 읽어 오류를 범하는 것은 언제나 그였다. 하지만 목소리는 달랐다. 배가 고프다거나 화장실에 가야 한다거나 누군가가 필요할 때는 목소리를 정확히 냈다. 그는 노인도 자신의 아버지처럼 흐려진 눈보다 목소리가 전하는 메시지를 주시해야 했다.

그는 노인한테 당한 모멸감을 순순히 받아주고 싶지 않았다. 이 땅은 모이라이 것이나 마찬가지였다. 문제를 남겨둔 채로 땅을 쓰라고 한 당진시에 대한 불만도 있지만, 당장은 노인에게서 느껴지는 답답함이 언짢았다. 박 팀장도 당황스럽기는 마찬가지였다. 그냥 한번 둘러보고 가벼운 마음으로 돌아갈 참이었는데, 점점 노인을 상대할 자신이 없어졌다. 노인과 대화하느니 차라리 시 담당자한테 연락해 해결하라고 하는 것이 빠를 듯싶었다.

"본부장님, 우리가 상대하기보다는 담당 과장한테 와서 해결하라고 하는 것이 어떨까요?"

그도 박 팀장과 같은 생각 중이었다. 아무 정보도 없이 노인을 상대하기는 어려웠다. 그는 박 팀장이 담당 과장과의 통화가 끝나기를 기다렸다. 노인은 초조한 듯 자신의 주변을 서성이는 그를 유심히 바라보았다. 나가라고 소리칠 때와는 다른 눈빛이었다. 기다리던 손님을 마주한 눈빛 같기도 하고 잊어버린 기억을 떠올리려 애쓰는 눈빛 같기도 했다.

담당 과장과 통화를 끝낸 박 팀장이 불편한 기색으로 그에게 말했다.

"오히려 우리한테 아직도 그 할머니 거기 있느냐고 묻던데요? 올봄에 방문해서 나가기로 약속했고, 당산리 이장이 책임진다고 해서 그렇게 알고 있다고. 그래서 어떻게 현장 확인도 하지 않고 계약을 진행했느냐고 따졌더니, 내일 할머니를 만나 보겠대요."

"너희들이 떼로 몰려와도 난 꼼짝 안 한다."

노인이 다시 언성을 높였다. 좀 전의 눈빛은 사라지고 노기로 가득했다. 한두 번 겪은 일이 아니라는 듯 지탱하고 있던 지팡이를 움직이기 시작했다. 지팡이가 한 발 앞으로 나가 자릴 잡으면 뒤따라 오른발이 나갔고 그 뒤를 바깥쪽으로 심하게 뒤틀린 왼쪽 발이 따라갔다. 노인은 잘 걸었다. 지팡이에 의지하고는 있었지만, 다른 몸은 성했다. 뒤틀린 왼쪽 다리와 마른 몸이 불안정해 보이기는 해도 방향감각을 잃거나 휘청거리지는 않았다. 짚더미를 끼고 두 사람과 같은 방향으로 걸어가는 노인을 바라보던 그는 문득, 이상한 호기심이 솟구쳤다. 계약 진행이 매끄럽지 못한 시에 화가 나기도 했지만, 들판 한가운데에 짚더미를 쌓아놓고 강단 있게 버티는 노인의 정체가 궁금해졌다. 더는 농사를 지을 수 없는 이곳에 왜 혼자만 남아 있는 것인지 직접 알아봐야 할 듯싶었다.

그는 가만가만 노인의 뒤를 따라갔다. 노인이 갈 곳은 짚더미뿐일 텐데, 다른 목적지가 있는 양 어딘가를 향해 걷는 노인의 뒤를 밟지 않을 수 없었다. 다행히 노인은 뒤를 의식하지 않았고 지팡이를 앞세워 걷는 데만 집중했다. 정오가 지나면서 들판의 바람 소리는 더 거칠어지고 쌀쌀해졌다. 그는 생각지 못한 난감한 상황에 부닥치긴 했지만, 노인에 대한 궁금증이 싫지 않았다. 사람에게 호기심을 느껴본 적이 언제였는지 기억나지 않았다. 동화책 속에서나 느꼈던 호기심과 상상력을 노인에게서 발견한 기분이었다. 노인이 왠지 톰 아저씨 오두막처럼 느껴지기도 하는 것은 그의 유년이 그리 밝지 않았던 탓이었다. 아버지와 도우미가 가족의 전부였던 그에게 다른 사람은 모두 이방인이었고 가까이 다가가면 위험한 사람들이었다. 그는 자신도 모르게 어린 시절 읽은 동화책 속으로 들어온 것만 같았다. 세상과 등지고 살아가는 노인이 그를 동화책 속으로 끌어들인 셈이었다. 그는 노인에게 들킬까 살금살금 뒤따라갔다. 숨을 참으며 한 걸음 한 걸음 뒤따라간 거리는 십여 미터에 불과했다.

노인이 그의 바로 앞에서 멈춰 섰다.

"왜 따라 와!"

염려와 달리 노인의 반응은 그리 나쁘지 않았다. 소리는 질렀지만 정색하며 그를 거부하지는 않았다. 그는 숨바꼭질하다 들킨 사람처럼 놀랐고 그러다 노인과 눈이 마주쳤고 멋쩍은 웃음이 터지고 말았다. 예상치 못한 웃음에 놀란 것은 노인이 아니라 그였고, 노인도 당황한 기색이 역력했다. 그는 꼼짝없이 노인의 술래가 되고 말았다. 웃음을 멈춘 그는 자신에게 눈을 떼지 않고 있는 노인과 시선과 부딪쳤다. 순간, 낯선 설렘이 두 사람 사이를 오갔다. 그는 알 수 없는 세계에 빠진 양 점점 노인에 대한 관심을 거두지 못했다.

박 팀장은 시 담당자에게 화를 내야 마땅한 그가 아무 말 없이 노인의 뒤를 밟고 있어 이해가 가지 않았다. 항상 사무적인 태도를 보여 쉽게 접근하기 어려운 그가 노인에게 관심을 보이는 것이 낯설었다. 물론 노인을 해결하지 않고선 업무를 처리하기 어려울 수 있었다. 그렇다고 해도 노인을 대하는 그의 표정은 뭔지 달랐다. 치매 든 아버지와 살아 노인에 대한 느낌이 다를 수도 있을 테지만, 일로 만난 사람에게 그런 모습을 보이다니, 박 팀장은 숨바꼭질하듯 노인의 뒤를 밟고 있는 그를 이해할 수 없어 했다.

노인을 따라 십여 미터도 안 되는 짚더미를 돌아가자, 뜻밖의 풍경이 나왔다. 멀리서 보거나 얼핏 보면 그냥 측면과 다름없어 보이는 짚더미였다. 가까이 다가가자, 짚더미에 가려져 있던 시뻘겋게 녹슨 철 기둥과 나무 대문이 나왔다. 철 기둥에 박힌 경칩이 간신히 붙들고 있는 대문은 거의 형체만 남아 짚더미 속에 반쯤 파묻혀 있었고,

그보다 높은 위치에 있는 구조물 역시 짚더미에 가려져 있었다.

"저게 뭘까요?"

뒤따라온 박 팀장이 앞으로 나서며 그에게 물었다. 박 팀장보다 먼저 알 수 없는 구조물을 보아버린 그는 엄청난 비밀의 문 앞에 선 기분이었다. 노인에 대한 호기심이 또 다른 비밀을 보게 한 것이었다.

"할머니 집 아닐까?… "

그는 한 걸음 더 앞으로 나갔다. 갈수록 궁금증을 더하는 노인과 짚더미 속 물체를 확인해야만 했다. 그는 일이 아닌 다른 무엇에 홀려 있었다. 이미 이야기 속으로 빠져들어 동화책을 덮을 수 없는 지경이었다. 아버지가 회초리로 등짝을 후려쳐도 그는 동화책을 덮지 않았다. 그것은 무엇이든 맘대로 하려는 아버지에 대한 반항이기도 했고, 그가 좋아하는 것들을 지키려는 고집이기도 했다. 그는 노인에게서 일이 아닌 동화를 읽기 시작했다. 동화가 갈수록 재밌어 책장을 덮고 싶지 않았고 도망치고 싶지 않았다. 그리고 그는 짚더미에 덮여 있는 것의 실체가 무엇인지 알고 싶었다.

그가 경첩에 매달린 채로 썩어가고 있는 대문을 뚫어져라 바라보다 뭔가 떠오른 듯 입을 열었다.

"이거 소금 창고 아니야?"

노인이 지팡이를 고쳐 잡으며 말했다.

"정미소야!"

그가 물은 것은 박 팀장인데 노인이 정미소라고 대답했다. 지팡이를 휘두르며 소리칠 줄 알았던 두 사람은 노인의 태도에 안심하면서도 의아했다. 노인이 마치 정미소를 보여주려고 두 사람을 이곳으로 이끈 것만 같았다. 작정한 듯 구조물의 이름을 정확하게 일러주는 것 역시 의도일 수 있었다. 설령 그렇다고 해도 그는 노인이 자신들을 강하게 거부하지 않아 마음이 한결 편해졌다. 거부하지 않으면 대화를 시도할 수 있고, 대화하다 보면 문제를 풀어나갈 방법을 찾을 수 있을 테니 반은 성공한 셈이었다.

노인이 정미소의 정체를 알리고 싶지 않았다면, 두 사람이 뒤따라오는 걸 눈치채고도 그냥 두지 않았을 것이었다. 그보다 이곳에 아직도 정미소가 남아 있다는 사실이 놀라웠다. 노인의 모습에서 불가능한 일이 아니라는 걸 짐작하면서도, 더 이상 벼농사를 짓지 않는 들판 한가운데 정미소가 무슨 필요 있을까, 라는 의심을 품게 만들었다. 그는 경계의 눈빛을 풀지 않으면서도 두 사람을 강하게 밀어내지 않는 노인에게 다시 물었다.

"할머니, 여기 정미소가 집이에요? 다른 가족은 없어요?"

"가족?……"

가족이라는 말이 나오자, 노인의 안색이 달라졌다. 말끝을 흐리며 그를 매섭게 바라보다 지팡이를 앞세웠다. 비틀린 왼쪽 다리가 지팡이를 따라 대문으로 향했다. 갑자기 바뀐 노인의 태도에 두 사람은 또다시 뒤로 밀린 기분이었다. 그는 한참 재밌게 읽던 동화책 한 장이 사라진 것만 같았다. 책장을 잘못 넘겼나 싶어 노인의 뒷모습을 바라보았지만, 노인은 어느새 덜렁거리는 대문 안으로 사라져 버렸다. 그는 허무했다. 이제 막 집중해서 흥미를 느끼기 시작했는데, 누군가에게 동화책을 빼앗긴 느낌이었다.

"가족 얘기를 물어서 그런 게 아닐까요?"

"그럴 수도 있겠네요!"

그제야 그는 노인이 가족이라는 말을 듣고부터 태도가 달라졌음을 알았다.

"박 팀장이 할머니 좀 다시 불러 봐요?"

박 팀장도 그와 같은 생각이었다. 누구든 가족에 관한 얘기는 조심스러웠다. 행복한 가족이라면 묻지 않아도 스스로 꺼내지만, 불행한 가족사를 가진 이들에게 가족 얘기는 꺼내기도 싫고 듣기도 싫은 비밀일 수 있었다. 노인이 이런 곳에서 혼자 살아가고 있다는 것은 노인을 챙겨줄 다른 가족이 없다는 뜻일 수도 있었다.

박 팀장은 그가 시키는 대로 대문 가까이 다가가 노인을 불렀다.

"할머니! 저희랑 얘기 좀 해요! 아니면, 우리가 들어갈까요?"

대문 안에선 아무 소리도 들려오지 않았다. 박 팀장이 진짜 들어가려고 대문 안으로 몸을 숙여도 보았지만, 안쪽은 짚더미가 켜켜이 쌓여 있어 들어가는 입구가 없었다. 할머니가 이곳으로 들어가 사라졌다면, 짚더미 중간쯤에 있는 구멍일 것이었다. 토끼 한 마리 들락거릴 정도의 구멍인데 그곳으로 노인이 사라졌다고 믿기 어려웠다. 그러나 한편으론 나무 구멍도 아니고 비쩍 마른 노인이 들어가지 못할 이유도 없어 보였다.

박 팀장과 그는 번갈아 가며 노인이 사라진 구멍을 들여다보았다. 캄캄했다. 분명 들어갔으면 뚫려 있어야 맞는데, 구멍 안은 캄캄하게 닫혀 있었다. 박 팀장은 어두운 구멍에 대고 다시 한번 노인을 불렀다.

"할머니, 어디 계세요?"

오래된 거름 냄새만 훅 달려들 뿐, 구멍은 조용했다. 짚더미가 바깥소리를 모두 빨아들인 듯 구멍 속은 아니, 대문 안은 썩어가는 짚 냄새만 코를 찌를 뿐 다른 인기척은 느껴지지 않았다. 그는 생각했다. 구멍이 열리면 또 다른 비밀의 문이 열릴지도 모른다고, 그래서 보지 말아야 할 광경과 알지 말아야 할 사실과 맞닥뜨린다면 감당할 수 있을까? 그는 어린 시절 홀로 감당해야 했던 무서운 동화와 만나고 싶지 않았다. 노인이 제공할지도 모르는 잔혹동화 또는 지독하게 슬픈 이야기를 만나 여전히 기억 한편에 생생하게 남아 있는 그 감정과 조우하고 싶지 않았다. 그때나 지금이나 그를 품어주고 쓰다듬어 줄 이가 아무도 없다는 사실이 구멍으로 사라진 노인에 관한 관심을 더는 두지 말아야 한다고 당부했다.

두 사람은 그만 노인의 짚더미에서 떠나기로 했다. 그도 박 팀장도 몸을 말아 그 구멍 속으로 집어넣을 생각은 하지 않았다. 궁금증이 더 커졌지만, 구멍에 대한 두려움을 넘어설 정도로 노인의 문제가 절실한 것은 아니었다. 시 담당자가 말한 당산리 이장을 만나 노인에 대해 알아보고 해결책을 찾는 것이 빠를 듯했다.

그들은 짚더미에서 몸을 돌리는 순간 누가 먼저랄 것도 없이 빠르게 들판을 빠져나왔고 바람 소리와 들판의 풍경을 휙휙 지나쳤다. 마을 초입에 도착해서야 한숨 돌린 두 사람은 어쩌면 가뭇없이 사라져 버렸을지도 모를 들판의 짚더미를 돌아보았다. 그러나 멀리 오후의 햇살을 받아 눈이 부신 짚더미는 성처럼 굳건해 보였다. 겁이 나 끝까지 읽지 못하고 덮어버린 동화책의 결말이 못내 아쉬웠지만,

아주 포기한 것은 아니었다. 그는 예전의 겁 많고 외로운 아이가 아니었다. 오랜 유학 생활로 다져진 정신력과 기업 경영을 통해 세상을 보는 능력이 생겼다. 도망친 것은 그러니까 그가 아니라 노인이었고, 그는 다시 노인을 만나러 올 것이었다. 그는 몹시 피곤했고 배가 고팠다. 여간해선 깨트리지 않는 일상의 규칙이 들판의 노인으로 인해 흐트러지고 말았다.

박 팀장도 그의 뜻을 존중했다. 아니, 많은 시간을 들판에서 써 버린 까닭에 그만 도심으로 나가 점심을 먹은 후 서울로 돌아가고 싶었다. 그와 수십 개의 모이라이 직영점을 열었지만, 이번처럼 힘들고 특이한 경험은 처음이었다. 역대 가장 큰 입지를 선택해 어마어마한 규모로 건물을 지을 예정인 모이라이 23호점이 한 노인 때문에 지체되고 있었다. 박 팀장이 보기에 더 이상한 것은 본부장인 그가 노인에게 냉정하지 못해 시간을 낭비했다는 사실이었다. 노인이 문제가 된다면, 시가 알아서 처리하도록 하면 될 터인데, 무슨 일인지 그가 노인한테 호기심을 보였다. 박 팀장도 짚더미에 사는 노인이 흥미롭기는 했지만, 결국엔 땅을 핑계로 끝까지 협상해 보려는 원주민에 불과할 것이었다. 박 팀장은 그동안 그런 경우를 수없이 봐온 터라 노인에 대한 그의 호기심이 과하다는 생각이었다.

"본부장님, 얼른 식사하고 그만 서울로 가시지요?"

그도 그럴 생각이었다. 그런데 들판에서 나와 자동차가 있는 곳으로 가던 중 당산리 마을회관을 보는 순간 마음이 달라졌다. 당산리 이장을 만나 노인에 관한 이야기를 듣고 가야 할 것 같았다. 이대로 당산리를 떠나면 짚더미 속 그 작은 구멍조차 막혀버릴지도 모른다는 알 수 없는 조급함이 마을회관 쪽으로 발길을 돌리게 했다.

"박 팀장 미안한데, 우리 당산리 이장 잠깐 만나고 갑시다."

그가 이미 결심한 일을 안 된다고 할 수는 없었다. 박 팀장은 애써 웃으며 그의 뒤를 따라갔다. 마을회관에는 두 명의 할머니가 앉아 텔레비전을 보고 있었다. 그가 회관으로 들어가 당산리 마을 이장 집이 어디냐고 물었다. 한 할머니가 마을회관에서 산 쪽으로 올라가다 보면 빨간 기와집이 나오고, 그 집 옆으로 큰 돌담집이 나오는데 그 집이 이장 집이라고 했다.

쉽게 알아들은 그는 인사를 건넨 뒤 회관 계단을 내려왔다. 그러나 잠시 후 할머니가 문밖으로 나오더니 그에게 다시 말했다.

"근데, 어디서 오셨어요? 이장 집은 왜 찾아요?"

그냥 가려던 그는 잠깐 망설이다가 대답했다.

"이장님께 볼 일이 좀 있어서요…"

말 끝나기 무섭게 성큼성큼 앞장서 걷는 그의 어깨너머로 할머니의 볼멘소리가 들려왔다.

"저것들이 노인네 말이라고 우습게 아네."

큰 돌담집이 이장 집이라는 걸 알았으니, 찾아가 짚더미 속에 사는 노인에 관해 묻기만 하면 되었다. 일이 이렇게 된 이상 박 팀장도 한시라도 빨리 이장을 만나야 한다는 맘뿐이었다. 이장한테 들어야 할 얘기가 그리 길지 않을 테니 오래 걸리지도 않을 것이었다. 아니 이장더러 빨리 책임지고 노인을 내보내라고, 당신이 시와 한 약속이니 책임지라고 하면 그만이었다. 노인과는 대화가 어려우니 이장이 대신 해결할 수 있도록 그와 박 팀장은 마지막 통첩을 보내면 끝이었다. 생각을 정리한 박 팀장은 그를 따라 큰 돌담집 앞에 섰다.

성인의 어깨 높이쯤 되는 돌담은 산 쪽으로 죽 이어져 있었다. 마른 풀들이 돌 틈 사이를 빼곡히 채웠고 땅바닥은 아직 시들지 않은 잡풀과 지푸라기투성이였다. 돌담 주변으로 낮은 기와집과 함석지붕의 집들이 이장의 집과 비슷한 시간을 건너온 듯 나무와 풀 새들조차 적막해서 죽음을 그리워하는 마을 같았다.

이장 집 대문 앞에서 박 팀장이 큰 소리로 이장을 불렀다.

알루미늄 새시 문이 열리면서 한 노인이 꾸물꾸물 밖으로 나왔다. 흙마루로 내려와 신을 신고 대문까지 걸어 오기까지 두 사람은 지루하게 이장을 기다렸다.

"이장님이세요?"

그가 서둘러 물었다.

"무슨 일이요?"

노인은 동네일을 볼 정도로 기력 있어 보이지 않았다. 오히려 짚더미에 사는 노인보다 눈빛은 더 흐렸고 몸도 쇠약해 보였다. 시에서 홍보하는 생태 마을 당산리에 백여 명이 넘는 사람이 살고 있다면, 두 사람 앞에 서 있는 이장보다는 훨씬 젊은 이장이어야 했다. 이장에 대한 기대감에 차 있던 그는 대문 기둥을 붙잡고 서 있는 이장을 보고는 실망감을 감추지 못했다. 그러나 아쉬운 입장은 이장이 아니라 두 사람이었고 더는 지체하고 싶지 않은 조급함도 이장이 아니라 그와 박 팀장 몫이었다. 그는 노인이 이장이라고 확신하고는 본론으로 들어갔다.

"이장님, 저기 들판에 사는 할머니 아시죠? 저희가 저 땅을 써야 하는데, 시에서는 이장님이 책임지고 할머니를 이주시킨다고 했다는데요?"

그의 말을 끝까지 들은 이장은 병약해 보이는 모습과는 달리 두 사람을 똑바로 바라보며 말했다.

"내가 근 한 달을 병원에 입원했다가 엊그제 퇴원했어요. 이번 달까지 거기서 나가겠다고 약속했는데, 아마 깜박한 모양이구면. 걱정 말아요. 내가 가서 다시 얘기해 볼 테니까."

이장은 아무 감정이 없었다. 책임이라는 말을 듣고도 불편한 기색 하나 없이 별문제 아니라는 듯 노인에 대해 이야기했다. 성급하게 대화를 시도하려 했던 그는 이장의 태도에 따지듯 물을 수가 없었다. 이장 정도의 나이라면 충분히 일어날 수 있는 일이고 이해할 수밖에 없는 대답이었다. 이장의 말은 충분히 신뢰할 만했다.

"그 할머니 다른 가족은 없나요?"

"구씨네 정미소요?"

"아, 그곳이 구씨네 정미소 군요."

짚더미에 덮여 있던 정미소 이름이 구씨네 정미소였다. 그는 구씨네 정미소라는 말을 되뇌었다. 사람들로부터 오래전에 잊힌, 아니 사라진 것이나 다름없는 무언가를 이장의 힌트로 찾아낸 것 같았다. 그는 정미소라는 말은 들어보았지만 실제로 본 것은 처음이었다. 그에게 정미소는 흔적만 남은 폐사지나 구시대의 유물 같은 것이었고, 정미소의 기능이 쌀을 얻기 위한 도정이라는 것도 그리 친숙하지 않았다. 쌀집이나 마트에서 쌀을 구하는 것이 익숙했던 도시인에게 어느 날부터 밥보다 빵이 더 가까워졌다. 그나마 유학가기 전에는 끼니를 밥으로 해결하는 일이 많았지만, 스무 살 이후 지금까지 그는 쌀에 대한 향수 같은 것을 가져 본 적이 없었다. 어쩌면 그래서 모이라이 경영을 잘 해왔던 것인지도 모른다.

고유의 음식은 특정 국가의 브랜드일 뿐 누구나 선호하는 음식은 아니다. 입맛을 바꾸는 것은 유행의 힘이고 그 힘은 자본에서 나왔다. 그는 뉴욕 한복판에서 세상을 바꾸는 자본의 위력을 경험했다. 청량리 청자다방에서 팔던 달걀 동동 띄운 쌍화차와 설탕이 듬뿍 들어간 커피는 이제 구씨네 정미소나 다름없었다. 아무도 찾지 않아서 그런 것이 아니라 유행이 지났고 유행이 지났다는 것은 대중을 홀릴 자본이 더 이상 투자되지 않는다는 뜻이다. 그가 본 구씨네 정미소는 그러니까 그의 외로움과 지루함을 채워주던 동화책 같은 것이고, 오래되고 고유해진 것들에 대한 호기심을 자극할 뿐이었다.

구씨네 정미소가 짚더미에 덮여 잊힌 것은 자연스러운 일이었다. 그런데도 그는 이상하게 그 정미소라는 이름이 입안에서 맴돌았다. 이장도 갑자기 찾아온 그들을 별 거부감 없이 대했으며 구씨네 정미소에 관한 이야기를 꺼내는 것 역시 그리 싫어하지 않는 눈치였다. 오히려 자신을 찾아와 말을 걸어주어 기운을 차린 듯 정미소 얘기를 끝내지 않았다.

"딸들이 있었는데 다 죽었는지 아니면 시집을 갔는지 오래전부터 보이지 않았어요. 구 씨가 본래 함흥 사람인데 여기로 피난 왔지. 얼마나 억척스럽게 일했는지 저 들판이 다 그 노인네 땅이었어. 정미소 봤지? 옛날엔 대단했어! 가을이면 첫새벽부터 마차들이 줄 나래비

섰었다니까. 정미소 인부들만 해도 스무 명이 넘었으니까, 인근에선 구씨네 정미소가 최고였지. 그랬으면 뭘 해… 저 모양으로 살고 있는데…"

이장이 말끝을 흐렸다. 긴가민가했던 짚더미 속 허물어진 물체가 정미소라는 사실은 확인된 셈이었다. 그러나 이장의 정보에는 또 다른 여지가 있음을 암시했다. 그렇지 않고서는 이장이 그처럼 표정까지 바꾸며 말하지는 않을 것이었다. 노인에 관한 이장의 정보가 더해지자, 그의 호기심은 더 커졌다. 묻지도 않은 노인의 고향과 들판에 자리 잡고 혼자 살아온 사연까지, 이장한테 들어야 할 노인의 이야기는 이제부터 시작인 듯 궁금증이 더해갔다.

이장이 노인의 고향이 함흥이라고 말했을 때 그는 마치 낯선 곳에서 아는 사람을 만난 것 같았다. 노인은 자신과 아무런 상관이 없고, 남한에 정착한 함흥 사람 중 한 명일 뿐이었다. 그저 수많은 실향민 중 한 사람일 뿐인데, 그는 노인에 대한 자신의 감정이 과했다는 걸 비로소 깨달았다. 그는 아버지의 고향과 노인의 고향이 같다는 사실이 불러온 익숙함이라고 여겼다. 그렇지 않고선 처음 본 노인에게 관심 가질 이유가 없었다. 뉴욕 한복판에서 서울 사람을 만났을 때 느끼는 것과 비슷했다. 물론 그럴 확률이 높은 것은 아니지만 굳이 인연이라고 생각할 필요까지는 없었다.

물론 노인이 들판에서 완전히 나가야만 일 처리가 끝날 테지만, 그도 이장이 할 일이니 크게 신경 쓰지 않아도 되었다.

"그럼, 이장님만 믿고 돌아가겠습니다. 잘 부탁드립니다."

그가 인사를 건네고 돌아섰는데도 이장은 담장에 그대로 기대 서 있었다. 할 말이 남은 듯 두 사람이 자리를 떠날 때까지 움직이지 않더니 자동차 시동 소리가 들리자, 담장 밖으로 나와 노인이 있는 들판을 바라보았다. 멀리 구씨네 정미소가 낮은 무덤처럼 보였다. 60여 년 동안 바라보았고 수도 없이 찾아갔지만, 정작 노인에 대해선 정확히 아는 것이 없었다. 고향이 함흥이고 남편은 본 적이 없고 딸 둘을 데리고 악착같이 땅을 사고 정미소를 운영했다는 사실만 알뿐이었다. 그동안 노인과 관련된 여러 일들이 있었지만, 모두 추측과 정황뿐이었고 마을 사람들 역시 언젠가부터 노인을 섬 안의 섬으로 생각했다. 마을 사람들이 노인에게서 등을 돌린 것이 아니라 노인이 사람들의 접근을 막았다.

노인이 마을과의 연을 아주 끊지 않고 산 것은 그나마 이장 덕분이었다. 정미소가 문을 닫으면서부터 사람들은 더 이상 정미소를 찾지 않게 되었고, 논은 금세 풀만 무성한 들로 변해버렸다. 시의 개발 계획으로 일대의 농지를 다 사들인 탓도 있지만, 마을이 너무 늙어버린 탓이었다. 많은 논을 가져야만 부자 소릴 들었고 한 해 볏섬을 기준으로 그 집의 재력을 평가하던 시대는 이제 유행이 지나버렸다. 늙어버린 마을에서 그나마 농사를 짓던 사람도 계속해서 쌀값이 추락하자 시의 보상에 응하거나 헐값에 팔고는 도시로 나가버렸다. 그렇게 황금 들판이 황량한 벌판으로 변하기까지는 십여 년이 채 걸리지 않았다.

개발은 더 나은 삶을 보장해 준다고 속삭였다. 평생 허리 숙여 숭배한 땅이 당신께 은총을 내려주니 이제 밥이 아닌 빵을 먹으며 편안하게 살라고 유혹했다. 틀린 말이 아니었다. 땅을 숭배한 결과는 가난과 질병뿐이었다. 씨 뿌리고 거두는 일은 하나부터 열까지 몸뚱이를 쓰는 일이었고, 뒤틀리고 벌어진 팔다리는 흉측하게 녹이 슨 농기구처럼 변했다.

농부라는 말도 지긋지긋했다. 무지라는 이름표가 달린 양 어딜 가나 무시당하거나 소외당하기 일쑤였다. 떠나간 자식들도 쌀자루보다 현금을 더 좋아했고, 누구도 노인이 사는 이곳이 시의 곡창지대였고 그토록 귀했던 쌀을 생산해 내던 곳이라고 기억하지 못했다. 그래서 이장도 더는 농사에 미련이 없었다.

노인만 그곳을 떠나지 않았다. 그 이전에도 그랬고 아주 오래전에도 노인만이 가장 처절하게 들판을 지키며 그들과 싸웠다. 다리가 불편한 노인이라고만 여겼다가는 큰 봉변 당하기 쉬웠고, 혼자 사는 여자라고 다른 생각을 품었다가는 심한 모욕을 감수해야 했다. 세상을 대하는 노인의 입은 언제나 독설로 가득 찼고 부당함과 맞서는 노인의 몸은 거침없이 전투적이었다.

사납고 거친 노인을 상대하려면 노인보다 더 사납고 험악해져야 했던 사람들은 노인과 맞서기보다 점점 멀리하는 쪽을 선택했다.

그래도 이장은 젊은 시절 노인이 베푼 것을 생각해 모른 체 하지 않았다. 노인과 특별히 사이가 좋아 그런 것이 아니라 노인의 집에서 먹고 산 세월이 있기 때문이었다. 엄밀히 말하면 이장은 노인의 집 머슴으로 이십여 년 가까이 살았다. 십여 명이나 되는 머슴 중 한 명이었지만, 이장은 다른 머슴들과 달리 노인과 큰 불화를 만들지 않았다. 이장은 계산이 빠르고 영민할 뿐만 아니라 무리에 끼어 문제를 만들지 않아 노인의 신뢰를 받았다. 노인은 그런 이장이 머슴살이를 그만둘 때 스무 마지기나 되는 논을 주었고, 당산리에 살도록 집까지 마련해 주었다. 이장이 노인을 무시할 수 없는 데는 그러한 이유가 있었다.

그러나 노인도 이장도 예전의 관계 때문에 서로를 챙겨야 할 만큼 젊지 않았다. 이장은 가끔 노인이 내려놓지 못한 짐처럼 여겨지기도 했다. 어느 때는 이장의 말에 귀를 기울이는 듯 보이다가도 전혀 못 알아듣는 사람처럼 악다구니를 써 이장도 몇 년 전부터 노인을 상대하느라 애쓰는 중이었다. 이장 또한 당산마을에서의 삶이 그리 많지 않다는 걸 알기에 노인에 대한 연민이 남들과는 조금 달랐다. 이장은 노인의 정신이 온전치 않다는 것을 알고 있었다. 백 살 이면 꼿꼿하게 버티기 어려운 나이였다.

노인이 사는 들판에선 여전히 짚 썩은 냄새가 마을로 날아왔다. 노인이 마치 자신의 존재를 확인시키기 위해 매일 썩은 냄새를 풍기는 듯, 이장은 한 시절 빼놓고는 매일 안방에서조차 그 썩은 내를 맡으며 살아왔다. 그나마 요즘엔 냄새가 덜한 편이었다.

예전엔 짚 썩는 냄새가 아니라 생선 썩는 냄새가 마을을 덮쳤고, 북서풍이 부는 궂은 밤에는 참기 힘들 정도로 역했다. 구씨네 정미소를 불태워야 한다는 마을 사람들의 원성도 여러 번 있었다. 그때마다 노인은 운 좋게 위기를 넘겼다. 이장 덕분이었다. 이장이 마을 사람들의 방패막이 되어주지 않았다면, 노인은 벌써 당산리에서 쫓겨났거나 불에 타 죽었을지도 모른다.

이장도 이젠 힘이 들었다. 지금까지는 노인의 은혜를 모른 체할 수 없어 안부를 챙겼지만, 솔직히 노인이 아니, 그녀는 이장에게 평생의 걸림돌이었다. 그녀 때문에 당산마을에서 한 발짝도 벗어나지 못했고 결혼도 하지 못했다. 그녀에게 구속당한 것도 아니고 그녀를 끔찍이 생각해서 그런 것도 아니었다. 어찌하다 보니 반복된 일상이 신앙처럼 굳어졌고, 신앙 같은 일상의 중심에는 항상 그녀와 당산마을이 있었다. 그러나 이제는 그녀도 이장도 시들어버린 지 오래였다. 둘 다 다음 해를 기약할 수 없는 나이였다. 그녀의 들녘 역시 쓸모없는 땅이 되어버렸다. 아무도 그 땅에 씨 뿌리려 하지 않았고 아무도 그 땅에 발을 들여놓으려 하지 않았다. 그녀는 그러니까 버림받은 들녘을 지키는 마지막 허수아비 파수꾼이었다. 이장이 마지막으로 할 일은 그녀를 저놈의 냄새 나는 들판에서 내보내는 것이었다. 그래야만 자신의 망가진 몸을 제대로 쉴 수 있었다.

2. 구씨네 머슴 딸, 춘화

성천강 하류 끝 평야 대부분이 구씨네 땅이었다. 정미소는 그 평야 한가운데 있었고, 흙벽돌 외벽에 붉은 함석지붕을 하고 있어 멀리서도 눈에 띄었다. 마을과 연결된 정미소 길은 우마차가 다닐 수 있을 정도로 넓었지만, 사람들이 다니기에는 불편했다. 비가 오면 우마차 바퀴자국이 진창길을 만들었다.

정미소 옆에는 벼 가마니를 보관하는 창고 다섯 채가 있었고, 그 옆으로는 볏짚을 쌓아놓은 짚 누리 수십 개가 있어 성천에서 구씨네 정미소 규모가 가장 크다는 것을 짐작할 수 있었다. 산 너머 마을마다 있는 정미소는 그야말로 가난한 농사꾼들이 한 해 양식을 만들기 위해 이용하는 곳이었고, 구씨네 정미소를 거쳐 가는 쌀은 쌀장수를 통해 외지로 판매되거나 배편으로 일본에 실려 갔다. 처음에는 쌀이 남아돌아 일본에 수출하는 것이라고 말했지만, 사람들은 얼마 안 가 구씨가 거짓말한다는 것을 알게 되었다. 마음 착한 구씨는 쌀이 남아 일본에 수출하는 것이 아니라 강제로 빼앗기고 있었다.

구씨네는 조상 대대로 성천의 지주였기에 정미소가 있는 것은 당연했다. 그러나 구씨네 정미소가 유명해진 것은 일본에서 들여온 신식 도정기 때문이었다. 어느 날, 성천면 주재소 순사이던 구로다가 구씨를 찾아와 솔깃한 제안을 하면서 구씨네 정미소는 커지기 시작했다. 구로다가 처음 도태리를 찾아와 구씨네 정미소에 관해 물었을 때, 사람들은 구씨네가 독립군과 관련 있어 잡으러 왔다고 추측했다. 구씨네도 이젠 끝장이라며 소작농들은 애가 말랐다. 그러나 사람들의 추측은 빗나갔고, 구로다가 신식 도정기를 들여오자 엄청난 굉음을 내며 돌아가는 도정기와 발정기 소리를 감탄스러워했다.

정미소는 늘 사람들로 북적였다. 소작농을 비롯해 구씨네 정미소에서 일하는 사람들은 볍씨를 불리기 시작하는 3월부터 들락거리며 일손을 도왔다. 농사일을 도맡아 하는 머슴만도 열한 명이 있었지만, 못자리를 시작으로 모를 심고 추수까지 하려면, 백여 명 이상의 일손이 더 필요한 이유였다. 구씨네 정식 머슴들 대부분은 새경을 받았는데, 이른 새벽부터 잠들기 전까지 일하고 받는 일 년 치 새경이 보통 벼 1석 정도였다. 간혹 벼가 아닌 돈을 요구하는 머슴도 있었다. 거의 가 백 원 내외의 돈을 받았고, 입에 풀칠하기 어려운 사람들은 새경이고 뭐고 먹여주고 재워주는 것만으로도 은혜라고 생각했다.

춘화의 아버지도 구씨네 상머슴이었다. 춘화의 작은아버지와 외삼촌 세 명도 구씨네 머슴으로 일했고 춘화는 구씨네 정미소에서 미선 공으로 일했다. 동네서 춘화네를 은근 부러워하는 것도 상머슴인 춘화 아버지 이배 덕분에 끼니 걱정은 안 하고 살아서였다. 춘화 아버지는 열여섯 살부터 구씨네서 일했다. 워낙 힘이 좋고 부지런해서 스물다섯 살 되던 해에 상머슴이 되었다. 춘화의 작은 아버지도 소학교를 졸업하자마자 형님인 이배를 따라 구씨네로 들어왔고, 춘화 외삼촌 셋 역시 소학교를 마치자마자 기다렸다는 듯 구씨네 머슴으로 뽑혔다. 구씨가 머슴에 관한 모든 권한을 이배에게 맡긴 덕분이었다.

도태리를 비롯해 인근 마을 사람들은 구씨네서 일하기를 소망했다. 땅뙈기가 있거나 소작으로 농사를 지어도 수리 조합비와 소작료를 내고 나면 남는 것이 없었다. 몇 년 새 쌀값이 떨어져 빚에 허덕이다 보니 머슴살이로 새경을 받아 사는 형편이 나았고, 수시로 머슴을 뽑는 구씨네 정미소의 인기는 높을 수밖에 없었다.

마을 여자들 대부분도 구씨네서 일했다. 전부터 동네 우물은 말라도 구씨네 굴뚝은 마르지 않는다고 했을 정도로 구씨네 부엌 아궁이는 불이 꺼지지 않았고, 밥 짓고 허드렛일하는 아낙들로 항시 북적였다. 농사철에는 쌀 한 가마니가 들어가는 가마솥 두 개를 마당에 걸어놓고 밥을 해도 모자랐는데, 밥 냄새를 맡은 삼 동네 거지들이 수시로 산을 넘어오기 때문이었다.

구씨 아내인 끝순이 덕이 커서 그렇다고들 했지만, 본래부터 인심이 후한 편은 아니었다. 말수가 적고 온순한 덕구와 달리 끝순이는 수다스럽고 질투가 많은 성품이었다. 때문에 한 때는 구씨네 머슴들과 소작농들이 배를 곯는다는 소문이 나돌기도 했다.

한번은 늙은 머슴이 자신을 무시했다는 이유로 젊은 머슴들에게 멍석말이를 시키기도 했다. 뒤늦게 이 사실을 알게 된 구씨는 그동안 참아왔던 화를 폭발했다. 끝순의 교만을 더는 봐줄 수가 없었다. 남편을 비롯해 동네 사람을 종 부리듯 해도 언청이로 태어난 자신을 원망하며 기죽어 살았는데, 더는 끝순의 기고만장을 두고 볼 수 없었다. 그날 덕구는 처음으로 아내를 향해 밥상을 집어 던졌다. 그래도 분이 안 풀려 정성 들여 기른 콧수염을 낫으로 싹싹 베어내며 괴성을 지르자, 끝순이 구씨 바짓가랑이에 매달려 애원했다. 여보 내가 잘못했으니 제발 콧수염만은 자르지 마세요. 밥은 굶어도 당신이 언청이라는 소리는 듣기 싫어요. 아내의 말에 덕구는 들고 있던 낫을 떨어뜨렸다. 끝순이 교만을 떨고 질투와 폭력을 행사한 것 모두 언청이 남편인 덕구의 자존심을 지켜주기 위한 것이었다.

덕구는 부친의 가르침을 잊지 않았다. 끝없이 덕을 베풀어야만 언청이 내력에서 벗어날 수 있다는 유언을 남긴 덕구의 부친도 언청이였고, 증조부 역시 언청이로 살다 죽었다. 구씨 가문에 내려진 저주 탓이었다.

거슬러 올라가면, 구씨네는 덕구의 고조부인 구산 때부터 함흥 부자였다. 백정이었던 구산은 칼 다루는 솜씨가 신공에 가까웠다. 소 한 마리 잡아 해체하는데 한 시간이면 충분하고 돼지와 닭 정도는 순식간에 껍데기를 벗겨 고기로 만들었다. 구척장신에 인물까지 좋은 그가 소를 잡고 돼지를 잡을 때마다 추는 칼춤은 소문이 났을 만큼 대단했다. 그의 칼춤을 보기 위해 먼 데서 일부러 구경 오는 사람도 있을 정도였다. 그는 하루도 빠지지 않고 칼춤을 추었고, 그의 번쩍이는 칼날에 셀 수 없는 생명들이 죽어 나갔다.

그의 소문을 들은 사대부와 기생들이 일부러 성천까지 나들이를 왔는데, 그들이 타고 오는 마차에는 항상 소와 돼지 같은 가축들이 실려 있었다. 그들은 그의 경이로운 칼에 죽은 가축의 고기 맛은 확실히 다르다고 믿었다.

어느 날 그는 한나절까지 꿈에서 깨어나지 못했다. 밤늦도록 일한 탓이었다. 그는 꿈속에서 허허벌판에 서 있는 한 그루 소나무를 보았다. 한 번도 보지 못한 웅장하고 기품 있는 소나무였다. 그는 소나무 맨 꼭대기에 황새 한 마리가 앉아 있는 걸 보고는 자신도 모르게 들고 있던 칼을 던져 황새의 모가지를 잘랐다. 그깟 새 한 마리 정도는 식은 죽 먹기였다. 황새를 명중한 그는 다시 기분 좋게 하루를 시작했다. 함흥에서 왔다는 한 양반이 백 근이 넘는 돼지 세 마리를 마차에 싣고 와서는 서둘러 잡아달라고 했다. 해가 중천인지라 그의 집 주변은 이미 구경꾼들로 시끄러웠다.

그는 잘 벼른 도끼와 칼을 들었다. 돼지들이 비명을 질렀다. 그의 칼이 허공을 날아다녔다. 그는 보았다. 자신에게 환호하는 구경꾼들의 눈빛을. 그는 알았다. 자신의 칼춤이 구경꾼들의 오감을 만족시킨다는 것을. 이제 돼지의 심장 깊숙이 칼을 꽂으면, 구경꾼들의 박수가 터져 나온다는 것을. 하지만 어느 순간, 그는 구경꾼들 속에 섞여 있는 한 여인을 발견하고 말았다. 이제껏 한 번도 보지 못한 미색의 여인이 자신을 바라보고 있었다. 그는 처음으로 칼이, 도끼가 흔들리고 있다는 것을 느꼈다. 소복의 여인이 그를 뚫어져라 바라보고 있어 돼지의 심장을 명중하지 못했다. 시뻘건 피가 하늘로 솟구

쳐야 하는데, 그는 구경꾼들의 야유 소리에 실패했음을 알았다. 그날 그의 칼질은 삼십 년 백정 노릇에 치욕을 주었다. 구경꾼들이 돌아가고 텅 빈 마당에 홀로 앉은 그는 그 여인에 대한 이상한 갈증이 일었다. 그 여인만 아니었으면 더 멋진 칼질을 보여주었을 텐데, 하는 아쉬움 뒤로 그 여인을 꼭 만나 봐야겠다는 오기가 생기는 것이었다. 오십이 넘도록 칼질만 해온 그였던 지라 여인에 대한 갈증이 사내로서의 갈증인지 칼질을 망치게 한 분노의 갈증인지 모호하기만 했다. 갈등은 끝내 구산이 한밤중 그 여인을 찾아 나서도록 만들었다.

수소문 끝에 찾은 여인의 집은 당황스럽게도 무당의 집이었다. 여인은 박수무당의 외동딸로 얼마 전에 신내림을 받았고, 여인의 신력은 이미 사대부들에게까지 소문이 나 있었다. 그는 여인의 집 마당 대추나무에 걸려 있는 깃대를 확인하고는 집 주변을 맴돌았다. 칠순을 넘긴 박수무당의 기력은 이미 쇠약해져 문밖출입이 어렵다는 소리가 있었다. 그는 뒤꼍으로 가 불빛이 희미하게 새어 나오는 여인의 방을 찾았다. 문틈으로 향내와 분내가 초겨울 찬 코끝으로 스며들었다. 순간, 그는 칼질하면서 느꼈던 희열보다 더 강한 기운을 느꼈다. 여인을 마주해 보면, 칼질을 실수하게 만든 이유가 무엇인지 분명해질 것만 같았다. 그것이 분노인지 이상한 갈증인지 확인하지 않고서는 백정으로의 인생이 순탄하지 못할 것만 같았다.

그는 여인의 방문을 열어젖혔다. 소복의 여인은 기도 중이었다. 그는 무슨 말을 해야 할 지 알지 못했다. 여인이 바로 앞에 있는데, 무슨 일로 여기까지 온 것인지 생각나지 않았다. 기도하던 여인이 놀라 옆으로 쓰러지고 나서야 그는 여인을 보러 온 것이 백정의 자존심이 아닌 사내의 갈증이라는 것을 깨달았다. 더는 기다릴 수 없었다. 여인의 반응 따위는 신경 쓸 여유가 없던 그는 곧바로 여인에게 달려들었다. 여인은 한 손으로도 충분히 제압할 수 있을 정도로 연약했다. 아무리 사나운 짐승도 그의 재빠른 제압에는 꼼짝 못했다. 그는 사력을 다해 몸부림치는 여인을 탐하고는 흡족해하며 방을 나왔다. 여인의 비명이 담장 밖으로 새어 나왔지만, 백정은 결코 칼질한 생명에 연민을 주지 않았다. 그것이 그를 오랜 세월 백정으로 살게 한 힘이었다.

그러나 이튿날, 그는 마을에 퍼진 해괴한 저주에 사로잡히게 되었다. 엊저녁 일에 불과하다고 생각한 여인은 이튿날 대추나무에 목을 맸고, 여인의 아버지인 박수무당은 큰 굿판을 벌였다. 그가 여인의 방으로 들어가는 걸 분명히 보았다는 이웃의 증언이 나왔는데도 박수무당은 그에게 달려들지 않았다. 대신 여인이 목매달아 죽은 대추나무 앞에서 나흘 동안 저주의 굿판을 벌였다. 그리고 마지막 날 박수무당이 온 기력을 다해 써 내려간 축문에 불을 붙여 대추나무에 던지자, 대추나무가 폭발하듯 불꽃을 일으키며 활활 타올랐다. 이를 지켜본 사람들은 도망치거나 뒤로 넘어지며 소릴 질렀다. 지금껏 그런 굿은 본 적이 없었다. 대추나무 밑동이 신음을 내며 바싹 타들어 가자, 기력이 다한 박수무당은 알 수 없는 외마디 소릴 토해내고는 땅바닥으로 고꾸라졌다.

박수무당은 죽었다. 자기 딸이 목을 맨 대추나무가 불꽃에 사그라들자, 자신도 세상을 떠난 것이었다. 무당과 그의 딸이 죽고부터 마을에는 흉흉한 소문이 나돌기 시작했다. 박수무당의 저주가 마을을 비롯해 구씨 가문을 망하게 할 것이라고 했다. 실제로 박수무당이 죽던 해, 도태리는 오랜 가뭄으로 굶어주는 사람들이 생겼다.

백정 구산은 약간의 불안함을 느끼긴 했지만, 크게 신경쓰지 않았다. 박수무당의 신력이 아무리 용해도 그의 신들린 칼질보다 세다고 생각하진 않았다. 그의 칼 앞에선 어떠한 생명도 벌벌 떨었고 삼백 근이 넘는 황소와 멧돼지도 똥을 지리며 눈을 뒤집었다. 한낱 무당의 신력이라니! 그는 박수무당의 저주가 구산 가문에 대대로 전해질 거라는 소문을 무시해 버렸다.

자신의 칼질은 사람을 살리기 위함이지 사람을 죽이기 위한 것이 아니었다. 박수무당의 딸을 겁탈한 것은 미안한 일이지만, 그 일을 죄라고 여기지는 않았다. 무당의 딸이지만, 그 일을 빌미로 그녀와 혼인할 생각까지 하고 있었다. 그녀가 죽어버린 것은 그러니까 그의 전적인 책임이 아니라고 생각했다. 그리고 세월이 지난 일을 모두 지워버릴 것이기에 맘에 담아 두지 않았다. 구산은 전보다 더 열심히 백정 노릇에 매달렸고, 칼질의 대가로 많은 토지를 얻었다.

그런 다음엔 칼질을 멈추고 지주가 되었으며 이웃 마을 여인과 혼인했다.

사람들은 백정 구산이 지주가 된 것에 대해 못 마땅해했지만, 그의 소작농이 되거나 머슴이라도 해야 먹고 살 수 있어 무시하지 못했다.

구산은 당당했다. 아주 가끔 박수무당의 저주를 떠올리긴 했지만 다 지나간 일이었다. 그가 지주로 사는 동안 그를 무시하거나 과거 일을 떠올리게 하는 사람은 없었고 아무 일도 일어나지 않았다. 아쉬운 것은 혼인을 한 지 삼 년이 지나도록 대를 이을 아들을 낳지 못한 것이었다. 하지만 구산은 걱정하지 않았다. 아내가 아침저녁으로 칠성님께 치성드리고 있어 곧 아이가 생길 것이라 믿었다.

얼마 후 구산의 바람대로 아내는 입덧을 시작했다. 구산은 천지신 명이 자신의 편임을 다시 한번 확인했다. 아내가 자신을 닮은 아들을 낳기를 바라며 구하기 어려운 수컷 멧돼지 생식기를 구해다 삶아 먹었다. 그는 수컷 멧돼지 생식기를 구하느라 금강산까지 다녀온 포수에게 쌀 서른 가마니를 주었다. 그러나 금강산을 다녀오느라 기력을 다 쓴 포수는 구산이 준 쌀로 밥 한 끼 해 먹지 못하고 죽어버렸다. 포수가 죽었다는 소릴 들었을 때, 구산은 자신도 모르게 박수무당이 죽었다는 소릴 들었을 때처럼 기분이 떨떠름했다.

그의 아내가 아들을 낳은 것은 동짓달 초닷새 날이었다. 오매불망 아내의 해산 날을 기다리던 구산은 달려온 식솔을 따라 부리나케 안방으로 갔다. 앞으로 봐도 뒤로 봐도 아들이 틀림없다고 했던 산파의 말대로 아내는 정말 아들을 낳았다. 그러나 그는 강보에 감싼 아들을 확인하는 순간, 놀라 뒤로 넘어갔다. 자신을 닮은 고추가 떡하니 달려 있기는 했다. 그러나 아들의 입술에는 큰 칼자국이 나 있었다. 누군가 일부러 칼자국을 낸 듯 시뻘건 잇몸을 드러낸 아들이 괴상한 소리로 울었다. 아들을 품에 안고 덩실덩실 춤을 추려 했던 그는 짐승 소리도 아니고 사람 소리도 아닌 괴상한 소리를 내며 자지러지는 아들을 보고 겁에 질렸다.

처음에는 그저 그렇게 태어난 것뿐이라고 생각했지만, 그는 차츰 박수무당을 떠올리지 않을 수 없었다. 그의 저주가 마침내 구씨 가문에 찾아온 것이라는 불길함으로 잠 못 이루는 날이 많아졌다. 어쩌면 자신의 판단이 잘못되었을 수도 있다는 생각도 들었다. 저주가 아닐 수도 있는데 자신이 지나치게 겁먹은 것은 아닌가 싶어 다시 아들을 갖기로 했다. 아내는 온몸으로 저항했지만, 그는 뜻을 굽히지 않았고 결국 또 한 명의 아들을 낳았다.

그리고, 불길함이 벼락처럼 맞아떨어지는 순간을 다시 경험했다. 아내가 아니 자신이 사람이 아닌 괴물을 낳았다는 생각이 들자, 박수무당의 저주가 아니 언청이로 태어난 핏덩이가 무서웠다. 그는 허옇게 질린 모습으로 핏덩이를 강보에 싸는 산파에게 치우라고 소리쳤다. 아내도 분명 울음소리를 들었는데 아이를 확인하지 않았다. 핏덩이는 다행히 사람들의 눈에 띄기 전에 죽어버렸다. 숨소리를 멈춘 뒤에도 여전히 입을 벌리고 있는 아이를 보며 그와 그의 아내는 말했다. '차라리 잘 됐어!' 아이는 다시 강보에 싸여 누군가의 손에 들려 밖으로 나갔다. 아이를 어디로 데려가는지 누구도 묻지 않았고, 식솔 역시 어디에 아이를 묻고 왔는지 말하지 않았다. 구산의 둘째 아들은 그렇게 사라지고 잊혔다.

그렇게 구산의 아들은 구억을 낳고 구억은 덕구를 낳고 덕구는 만석을 낳았다. 구씨 가문의 저주는 그리 전해지고 있었다. 물론 멀쩡히 태어난 자식도 있긴 했다.

불행이 구씨 가문의 내력으로 이어지던 차, 덕구의 첫째 아들은 멀쩡히 태어났다. 구산의 증손자이자 덕구의 첫째 아들 백석은 가문의 저주를 피했다. 덕구는 눈물을 흘리며 좋아했고, 덕구의 아내는 구씨 가문의 불행을 끊은 것은 전적으로 자신의 공이라고 여겼다. 동네 사람들 역시 덕구가 장가를 잘 들어 그렇다며 덕구의 아내를 치켜세웠다. 누구의 공이든 간에 덕구는 한없이 기쁘기만 했다. 덕구의 아내 끝순이 갈수록 교만해진 것도 백석을 나고부터였다. 식솔을 노비 대하듯 해 농번기에는 일꾼이 모자랐고 머슴들까지 자주 그만두었다. 구씨 아내의 횡포를 못 견뎌 부엌 일하는 여자들조차 모자랄 지경이었다.

첫째 아들 백석이 멀쩡히 태어나자 끝순은 다시 둘째를 가졌다. 호기롭게 출산을 기다렸던 끝순은 그러나 첫째 아들과 다른 모습으로 태어난 둘째 아들을 보고는 몸이 굳어졌다. 둘째 아들은 덕구와 똑 닮은 언청이였다. 덕구와 끝순은 깊은 절망에 빠졌고 한동안 바깥출입을 하지 않았다. 긴 콧수염이 가리고 있어 눈치채기 어렵지만, 덕구는 분명 오른쪽 윗입술이 심하게 갈라진 언청이였다. 지주의 자식으로 태어나 큰 놀림은 받지 않았지만, 그는 자기 얼굴을 보는 게 끔찍할 정도로 싫었다. 찢어지게 가난하고 성격까지 좋지 않은 아내를 받아들인 것도 자신이 언청이라는 사실 때문이었다. 덕구는 둘째 아들이 언청이로 태어나자, 사흘 동안 주막에서 술을 마셨다.

첫째 아들 백석이 멀쩡하게 태어나 천지신명께 감사했던 끝순이 역시 분노를 참을 수 없어 했다. 시뻘건 잇몸을 드러난 채로 우는 핏덩이에게 젖도 물리지 않았다. 천형과도 같은 구씨 가문의 언청이 유전이 더는 이어지지 않을 거라고 믿었는데, 둘째 만석과 셋째 천석이 덕구와 빼닮은 채로 태어나자, 그녀는 비로소 자신의 덕을 자책

하며 달라지기 시작했다.

　구설은 또 다른 구설의 탄생으로 덮어지거나 소멸했다. 특히 구씨
네 구설은 하얀 쌀밥 한 그릇보다 가볍고 무의미했다. 덕구 아내가
언청이 두 아들을 보호하는 데 필요한 것은 입단속이 아니라 하얀
쌀밥을 더 많은 사람에게 먹이는 것이었다.

　덕구네 세 아들도 벌써 첫째가 열아홉, 둘째가 열여섯 셋째가 열
다섯이었다. 첫째 백석은 어릴 적부터 영특해서 까막눈이 머슴들
을 놀라게 하더니 경성제국대학에 입학해 성천의 자랑이 되었다. 둘
째 만석은 중학교를 마친 뒤 정미소에서 경리로 일했고, 셋째 천석
은 공부에 영 소질이 없어 소학교를 마치고는 하는 일 없이 여기저
기 떠돌아다녔다. 제 딴엔 입을 가린다고 시커먼 수염을 깎지 않고
다녀 처음 본 사람은 구씨네 머슴인 줄 알았다. 언청이 구씨네 자존
심은 첫째 아들 백석과 많은 토지였다. 도태리는 물론이고 성천에서
구씨네 땅을 부쳐 먹지 않는 사람이 없을 정도였으니 구씨네 땅의
규모를 짐작할 수 있었다.

　첫째 아들 백석은 인물도 나무랄 데 없이 훤칠했지만, 천재들만
갈 수 있다는 경성제국대학에 입학해 구씨 가문의 영광을 만들었
다. 덕구는 생각했다. 신은 절대 불공평하지 않다고. 두 아들은 비록
언청이지만, 큰아들 백석이 있으니, 조상님께 그리 부끄럽지 않다고.

　끝순은 백석이 경성에서 오는 날이면, 마차를 타고 함흥역으로 나
갔다. 마차만 보내도 될 터인데, 그녀는 모든 일을 제쳐두고 역으로

갔다. 뽀얗게 분 바른 그녀의 둥근 얼굴은 붉은 비단 한복에 더욱 도드라졌다. 그녀가 탄 마차가 마을을 지나면 동네 아낙들이 반갑게 인사하고는 뒤돌아서 수군거렸다. 귀부인이 따로 없네! 구로다 마누라랑 가까이 지내더니 쥐 잡아먹은 것 같은 저 입술 좀 봐! 구로다 아내는 함흥에 살면서 구씨네를 제 집 드나들 듯했다.

구로다가 동업이라는 명목으로 정미소를 확장하고 신식 도정기를 들여오자, 경계하던 구씨 아내 끝순은 구로다 부인을 시어머니처럼 대우했다. 때문에 구로다 부인은 걸핏하면 마차를 타고 도태리로 와 구씨네 머슴을 제 하인처럼 부렸고, 정미소에서 갓 도정한 쌀을 마차에 실어 갔다. 동네 사람들은 머지않아 구로다가 구씨네 땅과 정미소를 강제로 빼앗을 것이라고 걱정했다. 구로다가 구씨네 정미소를 통해 포구로 실어 나르는 쌀가마니 숫자는 어림잡아 한 달에 수백 가마니가 넘었다. 구씨네뿐만 아니라 다른 동네 지주들 역시 그런 실정이었는데, 뭣도 모르는 끝순은 제 집에서 가장 좋은 것만 골라 구로다 부인에게 안겼다.

도태리 사람들이 걱정하는 것도 구씨네가 구로다에게 땅을 빼앗기면 당장 굶어 죽을 수 있다는 불안이었다. 구로다 아내의 말이라면 도태리라도 넘겨줄 듯 아양 떨기 바쁜 끝순이동네 사람들의 걱정을 알 턱이 없었다. 그녀의 신경은 온통 구로다 아내가 가져오는 신식 물건과 첫째 아들 백석뿐이었다. 구로다 아내 역시 제 아들도 입학하지 못한 제국대학에 구씨 아들 백석이 입학하자 부러움과 질투를 느꼈다. 덕분에 끝순의 기세는 다시 예전으로 돌아갔다.

기차가 함흥역에 멈추고 출입문이 열렸다. 성급한 탑승객들이 앞다투어 내렸다. 역사는 순식간에 사람들로 북적였다. 도착한 사람과 배웅 나온 사람들이 뒤섞여 발 디딜 틈이 없었다.

끝순은 사람들한테서 멀찍이 떨어져 서 있었다. 성천의 자랑인 백석을 마중 나왔으니 달려가 부둥켜안아야 하는데, 그녀는 거만한 미소를 머금은 채 한곳을 응시했다. 이윽고 저만큼 빽빽한 사람들 머리 위로 금테를 두른 사각모가 보였다. 그녀는 두 손을 높이 쳐들고는 소리쳤다. 아들! 에미 여깄다! 그녀의 목소리가 역사를 울리자, 사람들이 일제히 그녀를 쳐다보았다. 백석이 그녀를 향해 손을 흔들었다. 그녀는 한 번 더 큰 소리로 말했다. 아들! 에미 여깄어! 여기! 검은 제복을 입은 백석이 사람들을 가르며 그녀에게 왔다. 아니, 사람들은 검은 제복을 피해 길을 비켜주었고, 백석은 그 길을 당당하게 걸어왔다.

그녀는 백석이 제 옆에 와 있는데도 계속해서 아들이라 불렀다. 백석 아래로 만석과 천석이 두 명의 아들이 더 있는데, 백석만이 3대 독자인 양 온갖 정성을 들였다. 역 안의 사람들이 마침내 상봉한 모자를 쳐다보며 부러운 눈길을 보냈다. 이를 증명이라도 하듯 역을 순시하던 순사 서너 명이 백석을 향해 경례하자, 그녀는 보란 듯 백석이 입은 제복을 매만지며 아들에 대한 자부심을 표시했다. 기미가요가 쩌렁쩌렁 울리는 역사의 주인공은 백석과 끝순이었다. 닷새 만에 만났으면서 5년 만에 만난 듯 호들갑 떠는 그녀의 목소리에 마땅치 않은 표정으로 비켜가는 이들도 더러 있었지만, 두 사람은 신경 쓰지 않았다. 종로 중매쟁이가 또 찾아오지 않았더냐? 그놈의 여편네 도태리까지 찾아와서 널 중매하겠다고 하더라. 종로에서 금방하는 부잣집 딸이라고, 까짓 금방이 무슨 대수라고, 그 여편네 또 찾아오면 혼인할 자리 있다고 쐐기를 박아야겠다. 어딜 함부로 넘보는지 모르겠다. 나는 구로다 사모님 조카 딸이 맘에 들더라. 너처럼 일본에서 제국대학에 다니는데, 조만간 서울로 온다고 하더라. 구로다 조카 딸이랑 결혼만 하면, 네 출세는 보장되지 않겠니? 어머니 저 이제 스물한 살이에요. 백석이 웃어넘기자, 그녀는 말귀를 못 알아듣는 사람처럼 다시 한번 큰 소리로 말했다. 하긴, 그것들보다 더 좋은 혼처 자리가 줄 서 있으니, 미리 걱정할 일은 아니다. 에미가 잘 골라 볼 테니 너는 걱정하지 말아라.

다음 기차가 함흥역으로 들어서며 기적 소릴 내자, 역사는 다시 떠나려는 사람과 도착한 사람들로 시끄러워졌다. 백석과 끝순은 그제야 밖으로 나왔다. 역사 밖에는 두 사람을 태우고 갈 마차가 기다리고 있었다.

춘화는 정미소 마당에서 백석과 끝순이 탄 마차를 보았다. 백석의 제국대학 제복인 검은 망토 자락이 마차 밖으로 휘날렸다. 도태리 사람 모두가 부러워하는 풍경이었다. 백석은 소문보다 인물이 더 좋았다. 언청이 구씨와 끝순의 아들이라고 믿기 어려울 만큼 이목구비와 몸매가 반듯하고 걸음걸이까지 품위 있었다.

춘화는 상머슴으로 있는 아버지를 만나러 구씨네 간 적 있었다. 아버지를 찾느라 마당 여기저기를 둘러보던 중이었다. 그때 방학을 맞아 본가에 온 백석과 마주쳤다. 백석이 먼저 그녀에게 목례했다. 한눈에도 자기네 식솔이거나 그 떨거지임을 알 수 있을 텐데, 그의 목례에 춘화는 당황했다. 아버지를 만나기로 한 사실도 잊은 채 서둘러 그 자리를 떠났고, 걷다 보니 구씨네 정미소 앞이었다. 정미소는 구씨네 집과 춘화가 미선공으로 일하는 미곡창고 중간에 있었다. 춘화는 이끌리듯 정미소 가까이 다가갔다. 멀리서만 보았던 정미소는 입이 딱 벌어질 정도였다. 아버지와 외삼촌들한테 들은 것보다 훨씬 크고 웅장한 느낌이라 남자만 출입할 수 있다는 구씨네 관습을 까맣게 잊었다.

정미소 안으로 구씨네 머슴과 메갈 꾼들이 쉴 새 없이 벼 가마니를 날랐다. 메갈 꾼은 지주의 머슴이 되지 못한 가난한 소작농의 자식들이었다. 그들은 미곡 창고를 오가며 벼 가마니를 들어 나르거나 무거운 매갈 통을 돌려 현미를 찧었다. 그들이 받는 하루 품값은 5원 남짓 되었고, 현금 대신 쌀이나 잡곡으로 주는 경우가 많았다.

춘화는 정미소 마당에 대기 중인 마차들을 보았다. 미곡 창고에서 싣고 온 벼 가마니였다. 작년에 농사지은 벼는 창고에 보관했다가 도정을 거친 뒤 포구를 통해 모두 일본으로 실려 갔다. 작년에도 쌀밥 한번 먹지 못한 춘화는 일본으로 실려 가는 쌀가마니를 보니 배가 고팠다.

쌀 한 가마니만 있으면, 엄마와 아버지 세 식구가 일 년은 먹고살 수 있었다. 흰쌀밥은 못 먹어도 보리와 조, 수수를 섞으면 하루에 한 끼니는 쌀이 들어간 밥을 먹을 수 있었다.

미곡창고에서 일하는 춘화와 춘화엄마는 먹을 것을 싸 들고 다녔다. 전에는 변변치는 않지만, 미선공에게도 점심을 제공했는데, 구로다가 온 후로는 제 먹을 것을 챙겨 가야 했다. 도시락까지 세 끼를

다 먹을 수 없기에 춘화와 춘화엄마는 감자를 삶아가거나 밀떡을 만들어 가지고 다녔다. 춘화와 춘화엄마가 미선공으로 번 돈은 거의 병든 할머니와 할아버지 약값으로 나갔고, 아버지가 새경으로 받은 쌀 또한 할머니와 할아버지 양식으로 보내졌다.

춘화 아버지는 자주 한숨 섞어 말했다. 이제 구씨 맘대로 할 수 있는 건 아무것도 없어. 정미소도 땅도 구로다가 다 해 먹고 있어. 구씨는 허수아비일 뿐이야.

구로다가 온 뒤 아버지 새경이 반토막으로 줄어든 탓이었다. 머슴들 새경만 줄어든 것이 아니라 소작료까지 오르면서 도태리 사람들의 생활은 갈수록 어려워졌다.

그날 춘화는 한발 한발 정미소 안으로 들어가고 말았다. 정미소에 함부로 들어갈 수 없다는 것을 알면서도 구수한 쌀겨 냄새에 이끌리고 말았다. 소음과 먼지로 가득 찬 정미소 내부를 비추는 것은 구멍 뚫린 벽 사이로 들이치는 싸리 빛이었다. 그 구멍 옆으로 천장이 닿을 듯 높게 솟은 연통이 도정기와 연결되어 있었고, 여러 대의 도정기와 발동기를 연결해 주는 피댓줄이 쉭쉭 소릴 내며 돌아갔다. 발동기가 굉음을 내기 시작하면, 피댓줄이 돌아가며 도정기를 움직였다.

기계 소리 보다 참기 힘든 것은 시커먼 기름 냄새였다. 한 남자가 발동기와 연결된 피댓줄에 시커먼 기름을 쉬지 않고 찍어 발랐고, 또 다른 남자는 큰 고무래로 도정기 속으로 빨려 들어가는 벼를 단속했다. 정미소 마당에서 옮겨진 벼 가마니가 도정기 속으로 벼를 토해내면, 도정한 쌀은 아래로 떨어졌고, 천장을 통해 밖으로 연결된 연통으로 왕겨가 뿜어져 나갔다.

　어둡고 위험하기 짝이 없는 곳에서 하얀 쌀이 장대비처럼 쏟아졌다. 한두 가마니 쌀은 보았어도 그토록 많은 쌀은 처음 보았다. 그녀는 배가 고팠다. 미곡창고에 쌓인 벼 가마니를 볼 때는 배고프지 않았는데, 함박눈처럼 쏟아지는 흰 쌀을 보니, 쌀밥 한 그릇이 간절했다. 하지만 정미소 밖으로는 쌀 한 주먹 가지고 나갈 수 없었다. 두 남자가 도정기에서 쏟아져 나오는 쌀을 가마니에 쉬지 않고 퍼 담고 있었고, 총을 멘 순사가 정미소 입구를 지키고 있었다. 그녀가 정미소 안으로 들어올 수 있었던 것은, 때마침 순사가 잠시 자리를 비웠기에 가능했다. 쌀에 정신이 팔려있던 춘화는 어느 순간 자신을 쫓는 호루라기 소리에 정신이 번쩍 들었다. 어떻게든 정미소에서 빠져나가야 했다. 붙잡히면 도둑 누명을 쓰게 되고, 처음으로 정미소에 들락거린 재수 없는 여자 소릴 듣게 될 것이었다. 그리되면 구씨네 상머슴인 아버지와 외삼촌들까지 위험해질 수 있었다.

　춘화는 밖으로 통하는 정미소 뒷문에 쌓여 있는 왕겨 가마니를 보았다. 미처 빠져나가지 못한 왕겨와 쌀겨가 햇빛에 뒤엉켜 춤을 추는 피안이었다. 그녀는 절룩거리는 다리를 다잡고는 죽을힘을 다해 왕겨 가마니로 몸을 날렸다. 정미소의 먼지와 소음이 그녀의 배고픈 삶을 송두리째 받아주었다. 그녀는 죽지 않았다. 가늘게 눈을 떴을 때, 호루라기를 불며 뒤쫓던 순사는 뒷문을 박차고 나갔다. 비로소 천장과 벽 틈 사이로 정미소 밖 풍경이 보였다. 정미소 밖으로 뻗친 연통 위로 참새들이 새까맸다. 그녀도 참새도 배고프기는 마찬가지였다.

정미소는 배고픈 짐승들이 모여드는 곳이고, 참새보다 많은 쥐가 사는 곳이었다. 그녀는 왕겨 가마니를 들썩이는 것들이 정미소 주인이라는 것을 모르지 않았다. 그것들이 어쩌면 그녀의 뒤틀린 발부터 먹어 치울 수 있다는 사실을, 도태리의 모든 쥐가 구씨네 정미소를 거점으로 살아가고 있었다. 그녀는 그것들의 공격이 거칠어지지 않기를 빌며 왕겨 가마니 속에 한참 숨어 있어야만 했다. 그녀가 쥐들의 공포에서 그나마 견딜 수 있었던 것은 백석과 스친 여운 때문이었다.

그녀는 그때부터 백석을 떠올리면 공연히 가슴이 두근거렸다. 한번 마주친 것뿐인데, 친구들과 하도 백석의 얘기를 자주 해서 그런지 전부터 인연이 있는 듯 느껴졌다. 춘화의 친구 설하는 스무 살이 되면 백석과 꼭 혼인하겠노라고 배짱 좋은 농담을 했고, 또 다른 친구 미숙은 백석 얘기만 나오면 공연히 벙싯거리며 얼굴을 붉혔다. 춘화도 그녀들과 비슷한 마음이었지만, 왼쪽 발목이 심하게 뒤틀려 절름발이 신세이다 보니 농담조차 드러내기 어려웠다.

춘화는 친구들이 백석의 얘기를 꺼낼 때마다 자신과는 아무 인연이 없는 사람이라고 자조했다. 백석을 맘에 둔다는 것은 어림없는 소리였다. 백석은 지주이고 춘화는 그 지주의 상머슴 딸이었다. 지주와 머슴의 딸이 인연을 맺었다는 소리는 듣지도 보지도 못했을뿐더러 춘화가 그 첫 번째 일화가 될 리도 만무했다.

백석의 경성제국대학 입학 소식이 알려지면서 함흥과 성천의 중매쟁이들이 구씨네 문턱을 뻔질나게 드나들었다. 경성의 중매쟁이들까지 찾아와 끝순에게 읍소하는 상황이라 그야말로 백석의 인기는 대단했다. 모든 게 끝순의 높아진 콧대 때문이었다. 이제 제국대학 1학년인 백석의 며느리를 고르겠다고 찾아오는 중매쟁이마다 이 타박 저 타박이었다. 두 살 터울인 둘째 만석과 셋째 천석도 있는데, 끝순은 오로지 큰아들 백석만 제 아들인 양 온갖 거만을 떨었다. 그 정도로 인기 좋은 백석을 맘에 품는 것은 어리석었다.

춘화는 잠깐의 휴식을 끝내고 다시 미선공으로 돌아왔다. 마차를 타고 가며 휘날리던 백석의 망토는 지나가는 바람일 뿐이었다. 바람을 잡을 수는 없었다. 그녀가 당장 해야 할 일은 유리판 위에 쌓인 쌀에서 잡티를 골라내는 것이었다. 쌀에 섞여 있으면 안 되는 잡티를 골라내야만 봉급 20원을 받을 수 있고, 그 돈을 보태야만 가족이 먹고 살 수 있었다. 하지만, 춘화의 봉급은 몇 달째 나오지 않았다. 구로다가 계속해서 봉급을 미뤘다. 아버지의 새경도 깎인 마당에 춘화의 봉급까지 제때 나오지 않아 살림살이는 점점 쪼그라들었다. 때문에 춘화엄마는 구씨네 허드렛일까지 하게 되었고, 그 품삯으로 받아오는 쌀 한두 되와 먹다 먹다 남은 음식으로는 춘화의 배고픔을 채워주지 못했다.

춘화는 생각 없이 쌀 한 주먹을 집어 입안에 넣었다. 딱딱한 생쌀이지만, 일본 쌀 섬광은 씹을수록 고소한 풍미가 있었다.

섬광은 작년보다 올해 작황이 더 좋았다. 창고 마당에 쌓여 있는 짚단의 높이를 보면 짐작할 수 있었다. 아버지는 밥상머리에 앉을 적마다 묻지도 않는 농사법에 대해 떠들었다. 배고픈 이들에게는 아무 도움이 되지 않는 아버지의 쌀 얘기가 춘화의 입안에서 생쌀과 버무려졌다. 춘화는 처음으로 언젠가는 자신도 쌀이 넘쳐나는 정미소를 가져야겠다고 다짐했다. 허황한 꿈일지라도 쌀밥만큼은 원 없이 먹을 수 있는 정미소를 운영할 것이라며 호기롭게 쌀 한 주먹을 더 입에 넣었다.

예전부터 구씨네를 비롯해 도태리에선 벼 이삭이 검은 북흑조나 화도 벼를 심었다. 두 종자는 맛은 구수하지만, 한 마지기에 대여섯 가마니 정도로 소출이 적었다. 소작농들은 쌀 한 가마니에 소작료로 쌀 대여섯 되를 떼어주고 물세와 농지세 같은 세금을 물고 나면 식구들 겨울 양식조차 부족했다. 일본 품종인 섬광 쌀은 생산량이 두 배로 많아 쌀이 부족한 농민들에게 인기가 있었다. 일본의 산미 증식계획을 위한 수단이긴 했지만, 생산성이 높다 보니 지주들이 먼저 품종 개량에 앞장섰다.

춘화는 입안의 쌀을 우물거렸다. 아무리 배가 고파도 절대 다른 맘을 먹으면 안 된다고 한 엄마의 당부는 생각하고 싶지 않았다. 건너편에 앉은 풍자도 쌀 한 주먹을 입에 넣었다. 춘화의 행동을 눈치챈 다른 미선공들까지 하나둘 쌀을 집어 먹었다. 흔한 일은 아니지만, 점심을 거른 미선공들에게 저녁은 너무 멀었고, 너나없이 끼니 걱정하는 살림들이라 배부른 저녁이 기다리고 있을 리 만무했다. 위험보다 쌀의 유혹이 더 가까이 있었고, 춘화가 그 유혹에 불을 당긴 셈이었다. 춘화를 비롯해 친구 풍자와 다른 미선공들까지, 그녀들은 합세라도 한 듯 거침없이 유리판 위 쌀을 집어 먹었다. 채워지지 않을 뱃속이지만, 생쌀이라도 씹어먹지 않으면 당장의 생을 참을 수 없었다. 두려움도 나중 일이고 원망도 나중 일이었다.

그녀들의 작은 손이 쉴 새 없이 움직이며 입안을 들락거리는 동안 미곡 창고 밖에 있던 순사 한 명이 안으로 들어왔다. 춘화는 순간, 올 것이 왔구나 싶었다. 미선공들이 닥친 위험을 피하기는 어려웠다. 지휘봉을 든 순사가 유리판을 내려치며 소리쳤다. 이년들아! 당장 머리 위로 손 올려! 춘화는 집어 든 쌀을 마저 입안에 넣고는 머리 위로 손을 들었다. 순사의 호통에 기겁하는 미선공은 없었다. 예견된 일이었고 참을 수 없는 일도 아니었다. 순사의 위협과 모독은 일상화된 지 오래였다. 누가 주동자야! 순사가 춘화 가까이 와서 물었다. 당연한 일이라고 아니, 언제나 겁 없는 춘화가 가장 먼저 쌀에 손을 댔을 거라는 것이 순사의 생각이었다.

춘화는 순사의 생각을 뒤집지 않았다. 오히려 그녀들 대신 항상 자신을 먼저 지목하는 순사의 태도가 마땅하다고 여겼다. 춘화는 가장 먼저 머리 위로 손을 올렸다. 내 그럴 줄 알았다. 네년이 항상 말썽이란 말이야. 병신이면 병신답게 조용히 일이나 할 것이지, 왜 자꾸 사람들을 선동하는 것이냐! 나머지 다리까지 못 쓰게 만들어줄까! 춘화는 대꾸하지 않았다. 그녀의 시선은 맞은 편의 풍자와 다른 미선공에게 가 있었다. 어차피 벌어진 일이었고 앞으로도 벌어질 일이었다. 어떤 희망을 품고 살아가기에 그녀들은 너무 지쳐 있었다. 조급한 것은 그녀들이 아니라 하루의 목표를 달성해야만 하는 구로다 아니, 그의 부하인 기시다였다. 좋은 쌀을 골라 천황한테 보내야 하는 책임은 그녀들에게 있는 것이 아니라 전적으로 구로다에게 있었다. 그녀들은 자신들이 굶주리며 티를 골라낸 쌀가마니가 차곡차곡 쌓여 오섬포구를 통해 일본으로 떠날 때마다 눈이 뒤집혔다. 크게 잘못된 세상이 확실한데, 어쩌자고 아무도 바로잡으려 하지 않는 것인지, 왜 계속 배고픈 채로 살아야 하는 것인지 설움이 폭발했지만, 그녀들이 할 수 있는 것은 생쌀을 집어삼키거나 암묵적 시위뿐이었다.

춘화를 비롯해 그 누구도 반응하지 않자, 순사는 다시 한번 들고 있던 나무 봉으로 유리판을 내리쳤다. 네 년들이 아주 간땡이가 부었구나. 이번엔 그냥 넘어가지 않을 테니 두고 보자. 기시다는 그녀들을 무섭게 노려보다 밖으로 나갔다. 그의 눈빛이 그리고 유리판을 내리치던 기세가 전보다 심상치 않다는 걸 춘화는 알아챘다. 기시다의 눈빛이 그녀를 노려보던 순간, 춘화는 두려움보다 막다른 골목에 도착했다는 막막함이 몰려왔다. 춘화는 그것이 무엇이든 한번은 자신에게 닥칠 운명이라는 걸 막연하게나마 짐작했다. 그녀는 마음을 가다듬고 자리에 앉았다. 남은 일은 끝내야 했다. 춘화가 앉자, 그녀들도 아무 일 없었던 듯 다시 작업을 시작했다. 쌀 한 톨이라도 얻기 위해서는 일할 수밖에 없었다.

일을 마친 춘화는 풍자와 집으로 향했다. 둘이 미곡 창고를 나와 집으로 가는 농노로 들어섰을 때, 맞은 편에서 기시다가 오고 있었다. 처음 보는 두 명의 남자도 기시다를 뒤따랐다. 그 시간에 기시다가 농노를 걸을 일이 없는데, 춘화는 얼마 못 가 기시다 일행과 마주치게 되었다. 기시다와 함께 온 두 명의 남자는 일본인이었다. 제복을 입지는 않았지만, 기시다와 말을 주고받으며 키득거리는 꼴이 한 통속이었다. 기시다의 눈빛을 본 순간, 춘화는 언젠가는 도태리를 떠나야 한다고 막연하게 생각했던 그날이 닥쳤다는 것을 알았다. 그날이 그렇게 빨리 올 줄은 몰랐다.

한쪽이 비켜서지 않으면 지나갈 수 없는 길이었다. 춘화와 풍자가 먼저 몸을 돌려 길을 비켜주었다. 그러나 그들은 움직이지 않았다. 그들이 지나가기만을 기다렸지만, 기시다와 두 남자는 춘화와 풍자를 빤히 노려보며 실실거렸다. 너희들 미곡창고로 다시 가야겠다. 기시다가 춘화를 보며 말했다. 무슨 일인데요? 분명 다른 꿍꿍이가 있음이었다. 항상 혼자 다니지 말고 둘씩 짝을 지어 다니고 밤늦은 시간에는 미곡 창고 근처에 오지 말라던 반장 언니의 당부가 떠올랐다. 춘화는 그 말의 의미가 무엇인지 잘 알았다.

그들은 미곡창고 감독이라고 자처해 온 지 사흘 만에 금자를 겁탈했다. 춘자 또래인 금자는 도태리 마을에서 산 하나를 넘어가야 하는 금곡리에 살았다. 겨울에 일을 마치고 돌아가는 길은 어두울 수밖에 없었고 늘 혼자였다. 그날 금자는 일본 남자 두 명이 뒤쫓아 오는 걸 눈치챘지만, 산길이 어둡고 경사져 아무리 달려도 그들을 떼놓을 수 없었다. 결국 그녀는 겨울 산등성이에 나자빠지고 말았다. 그녀는 그대로 겨울 산에 묻히고 싶었다. 아무리 애를 쓰고 살아도 나아지지 않을 인생이라면, 늑대한테 죽임을 당한들 무슨 대수일까 싶었다. 엄마가 그녀를 낳고 죽어버린 순간부터 그녀는 절망과 포기가 당연한 삶이 되어버렸다. 몸부림치고 악을 써서 될 일이었으면, 혹한에 산을 넘어가는 어리석은 짓은 하지 않았을 것이었다.

그녀는 그들에 의해서 죽길 바랐다. 그러나 놈들한테 영혼을 찢기고 있을 때, 구씨네 머슴이 그녀의 원치 않는 구원자가 되었다. 머슴인 동배 역시 금곡리 사람으로 금자보다 나을 것 없는 인생이었다. 하지만, 구씨네 머슴으로 사는 동안은 끼니 걱정을 덜었고 그것이 최선의 삶이라고 생각했는데 구로다가 나타났다. 그에게 구로다는 해로운 사람이고, 그게 다 일본 때문이라는 사실 정도는 동배도 익히 알았다. 산을 넘어가던 동배는 먹잇감을 잡고 좋아하는 짐승 소리를 들었다. 그는 소리가 나는 쪽으로 무조건 달려갔다. 짐승의 소리는 묘하게 낯설었고 작은 먹잇감에 달려든 두 놈을 발견했다. 동배는 들고 있던 작대기로 놈들을 두들겨 패기 시작했다. 어둠 속이었고, 자신들보다 덩치가 큰 동배의 작대기를 막을 방법이 없었다. 놈들은 그대로 도망쳤다. 그날 밤의 일은 금자의 결석과 동배의 영웅담으로 소리없이 나돌았다. 금곡리 사는 머슴과 미선공이 한둘이 아닌데, 소문이 조금씩 실체를 드러내기 시작하자, 동배는 그제야 자신이 짝사랑했던 금자의 처지를 책임져야 한다고 결심했다. 결국 두 사람이 살림을 차리게 되면서 금자의 굴욕은 끝이 났다.

하지만, 반장 언니는 언제 또 금자처럼 당할지 모르니 정신 바짝 차려야 한다고 당부했다. 미곡 창고에는 금자 같은 어린 미선공들이 많았고, 구로다 부하들 역시 수시로 바뀌기만 할 뿐 감독 자리는 그대로였다. 저희들끼리 자리를 사고파는 양 사람만 바뀔 뿐 미선공을 대하는 태도는 똑같았다.

구씨네 정미소에 구로다가 오고 그가 데려온 젊은 일본 남자들이 감독이라는 명찰을 달고 돌아다니면서, 미선공들의 안전은 갈수록 위험해졌다. 도태리 사람 누구도 그들을 환영하지 않았고 상대해 주지 않았지만, 그들은 도태리 지주 못지않은 생활을 하였다. 무엇보다 진짜 지주인 구씨의 위세가 점점 약해지고 있어 도태리 사람들의 걱정이 컸다.

다리가 불편한 춘화와 풍자가 좁은 농노에서 젊은 남자 셋을 상대하기는 어려웠다. 더구나 그들은 작정하고 미선공을 노리는 일본인들이었다. 춘화는 기시다 일행을 어찌 상대할지 고민했다. 기시다가 요구하는 대로 순순히 미곡창고에 따라간다면 결과는 뻔했다. 그렇다고 그들의 요구를 무시한다면, 집으로 돌아가는 길 역시 무사하지 못할 것이었다.

오늘 잔업도 없는데, 왜 다시 가요? 풍자가 퉁명스럽게 물었다. 네년들이 미곡창고에서 쌀을 훔쳐 간다는 제보가 들어왔어? 말 같지도 않은 소리 하지 마세요. 일 끝나고 다 수색해 놓고선 무슨 소리예요! 이번엔 춘화가 쏘아붙였다. 기시다 뒤에 선 두 남자가 춘화를 보려고 몸을 옆으로 기울였다. 까닥 균형을 잃으면 어느 쪽이든 물이 고인 논배미로 빠질 상황이었다. 기시다도 그 사실을 아는 터라 좁은 길을 이용해 춘화와 풍자를 몰아가려는 속셈이었다. 기시다가 두 팔을 벌리더니 춘화와 풍자 쪽으로 한 발 더 가까이 다가왔다. 야, 검사반장이 하라면 해야지 무슨 말이 그리 많아! 네 년들이 쌀을 훔쳐 집으로 가져갔다는 제보가 들어왔다고. 특히 네년 집에서 쌀밥 먹는다는 소문이 있던데? 쌀밥은 고사하고 감자밥도 세 끼니 먹기 힘들었다. 전쟁에 미친 일본이 쌀은 물론 쇠붙이와 여자들까지 강제로 데려가고 있었다. 구씨네 정미소에 신식 도정기를 들여놓고 새 품종의 쌀을 장려하는 것도 구씨와 도태리를 위한 일이 아니라는 것은 이제 누구나 알게 되었다. 때문에 기시다한테서 벗어난다고 해도 춘화와 풍자는 안전하지 못했다. 놈들은 원하는 것이면 어떻게

든 가졌다. 그것이 젊은 여자일 경우는 더 그랬다. 기시다의 억지 주
장이 춘화를 목표로 했다면 빠져나가기 쉽지 않았다.

춘화는 놈들이 시키는 대로 자신을 포기하고 싶지 않았다. 더는
그들이 두려워 숨죽이며 살고 싶지 않았고, 더는 가난과 식민에 매
여 구차한 삶을 살아낼 자신이 없었다. 어차피 소아마비로 한쪽 다
리가 뒤틀린 인생이었고, 말귀를 알아들을 때부터 절망과 수치심을
달고 살았다. 불편한 몸보다 힘든 것은 또래들의 시선과 놀림이었다.
소녀가 된 지금도 마찬가지고 더 나이가 들어도 달라질 것이 없다
면, 도태리가 아닌 다른 곳 어디든 상관없을 것 같았다. 사실 기시다
를 보는 순간부터 춘화는 도태리를 떠나야겠다고 결심했다. 아무런
계획도 목적지도 생각하지 않았지만, 떠날 결심을 하고 나니 기시다
따위는 두렵지 않았다.

그 제보자가 누군지 말해 봐? 우리 쌀 훔쳐 가는 것은 너희들이
지 우리가 아니야! 너희들 속셈 다 아니까 수작 떨지 말고 저리 비
켜! 춘화는 가까이 다가선 기시다의 쭉 찢어진 눈을 쏘아보았다. 당
황한 기시다가 어깨를 들썩거렸다. 병신 주제에 무서운 게 없구나.
불쌍해서 봐주려고 했더니 안 되겠다. 오늘은 꼭 네년의 콧대를 꺾
어주마. 기시다는 말 끝내기 무섭게 춘화의 가슴을 발로 걷어찼다.
한쪽 다리로 지탱하고 있던 춘화는 논바닥으로 나가떨어졌다.

아직은 차갑지만, 곧 모내기로 푸르게 출렁거릴 논바닥이었고, 머
지않아 황금 들녘으로 변할 논이었다. 이런 논 열 마지기만 있으면
평생 밥 걱정할 일 없을 테고, 아버지와 외삼촌들도 구씨네 머슴으
로 살지 않아도 될 것이었다. 춘화는 벼 밑동에 얼굴이 파묻힌 채로

행복한 꿈을 꾸었다. 논바닥에 붙들린 그녀는 잘린 벼 밑동 냄새를 맡으며 깨달았다. 그리고 그 결심을 이루려면 도태리를 떠나야만 한다는 것도.

봄볕을 가르며 풍자가 소리쳤다. 이런 쪽발이 새끼! 풍자는 논바닥으로 나자빠져 꼼짝하지 않는 춘화가 걱정되었다. 기시다의 행패는 겁날 것이 없는데, 혹여 춘화가 잘못되었을까 마음이 다급했다. 풍자가 논바닥으로 뛰어들려던 차, 기시다의 발길질이 먼저 그녀의 어깻죽지에 박혔다. 풍자는 억 소리와 함께 논바닥으로 처박혔다. 춘화의 발끝으로 떨어진 그녀가 나직하게 말했다. 쪽바리 새끼, 넌 절대로 우리 손끝 하나 건드리지 못할 거다. 우린 숫처녀야 새끼야! 풍자의 혼잣말에 춘화는 순간, 웃음이 터졌다. 기시다와 그 일행의 비웃음 소리가 더 크게 들리는데도, 풍자의 절대라는 소리가 하도 믿음직하게 와 닿아 참을 수가 없었다. 웃는 걸 보니 죽진 않았구나! 풍자가 춘화의 몸을 일으켜 앉혔다. 풍자야, 난 이 논바닥 냄새가 참 좋더라. 이게 쌀 냄새고 부자 냄새잖아. 춘화가 흙 묻은 손바닥을 들어 보이며 말했다. 넌 이 마당에 그런 말이 나오니? 하마터면 저 쪽발이 새끼한테 당할 뻔했는데…

논바닥으로 나자빠진 춘화와 풍자의 모습에 기시다의 얼굴이 일그러졌다. 네 년들은 황국신민이 될 자격이 없어. 언제까지 내 명령을 어길 수 있는지 두고 보자. 기시다의 그 말은 계속해서 춘화와 풍자를 괴롭히겠다는 뜻이었다. 기시다 일행이 돌아가고도 춘화와 풍자는 바로 논바닥에서 나오지 않았다. 흙투성이 몰골을 하고 집으로 가는 것도 걱정이지만, 춘화는 어쩌면 풍자와의 수다가 마지막이 될지도 모른다는 생각이었다. 풍자 역시 미곡창고로 다시 돌아가지 못할 테니 오늘이 춘화와도 끝이었다.

두 사람은 해가 뉘엿뉘엿 기울 때야 논에서 나왔다. 노을이 흙투성이 그녀들을 붉게 물들였다. 춘화는 걸으면서도 논에서 눈을 떼지 못했다. 도태리의 물과 흙과 바람 냄새를 눈에 가득 담았다. 한 번도 가져 본 적 없는 구씨네 땅인데, 그 땅을 떠나려니 살아온 시간을 송두리째 잃어버리는 것 같았다. 그녀는 자신도 언젠가는 똑같은 땅을 가질 것이라고 다짐했다. 땅이 없으면 아무것도 이룰 수 없고 땅이 있어야만 굴욕당하지 않고 살 수 있다는 걸 구씨와 구로다를 통해서 똑똑히 배웠다. 춘화는 이제 원하는 삶이 무엇인지 알았으니 도태리를 떠나 이룰 참이었다. 아무 계획도 없고 동전 한 푼 없는 빈손이지만, 어딜 가던지 도태리보다는 나을 것이었다. 그녀는 풍자의 손을 놓으며 말했다. 풍자야, 우리 먼 훗날 다시 만나자. 그때까지 죽지 말고 악착같이 살아서 땅도 사고 집도 사고 부자 돼 만나자. 풍자가 픽 웃으며 말했다. 부자 될 자신은 없는데, 죽지 않고 살 자신은 있다. 너도 몸 잘 챙겨라. 춘화와 풍자는 농노가 끝나는 지점에서 헤어졌다. 언제 도태리를 떠날지 어디로 갈지는 서로 묻지 않았다. 아무런 기약 없는 이별이었다. 열여섯, 구씨네 첫째 아들 백석을 흠모하고, 사의 찬미를 좋아하던 춘화와 풍자의 아름다운 기억은 모두 도태리에 묻고 가야만 했다.

얼마쯤 갔을까? 춘화가 먼저 뒤돌아서서 힘없이 걸어가는 풍자를 보았다. 순간 풍자도 뒤돌아서서 춘화를 향해 손을 흔들었다.

3. 도태리를 떠나는 만석과 춘화

만석은 떠날 준비를 마치고 자고 있는 천석을 보았다. 모자라긴 해도 더없이 다정한 동생이었다. 구씨 내외는 드러내기 싫은 아들이라 천덕꾸러기 취급을 하지만, 만석은 동생 천석을 끔찍이 아꼈다. 백석은 잘 생기고 머리까지 좋아 경성제국대학에 다니지만, 만석에게 결코 자랑스러운 형이 아니었다. 백석도 구씨 내외와 마찬가지로 언청이로 태어난 만석과 천석이 가족이라는 사실을 따뜻한 눈길로 받아들이지 않았다. 만석은 밥상머리에 앉을 때마다 자신과 천석을 바라보는 가족들의 냉랭한 시선을 느꼈다.

언청이로 태어난 것은 두 사람 잘못이 아니었다. 어느 생명도 자신들이 무슨 모습으로 태어날지 모른 체로 세상에 떨어진다. 세상이 원치 않는 생명이라는 걸 미리 알았으면 절대로 그 무엇으로도 태어나지 않았을 것이다. 만석은 구씨 부인이 자신과 백석을 바라보는 눈빛이 다르다는 걸 걸음마 시절부터 느꼈다. 그래서 엄마인 끝순이보다 부엌일을 도맡아 하는 창식이 엄마를 더 따랐다. 천석이 역시 아장아장 걸을 때부터 만석이 손을 잡고 자연스럽게 창식이 엄마 품에 안겼다. 만석과 천석은 구씨이면서 구씨가 아니길 바라는 구씨 가문의 수치였다.

만석은 자신과 천석 때문에 구씨네를 토순이네로 부르는 사람들이 더 많다는 사실을 알았을 때, 거울 속에 비친 자신의 입술을 칼로 도려내고 싶었다. 자신과 똑 닮은 천석이를 데리고 집을 나가 성천강에 뛰어들까도 생각했다. 쉽게 할 수 없는 일이었다. 자신을 죽이는 일이 그토록 무서운 일임을 아니, 만석의 손을 꼭 잡은 천석을 물속에 빠트려 죽이는 일이 토순이네로 놀림을 당하는 것보다 무서운 일이었다.

만석은 복수를 다짐했다. 그의 복수는 구씨와 구로다와 도태리를 버리는 일이었다. 그 모든 걸 버리고 떠나야만 새로운 인생을 살 수 있었다. 그의 가출 계획은 구로다가 정미소를 장악해 모든 걸 맘대로 할 때부터 계획되었다. 구로다 앞에서 벌벌 떠는 아버지와 구로다 부인의 비위를 맞추려 쓸개까지 빼줄 양 속없이 구는 어머니를 지켜보기 힘들었다.

그는 백석까지 반항 한번 하지 않고 구로다 말을 따르는 걸 보면서 참을 수 없는 모욕을 느꼈다. 성천의 부자 구씨네는 예전 말이었다. 구로다로 주인이 바뀐 구씨네는 전보다 더 많은 쌀을 수확하고 더 많은 머슴과 식솔들이 늘어났지만, 머슴의 새경은 박해지고 식솔들의 뱃가죽은 갈수록 등에 붙었다. 마을의 거지들이 하나둘 사라지거나 길바닥에 나자빠져 죽는 일이 흔해진 것도 구씨네 아니 구로다의 야박한 밥 인심 때문이었다.

도태리는 일본인들이 점점 늘어나는 분위기였다. 머지않아 원주민들은 쫓겨날 것이라는 소문이 돌았다. 전과 달라진 마을 인심 탓에 도태리를 떠난 이들이 많아졌고, 지주만 바라보고 살던 이들은 차라리 경성으로 가 빌어먹는 것이 낫다고 했다. 무슨 일이든 구로다 눈치를 봐야 하고 어딜 가든 구로다 손바닥이라 마을 인심이 갈수록 야박해졌다.

만석은 가끔 정미소 사무실로 찾아와 구로다와 속닥거리는 일본인을 보았다. 구로다보다 직책이 높은 듯 구로다가 그의 앞에서는 연신 굽신거리며 하이! 를 외쳤다. 어느 날, 부엌에서 일하는 창식이 엄마가 만석을 불러 조용히 말해주었다. 만석은 그녀가 하는 말이면 무엇이든 믿었다. 만석이 도련님, 조심하셔요! 구로다랑 그 일본놈이 하는 얘기를 얼핏 들으니, 어르신 땅을 아주 빼앗을 것이랍니다. 다음 달에 일본에서 이치로라는 남자가 도태리로 오는데, 그놈이 어르신 땅하고 통정리 전씨 땅을 모두 가질 것이라고 했습니다. 죽일놈들이 이젠 땅 명의까지 바꾸려고 하는 걸 보면, 우리나라가 망한 모양입니다. 창식이 엄마가 일본 말을 할 줄 안다는 사실은 만석이만 알았다. 그녀는 그저 무지한 구씨네 부엌데기라야만 안전했다. 공연히 아는 체를 했다가는 그들의 감시에서 자유롭지 못했다. 그녀는 글자도 알고 세상 돌아가는 이치까지 밝아 무슨 일이든 현명하게 대처할 줄 알았다. 하지만, 만석은 그녀에게 자신이 도태리를 떠날 것이라는 얘기는 하지 않았다. 물론 그 얘기를 들어도 누구한테 말할 사람은 아니었다. 다만 자신 때문에 창식이 엄마가 위험해지는 것은 막고 싶었다.

구로다 말고 또 다른 일본인이 도태리로 온다는 것은 창식이 엄마 말대로 도태리 땅 전부를 차지하기 위한 속셈이고, 만석이 아버지를 비롯해 소작농들의 땅까지 빼앗겠다는 뜻이었다. 도태리에서 소출되는 쌀의 절반을 가져가는데, 지금보다 더 많은 쌀을 빼앗기고 땅문서까지 넘어간다면, 그야말로 살아갈 방법이 없었다. 만석은 잠깐 구로다와 그 일당을 모두 죽여버릴까도 맘먹었다. 하지만, 그들만으로 끝날 전쟁이 아니었다. 성천에 와 있는 일본군만 해도 엄청났고 그 숫자는 배가 들어올 때마다 계속 늘어나고 있었다. 만석이 혼자 해결할 수 없는 일이었다.

만석은 허리춤에 차고 있던 전대 속에서 십 원짜리 한 장을 꺼내 천석이 자는 이불 속에 집어넣었다. 천석은 셈은 할 줄 모르지만, 돈의 가치는 잘 알았다. 먹을 것은 내주어도 돈은 절대 누구에게 주지 않아 동네 사람은 천석이 모자란 것이 아니라 모자란 척하는지도 모른다고 했다. 만석도 가끔은 천석의 행동에 놀랄 때가 있었다. 찢어진 입술 사이로 드러난 그의 이를 보면 진짜 똑똑한들 누가 천석의 절망을 알아줄까 싶었다. 만석도 마찬가지였다. 아무리 감추고 덮어도 언청이라는 사실을 부인하기는 불가능했다. 그래서 천석이와 형제로 살아가는 것이 더 힘이 들었다. 끊어낼 수 없는 업보라면 거울을 보듯 서로의 모습을 보며 고통스러워하느니 각자 토순이 구씨네 저주에서 잊혀야 했고, 자신이 먼저 구씨를 버려야 자유로울 수 있었다.

새벽 네 시, 이제 연습한 대로 실행하기만 하면 되었다. 만석은 천석이 곤히 자는 걸 확인하고는 조심스럽게 방문을 닫았다. 불이 꺼진 위채도 조용했다. 만석은 토방을 내려와 대문 밖으로 나왔다. 성천 평야를 가득 채운 물안개가 대문 앞까지 일렁거려 눈앞의 사물을 분간하기 어려웠다. 만석은 잠깐 대문을 떠받치고 있는 기둥에 걸려 있는 아버지 덕구의 문패를 올려다보았다. 안개에 묻힌 문패는 구씨네 운명처럼 희미했다. 사람들로부터 존경받던 지주 구씨네는 더 이상 존재하지 않았고, 구로다와 그의 하수인들이 득세하는 세상이 되었다. 만석은 끓어오르는 분노를 억눌렀다. 서둘러야 경성행 열차를 탈 수 있었다.

만석은 도태리를 떠날 계획을 세우면서부터 구로다 사무실과 정미소에 들어가는 방법을 찾았다. 두 곳의 출입문에 채워진 자물쇠를 열어야 들어갈 수 있었다.

정미소는 만석의 집과 가까이 있었고 머슴들이 교대로 지키고는 있지만, 밤 열두 시가 넘으면 그들도 정미소 옆에 달린 문간방으로 자러 들어갔다. 그들 중 열쇠를 책임지고 있는 한 상머슴은 구로다가 긴밀하게 내통하기 위해서 새로 뽑은 타향 사람이었다. 도태리 사람도 아닌 처음 본 그가 구씨네 상머슴으로 뽑혔다는 소문이 돌면서 상머슴을 기대하고 있던 머슴들이 불만을 터뜨리기도 했지만, 일하기 싫으면 나가라는 구로다의 불호령에 아무도 맞서지 못했다.

미곡창고와 정미소 열쇠까지 가진 상머슴이 하는 일이라고는 할 일 없이 여기저기 왔다 갔다 하며 쓸데없는 잔소릴 하는 것이었다. 한번은 성깔 있는 춘화 둘째 외삼촌이 한마디 했다. 자네는 쪽바리 심부름하는 게 쪽팔리지도 않나? 아예 이름도 구로다 동생처럼 구라다, 라고 하지 그래. 두 사람을 지켜보던 정미소 머슴들이 배꼽을 잡고 웃었다. 그러나 배짱 좋게 한마디 한 춘화 외삼촌은 그 뒷날부터 구씨네서 일할 수 없게 되었다. 하지만, 춘화 외삼촌은 후회하지 않았다. 계속 참다가는 속병이 나 죽을 것이 뻔하다고 했다. 다들 그의 말이 맞는다고 고개를 끄덕일 뿐이었다. 속병은 서서히 들어 죽을 테지만, 당장 식구들 밥 굶는 꼴은 지켜볼 수 없다는 뜻이었다. 정미소 출입문은 쉽게 열렸다. 주먹 크기의 자물쇠도 별거 아니었다. 자신감을 얻은 만석은 정미소와 사무실 자물쇠까지 쉽게 열린다는 사실을 확인했다. 이제 연습한 대로만 실행하면 되었다.

만석은 사랑채에 달린 사무실로 갔다. 사무실 중앙에는 구로다의 책상과 그 옆으로 자리뿐인 아버지의 책상이 나란히 있었다. 구로다 책상 바로 옆에는 자물쇠가 채워진 장정 어깨쯤 닿는 철제 사물함이 있었다. 그는 미리 준비한 철사를 자물쇠 구멍에 넣고는 살살 돌렸다. 덜커덕 소릴 낸 자물쇠가 분리되었다. 연습해 둔 덕분이었다. 그는 도태리를 떠나기로 결심했을 때부터 정미소와 미곡 창고에 채워진 자물쇠가 똑같다는 것을 알아냈다. 사실 구로다가 오기 전에는 그 어느 곳에도 자물쇠 따위는 채워져 있지 않았다. 허술하기 짝이 없는 나무 대문이 비스듬히 세워져 있었지만, 쌀가마니를 도둑질당한 적은 없었다. 거지들조차 밥은 얻어먹어도 남의 집 쌀가마니는 털어가지 않았는데, 요즘엔 쌀겨 한 되 얻어가기 어려운 지경이었다.

구로다 책상 옆에 놓인 철제 금고 역시 철사를 찔러넣자마자 바로 열렸다. 무엇이 땅문서고 현금인지 구분하기는 어려웠다. 그는 준비한 가방 속에 닥치는 대로 집어넣었다. 캐비넷 칸이 세 칸인지 네 칸인지 셀 엄두를 내지 못한 채 손바닥이 차가운 금속판을 느낄 때까지 쓸어 담은 뒤 다시 자물쇠를 채웠다.

사무실 문을 닫고 역으로 가는 길로 들어선 만석은 자신의 감쪽같은 거사가 매우 만족스러웠다. 벌벌 떨며 달아나야 하는데, 두렵기는커녕, 자신이 마치 독립자금을 마련한 듯 뿌듯하기만 했다.

어차피 구로다를 통해 일본에 빼앗길 땅이었다. 그렇게 빼앗기는 것보다 구씨인 자신이 가지고 떠나는 것이 맞았다. 만석은 자신의 결단이 구씨 가문을 위한 일임을 당연하게 생각했다.

자신이 사라지고 아버지와 어머니 그리고 형과 동생이 어떤 처지에 놓일지는 생각하고 싶지 않았고, 자신 때문에 가족들이 치러야할 대가도 모른 체했다. 혹시라도 운이 좋아 해방이 되고 일본 놈들이 도태리를 떠났다는 소식이 들리면 그때 돌아올 것이었다. 그때는 구씨 가문의 땅을 자신이 지켜낸 것에 고마워할 수도 있었다. 만석은 함흥역을 향해 달렸다.

4. 만석과 춘화의 동행

경성으로 가는 첫 열차가 들어오고 있었다. 성진에서 오는 함경선이었다. 경성으로 가려면 원산까지 함경선을 타고 가 다시 경원선으로 바꿔 타야 했다. 역 안은 그사이 하나둘 사람들로 들어차기 시작했고, 저만치 절뚝거리며 예매 창구를 향해 다가오는 한 여자도 눈에 띄었다. 만석은 여자가 춘화라는 걸 알아보았다. 그녀도 자신처럼 보따리 하나를 품에 안고 있었다. 이상한 것은 전에 본 기억보다 그녀의 몸집이 커 보이는 것이었다. 강마른 큰 키에 눈 밑의 커다란 검은 점 하나가 은근히 희극적으로 보이는 인상이었는데, 오늘 그녀는 저고리 품이 몸에 꽉 낀 듯 보였고, 치마 길이도 쓸데없이 길어 뭔가 어색한 느낌이었다

만석은 친한 머슴들과 여러 번 춘화와 풍자 그리고 미선공으로 일하는 여자들에 대해 이야기를 나눈 적이 있었다. 그녀들 중 한 명이 만석이 형님이라 부르는 머슴과 연애하는 사이였다. 큰 비밀은 아니지만, 쉬쉬할 일도 아니라서 머슴들은 모이기만 하면, 도태리 여자들 얘기를 입에 달고 살았다. 만석은 아직 관심 가는 여자가 없어 머

슴들의 이야기에 별 호기심이 없었다. 혼인한 친구도 더러 있기는 하지만, 만석은 형 백석이 먼저 혼인하지 않는 한 어림도 없다는 걸 잘 알았다. 설령 혼인 할 차례가 온다고 한들 자신의 흉측한 입을 보고 자식을 낳자고 할 여자 또한 없을 것이기 때문이다. 그는 흘러가는 대로 살 작정이었다. 토순이로 태어난 것도 구씨네 땅문서를 훔쳐 달아나는 것도 거부할 수 없는 순리고, 순리를 따라 사는 것이 자신이 할 수 있는 최선이라는 걸 증명해 낼 참이었다.

만석은 이른 새벽 함흥역에 나타난 춘화가 의심스러웠다. 다리까지 불편한 그녀가 헐떡거리며 역까지 걸어왔다는 것은 필시 중요한 일이 있다는 뜻이었다. 소문으로 듣기에 그녀는 돌이 되기 전에 열병을 앓아 다리 하나가 바깥쪽으로 뒤틀렸다고 했다. 그녀의 아버지와 외삼촌 셋이 그의 집 머슴으로 일하고 있어 그녀에 관한 이야기도 심심치 않게 들을 수 있었다. 춘화는 그럼에도 언제나 당당하고 독하다고 했다. 만석은 춘화의 그 마음을 이해했다. 독하지 않으면 주눅 들어 살거나 한을 품고 살아야 했다. 구씨네가 아닌 토순네로 불리는 것처럼 춘화네도 절름발이네로 불리니 그 별명에 굴복하지 않으려면 독해져야 했다. 토순이로 불리든 토끼로 불리든 스스로를 학대하며 사는 것보다 독하게 살아남는 게 덜 구차스러웠다.

만석은 춘화를 아는 체하지 않았다. 눈인사조차 나눈 적 없고, 급한 사정이 있어 첫 새벽 기차를 타러 왔을지도 모르는데, 먼저 아는 체를 하면 민망해할 수도 있었다. 만석은 멀찍이 서서 춘화가 기차표를 예매하는 걸 확인하고는 승강장으로 갔다.

만석은 춘화에게 알 수 없는 동질감을 느낀 탓인지, 곧 기차를 탈 수 있다는 안도감인지 모르게 긴장이 조금 풀렸다. 사무실 금고에서 땅문서와 돈뭉치를 훔쳐 역까지 도망쳐 오는 동안 솔직히 등허리가 흠뻑 젖었다. 겉으로는 큰일을 성공적으로 해낸 것같이 여유로운 척했지만, 구로다가 총을 들고 뒤쫓는 것도 같고, 아버지의 울부짖음이 들려오는 것 같아 온몸이 저릿저릿했다. 구로다한테 총 맞아 죽는다면 간단할 테지만, 만약 아버지한테 붙들려 다시 집으로 돌아간다면, 가족들까지 위험해질 수 있었다. 만석은 기차표를 끊고 나서야 그런 공포감에서 벗어날 수 있었다. 또 춘화를 만나 그런지 뭔가 결연한 처지의 동지를 만난 기분까지 들었다.

첫새벽 기차를 타러 나왔다는 것은 필시 춘화의 사정도 그리 좋은 일이 아닐 터였다. 도태리 상황은 점점 나빠지고 있었다. 소작농은 물론 구씨네서 일하는 사람들의 사정이 어려워지면서 인심 또한 흉흉해졌다. 춘화네라고 다르지 않을 것이었다. 며칠 전 그녀의 외삼촌 둘이 머슴을 그만두게 되었고, 그녀의 아버지도 위태로운 상황이었다. 창식이 엄마 말대로 또 다른 일본인이 도태리로 와 구로다와 합세하게 되면, 구씨네 머슴들도 대부분 바뀔 것이 뻔했다. 구로다는 제 눈에 거슬리는 행동을 한다거나 대꾸하면 당장 그만두라고 소리쳤고, 무슨 구실을 만들어서라도 도태리에서 쫓아냈다.

춘화도 어쩌면 집을 나올 수밖에 없는 그런 상황으로 내몰렸을 것이었다. 만석은 그녀의 불편해 보이는 걸음걸이와 제 몸보다 큰 한복이 자꾸 신경 쓰였다. 하루 세 끼니도 먹기 힘든 상황일 텐데, 깡마른 여자가 갑자기 몸집이 불어 그런지 볼수록 이상했다. 도태리 사는 젊은 여자 중에서 춘화가 가장 키가 크고 말랐다는 사실을 모르는 총각은 없었다. 그녀의 오른쪽 눈 밑에 박혀있는 검은 점이 조금 특이하긴 하지만, 똑 부러지는 말투와 웃는 모습이 보기 싫을 정도는 아니었다. 그래도 만석은 춘화보다는 풍자 같은 외모가 더 맘에 들었다. 풍자는 춘화와 달리 작달막하고 귀여우면서도 다부졌다. 만석은 문득 춘화와 안면을 트고 풍자를 소개해달라고 해볼까? 라는 생각을 하다가 피식 웃었다. 아버지 땅문서를 훔쳐 나온 주제에 무슨 여자 생각을 할까 싶었다.

그녀는 기차에 올라 뒷자리에 앉을 때까지 만석을 발견하지 못했다. 주변 상황을 살필 여력이 없어 몸가짐에만 신경 썼다. 그녀는 출입문 맨 앞줄에 앉았다. 창 쪽 그녀의 옆자리에는 세 명의 젊은 여인이 앉았고, 건너편에는 젊은 일본인 부부와 나이 든 남자 둘이 앉아 나직하게 대화를 나누고 있었다. 기차 한 냥마다 심심치 않을 정도의 일본인들이 타고 있었고, 그들은 옷차림으로 금방 구분할 수 있었다. 그들은 여간해선 조선인들과 말을 섞지 않았으며 부딪치는 것 또한 몹시 경계했다. 조선인들이 가까이 다가오거나 비켜 갈 상황이면 피하듯 빠르게 걸었다. 다 그런 것은 아니지만, 어떤 일본인들은 조선인이 근처에만 가도 코를 감싸며 냄새가 난다고 소리치기도 했다.

춘화가 앉은 자리에서 네 칸 뒷줄 바깥쪽에 앉은 만석은 춘화의 어깻죽지를 보았다. 자리에 앉은 그녀는 미동조차 하지 않았다. 출발할 시간이었다. 만석은 비로소 안도의 숨을 쉬었다. 기차만 출발하면 그만이었다. 만석을 잡으러 기차까지 쫓아올 사람은 없을 것이었다. 그는 창밖으로 하염없이 손 흔드는 사람들을 보았다. 떠나는 자와 떠나보내는 사람들의 표정 모두 명랑하지 않았다. 즐겁기는커녕 하나같이 생이별을 당하는 듯 눈물을 훔치거나 흔드는 손짓조차 서러워 보였다. 만석은 기차역이 이처럼 슬프고 안타까운 장소라는 걸 처음 알았다. 경성이라는 새로운 세상에 대한 기대와 설렘이 출발부터 무너지는 기분이었다. 아버지의 땅문서만 있으면 얼마든지 남부럽지 않은 인생을 시작할 수 있을 거라는 기대로 잠 못 이룬 밤이 무색했다.

만석은 다시 한번 마음을 다잡았다. 이젠 돌아갈 수도 없고 돌아가서도 안 되었다. 경성으로 가는 기차에 올라탄 이상 어떻게든 혼자 살아가야 했다. 만석은 창밖 풍경을 더는 바라보지 않았다. 자릴 찾느라 어수선했던 사람들도 어느 정도 정리가 되었다. 기차는 출발 예정 시간 보다 십분 지나서 기적소리를 뿜었다. 만석은 등받이에 몸을 기대고 눈을 감았다. 잠깐이라도 눈을 붙일 참이었다.

그러나 기적소리를 내며 출발하려던 기차는 다시 소란스러워졌다. 총을 멘 순사 두 명이 만석과 춘화가 타고 있는 기차 칸 문을 밀치고 들어왔다. 순간, 만석은 자신을 잡으러 왔나 싶어 겁에 질렸다. 구로다가 필시 땅문서가 없어진 것을 알고는 순사를 보낸 것이 틀림없었다. 만석은 혹여 그들과 눈이라도 마주칠까 봐 고개를 바짝 수그리고선 가방을 꼭 끌어안았다. 여차하면 놈들을 밀치고 밖으로 도망칠 생각이었다. 이대로 붙잡히면 모든 게 끝장이었다.

두 명의 순사는 맨 뒷자리부터 한 사람씩 살피기 시작했다. 사람들은 되도록 그들과 눈 맞추지 않으려 딴청을 피우거나 고개를 숙였다. 간혹 불편한 기색을 드러내거나 헛기침으로 순사의 무례에 대항하는 사람들이 있긴 했지만 대체로 긴장한 표정이 역력했다. 차례가 다가온 만석은 태연한 척 순사를 쳐다보았다. 순사는 아무 일 없다는 듯 빠르게 그의 옆을 지나쳤다. 만석은 그제야 참았던 숨을 내쉬었다. 가방을 움켜쥔 손이 흥건하게 젖어 있었다. 그런데 이상했다. 잡히거나 도망치거나 둘 중 하나라고 각오했던 만석은 자신을 그냥 지나쳐 버린 순사들을 이해할 수 없었다. 자신이 무사한 것은 다행이지만, 분명 누군가를 잡아가려고 출발하려던 기차를 멈추게 한 것일 텐데, 만석은 호기심에 주위를 둘러보았다.

그러다 그는 순사들이 찾는 사람이 남자가 아니라 젊은 여자라는 것을 그리고 그들이 걸음을 멈추고 총구를 겨눈 사람이 맨 앞줄에 앉은 춘화라는 사실을 알았다. 춘화가 순사들이 찾는 사람이라면 보통 일이 아니었다. 그녀와 말 한마디 나눈 적 없는 사이지만, 그래도 만석은 가슴이 덜컥 내려앉았다. 너! 일어나! 춘화에게 총구를 겨눈 순사의 목소리가 뒷자리까지 들려왔다. 겁먹은 춘화의 어깨가 일어났다. 기차 안은 다시 나직한 탄성과 안타까운 몸짓들로 소란해졌다.

춘화는 좌석 사이 통로로 끌려 나왔다. 총구를 겨눈 순사가 옆에 있던 순사에게 눈짓하자, 그가 그녀의 목덜미를 잡아 통로 바닥에 내팽개쳤다. 옷 벗어! 총은 그녀의 저고리 옷고름에 가 닿았다. 그녀는 울지 않았다. 몸은 두려움에 떨고 있는데, 눈빛은 그리 보이지 않았다. 춘화는 시키는 대로 저고리 옷고름을 풀었다. 그녀가 옷고름에 손을 대자 지켜보던 사람들은 고개를 돌리거나 입을 틀어막고 한숨을 쉬었다.

그때까지도 만석은 순사들이 그녀를 겁탈할지도 모른다고 생각했다. 만일 그런 일이 발생하면 모른 척해야 하나 아니면, 달려들어 죽기 살기로 막아야 하나 갈등했다. 놈들에게 덤벼봤자 불 보듯 뻔한 일이지만, 그렇다고 모른 척한다면, 그 역시 사람의 도리가 아니었다. 한 여자가 그것도 우리 마을의 힘없는 여자가 일본 놈들에게 겁탈당하고 있는데 구경만 한다면, 평생의 수치로 남을 일이었다. 만석은 이러지도 저러지도 못하는 처지라 답답하기만 했다.

그녀가 시키는 대로 저고리를 벗었다. 볼 수도 안 볼 수도 없는 광경이었다. 만석은 자신도 모르게 한 발 앞으로 나갔다. 무슨 방법이 있어 그런 것은 아니었다. 옆자리 노인이 만석의 허리춤을 잡아당겼다. 그는 노인의 제지가 고마우면서도 부끄러웠다.

순사의 요구는 거기서 끝이 아니었다. 춘화는 놈들이 지켜보는 앞에서 저고리 끈을 풀 수밖에 없었다. 머뭇거리던 순간, 총 끝이 그녀의 어깻죽지를 찍었기 때문이었다. 그녀는 악 소릴 내며 옆으로 쓰러졌다가 다시 일어났고 결국엔 저고리 끈을 풀었다. 그녀가 속치마 저고리 끈까지 풀자, 지켜보던 사람들은 놀라 입을 틀어막았다.

젖가슴을 감싸고 있던 속저고리가 풀리자, 쌀이 쏟아졌다. 도둑년! 네가 감히 천황의 곡식을 훔쳐 달아나! 저고리가 벗겨진 춘화는 어깨를 감싼 채로 웅크리고 앉아 있었다. 그러나 순사의 폭력은 거기서 끝이 아니었다. 치마 속에 입고 있던 속바지까지 벗으라고 했다. 순사의 총구가 그녀의 허리춤을 향해 있었다. 지켜보기만 할 뿐 그녀를 위해 나서주는 사람은 없었다. 이를 앙다문 그녀는 각오한 듯 놈들을 향해 한마디 하고는 앉은 채로 속바지를 벗기 시작했다.

개도 안 물어 갈 새끼들! 언젠가는 꼭 복수하고 말거야. 만석은 그녀가 혼잣말처럼 내뱉는 소릴 분명히 알아들었다. 그녀의 결기 어린 눈빛과 입술만으로도 충분히 알 수 있었다.

그녀가 속바지를 엉덩이 아래로 내리자 또 하나의 속바지가 보였다. 아니 속바지가 아니라 몸을 칭칭 감싸고 있는 광목천이었다. 이를 본 순사가 광목천을 뜯어내자 조그마한 자루 여러 개가 몸을 감싸고 있던 광목천 속에서 나왔다. 순사가 칼끝으로 자루를 찔렀다. 구멍 난 자루에서 쌀이 쏟아졌다. 가슴에서 쏟아진 쌀보다 더 많은 쌀이 좌석 통로 사이를 하얗게 만들었다. 만석은 그제야 부풀어 보이던 춘화의 몸을 이해했다. 부끄러움과 절망으로 울부짖던 춘화가 순사를 쏘아보며 소리쳤다. 이 쌀은 우리 엄마가 준 거야! 훔친 게 아니야! 그녀의 절규가 지켜보는 사람들을 탄성 짓게 했다.

쌀 반출이 얼마나 큰 죄인 줄 모르는 거야! 더구나 네년은 도둑질한 쌀을 밖으로 가지고 나가려고 했으니 더 큰 죄를 지은 것이다. 총을 든 순사가 춘화에게 심판했다. 그들이 무슨 말을 하는 것인지 정확히 알아듣진 못했지만, 만석은 위협하는 총과 순사의 말투에서 춘화가 몹시 위험에 빠졌음을 짐작했다. 쌀을 빼앗는 것으로 순사의 역할이 끝났다면 다행이지만, 춘화는 그들에 의해서 주재소로 잡혀갈 처지였다.

춘화가 아무리 도둑질하지 않았다고 소리쳐도 그들은 알아듣지 못했고 알아들으려 하지도 않았다. 항상 그랬다. 구씨네를 장악한 놈들 역시 구씨의 동의를 구하거나 타당한 이유를 들지 않았다. 그들은 언제나 막무가내로 위협적이고 폭력적이었다. 그것이 약자를 대하는 그들의 방식이라 명분과 정당성 따위는 공허한 외침일 뿐이었다. 그래도 춘화는 약자처럼 행동하지 않았다. 누가 보아도 그들의 희생자일 뿐인데, 그녀는 최선을 다해 그들의 무고한 폭력에 대항하려 몸부림쳤다. 나는 오늘 미곡 창고 근처에도 가지 않았다. 이 쌀은 내 어머니가 준 것이고, 네 놈들한테 빼앗길까 봐 몸에 숨겼을 뿐이다. 나를 도둑으로 신고한 사람은 필시, 기시다일 것이다. 기시다가 내 말을 듣지 않으니 나를 도둑으로 본 것이다. 춘화는 침착함을 잃지 않으려 입술을 깨물었다. 빨리 기차에서 내려!

춘화는 꼼짝없이 기차에서 내려야 할 판이었다. 몸조심하라던 엄마의 신신당부는 기차가 경성으로 출발도 하기 전에 물거품이 되고 말았다. 아버지와 외삼촌들이 구씨네서 쫓겨나 살길이 막막했고, 미곡창고를 감독하는 기시다가 작정하고 춘화를 괴롭혀 도태리는 더 위험했다. 성천 강가에 붉은 동백이 피어나고 온 들녘에 봄꽃이 만발하기 시작했는데 놈들 때문에 쫓겨나는 신세가 되었다. 기차에서 내리는 순간 모든 게 끝이었다. 굶어 죽거나 전장으로 끌려가거나 구로다 부하들한테 당할 것이 뻔했다. 경성으로 가서 살길을 찾아라. 엄마는 춘화의 알몸에 쌀자루를 동여매 주며 말했다. 춘화는 울지 않았다. 뒤틀린 발목에 묶인 쌀자루가 무거웠지만, 진즉부터 도태리에서 벗어날 생각이었다. 물론 기시다의 행패 때문에 시간을 앞당기긴 했지만, 언젠가는 꼭 구씨네 같은 지주가 될 것이라는 꿈이 있었다.

놈들에게 발가벗겨진 것도 상관없고 쌀을 빼앗긴 것도 괜찮지만, 감옥으로 가거나 미곡창고로 돌아가 기시다와 마주치고 싶지는 않았다. 그녀는 참았던 울음을 쏟아냈다. 창자가 끊어지고 애가 녹을 듯한 그녀의 울음소리가 기적소리를 지웠다. 그녀의 크고 애절한 울음에 짐짓 당황한 순사들이 다시 춘화의 옆구리를 걷어찼다. 그녀는 억 소릴 내며 또다시 쓰러졌다. 바로 옆자리에 있던 중년의 여자가 그녀를 도우려 몸을 숙였다. 순사가 중년의 여자를 제지하더니 쓰러진 그녀의 옆구리를 또다시 걷어차며 일어서라고 호통쳤다. 누구도 그녀를 도와줄 형편이 아니었다. 만석 역시 지켜보기만 할 뿐 그녀를 도울 수 없었다. 그러나 어느 순간, 닫혔던 앞쪽 칸 문이 열리면서 경성제국대학의 제복을 입은 한 남자가 춘화와 만석이 타고 있는 칸으로 넘어왔다. 그를 본 순간 만석은 자신도 모르게 고개를 숙였다. 백석이네! 그가 이 시각 같은 기차를 타고 있을 줄은 생각지 못했다. 생각해 보니 오늘은 월요일이었고, 도태리에서 주말을 보낸 백석이 첫 기차 편으로 경성에 가는 날이었다. 만석은 머슴들과 밖으로만 돌아다녀 백석과 마주치는 일이 거의 없었다. 어쩌다 밥상머리에 같이 앉거나 마주쳐도 백석은 만석에게 다가오지 않았고, 만석도 백석이 형이라는 사실은 인정하면서도 아버지보다 어렵고 불편하게 생각했다.

차라리 백석 또래 머슴이 더 형 같고 혈육 같았다.

만석은 백석이 자신을 알아보는 것이 싫었다. 자신이 첫 새벽 기차를 타야만 하는 이유를 백석에게 들키고 싶지도 않았다. 백석 역시 만석이 자신의 동생이라는 사실을 인정하고 싶지 않을 것이었다. 만석뿐만 아니라 천석이까지 자신의 부끄러운 혈육이라는 것을 부인하고 싶을 것이었다. 만석은 백석이 자신을 알아보지 못하고 지나가길 기다리며 좌석 통로에 쓰러진 춘화의 상황을 곁눈질했다.

백석이 나타나자, 춘화에게 발길질하던 두 순사가 그에게 경례했다. 만석은 제국대학의 위세가 그토록 높다는 것은 알고 있었지만, 순사들의 경례를 받는 걸 보니 새삼 대단해 보였다. 엄마가 왜 그토록 백석이라면 그리 벌벌 떨어가며 아버지보다 더한 대접을 해준 것인지 비로소 확인했다. 백석의 인사를 받은 순사들은 그가 지나가길 바라며 비켜섰다. 그러나 백석은 쓸어져 있는 춘화를 내려다보며 순사에게 물었다. 이 여자가 무슨 잘못을 한 것이요? 백석이 묻자 한 순사가 그에게 공손한 말투로 대답했다. 이년은 천황폐하의 쌀을 도둑질했소. 천황폐하의 허락 없이는 쌀 한 주먹도 함부로 반출할 수 없소. 듣고 있던 백석은 애써 입가에 미소를 지으며 말했다. 뭔가 오해를 한 것 같소. 이 여자는 우리 집 식모인데, 경성 친척한테 심부름 보내는 것이오. 보시다시피 한쪽 다리가 불편해서 내 어머니가 쌀을 몸에 감아준 것인데, 무슨 문제라도 있는 것이오? 백석이 춘화가 자기 집 식모라고 말하자 순사들은 짐짓 놀라는 눈치였다. 백석이 춘화를 위해 거짓말하고 있었다. 만석은 백석의 거짓말이 춘화를 돕기 위함이라고 판단했다. 왜 그녀를 도우려 하는 것인지는 알 수 없지만, 백석의 출현으로 상황이 변한 것은 사실이었다. 제국대학 모자를 쓴 백석은 위엄있고 당당했다. 칼이나 총을 든 것도 아닌데, 백석의 손에는 책이 든 가방만 들려 있을 뿐인데, 순사들은 그를 상사를 대하듯 했다.

만석은 그런 백석의 모습이 부러웠다. 인물도 뛰어나고 머리까지 똑똑한 백석과 형제라는 것이 좋으면서도 질투가 났다. 만석은 처음으로 세상의 부러움을 사려면 백석처럼 뭔가 가져야 한다는 것을 알았다. 백석처럼 태어나진 못했지만, 백석이 갖지 못한 것을 가질 것이고 세상이 부러워하는 사람으로 살 것이라고 각오했다.

순사의 발길질에 옆구리를 맞아 고통스러워하던 춘화도 갑자기 나타난 구원자가 백석이라는 것을 알고는 고통이 사라진 것만 같았다. 백석이 왜 자신을 위해 거짓말까지 해주는 것인지에 대한 의문보다 당장 위기에서 벗어날 수 있다는 사실에 죽다 살아난 느낌이었다. 그러나 살아났다는 안도감도 잠시 백석에게 자신의 참혹한 모양새를 보이고 말았다는 부끄러움 때문에 고개를 들 수가 없었다.

백석의 그럴듯한 거짓말을 믿는 것인지 순사들은 곤란한 눈빛을 교환했다. 잠시 후 한 순사가 호기롭게 다시 질문했다. 그렇다면, 도태리에 계신 구로다소장님을 아시나요? 백석은 질문한 순사를 똑바로 바라보았다. 구로다 소장은 도태리 구씨네 정미소에 계신 분이고, 나는 구씨네 장남 구 백석이오. 못 믿겠으면 연락해 보시오. 백석의 말이 끝나기 무섭게 순사들은 다시 경례를 붙였다. 미안합니다. 잘못된 신고가 들어온 것 같습니다. 당황한 그들은 서둘러 기차에서 내렸다. 그들이 기차에서 내리자 백석이 춘화에게 물었다. 괜찮소?… 몸조심하시오. 춘화는 대답하지 않았다. 그녀는 바닥에 쏟아진 쌀을 쓸어 모았다. 의자 밑과 통로에 흩어진 한 톨의 쌀까지 싹싹 쓸어 모으는 데만 집중했다. 집안의 쌀독을 비우고 가져온 쌀이었다. 엄마가 어떻게든 굶지 말고 살아남으라며 싸준 쌀이었다. 그녀는 복받치는 설움을 애써 참았다. 명심할 것이었다. 오늘의 이 모든 굴욕과 수치를 살아남을 의지로 강해질 것이라고 이를 악물었다.

그러나 그가 발끝을 돌리자, 그녀는 다졌던 오기에 금이 가는 걸 느꼈다. 마치 부서진 울타리 안으로 봄바람이 들이치는 것 같았다. 마음이 벗겨진 옷가지들처럼 초라해서 고개를 들 수가 없었다. 그를 연모한 것은 아니지만, 동경의 대상이긴 했다. 그런 사람에게 이런 꼴을 보이고 말았으니 차마 고맙다는 말조차 할 수가 없었다. 그나저나 백석은 어떻게 자신을 알아본 것일까? 춘화는 아무리 생각해도 백석이 자신을 알아본 것이 의아하기만 했다. 언젠가 구씨네 집에 갔다가 잠깐 스친 것뿐인데, 어떻게 자신이 곤경에 처한 걸 알고 구해준 것일까. 자신이 아닌 다른 사람이었다면 그처럼 사실적으로 말하지 못했을 테니, 그는 처음부터 자신이 기차에 탄 것을 알고 있었던 것인지도 몰랐다. 춘화는 짧은 순간 별생각이 다 들었다. 몸을 추스르고 나서도 백석에 대한 생각은 사라지지 않았다. 부끄럽기도 하고 설레기도 하는 것이 종잡을 수 없었다. 그녀는 헝클어진 머리와 옷매무새를 매만지고는 눈을 꼭 감았다.

만석은 그제야 고개를 똑바로 들었다.

기차가 출발했다. 만석은 차창 밖으로 멀어지는 함흥역을 내다보았다. 언제 다시 올지 모르는 고향이었다. 춘화의 일로 출발이 한참 늦어졌지만, 더는 가슴 졸이는 일은 없을 것이었다. 만석은 떠나온 곳에 대한 미련을 버리려 되도록 먼 풍경에 집중했다. 기적소리가 긴 꼬리를 물고 경성으로 향했다. 긴장을 풀고 잠든 사람들의 코 고는 소리가 모처럼 평화롭게 느껴지던 순간, 만석도 잠이 들었다.

청량리역이었다. 깜빡 잠들었던 만석은 얼떨결에 자리에서 일어섰다가 사람들에게 떠밀려 기차에서 내리고 말았다. 잘못 내린 것을 알고 다시 기차에 오르려 했지만, 깃발을 든 철도원이 만석을 제지했다. 경성으로 가려던 만석은 갑자기 틀어진 계획에 당황했다. 경성역에 내려 종로로 갈 생각이었는데, 생각지도 않게 청량리에 내렸으니, 어디로 가야 할지 판단이 서지 않았다.

새벽에 출발한 기차는 저녁나절에 도착했고, 역사 밖으로 빠져나오니 어둑해지고 있었다. 기차에서 내린 사람들은 빠르게 흩어졌다. 타고 있을 때는 몰랐는데, 그 많은 사람이 기차에 타고 있었다는 것이 믿기지 않을 정도였다. 성천장이 서는 날에도 이처럼 많은 사람을 본 적이 없어 눈이 돌아갈 지경이었다. 만석은 구씨네 머슴들이 왜 도태리를 떠나야 한다고 했는지 알 것 같았다. 일본의 산미증식 계획으로 만석처럼 땅을 빼앗기거나 농사를 지을 수 없어 고향을 떠나온 사람들이었다. 토지를 잃은 농민들이 살길을 찾아 나선 곳은 농사를 짓지 않고도 살 수 있는 도시였다. 만석도 그래서 도태리에서 도망쳤는데, 수많은 인파를 보니 살길이 더 막막하게 느껴졌다.

만석은 가방을 가슴 높이까지 끌어안고는 인파를 따라 밖으로 나왔다. 후텁지근하게 느껴지던 기차 안과 달리 시원한 바람이 불었다. 도태리보다 봄기운이 빨랐다. 만석은 사람들이 사라지는 방향을 이리저리 둘러보았다.

저만치 석탄을 쌓아놓은 적재소와 그 옆으로 얼기설기 판자를 덧대어 만든 창고 건물 몇 채가 보였다. 젊은 사람들은 대부분 그쪽으로 몰려갔고, 나이 든 사람들은 전찻길을 건너 마을 쪽으로 갔다. 역 오른편에는 이층 비슷한 적조 건물이 서너 채 보였는데, 다른 곳과 달리 집 앞에 붉은 등을 매달고 있었다. 홍등가였다. 구씨네 머슴 중 경성 사정에 밝았던 오씨는 붉은 등을 매달고 있는 집에 가면 사내구실을 제대로 할 수 있다고 했다. 그러면서 오씨는 만석의 아랫도리를 건드리며 낄낄거렸다. 만석은 그것이 무슨 뜻인지 어렴풋이 짐작했다. 그리고 언젠가는 그곳에 꼭 가볼 것이라 기억해 두었다. 그때부터 붉은 등을 생각하면 공연히 흠모하는 여인을 생각하는 듯 얼굴이 붉어졌다. 만석도 이젠 성인이었다. 결혼해 아이까지 낳은 친구까지 있으니 만석도 사내 구실을 못 할 것이 없었다.

만석은 마을에서 풍겨 오는 밥 냄새를 맡았다. 밥 냄새뿐만 아니라 기름 냄새와 술 냄새도 맡아졌다. 도태리에선 마을잔치에서나 맡을 수 있는 음식 냄새가 사방에서 풍겼다. 그는 왼쪽으로 갈까, 아니면 오른쪽 또는 맞은편으로 갈까 고민했다. 어디든 정해서 가야 했다. 더 어두워지면 길을 헤맬 수도 있었다. 사람들은 거짓말처럼 사라졌고 역 광장에는 눈에 띌 정도의 사람들만 남아 있었다. 만석처럼 아직 목적지를 정하지 못했거나 누군가를 기다리고 있는 사람들만 서성였다. 초 사월의 저녁바람은 쌀쌀한 시누이 눈초리만 같아 옷깃을 단속게 했고, 역 마당의 벚나무는 다가올 그리움으로 한껏 부풀어 있었다.

만석은 역 앞 전찻길을 보니 백석이 생각났다. 백석은 동대문과 청량리를 오가는 전차가 있는데, 전기의 힘으로 움직인다고 했다. 그때는 어떻게 사람을 실은 기차가 전기로 움직일 수 있는 것인지 꿈같은 얘기로 들렸다. 그런데, 바로 눈앞에 전차가 다니는 길이 있었다. 만석은 전차가 올 때까지 기다려보기로 했다. 전차를 타보고 싶기도 하지만, 만일 기차가 온다면, 종로로 갈 수 있을지도 몰랐다. 그곳으로 가기만 한다면 형님이라고 부르던 머슴의 사촌을 만나 도움을 청할 수 있을 듯 싶었다. 종로에서 국밥 장사를 한다는 찬배형님의 사촌을 만나면 당장 끼니를 해결할 수도 있고, 종로 분위기도 자세히 물어볼 수 있을 것 같았다. 수중에 돈과 땅문서가 있으니 장사 밑천은 충분했다. 새로운 세상에 대한 설렘과 약간의 두려움이 있긴 하지만, 한편으론 청량리까지 왔다는 사실에 흐뭇하기도 했다.

그러나 아무리 기다려도 전차는 오지 않았다. 역 마당의 사람들도 하나둘 줄었고, 저녁은 갈수록 싸늘해졌다. 만석은 초조했다. 밤이 되기 전에 어디든 가야 하는데, 도무지 방향을 잡을 수가 없었다. 전차는 끊긴 것이 분명했다. 만석은 우선 저녁부터 먹고 묵을 곳을 찾기로 했다. 철길을 건너려던 만석은 급하게 뒤돌아서 다시 역으로 뛰어갔다. 참았던 오줌이 쏟아질 듯 마려웠다.

화장실은 입구부터 코를 틀어막아야 할 정도로 더러웠다. 바닥은 온통 오줌과 똥 젖은 신문지 조각으로 질퍽거렸다. 똥통 위에 송판을 걸쳐 놓은 구씨네 변소와 비교될 정도로 역겨웠다. 만석은 숨을 참으며 소변을 보고는 까치발로 걸어 나왔다. 화장실 입구에 한 여자가 서 있었다. 들어갈 때는 보지 못했는데, 여자는 마치 만석을 기다리고 있었던 듯 아는 체를 해왔다. 저기, 만석씨 아니세요? 어두웠고 머리에 뭔가를 쓰고 있어 그녀가 춘화라는 것을 금방 알아보지 못했다. 누구? 만석은 서두르려던 발길을 여자 쪽으로 돌렸다. 저 도태리 사는 춘화예요. 기차에서 큰 봉변을 당한 춘화가 만석에게 아는 체를 해왔다.

만석은 그녀가 반가우면서도 당황스러웠다. 동네 사람을 만나 반갑기는 했지만, 한 번도 얼굴을 가까이 해본 적 없는 동네 여자일 뿐이고, 기차에서의 일까지 지켜본 터라 편하지만은 않았다. 더구나 그녀의 아버지와 삼촌들이 구씨네 머슴인 것을 생각하면, 그녀와 아무 거리낌 없이 인사를 나누며 아는 체하기 쉽지 않았다. 그렇다고 모른 척 지나가자니 그녀의 상황이 좋지 않아 보였다. 청량리가 처음인 것은 그녀도 마찬가지일 터였다. 어떻게 여기까지 왔어요? 만석은 그녀를 처음 만난 양 물었다. 어둑한 저녁 그림자가 흔들리는가 싶더니 그녀가 당차게 말했다. 사실 집을 나왔는데, 청량리는 처음이라 갈 곳이 없어요. 혹시 만석씨 가는데 따라 가서 심부름이나 해주면 안 될까요? 그녀는 구씨네 안살림을 해주겠다는 도태리 아줌마들처럼 말했다. 구씨네 부엌일을 하면 밥 굶을 일이 없고, 남은 밥과 찬도 가져갈 수 있어 가난에 쪼들린 여자들에겐 더없이 좋은 일자리였다.

춘화는 지금 구씨 아들 만석에게 부엌일 같은 일자리를 부탁하고 있었다. 만석은 서슴없이 말하는 춘화의 태도에 몸 둘 바를 모르면서도 맘 한구석으론 뭔가 의지처가 생긴 기분이었다. 분명 그녀의 처지가 더 안 좋아 보이는데, 조금도 기죽은 말투가 아니라서 그런지 부탁이 아니라 제안 같았다. 만석은 그래서 그녀에 대한 불편한 감정이 조금은 수그러들었다.

저도 갈 곳이 정해진 것은 아닙니다. 경성으로 가야 하는데, 그만 청량리서 내리는 바람에 오늘은 여기서 지내야 할 것 같습니다. 만석은 솔직하게 말했다. 저도 경성으로 갔다가 다시 제물포로 갈 작정이었는데, 사람들한테 떠밀려 내리고 말았어요. 춘화의 말끝에 만석은 피식 웃음이 나왔다. 그녀도 자신처럼 졸다가 당황해서 청량리역을 경성역으로 착각한 것이 틀림없었다. 의지와 상관없이 세상에 떠밀려 가는 인생도 많다는 것을, 그런 춘화를 보니 맘에 여유가 생겼다. 그럼, 저쪽으로 가서 밥부터 먹고 묵을 곳을 찾아볼까요? 춘화는 거침없이 만석을 이끌었다. 그녀가 똑 부러지는 성격이라는 것은 알고 있었지만, 낯선 곳에서조차 당황하지 않고 자신을 이끄는 것에 만석은 딱히 거절할 명분을 찾지 못했다. 그렇게 합시다. 만석은 춘화 발치에 놓여 있던 쌀자루를 들고 앞장섰다. 그녀는 뒤틀린 다리를 이끌며 만석을 뒤따랐다. 길게 이어진 전찻길을 따라 걷자, 석탄 적재소 앞쪽으로 음식점들이 나타났다.

그중 붉은 벽돌로 지은 이 층 건물 일 층에 청량리 국밥집이 있었다. 만석은 서둘러 국밥집으로 들어갔고 뒤따르던 춘화도 들어와 만석의 맞은편에 앉았다. 춘화는 국밥 한 그릇에 7전이라고 써 붙인 벽보를 쳐다보며 만석의 눈치를 살폈다. 국밥 말고 다른 음식은 없었다. 춘화는 만석이 만일 국밥값이 비싸다고 하면 자신이 국밥값을 치를 생각으로 먼저 말했다. 내가 국밥값 치를게요. 그녀의 속바지 주머니 속에는 엄마가 비상금으로 준 오십 전이 들어 있었다. 자리 잡을 때까지 아껴 써야 할 돈이지만, 동행자가 있어 부담이 덜했다.

아닙니다. 제가 치를 테니 걱정하지 마세요. 만석은 호기롭게 말했다. 자신이 가지고 있는 현금과 땅문서라면 까짓 국밥값 정도는 아무것도 아니었다.

국밥은 시키기도 전에 나왔다. 뚝배기가 넘치도록 설설 끓는 국밥을 가져온 주인 여자가 춘화와 만석을 번갈아 쳐다보았다. 시골에서 온 것 같은데 많이 먹고 정신 바짝 차리고 살아요. 여기는 눈 감으면 코 베어 가는 곳이야. 주인 여자의 말에 춘화는 큭 하고 웃음이 터졌다.

엄마가 새벽길을 나서는 춘화를 배웅하며 해준 말이었다. 동네 사람 눈에 띌까? 싸리문에 숨어 나직하게 소리치던 엄마 목소리가 국밥집 여자한테 빙의된 듯 반갑고 서러워 눈물이 솟구쳤다. 절대 울지 말라던 엄마가 생각이 나 애써 웃는 표정을 지었지만, 떨어지는 눈물을 감출 수는 없었다. 이를 본 국밥집 여자가 접시에 고깃점을 담아와 춘화의 국밥에 넣어주었다. 딱하기도 하지. 몸도 시원찮은데, 어쩌자고 혼인을 일찍 시켰대. 국밥집 여자가 혀를 차며 춘화와 만석을 눈여겨보았다. 만석은 아무것도 못 들은 양 국밥 먹는 데만 열중했다. 국밥집 여자가 춘화와 자신을 혼인한 부부로 오해해도 아니라고 말하기가 쑥스러웠다. 언젠가는 누군가와 혼인할 테지만, 당장은 혼인이라는 말이 자신한테는 해당되지 않는 것 같아 멋쩍기만 했다.

춘화 역시 부부가 아니라고 말하는 게 더 이상할 듯싶어 말없이 국밥을 먹었다. 오랜만에 기름진 음식이 들어가니 종일 긴장했던 몸이 확 풀렸다. 끼니 걱정하고 있을 엄마와 아버지 생각에 목이 메면서도 숟가락질은 멈춰지지 않았다. 자신이 이토록 뻔뻔할 수 있고 대책 없이 용감할 수 있다는 사실이 한편으론 놀라웠다. 집을 나설 때는 마음이 몸에 매단 쌀자루보다 무거워 갈피를 잡을 수 없었는데, 뜨거운 국밥을 먹다 보니 이미 떠나온 곳에 대한 미련을 갖기보다 부딪쳐 보자는 여유가 생긴 것 같았다.

당장의 배고픔을 해결하는 것 말고는 아무것도 장담할 수 없는 현실인데, 배를 채우고 나니 앞날이 그리 어둡게만 느껴지지 않았다.

손님들로 붐볐던 국밥집은 한산해졌다. 춘화와 만석만이 늦은 저녁 식사를 마무리하는 중이었다. 국밥집 여자도 의자에 앉으며 끙 소릴 냈다. 아이고, 지겨워! 돈도 좋지만, 이놈의 다리 때문에 더는 못하겠어. 나도 한양의 양반집 고명딸인데, 얼치기 서방 만나서 이 고생이야. 이제 더는 못하겠어. 돈 버느라 내 몸이 병드는 줄도 몰랐다니까… 나도 참 미련한 인간이지. 국밥집 여자가 춘화와 만석을 의식하며 하소연했다. 춘화는 가끔 여자와 눈 맞추며 고개를 끄덕였다. 춘화는 불편한 다리로 살아간다는 것이 얼마나 힘든 일인지 누구보다 잘 알았다. 어릴 적에는 아이들의 놀림 때문에 힘들었고, 자신을 바라보는 엄마와 아버지의 한숨 소리도 참기 어려웠다. 철이 들고부터는 공연한 눈치 보느라 늘 자존심과 싸워야 했다. 그래서 국밥집 여자의 하소연이 남일 같지 않았다.

국밥집 여자와 춘화가 눈을 맞추는 동안 만석은 뚝배기를 싹싹 비우고는 여자에게 물었다. 콧수염에 가려졌던 그의 갈라진 입술이 국밥 국물에 젖어 또렷이 드러났다. 춘화는 처음으로 구씨네 아니 토순네로 불릴 수밖에 없는 구씨네 고통을 보았다. 붉게 드러난 잇몸 사이로 만석의 아니 토순이로 살아온 짧은 생의 원죄가 보였다. 그건 트집 잡을 것 없는 형 백석에 대한 질투와 핏덩이 때부터 벌레 보듯 차별한 엄마 끝순에 대한 증오였다. 그리고, 그를 흉측하게 바라보는 세상에 대한 분노이기도 했다.

춘화는 오물거리는 만석의 입술이 징그러웠다. 만석을 자세히 바라본 것도 처음이고, 누군가와 밖에서 밥을 먹은 것도 처음이라 그의 시선과 부딪치는 것이 불편하기만 했다. 그녀는 서둘러 못 본 척 눈을 돌렸다.

뚝배기를 내려놓은 만석은 호기롭게 말했다. 아주머니 힘드시면, 이 국밥집 저한테 파실래요? 춘화는 놀라서 다시 만석을 보았다. 처음 본 아주머니에게 농담인지 진담인지 모를 말을 자연스럽게 건네는 만석이 놀랍기만 했다. 만석이 도태리 지주 구씨네 둘째 아들이긴 하지만, 구씨네도 식민지정책으로 예전과는 달랐다. 만석이 아버지 구씨에게 가게를 살 정도의 돈을 받아올 리 없었다. 만석에게 설마 국밥집을 살만한 돈이 있어 그런 말을 건넸다면 집에서 도망친 것이 틀림없었고, 도망치면서 빈손으로 나오지 않았다는 뜻이기도 했다

자네 그 말 농담인가 진담인가? 정말로 국밥집 사고 싶은 거야? 국밥집 여자가 만석 가까이 의자를 당겨 앉으며 물었다. 만석은 조금의 망설임 없이 대답했다. 정말입니다. 국밥집 파실 거면 저한테 파세요. 자네 그만한 돈은 있는 거야? 여자가 눈을 동그랗게 뜨고 다시 물었다. 잔뜩 긴장해 쳐다보는 춘화와 달리 만석은 여자와 본격적인 거래를 할 듯 제법 어른스런 태도를 취했다. 저는 함흥 성천의 부잣집 아들입니다. 아버지께서 경성으로 가 사업을 해보라고 사업 자금을 주셨는데, 마침 아주머니가 국밥집을 파신다고 해서 드리는 말씀입니다. 아이고! 그렇다면 다행이네. 몇 사람이 가게를 사겠다고 찾아오긴 했는데, 이래 봬도 2층 건물이라 가격이 만만찮아서 팔지를 못했어. 그렇다고 헐값에 팔 수는 없잖아. 아주머니 얼만데

요? 가격 얘기가 나오자 만석이 자세를 고쳐 앉았다. 수중에 땅문서와 돈이 있긴 하지만, 그 값어치가 얼마나 되는지는 정확히 알지 못했다. 성천에서는 쌀 한 가마니가 25원이었다. 경성에서도 쌀값이 같은지, 경성 땅값은 한 평에 얼마인지 예상하기 어려웠다. 만석은 국밥집 여자의 입만 쳐다 보았다.

나야 제값만 쳐준다면 내일이라도 자네한테 넘기겠네. 이층 살림집까지 합해서 스물일곱 평, 쌀 백 가마값만 줘. 쌀 한 가마에 25원이니 백 가마면 2,500원이었다. 2,500원이란 소리에 만석은 빙긋이 웃었다. 철제 금고에서 가져온 돈이면 충분했다. 셈을 해본 것은 아니지만, 만석의 가방 속에는 노끈으로 묶은 크고 작은 지폐 뭉치가 족히 서른 개도 넘었다. 열댓 개가 넘는 땅문서 역시 돌돌 말린 채로 노끈에 묶여 있었다. 국밥집을 사는 데 땅문서까지는 꺼낼 필요 없었다. 현금 뭉치 서너 개만 꺼내도 남았다. 그러나 도둑이 많다는 경성에서 국밥집 여자가 달라는 대로 다 준다면 자신을 왠지 쉬운 상대로 볼 것 같아 만석은 잠시 망설이는 척했다.

건물이 좋아서 그런가 비싸긴 하네요. 조금 깎아주시면 안 될까요? 제가 돈이 없는 것은 아니지만, 다른 사업에 써야 해서 그럽니다. 배를 채운 탓인지 만석은 한결 여유로운 표정으로 말했다. 춘화는 그런 만석이 달리 보였다. 물정 모르고 덤비는 젊은이보다는 낫지… 그럼, 쌀 아흔 가마 값만 줘? 자네도 그렇고 색시도 몸이 안 좋은데, 잘들 살아야지. 힘들긴 해도 일 년만 장사하면 본전 뺄거야. 아이고! 감사합니다! 만석이 이를 드러내며 웃었다. 기대하지도 않은 일이 술술 풀리는 기분이었다. 청량리역에서 내린 것이 운이라면 운이었고, 춘화를 만나 국밥을 먹은 것 또한 우연이 아닌 운인 듯 싶었다.

 늦었으니까 내일 계약하기로 하고, 오늘은 이층 방 하나 비었으니 거기서 자도록 해. 뜻하지 않은 상황에 만석과 춘화는 당황해 서로를 바라보았지만, 춘화는 이내 여자를 향해 인사했다. 아주머니 고마워요! 그러잖아도 잘 곳을 찾아보려고 했는데, 잘 됐네요. 어차피 벌어진 일이었다. 부부가 아니라고 해도 우습고 부부라고 해도 모양새가 그랬다. 만석도 춘화의 말뜻을 이해하는지, 여자의 호의 아닌 호의를 받아들였다. 도태리에서 받지 못한 인정을 집 나와 받는 것 같아 더없이 만족스러웠다. 춘화와 하룻밤을 보내야 한다는 난제가 있긴 했지만, 그녀에 대해 설레거나 기대하는 감정이 없어 크게 부담스럽지는 않았다.

 국밥집 여자도 거래가 만족스러운 듯 팔고 남은 머리 고기 한 접시를 춘화에게 건넸다. 이거 가지고 올라가서 출출하면 먹고 자. 새댁도 좋을 테지만, 나도 큰 걱정 하나 덜어서 살겠네. 이제 아들네 가서 손주나 봐주면서 살 작정이야. 이 집에서 돈도 벌고 아들딸 낳고 잘 살아 봐. 여자의 말에 춘화는 환하게 웃었다. 순간 만석과 혼인해 사는 것도 나쁘지 않다는 생각이 들었다. 국밥집 여자 말대로라면, 만석과 이층집에서 남부럽지 않은 삶을 살 수도 있을 것 같았다. 만석은 생각했던 것보다 셈도 빠르고 사내다운 구석이 있었다. 백석에 치여 보이지 않던 만석에게 그러한 배짱과 판단력이 있는 줄 도태리 사람들은 몰랐을 것이었다. 하지만, 춘화는 만석에 대한 자신의 생각이 말도 안 된다는 것을 알았다. 만석의 갈라진 입술을 매일 바라보며 살아갈 자신이 없었다. 또 만석을 닮은 아이가 태어난다면, 그때는 자신도 만석의 엄마 끝순이처럼 삐뚤어진 모성애를 보일지도 몰랐다.

그보다 춘화는 서둘러 혼인하고 싶지 않았다. 경성에서 어떻게든 자릴 잡는 것이 우선이었다. 기술을 배우거나 취직을 해 직장생활이라는 것을 해볼 참이었다. 그녀는 어릴 적부터 모든 일에 남자를 우선시하는 관습이 못마땅했다. 아버지와 엄마의 밥그릇이 다른 것도 그렇고, 엄마와 할머니 그리고 자신은 언제나 뒷전이라는 사실이 싫었다. 가족이라는 명분만 앞세울 뿐, 모든 일에 여자는 구경꾼이거나 희생자로 남아야 했다. 부뚜막에 앉아 멀건 죽 한 그릇으로 배를 채우면서도 그것이 여자의 도리라고 여기는 엄마를 보면서 그녀는 도리의 부당함을 뼛속 깊이 새겼다.

만석과 마주 앉아 국밥을 먹은 것은 그러니까 처음으로 차별받지 않은 식사였다. 청량리는 도태리와 다른 관습이 있거나 만석이 구씨네서 남자로 대접받지 못하고 살았다는 뜻이기도 했다. 구씨네 부엌일을 하는 춘화엄마는 구씨네 위계질서 때문에 끼니때마다 열 개가 넘는 크고 작은 밥상을 차린다고 했다. 구씨와 백석의 밥상, 구씨 아내와 구씨 모친의 밥상, 만석과 천석의 밥상을 물리고 나면, 이어 세 개의 상머슴 밥상과 다섯 개의 머슴 밥상을 차려야 하고 마지막으로 부엌데기들 밥상을 차렸다. 신분의 차이와 남녀의 구별까지 밥상의 크기도 다르고 밥과 찬의 가짓수도 달랐다.

춘화는 수그리면 코가 닿을 듯 작은 밥상에 둘러앉아 먹는 밥과 무엇이 다른지, 왜 그것이 높고 낮음의 지표가 되는지 이해하지 못했다. 막연하게는 땅이 그 지표의 기준을 만든다고 생각했다. 땅과 그 땅에서 나는 곡식만이 부자와 가난한 사람을 만들고 힘을 과시할 수도, 무시를 당하며 살 수도 있게 한다는 것을.

배가 부른 탓인지 춘화는 지금의 상황이 나쁘지 않았다. 기약된 것은 아무것도 없지만, 국밥집 여자의 인심으로 고단한 몸을 부릴 방까지 생기니 당장은 걱정이 없었다.

만석과 춘화는 여자가 일러준 대로 국밥집 이층으로 올라갔다. 외벽과 달리 건물 안은 더 낡아서 복도를 걸을 적마다 삐걱거리는 소리가 심했다. 구석구석에서 찌든 곰팡냄새와 음식 냄새가 진득하게 맡아졌다. 춘화와 만석은 조심스럽게 복도 끝까지 걸어갔다. 두 개의 방문 앞을 지나자, 복도 끝 창문 옆으로 여자가 말해준 작은 방이 나타났다. 두 사람은 잠깐 방문 앞에 멈춰 섰다. 춘화는 만석이 먼저 방으로 들어가길 바랐고, 만석은 춘화가 앞장서길 바랐다.

춘화는 방문이 열리는 순간 어쩌면 자신의 열일곱 인생이 급하게 방향을 틀어야 할지도 모른다는 걱정이 앞섰고, 만석은 의도하지 않은 삶과 맞닥뜨려야 할지도 모른다는 두려움에 방문을 쉽게 열지 못했다. 하지만 두 사람은 잘 알고 있었다. 함께 하지 않으면 서로에게 아무 도움이 되지 않는다는 것을. 서로를 이용해야만 이곳에서 살아남을 수 있다는 것을.

잠시 후, 마음을 다잡은 춘화가 먼저 방문을 열었다.

5. 구씨네 첫째 아들 백석의 실종

주말 새벽이었다. 끝순은 어김없이 함흥역에 나타났다. 그녀는 전과 다름없이 사람들로 북적이는 역사 한가운데서 백석을 기다렸다.

그러나 그녀가 함흥역에 나타난 이후 경성에서 출발한 기차가 두 번이나 함흥역에서 멈췄지만, 백석은 보이지 않았다. 기차에서 내린 사람들이 우르르 역사 안으로 몰려들 때마다 그녀는 큰 소리로 백석을 불렀다. 경성제국대학 모자를 쓴 사람은 눈에 띄지 않았다. 아들! 구백석! 엄마 여기 있다! 그녀는 더없이 밝고 순진한 얼굴로 백석을 애타게 불렀다. 마치 저만치에서 백석이 자신을 향해 걸어오는 듯 두 팔을 크게 벌리고는 엄마 여기 있다! 라고 소리쳤다.

그녀를 힐끔거리며 지나가는 사람들뿐, 그녀를 향해 다가오는 사람은 없었다. 그런 그녀를 가장 관심 있게 쳐다보는 이들은 매표소 직원들로 그들은 그녀를 보며 서로 소곤거리거나 머리를 흔들었다. 한번은 역 사무소 직원이 그녀에게 다가가 추운데 나오지 말라고 했다. 끝순은 직원을 향해 삿대질하며 욕을 했다. 내 아들은 경성제국대학에 다니는 구백석이다. 내 아들이 오면 너희들 그냥 두지 않을 테다. 순사들도 내 아들 앞에선 벌벌 긴단 말이다. 그녀는 사람들을 의식하지 않았다. 누구라도 자신에게 뭐라 하면 백석이 오면 그냥 두지 않을 것이라고 엄포를 놓았다. 사무소 직원들은 이후 그녀를 내버려두었다. 그녀가 종일 목이 터져라 백석을 부르고 서 있어도 모른 체 했고, 아무것도 먹지 않은 채 날이 저물도록 돌아가지 않아도 신경쓰지 않았다.

마지막 기차가 함흥역을 떠날 즈음, 구씨네 머슴 송씨가 역 대합실에 나타났다. 송씨는 구씨네 머슴 중 가장 나이가 많지만, 상머슴이 된지는 십여 년 밖에 안되었다. 백석이 태어나기 전부터 육십여 년을 구씨네 머슴으로 살아 그녀보다 구씨네 사정을 더 잘 알았다. 소학교도 가지 못한 송씨를 데려다 지게질을 배우도록 한 것은 덕구의 부친인 구억이었다. 때문에 송씨는 백석의 선친이 어떻게 성천의 지주가 되었는지, 또 구씨네 유전병의 대물림이 어느 대부터 시작되었는지 훤히 꿰뚫었다. 구로다조차 송씨를 내쫓지 못하는 것은 그가 누구에게도 무해한 사람이고 오로지 먹고 일하는 데만 열중하기 때문이었다. 다른 머슴들은 틈만 나면 시시덕거리거나 먹는 것만 밝히는데 송씨는 그렇지 않았다. 그가 오갈 데 없는 천하의 고아라는 것도 머슴으로는 제격이었다. 구씨네서 지게질을 배울 때부터 지금까지 송 씨의 새경은 먹여주고 재워주는 것이었다. 다른 머슴들은 명절 때마다 돼지를 잡아 한두 근씩 받아 가는데, 송 씨는 그마저도 받아 가지 않아 구씨네로서는 부려 먹기 좋은 머슴이었다.

함흥역 안으로 들어선 송 씨는 사람들 속에서 구 씨 부인인 끝순을 발견했다. 그녀는 여전히 한자리에서 백석이 오길 기다렸다. 벌써 여러 대의 기차가 멈췄다 출발했지만, 백석은 나타나지 않았다. 하지만 그녀는 전혀 실망한 표정이 아니었다. 막 아들을 마중 나온 듯 행복한 미소를 지으며 까치발을 들었다 놨다 하며 사람들 사이를 헤집었다. 어느 때는 저만치에 백석이 보이는 듯 두 팔을 휘저으며 백석을 불렀고, 제국대학모자와 비슷한 모자를 쓴 젊은이가 나타나면 더 큰 소리로 '백석아, 에미 여기 있다' 라고 소리쳤다.

송 씨는 사람들 사이를 비집고 그녀에게 다가갔다. 마님, 어서 집으로 돌아가세요. 도련님 안 와요. 송 씨가 그녀의 팔을 잡아당기자, 그녀가 뿌리치며 소리쳤다. 이놈이 어딜 잡아! 이놈! 내 아들 백석이 오면 너를 감옥에 처넣을 것이다. 그녀의 고함에 사람들이 혀를 차며 쳐다보았다. 송 씨는 난감했지만, 그녀를 그대로 두고 갈 수는 없었다. 백석이 몇 달째 집에 오지도 않고 소식이 끊어지고부터 그녀의 정신은 온전치 않았다. 집안의 자랑이자 유일한 희망인 백석이 실종되자 그녀는 점점 헛소리를 하기 시작했다. 금요일에는 백석이 좋아하는 반찬을 준비했고 토요일 새벽에는 어김없이 함흥역으로 나갔다. 식구들이 아무리 백석의 실종에 대해 알려주었지만, 그녀는 믿지 않았다. 백석이 오지 않는 것은 공부를 하느라 그런 것이라고, 시험공부가 끝나면 곧장 집에 올 것이라고 믿었다. 구씨는 토요일 새벽마다 하얗게 분을 바르고 역으로 나가려는 그녀를 말려보지만 소용없었다. 그녀는 어제 일조차 기억하지 못했다.

백석의 실종 소식은 경성제국대학 측에서 알려왔다. 매주 토요일마다 성천에 오던 백석이 몇 주째 소식이 없자, 구씨는 경성으로 사람을 보내 백석을 찾았다. 그 어디서도 백석의 흔적을 찾을 수 없었다. 한 달이 지나도록 소식이 없던 차 제국대학에서 한 젊은 남자와 일본인이 구씨네를 찾아왔다. 그들은 조심스럽게 그러나 뭔가 몹시 수상하다는 눈빛으로 구씨에게 말했다. 당신 아들이 연락도 없이 학교에 나오지 않고 있소. 주변인들을 탐문해 보았지만, 아무도 백석의 소식을 아는 사람이 없었고, 그가 자주 가던 식당 주인이 뭔가 이상했다고 말해줬소. 백석이 아무래도 만주로 간 것 같다고? 당신 아들이 아무래도 독립군에 가담한 것 같으니 연락이 오면 우리한테 즉시 신고하시오. 안 그러면 당신들도 무사하지 못할 것이오. 그들이 다녀간 뒤부터 구씨 집안은 초상집이었다. 구씨는 연일 술만 마셨고, 끝순은 시름시름 앓더니 헛소릴 하기 시작했다. 도태리 사람들은 독립군 자식을 두었으니 구씨네도 이젠 끝장이라고 수군거렸다.

만석의 가출까지 알려지면서 구씨네에 뭔가 기대하는 사람은 거의 없었다. 그보다 구로다가 관리하는 구씨네 땅문서와 현금 뭉치가 사라진 것을 알게 된 구로다는 분노했다. 소문은 구로다가 땅문서를 훔쳐 달아난 만석에 대한 분노로 백석을 독립군으로 신고했다고도 했다. 그래야만 구씨네 재산을 완벽하게 자신의 것으로 만들 수 있기에 백석을 희생시켰다는 얘기였다. 도태리 사람들은 구로다를 몹시 경계했다. 그야말로 구로다의 말 한마디가 사람을 죽일 수도 살릴 수도 있음을 보았기에 되도록 그와 마주치지 않으려 피해 다녔다. 천황의 재물을 훔친 자는 즉결재판으로 처한다고 했다. 그게 무슨 뜻인지 잘 아는 사람들은 만석이 부디 구로다의 손에 잡히지 않기를 바랐다. 도태리가 구씨네 때문에 먹고 살았는데, 이젠 구씨네 때문에 쉬쉬하며 살아야 하는 처지였다.

　가장 어수선한 것은 머슴들이었다. 그들은 구씨와 구로다 사이에서 전전긍긍했다. 누구 편에 설 수 없는 처지라 보고도 못 본 척 일만 했다. 구로다가 심어 놓은 심복 머슴의 눈에 찍히면 당장 쫓겨나는 것은 물론이고 그동안 일한 새경조차 받지 못했다. 송씨 역시 칠십 년 넘도록 구씨네 밥을 먹고 살아온 터라 한 집안의 몰락을 지켜보는 것이 괴롭지만, 구씨네를 도울 방법을 알지 못했다. 백석이 실종되고부터 술로 세월을 보내는 구씨와 정신을 놓아버린 구씨 아내를 지켜야 하는데 두렵기만 했다.

　그나마 다행인 것은 구씨와 끝순이 송씨를 가족처럼 대해주는 것이었다. 믿을 사람이라곤 송 씨뿐인 양, 구씨와 끝순이 천석이까지 무슨 일만 생기면 송 씨를 찾았다. 엊저녁 늦도록 술에 취해 있던 구씨는 새벽녘 끝순이가 사라진 것을 알고는 급하게 송씨에게 함흥역으로 가보라고 했다. 자네가 가야 끝순이를 데려올 수 있다고, 믿을 사람은 자네밖에 없으니 서두르라며 울먹였다. 어쩌다 그리되었는지, 풀린 눈동자로 자신에게 매달리는 구씨 때문에 송씨는 먹던 밥숟가락을 내려놓고선 내처 함흥역으로 달려갔다.

　혼삿말이 오가면서 토순네로 시집간다고 숱한 놀림을 받아온 끝순이었다. 시집와서도 구씨의 갈라진 입술이 무섭다며 한밤중 마당에 나와 흐느꼈다. 송씨는 그때마다 친정 오빠처럼 다가가 그녀를 위로했다.

　오늘도 그런 마음으로 끝순이를 데리러 왔는데, 그녀는 예전과 전혀 다른 사람이었다. 그녀의 머릿속은 온통 사라진 백석뿐이었다. 토순네의 오명에서 백석은 흠잡을 데 없는 아들이고 그녀의 빛이었다. 빛이 사라지자, 그녀가 할 일은 백석을 기다리는 일이었다. 백석이 다시 그녀를 밝혀줄 것이라 믿었다. 끝순이 시뻘건 눈으로 송씨에게 삿대질했다. 이놈! 머슴 주제에 어딜 감히 이래라 저래라 하느냐! 백석이 오면 네놈을 혼내 줄 것이다. 평생 내 집에서 밥 벌어먹는 머슴 놈아! 에미 애비도 없는 버러지 같은 놈아! 송 씨는 그녀의 욕설을 신경 쓰지 않았다. 그녀의 말대로 부모 얼굴도 모른 체 이집 저집 떠돌다 구씨네로 들어와 정착을 했으니, 송씨에게 구씨네는 가족이고 고향이었다. 그녀가 무슨 말을 하든지 송씨는 아무것도 반박할 수 없는 처지였다.

송씨가 견디기 힘든 것은 그녀를 바라보는 사람들의 시선이었다. 서둘러 그녀를 데리고 집으로 돌아가는 것이 송씨가 할 수 있는 최선이었다. 사모님, 얼른 집으로 가셔요? 백석 도련님이 집에 와 있을지도 모르잖아요. 사모님이 여기 계시면, 백석 도련님 밥상은 누가 차려요. 송씨의 말에 그녀의 눈빛이 바뀌었다. 아차! 내가 깜박했다. 우리 아들 배고플텐데, 어서 가서 밥 차려줘야지. 그녀는 백석의 밥상만큼은 직접 차렸다. 구씨와 만석이 천석이 밥상은 남의 손에 맡겨도 백석이 먹을 음식은 일일이 챙기거나 제 손으로 만들어 먹였다.

마음이 바뀐 그녀는 송씨를 따라 밖으로 나왔다. 역 마당에 그녀를 태우고 갈 마차가 대기하고 있었다. 그녀는 노래를 불렀다. 한참을 진땀 뺀 송씨는 비로소 한숨 돌리고는 앞자리 마부 옆에 앉았다.

거짓말을 해 끝순이를 마차에 태우기는 했지만, 집으로 돌아가 백석의 부재를 확인하고 다시 함흥역으로 돌아간다고 하면 어쩌나 걱정이었다. 구씨 말대로 그녀를 광속에 가둬야 할지도 몰랐다. 백석이 그리 좋으세요? 송씨의 물음에 콧노래를 부르던 끝순의 얼굴이 환해졌다. 난 우리 백석이만 보면 한없이 행복해! 그 이쁜 입으로 오물오물 밥 먹는 모습을 보면 행복해서 가슴이 쿵쾅거린다니까. 내 뱃속에서 어찌 그런 아들이 나왔는지 참 신기해. 끝순이 신나서 얘기하자 송씨도 덩달아 기분이 좋아졌다. 그녀에게 백석은 삶의 전부였다. 부끄럽고 수치스런 토순네 집안을 영광스럽게 만든 빛과 같은 존재였다. 그런 백석이 기다리고 있는 집으로 가는 길이니, 그녀의 마음은 구름을 탄 기분일 것이었다. 송씨는 그녀를 이해하면서도 커져만 가는 불안을 떨칠 수가 없었다.

함흥역에서 돌아온 끝순은 백석이 안 보이자 온 집안을 뒤지기 시작했다. 아래채와 위채를 뒤지고 부엌과 머슴들 방까지 뒤진 그녀는 백석이 없음을 확인하고는 울부짖으며 백석을 찾았다. 그리고 잠깐 식구들이 정신을 수습하는 사이 그녀는 다시 백석을 마중 나간다며 집 밖으로 뛰쳐나갔다. 마차를 대동하지 않으면 도태리를 벗어날 수 없는 그녀가 대책 없이 집을 나간 것이었다. 머슴들과 동네 사람들까지 잠을 설치며 도태리를 뒤진 끝에 춘화네 부엌에 있던 그녀를 찾아냈다. 밖에서 우는 소리 같기도 하고 웃는 소리 같기도 한 소리가 들려 나가보니 구씨 아내가 부엌 물항아리 옆에 웅크리고 앉아 있었다. 그녀를 발견한 춘화엄마는 뒤로 나자빠졌다. 그녀가 사라졌다는 소리는 들었지만, 몸이 좋지 않아 함께 찾으러 다니지는 못했다. 끼니 걱정하는 집안에 도둑이 들어올 리 없고, 날짐승 구경하기도 어려운 마당이라 웅크리고 앉아 이상한 소릴 내는 구씨 아내를 보고는 기겁하지 않을 수 없었다.

춘화엄마가 놀라 소리치자, 구씨 아내가 벌떡 일어나 더 큰 소리로 말했다. 이게 다 네 딸년 때문이야. 춘화 그년이 쌀을 훔쳐 도망치는 바람에 내 아들이 사라졌다고! 그 죽일 년만 아니었으면 백석이 집에 오지 않을 리 없단 말이야. 춘화 그년이 아무리 용을 써도 내 아들 백석이하고는 절대 혼인할 수 없어. 절름발이 주제에 어딜 넘봐! 듣고 있던 춘화엄마는 어둠 속을 더듬어 부지깽이를 집어 들었다. 이런 개쌍년을 봤나. 내 아무리 구씨네서 밥 빌어먹고 살지만 나도 구씨네랑 사돈 맺을 생각은 꿈에도 없다. 동네 사람들한테 물어봐라? 토순네가 나은지 절름발이가 나은지. 풍비박산이 난 그놈의 집구석 뭘 믿고 금쪽같은 우리 춘화를 보낼까. 언감생심 꿈도 꾸지 마라. 끝순이가 알아 듣던 말던 춘화엄마는 쉬지 않고 퍼부었다.

구씨네 부엌데기로 살며 끝순의 눈치를 보느라 숨소리 한번 크게 내지 못했다. 그녀가 시키면 시키는 대로 따라야 했고, 혹여 그녀의 눈에 거슬리기라도 할까 봐, 김치 담글 적마다 간을 열 번도 더 봤다. 맵고 짠 것을 좋아하는 구씨네 식성을 맞추느라 위장병을 달고 살았는데, 한바탕 퍼붓고 나니 쓰린 속이 시원해진 느낌이었다. 고운 비단 치마저고리만 입고 분냄새를 풍기며 거만 떨던 끝순이가 도둑고양이처럼 춘화네 부엌에 웅크리고 앉아 있는 꼴이라니, 춘화엄마는 알 수도 이해할 수도 없는 인생에 어이가 없었다. 끝순의 꼬라지에 조금 위로를 받은 것 같기도 한데, 한편으론 정신을 놓고도 춘화를 무시하는 그녀의 태도에 가슴이 미어졌다. 당당하게 살라고 내보낸 춘화가 세상의 조롱과 멸시를 받으며 살아갈 것을 생각하니 온몸이 무너져 내렸다. 들고 있던 부지깽이를 끝순에게 집어 던지려던 참이었다. 부스스 일어난 그녀가 아무 일 없었던 듯 말했다.

춘화엄마, 우리 백석이 올 시간 다 됐으니까 얼른 광에 가서 굴비하고 고사리 가져와. 굴비 몇 마리 남았는지 꼭 세어보고. 백석이 요즘 공부하느라 얼굴이 안 좋아. 내가 직접 할 거니까 자네는 어서 상 차려. 그녀는 할 말을 마친 듯 부엌을 나갔다. 춘화엄마는 쥐고 있던 부지깽이를 끝순에게 던졌다. 더는 그녀와 구씨네를 원망하지 않을 것이었다. 소문에는 백석이 춘화를 데리고 사라졌다는 얘기도 들렸지만, 말도 안 되는 소리였다. 춘화가 경성으로 떠나고 한참 뒤에 백석이 사라져 이치에 맞지 않았다. 뭔가 꺼림칙한 것은 백석의 동생 만석이 춘화와 같은 날 경성행 기차를 탔다는 것인데, 그 애들은 아직 어렸고 사람 많은 기차에서 만나기는 어려울 것이었다. 설령 만났다고 해도 갈 길이 다르니 가벼운 인사 정도는 나누었을 것이었다. 동네 사람들의 입담은 언제나 나쁜 쪽으로 결론나기 마련이고, 소문의 힘이란 그래서 더 잘 퍼지기 마련이었다.

춘화가 집 나간 것을 알게 된 기시다가 구로다에게 말해 춘화를 잡으러 갔다는 소문이 들렸지만, 그 역시 소문이었던 듯 춘화는 집으로 돌아오지 않았다. 사실이었다면 춘화는 지금쯤 집에 있어야 맞았다. 아무리 생각해도 춘화를 도태리에서 떠나게 한 것은 잘한 일이었다. 기시다 같은 놈이 있는 한 미선공은 안전하지 못했다.

도태리 사람들은 한결같이 춘화는 똑똑해서 어디 가서든 잘 살 것이라고 했다. 춘화엄마는 그 말에 큰 위로를 받으면서도 한동안 속앓이를 했다.

춘화엄마는 끝순에게 아니 세상을 향해 춘화를 대신해 복수를 날렸다. 누가 뭐라든 절름발이 춘화가 오기로라도 잘 살아내길 바라는 마음으로 처음이자 마지막으로 그녀에게 한 복수였다. 끝순이가 뒷덜미에 부지깽이를 맞고 비명을 지르던 순간, 춘화엄마는 오랜 지병이던 위장병이 싹 나은 기분이었다. 자기 몸이 병들어 가는 줄도 모르고 종일 짜고 매운 음식을 집어삼킨 위장이 모처럼 시원하게 트림했다. 더는 겁날 것이 없었다. 아직 춘화 아버지와 막내 외삼촌이 구씨네서 머슴을 살고 있긴 하지만, 구로다도 힘 좋은 두 사람을 함부로 내쫓지는 않을 것이었다. 구로다가 젊은 머슴들이 일을 못해 속 썩는다는 소릴 들은 터라, 춘화엄마는 크게 걱정하지 않았다. 그리고 정신 나간 끝순의 말을 쉽게 믿어줄 사람도 없을 것이었다.

때마침 동네를 뒤지고 다니던 구씨네 머슴 둘이 끝순의 비명을 듣고는 춘화네 마당으로 달려왔다. 그들은 헛소릴 해가며 몸부림치는 그녀를 질질 끌며 데려갔고, 춘화엄마는 그녀의 소리가 들리지 않을 때까지 어두운 마당에 서 있었다. 그녀가 왜 하필 춘화의 집 부엌에 있었던 것일까? 춘화엄마는 잠깐 그런 생각이 들었지만, 그녀가 어느 집을 분간하며 돌아다닐 정도로 멀쩡하지 않다는 것을 떠올렸다.

끝순은 끌려와서도 백석의 밥상을 차리겠다며 몇 차례 부엌을 들락거렸다. 백석을 마중 나가겠다며 소동을 피우는가 하면, 머슴들을 피해 뒤란으로 담을 넘어가거나 쪽문의 고리를 부수고 밖으로 도망쳤다. 머슴들은 밤잠을 설쳐야 했다. 보다 못한 춘화 막내 외삼촌이 구씨에게 그녀를 나가지 못하게 할 방법을 찾지 않으면, 머슴들도 일하기 힘들다며 투정했다. 구씨는 아무 말도 하지 않았다. 결국 그녀를 가두라는 얘긴데, 그럴 용기가 나지 않았다. 백석은 끝순에게 빛나는 인생이었다. 성천의 지주로 살았지만, 언청이 집안으로 소문이나 누구도 구씨네와 혼인하겠다는 처자가 없었다. 그런데 끝순이 혼인하겠다는 연락을 했을 때, 구씨는 처음으로 맘 놓고 웃었다. 평생 비웃음으로 끝날 인생인 줄 알았는데, 그녀를 품게 되어 더는 바랄 것이 없었다. 그래서 그녀가 도태리 사람들에게 미움받을 짓을 해도 모른 척 넘어가곤 했다. 그녀가 백석을 낳았을 때는 정말이지 꿈인가 싶었다. 구씨네 유전병이 종말을 예언하기라도 하듯 백석의 이목구비는 훤칠하기 그지없었다.

솔직히 구씨는 큰아들 백석이 토순이로 태어난다면, 낫으로 성기를 잘라버릴까도 생각했다. 몹쓸 유전자의 뿌리를 잘라 내지 않으면 가문의 불행이 끝나지 않을 것이기 때문이다. 낫을 들고 대문 밖을 서성이던 구씨에게 부엌데기 창석 엄마가 달려 나와 말했다. 어르신, 잘생긴 아들입니다. 구씨는 그 말을 이해하지 못했다. 창석 엄마가 다시 멀쩡하게 잘 생겼다고요. 라고 다시 말했다. 그제야 구씨는 제 아들이 언청이가 아니라는 걸 알았다.

백석이 태어나고 구씨와 그녀는 하루하루가 천국에 사는 듯 행복했다. 그러나 구씨네 행복은 얼마 가지 않았다. 더는 욕심을 내지 말아야 했는지도 모른다. 신께서 백석이 하나로 만족하라고 했는데, 둘째와 셋째까지 나온 것이다. 끝난 줄 알았던 유전자가 만석과 천석으로 이어지자 구씨는 가문의 내력이라 받아들였다. 신을 거역하면 또 다른 비극이 생길 것 같았다.

구씨는 그때 아홉 가지 불행은 하나의 행복을 채우기 위해 존재한다는 사실을 깨달았다. 그리고 자신보다 끝순이 더 그 불행의 중심에 있다는 것을 알아 안타깝게 생각했다. 그런데, 그녀는 기어이 그의 한계치를 벗어나고 말았다. 구씨는 더 이상 그녀를 방치해서는 안 된다고 생각했다. 애꿎은 머슴까지 고생시킬 수는 없었다. 구로다의 핍박에 시달리는 머슴들에게 구씨네 불행까지 떠맡기는 것은 옳지 않았다.

구씨는 춘화 외삼촌을 불렀다. 자네 말대로 더는 방법이 없으니, 백석 엄마를 위채 빈방에 가두라고 했다. 춘화 외삼촌은 구씨가 건네준 위채 방 자물쇠를 받아 들고는 굳은 표정을 지었다. 구씨 부인인 끝순이 밖으로 돌아다니지 못하게 방법을 찾으라고 건의한 것은 자신인데 막상 그녀를 방에 가두려 하니 죄짓는 기분이었다. 그녀는 오랜 세월 구씨네 안 주인이었고, 인품이 좋든 나쁘든 도태리 사람들에겐 쌀독 인심을 베풀었다. 춘화 외삼촌이 망설이자, 구씨가 화를 내며 다시 말했다. 뭐하나! 얼른 데려가라니까. 그리고 오늘 밤부터는 편하게들 자게. 구씨가 매몰차게 돌아서자, 머슴 둘이 부엌으로 달려갔다.

그녀는 머슴들에게 잡혀 와서도 백석을 위해 밥을 짓는다며 불도 넣지 않은 솥에 메밀 전을 부치려고 했다. 창석 엄마가 어쩔 줄 몰라 하며 그녀를 말렸지만, 부뚜막과 검은 솥 안에는 그새 들기름이 흥건하게 쏟아진 상태였다. 우리 아들 백석은 메밀전에 매운 고추를 듬뿍 넣은 초 간장 찍어 먹는 걸 좋아해. 창석 엄마는 밭에 가서 고추 좀 따와. 그녀의 관심은 오로지 메밀전에 있었다. 머슴 둘이 그녀의 손에 있던 들기름 병을 빼앗은 뒤 부뚜막 위에서 끌어내릴 때까지 그들을 의식하지 못했다. 부엌 밖으로 끌려 나와서도 백석이만 찾았다. 우리 백석이한테 너희들 잡아가라고 할 거야. 우리 백석이 오면 그냥 안 둘 거야. 깊은 밤, 그녀의 소동은 두 칸 방에 갇히고 나서야 끝이 났다. 성천의 지주 구씨보다 더 위세가 높았던 끝순의 삶은 종일 어두운 별채에서 대숲의 바람 소리나 듣게 되었다. 누구는 구씨네의 종말이라고 했고 또 누구는 당연하다고 했다. 문을 박차며 악다구니를 쓰는 그녀가 안타까워 잠 못 이루는 사람은 송 씨뿐이었다.

그녀를 마차에 태워 함흥역으로 가는 일도 이젠 끝이었다. 그는 그녀가 갇히는 걸 보고는 밤새 새끼를 꼬았다. 심란한 마음을 주체할 길이 없어 새벽닭이 울 때까지 쉬지 않고 새끼를 꼬았다. 어린 머슴이 방문을 열었을 때, 그는 방문 앞에 쪼그리고 앉아 졸고 있었는데, 방안은 그가 꼰 새끼줄로 가득 차 있었다. 어린 머슴은 놀라 소리쳤다. 송 할아버지! 정신 차려! 그가 눈을 뜨고 방안을 둘러보았다. 그는 자신이 밤새 무슨 짓을 했는지 알지 못했다. 촘촘한 거미줄에 갇힌 듯 어리둥절해할 뿐이었다. 어린 머슴이 송씨를 흔들며 다시 말했다. 할아버지 큰일 났어! 어린 머슴의 목소리가 얼기설기한 새끼줄을 흔들었다. 송씨는 그제야 정신을 차린 듯 빙긋이 웃고는 몸을 일으켰다. 그만 그녀라는 굴레에서 벗어나야 했다. 자신이 늙었

듯 그녀도 더는 예전의 모습이 아니었다. 송씨는 무릎을 꺾어 토방으로 내려서며 긴 한숨을 토해냈다. 몸도 마음도 깊은 물 속에 잠긴 것만 같았다.

그는 그녀가 갇힌 위채를 바라보았다.

그녀는 함흥역 가까운 미루 나무길로 들어서면 들뜬 기분을 주체하지 못했다.

"이 풍진세상을 만났으니, 너의 희망이 무엇이냐 부귀와 영화를 누렸으면 희망이 족할까"

그녀의 노랫소리에 줄지어 늘어선 미루나무가 환호했다. 새들은 소리를 멈췄고 유월의 새털구름은 놀라 흩어졌다. 모시 적삼을 적신 그녀의 땀 냄새와 분 냄새가 산과 들을 적셨다. 그녀의 아름다운 목소리가 들녘을 물들이면, 송 씨는 솟구치는 생의 에너지를 느꼈다. 그 순간은 그녀를 찬양하지 않을 수 없는 기분에 사로잡혔다. 말조차 미루나무 길로 들어서면 조신해졌다. 그는 꽃마차에 신부를 태운 양 온몸이 들뜬 사내가 되었다. 매번 영원의 세상에서 맛본 최고의 순간이었고, 그 순간이 있어 평생 머슴살이를 할 수 있었다. 구씨네 식솔들한테 치여 목소리 한번 높이지 못하고 사는 자신의 생이 늘어선 미루나무 길로 들어서면, 크게 대접받는 기분이었다. 그 순간만큼은 머슴이 아닌 그녀와 대등한 느낌이었다.

송씨는 그랬던 그녀가 오늘 위채에 갇힌 끝순이라는 사실이 믿기지 않았다. 그녀와 함께한 시간도 열 수 없는 과거에 갇히고 말았다. 그는 방문을 닫기 전 밤새 꼰 새끼줄을 쓸쓸하게 바라보았다. 그러고는 어린 머슴이 이끄는 대로 어딘가로 향했다.

그는 뛰다시피 걷는 어린 머슴을 따라가느라 숨이 찼다. 뼈가 채 자라기 전부터 짊어진 지게 무게로 그의 등은 곱사등이처럼 휘었고, 다리는 심하게 구부러졌다. 그는 왠지 불길한 예감이 들었다. 동트기 무섭게 달려온 어린 머슴의 표정이 뭔가 심상치 않음을 말했다. 어린 머슴은 그를 정미소로 데려갔다. 정미소 마당에는 구씨네 머슴 대여섯 명이 모여 있었다. 새벽이슬이 정미소와 머슴들을 감싸고 있었다. 누군가 달려오는 송씨를 향해 말했다. 저기 송씨 오네! 머슴들은 일제히 송씨를 바라보았다. 상머슴과 어린 머슴들까지 무시하는 자신을 무슨 일로 이리 반기는 것인지, 결코 좋은 일은 아니라는 직감에 송씨는 가슴이 철렁 내려앉았다.

구씨와 구씨네 식솔들은 궂은일에만 송씨를 애타게 찾았다. 오래전 한 머슴이 술을 마시고 상머슴과 싸움이 붙었을 때도 그랬다. 술에 취한 머슴 둘이 낫을 들고 설쳤다. 송씨가 아무리 타일러도 말을 듣지 않았다. 둘 중 상머슴이 작대기로 어린 머슴의 등짝을 서너 대 내리쳤다. 어린 머슴은 울면서 자리에서 도망쳤다. 지켜보던 머슴들은 싸움이 그쯤에서 끝났다고 무시했다. 그러나 도망쳤던 어린 머슴이 도끼를 들고 나타나 상머슴의 머리와 어깨를 쉬지 않고 내리쳤다.

결국 상머슴은 비참하게 죽었고 그 뒤처리는 고스란히 송씨가 맡았다. 아무도 그 끔찍한 시신에 손대지 않으려 했다. 당시 상머슴의 죽음은 떠올리기조차 싫은 머슴들의 비극이었다. 그때 송씨는 상머슴의 시신을 수습하고는 며칠 동안 밥이 목구멍으로 넘어가지 않았다. 사람인지 짐승인지 구분하기 어려운 시신을 삼베에 일일이 싸매는 일은 두 번 다시 하고 싶지 않았다. 고기를 먹지 않는 것도 그 일을 겪고 나서였다. 눈을 맞추며 너스레를 떨던 상머슴의 몸뚱이가 육간 집에 매달린 고깃덩어리처럼 변한 것을 보니 짐승과 다르지 않았다.

구씨는 머슴들끼리 싸움을 할 경우 반년 치 새경을 안 주겠다고 경고했다. 머슴들에게 새경은 가족의 목숨줄이라 이를 어기기는 쉽지 않았다. 이후 머슴들은 시비가 붙었다가도 새경 얘기만 나오면 어느 쪽이든 슬그머니 꼬리를 내렸다.

송씨는 자신을 바라보는 머슴들의 모습에서 불길한 기운을 읽었다. 그는 정미소를 휘감은 안개와 두려움에 휩싸인 머슴들의 눈빛에서 삶이 아니라 죽음의 기운을 감지했다. 아니, 엊저녁 그녀를 위채에 가둔 뒤 그는 더는 이승이 아닌 저승의 사람이라고 여겼다. 지금 벌어지고 있는 상황 역시 도태리 정미소가 아닌 다른 세상일일 수 있었다. 그는 숨을 크게 내쉬었다. 마지막 능선에 선 듯 쿵쾅거리는 가슴은 여전히 가라앉지 않았다.

송씨가 정미소 마당으로 들어서자, 모여 있던 머슴들이 기다렸다는 듯 앞다투어 말했다.

송씨, 이를 어째! 큰일이 났어! 어떻게 이런 일이! 한 머슴이 쩔쩔매며 정미소 문을 가리켰다. 누구 말을 들어야 할지 난감하던 그는 그들이 느끼는 두려움의 실체가 정미소라는 것을 알아챘다. 정미소가 무섭다니! 구씨네 머슴들이 존재하는 이유는 정미소가 있기 때문이었다. 그 정미소에서 수확한 쌀을 빻고 그 쌀을 새경으로 받아야 살 수 있었다. 구씨네가 성천의 지주로 불리는 것도 땅과 정미소를 가지고 있어서였고, 그래서 일본 놈들도 그 땅과 정미소를 차지하려 온갖 수단을 부리고 있었다. 그런 정미소를 머슴들은 귀신을 보듯 두려워하고 있었다.

송씨는 모여 있는 머슴들을 지나쳐 곧장 정미소로 들어갔다.

정미소는 조용했다. 벼 찧는 소리가 우렁차게 울려야 할 시간인데, 섬뜩할 정도로 고요한 적막이 흘렀다. 송씨는 마음을 다부지게 먹었다. 섬뜩한 고요와 대면하는 일은 피하고 싶었는데, 그는 열린 정미소 안으로 두어 발작 들어갔다. 가슴이 후드득거렸다. 해 뜨기 전이라 정미소 안은 어둠과 안개로 음습했다. 그는 까마득히 높고 넓은 정미소 안을 조심스럽게 둘러보기 시작했다. 왼쪽 입구에는 오늘 찧을 벼 가마니가 천정까지 쌓여 있었다. 오른쪽 입구에는 찧은 쌀을 담을 빈 가마니와 고무래, 갈퀴 같은 연장들이 아무렇게나 놓여 있고, 중앙부터 후문 끝까지는 네 대의 도정기와 석발기가 나란히 놓여 있었다. 그것들이 소릴 내며 돌아가기 시작하면, 정미소는 순식간에 거대한 공장으로 돌변했다. 도정기가 기관차 소릴 내며 돌아가면 정미소 지붕 위로 튀어나온 연통으로 누런 왕겨가 뿜어져 나왔고, 참새 떼가 새카맣게 덤벼들었다. 이 시간이면 당연히 그런 소리와 냄새로 가득 차 있어야 할 정미소가 고요와 습기를 품고 있다는 것이 더 두려웠다.

농사일 보다 정미소 일이 더 수월하다는 머슴도 있지만, 그는 평생 지게를 지고 산으로 들로 일 나가는 것이 더 좋았다. 오늘은 어쩔 수 없는 경우라 아니, 늙어 힘없는 머슴은 구씨네 궂은일을 해야 하는 것이 마땅했다. 송씨는 불안을 다독이며 도정기 가까이 다가갔다.

도정기에는 별 이상이 없어 보였다. 간혹 일이 서툰 머슴이 도정기에 손가락을 잘리는 경우는 서너 번 있었지만, 사람이 통째로 빠지는 사고는 나지 않았다. 그는 문득 누구네 소가 뛰어들어 죽은 것은 아닌가 생각이 스쳤다.

가끔 방향을 잃은 소가 정미소로 뛰어들어 갈팡질팡하다가 정미소 피댓줄에 목이 담겨 죽은 일도 있었다. 피댓줄은 삼백 근이 넘는 황소의 목을 감아 끌어당길 만큼 위험했다. 그때도 소 주인이 벌벌 떨어가며 송씨를 찾아와 모른 체 할 수 없었다. 덕분에 소고기 열 근을 받아 구씨 부인인 끝순에게 주었다. 끝순은 송씨가 모처럼 밥값을 제대로 했다며 몹시 좋아했고 그날 저녁 소고깃국 한 사발을 먹게 해주었다.

그는 불안이 커질수록 지난 일들이 자꾸 떠오르며 오금이 저렸다. 이젠 소가 그런 일을 당해도 자신은 감당하기 어려웠다. 소고깃국 열 사발을 먹을 수 있다고 해도 자신은 절대로 나서지 않을 작정이었다. 그러다 그는 어느 순간 바닥이 미끄럽다는 것을 느꼈다. 안개 때문에 습하긴 해도 바닥에 고일 정도는 아니었다. 그는 조심스럽게 도정기와 도정기 사이를 살폈다. 틈 사이에 무엇이 끼어 있는지 확인해야 했다. 개나 고양이 또는 날짐승이 있을 수 있었다. 바닥의 물기는 두 번째 도정기와 세 번째 도정기 사이에 더 흥건했다. 짚신을 적신 물기가 발바닥에 닿았다. 이런 느낌은 처음이었다. 비릿한 냄새와 끈적한 느낌이 물이 아닌 다른 것이라는 확신이 들었다. 그는 그 자리에 멈춰 섰다.

그 사이 날이 밝았고 정미소 안은 사물을 구분할 정도가 되었다.

그는 몸을 구부려 바닥에 고인 것이 무엇인가 확인했다. 순간, 그는 등골이 송연해지면서 자신도 모르게 고개를 바짝 쳐들었다. 바닥에 떨어진 것은 물이 아닌 듯했다. 끈적하고 진득한 무엇이었다. 정미소 안에 그런 느낌의 물체가 있을 리 없었다. 도정기를 돌리는데 쓰는 기름은 냄새부터 달랐다. 그는 알아챘다. 진득하게 달라붙는 그것은 누군가 그에게 보내는 신호라는 것을. 신호를 받지 않았다면 그렇게 빨리 천장에 매달린 무언가를 향해 고개를 바짝 쳐들지 않았을 것이었다.

천정을 바라본 송씨는 입을 벌린 채로 굳어버렸다. 소릴 질러 사람들을 불러 모아야 하는데, 목구멍이 닫힌 듯 열리지 않았다. 바닥의 피를 흘린 주인공을 찾았는데, 온몸이 얼어붙고 말았다.

송씨는 옆에 있던 작대기를 들어 도정기를 두들겼다. 흥얼거리며 두들기던 작대기 소리가 아니었다. 그는 열리지 않는 목구멍을 대신해 피를 토하듯 작대기를 두들겼다. 작대기에 맞은 쇠붙이가 도살장으로 끌려가는 소 울음 소릴 냈다. 제발 살려달라고, 죽기 싫다고 내는 비명 같았다. 그는 더 힘껏 작대기를 내려쳤다. 그제야 정미소 밖 머슴들이 달려왔다.

구씨였다. 날짐승이 아니라 구씨가 확실했다. 만석의 아버지 덕구가 피댓줄에 몸이 감긴 채로 까마득히 천장에 매달려 있었다. 지붕 틈 사이로 햇살이 들이치는, 종일 쌀겨와 왕겨가 뒤섞여 떠다니는, 온 동네 참새들이 그 틈을 노리고 지켜보는, 그 천정과 지붕 틈 사이로 뻗은 피댓줄에 몸이 감긴 채로, 마치 새끼줄에 낀 조기처럼 대롱거렸다.

어떻게 저 꼭대기까지? 누가 구씨를? 이게 대체 무슨 일이지? 머슴들은 이구동성 말했다. 그러나 누구도 구 씨가 왜 아무도 없는 정미소 안에 들어가 피댓줄에 몸을 실은 것인지 정확히 아는 사람은 없었다. 송씨는 절망했다. 이유야 어찌 되었든 구씨는 피댓줄에 감겨 죽었고,   누군가가 천정으로 올라가 구씨를 끌어내려야 한다는 사실이었다. 피댓줄에 감긴 구씨를 끌어내려야 초상을 치를 수 있었다. 아무도 나서지 않았다. 당연히 송씨가 그 일을 맡을 거라고들 믿는 것인지 그의 눈치만 살폈다. 송씨는 머리를 흔들었다. 자신은 절대로 할 수 없다고.

더는 끔찍하고 험악한 일에 손대기 싫었다. 더구나 작은 체구의 그가 천정으로 올라가 덩치 큰 구씨를 끌어내린다는 것은 불가능했다. 송씨는 상머슴 춘식에게 말했다. 자네가 좀 올라가게. 나는 다리가 떨려서 못 올라가. 그러나 춘화의 막내 외삼촌 춘식은 고개를 흔들며 정미소 밖으로 나가버렸다. 그럼, 자네가 올라가서 어르신을 내려오게. 작년에 머슴으로 들어온 젊은 친구라 말을 들을 거로 생각했는데, 송씨의 말이 떨어지기 무섭게 그도 도망쳤다.

솔직히 누구도 엄두가 나지 않는 일이었다. 머슴들이 다시 하나둘 밖으로 나가기 시작하자, 기다릴 수 없었던 송씨는 마지막으로 정미소 밖으로 나가려는 또 다른 젊은 머슴의 뒷덜미를 잡아챘다.

눈 딱 감고 도와주게, 궂은일이긴 하지만 이것도 다 자네 덕 쌓는 일이야. 도태리서 자리 잡으려면 구씨네 덕을 볼 수밖에 없어. 송씨의 말이 통했던 것인지 젊은 머슴 동희가 그에게 말했다. 그럼, 아저씨가 저 상머슴 될 때 말 좀 잘해주세요. 구로다도 아저씨 말은 듣잖아요. 그래 알았어, 동희는 송씨가 시키는 대로 늘어진 피댓줄을 붙들고 천정으로 올라갔다.

여러 개의 피댓줄이 만장처럼 천장으로 이어져 곡예하듯 올라야 하는 일이었다. 다행히 젊은 머슴은 요령이 좋았다. 나무깨나 올라본 듯 피댓줄과 피댓줄 사이를 오가며 천정에 도달했다. 젊은 머슴이 구씨의 몸에 손대려 할 때, 고개를 쳐들고 지켜보던 송씨가 소리쳤다. 잠깐! 함부로 대하지 말고 정중하게 모시게. 어르신, 고생 많으셨죠? 이제 땅으로 편안히 모시겠습니다. 젊은 머슴은 구씨의 목에 걸려 있던 피댓줄을 풀었다. 그러나 구씨의 시신은 이미 뻣뻣하게 굳어가고 있어 젊은 머슴이 감당하기는 어려웠다. 멜 수가 없는데 어떡하죠? 지켜보던 송씨는 젊은 머슴의 말이 무슨 뜻인지 이내 알아들었다. 할 수 없네. 어르신을 다시 피댓줄에 감게. 내가 아래서 잡아당기겠네. 젊은 머슴은 송씨 말대로 구씨의 몸을 피댓줄에 돌려 감았다. 송씨는 잡고 있던 피댓줄을 살살 잡아당겼다. 피댓줄에 의지한 구씨가 아슬아슬 줄타기하며 정미소 바닥으로 내려왔다.

구씨의 표정은 심하게 일그러져 있었다. 피에 굳어 버린 콧수염이 왼쪽 볼에 달라붙었고 갈라진 입술 사이로 누런 송곳니가 툭 튀어나와 있었다. 시커멓게 변한 붉은 잇몸과 콧등, 분노한 두 눈동자는 누군가를 응시했다. 피댓줄에 감겼던 목은 검붉게 변했고, 그의 열 손가락은 닥쳐온 죽음을 방어하느라 심하게 비틀려 있었고, 풀어져 찢긴 비단 저고리는 너덜거렸다.

평생 가려져 있던 그의 얼굴이 적나라하게 드러났다. 구씨 얼굴을 처음 본 사람들은 놀랐다. 상징과도 같았던 콧수염이 사라진 자리에는 굴욕과 치부로 가려졌던 구씨 가문의 실체가 드러났다. 머슴들은 발아래에 널브러진 구씨를 내려다보았다. 추상같았던 구씨는 보잘 것은 사람이었고 겉과 속이 다른 불쌍한 사람이었다고 값싼 동정을 보냈다. 송씨는 그들을 물리쳤다. 구씨네가 존재했기에 너희들이 그 동안 밥을 먹고 산 것이라고, 어르신을 함부로 대하지 말라고 했다. 정미소 밖으로 내쫓긴 머슴들은 송씨의 행동에 의아했다. 인상 한번 찌푸릴 줄 모르던 그가 불같이 화를 내는 것도 이상할뿐더러 머슴 주제에 죽은 주인을 위하는 것도 이해되지 않았다. 머슴들이 단합 해서 새경을 올려보자고 할 때도 송씨는 자신은 끼지 않겠다고 도 망쳤고, 구로다가 데려오는 젊은 머슴들을 따돌리자고 할 때도 그는 묵묵부답이었다. 때문에 머슴들은 송씨가 같은 편이 아니라고 의심 했다.

송씨가 구씨 아내 끝순을 모시고 다니다 보니 친정 오라비 행세 를 한다며 비웃기도 했다. 머슴들이 그런 내색을 하면 송씨는 오히 려 기분 좋다는 듯 싱겁게 웃으며 말했다. 별 소릴 다하네! 나는 여 기서 살다 여기서 죽을 사람이네. 난 무슨 소릴 들어도 상관없네만, 어르신을 배반하지는 말게. 배부른 사람이라고 다 행복하지는 않다 네. 머슴도 그렇고 어르신도 그렇고 사람 사는 걱정은 다 똑같다는 얘기야. 알 듯 모를 듯한 송씨 얘기를 제대로 듣는 사람은 그나마 춘 화 막내 외삼촌이었다. 그는 말없이 고개를 끄덕였지만, 다른 머슴들 은 언제나 송씨의 말을 비웃어 넘겼다.

송씨는 소리 내어 울었다. 어르신, 사시느라 힘드셨을 텐데, 그만 천당으로 가세요. 이놈은 어르신이 하늘만 같았는데, 어르신도 저와

진배없네요. 사는 게 다 그런 모양입니다. 들춰보면 다들 한가지 그늘은 있지요. 송씨는 자신의 겉저고리를 벗어 구씨의 얼굴을 덮었다.

구씨 가문의 영광이고 번영이었던 정미소에서 그는 더없이 쓸쓸한 죽음이 되었다. 그를 위해 울어줄 사람은 없었다. 백석은 사라지고 만석은 소리 없이 집을 나가버렸다. 천지 분간 못하는 천석이 구씨 가문을 일으킬 희망은 더더욱 없었다. 구씨 가문의 대가 끊길지도 모를 일이었다. 송씨는 서둘러 정미소 밖으로 나왔다. 어찌 되었든 성천의 지주이던 구씨가 죽었으니 부고는 띄워야 했다.

구씨의 죽음은 머슴들이 알렸다. 뒤늦게 사실을 알게 된 구로다는 무슨 일인지 구씨의 죽음을 인근 마을은 물론 성천읍까지 찾아가 알리라고 했다. 송씨 말에 주저하던 머슴들도 구로다의 명령이 떨어지기 무섭게 부고장을 들고 흩어졌다. 부고장을 직접 쓴 구로다는 주재소는 물론 모든 관공서, 경성제국대학교, 제재소까지 구씨네 부고를 알렸다. 송씨는 내심 구로다가 고마웠다. 초라한 초상을 치러야 하는가 싶었는데, 구로다가 앞장서서 만장을 만들게 하고 여간해선 풀지 않던 미곡창고를 열어 떡을 찌게 하고 돼지와 소를 잡아 잔치를 벌였다. 도태리 사람들은 구로다의 인심이 믿기지 않았지만, 그의 속셈이 무엇인지 바로 알게 되었다. 구씨는 죽었고 뒤를 이을 아들도 없는 것이나 마찬가지였다. 이제 구로다의 세상이 되었다는 뜻이었다. 구로다가 도태리에서 농사를 짓고 그 모든 소출을 일본으로 가져가려면 사람들의 손을 빌리지 않을 수 없었다. 물론 자신이 부리는 머슴들이 있긴 했지만, 소작농을 비롯해 마을의 농경지를 모두 손에 넣으려면 인심을 내칠 수 없다는 구로다의 계략이었다.

그의 속심이 무엇이었든지 도태리 사람들은 모처럼 구씨 초상이 베푸는 호의를 즐겼다. 구씨의 비명횡사는 아주 잠깐의 애도로 그쳤을 뿐, 푸짐하고 기름진 음식과 구로다의 달콤한 꼬임에 누구도 반기를 드는 사람은 없었다. 도태리 사람들이 얼큰하게 취했을 무렵 구로다가 큰소리로 말했다. 여러분, 이제 구씨 가문은 저물었습니다. 세상은 변했고 새로운 해가 떠올랐으니 우리 천황폐하를 위해 전보다 더 열심히 일합시다. 사람들은 구로다의 부드러운 말투를 믿고 싶었다. 그동안 보여준 사실이 있어 모두 믿을 수는 없지만, 구로다 말대로 구씨네는 이제 뒤안길로 사라진 지주에 불과했다. 구씨네 땅을 아니 일본의 식민지 세상에서 죽거나 사라진 구씨네를 바라보고 살 수는 없었다. 굶지 않으려면 주인이 누구든 머슴은 계속 머슴살이해야 했고, 소작농 역시 소작료를 계속 내야만 하는 것은 변하지 않을 것이었다. 땅도 없고 머슴살이도 못 하는 가난한 사람들 역시 구씨네 아니 구로다 말대로 열심히 일하면 먹고 살 수 있는 세상이길 바랐다.

초상집은 사람들로 들끓었다. 초상집인지 잔칫집인지 모를 정도로 모여든 사람들은 먹고 마시고 떠들었다. 도태리 사람들은 그들을 대접하느라 숨 돌릴 틈이 없을 정도였다. 하지만, 구로다는 오 일 장을 치르는 동안 부의금을 챙기느라 수시로 사무실을 들락거렸다. 나무로 만든 커다란 금고는 그사이 뚜껑이 닫히지 않을 만큼 가득 찼다. 구로다는 자신의 심복인 젊은 머슴에게 미곡창고에 가서 가마니를 가져오라고 했다. 사무실은 부의금 냄새로 가득 찼다. 구씨 죽음의 대가치고는 엄청난 액수였다.

음식을 나르던 창식엄마는 구로다가 사무실로 향할 때마다 눈여겨보았다. 그녀는 구로다와 성천에서 온 한 일본인이 나누는 대화를 듣고부터는 구로다의 행동을 더 유심히 지켜보기 시작했다. 삼오제가 끝나면, 구로다는 그 많은 부의금을 가지고 일본으로 갈 거라고 했다. 구씨네 새 땅문서와 돈을 가지고 가 천황께 다시 한번 충성을 맹세하고 자신에게 더 높은 자리를 부탁할 것이라고, 성천에서 온 일본인은 그 정도 성의를 보이면 천황도 충분히 만족할 거라며 구로다의 앞길을 축복했다.

사실 구로다가 부엌 식솔들에게 초상 치를 준비를 하라고 시켰을 때부터 창식엄마는 구로다의 속셈을 어느 정도 짐작하고 있었다.

어쩌면 구씨가 피댓줄에 감겨 죽은 것도 그렇고 백석이 갑자기 사라진 것 역시 수상했다. 만석이 집을 나간 것은 어느 정도 예견된 일이지만, 구씨와 백석 문제는 달랐다. 송씨 다음으로 구씨네 집안 사정을 꿰뚫고 있는 창식엄마는 아무래도 구로다가 모두 꾸민 일만 같아서 속이 끓었다. 음식을 하면서 구로다의 행동을 유심히 살피게 된 것도 그래서였다. 부의금을 챙길 사람은 당연히 천석이 도련님인데, 구로다에게 천석은 있어도 상관없고 없어도 상관없는 그림자 같은 존재일 뿐이었다.

창식엄마는 마당에 있는 손님들에게 음식을 가져다주는 척하며 사무실로 들어가는 구로다를 눈여겨보았다. 손이 모자랄 정도로 많은 부의금을 가지고 사무실로 들어간 구로다는 반쯤 찬 가마니 속을 들여다보았다. 오일장이 끝나면 가마니는 꽉 찰 것이었다. 그는 가마니 입구를 새끼로 꼭 묶어 책상 밑으로 밀어 놓았다. 아무리 생각해도 도태리로 파견 나온 것은 잘한 일이었다. 처음에는 성천으로 가고 싶었는데, 지원자가 많아 도태리로 떨어진 것이 큰 행운이었다. 그는 다시 경성으로 갈 생각이었다. 구씨 초상으로 얻은 수익금 정도면, 경찰서장 자리 정도는 충분했다. 그동안 일본으로 보낸 수백 아니 수천 가마 이상은 되었을 쌀만으로도 자신은 천황의 산미증식 계획에 앞장선 셈이고, 불량 지주의 토지 몰수에도 큰 공을 세웠다.

그는 부의금 냄새로 가득 찬 사무실 안을 흐뭇하게 둘러보고는 서둘러 자물쇠를 채웠다.

구씨 초상은 도태리 사람들이 앞장섰다. 상여 맨 앞줄은 상주인 천석이, 그 뒤는 수십 개의 만장을 든 머슴과 식솔들이 따라갔다. 상여는 집과 정미소, 미곡 창고를 한 바퀴 돌아 초월산으로 향했다. 초월산은 도태리를 병풍처럼 둘러싼 야트막한 산으로 소나무와 진달래가 숲을 이뤘다. 도태리 인근 산 거의 가 구씨네 땅이라 어디에 묘를 써도 상관없지만, 선산이 아닌 초월산으로 정한 것은 구로다가 유능하다고 데려온 지관 때문이었다. 구씨 가문이 흉하게 된 것은 조상의 묘를 잘못 써 그런 것이고, 묘에 살이 끼어 그러니 선산이 아닌 초월산에 구씨 가문의 3대손을 안장해야 한다고 했다. 지관의 말에 구로다가 손가락을 치켜들었다. 역시! 방 지관일세! 익히 소문 들어 알고 있었네, 오늘 보니 이름값을 하는구만. 나중에 내 산소 자리도 부탁하네.

구씨 가문의 비화를 알고 있는 사람들은 지관의 능력을 믿었다. 창식엄마 역시 구씨 가문의 비극이 더는 이어지지 않았으면 하는 바람으로 지관을 믿고 싶었다. 상여가 초월산 초입에 들어섰을 때쯤,

창식엄마는 주변의 눈치를 살피다 잽싸게 뒤돌아서 다시 구씨네로 내달렸다.

집안에는 초상 뒤처리를 하는 여자 서너 명과 머슴 두 명이 있었지만, 시시덕거리며 남은 음식을 먹느라 마당 일에는 관심이 없었다. 그래도 창식엄마는 주변을 둘러보았다. 혹시라도 정미소에 다른 머슴들이 있을까 봐 조심스러웠다.

사무실 문은 자물쇠로 굳게 채워져 있었다. 그녀는 미리 준비해 둔 참나무 가지를 자물쇠 구멍에 넣었다. 엊저녁 아궁이에 불을 지피다 참나무 가지 하나를 골라 다듬어 놓은 것이었다.

자물쇠가 열릴 것이라는 확신 없이 시도한 것이라 손이 덜덜 떨렸다. 구로다의 허락없이 사무실에 침입한 사실이 들통나면 감옥 갈 것이 뻔했다.

무슨 배짱으로 이 일을 계획한 것인지 후회하려던 순간, 자물쇠 구멍으로 들어갔던 나뭇가지가 덜덜 떨리는 손가락으로 신호를 보냈다. 분명 덜거덕하는 소리였다. 그 소리는 마치 구질구질하게 살아온 자신의 인생을 한 쾌에 끌어올리는 소리만 같았다. 평생 구씨네 부엌 설거지통에 손을 담그고 산 자신에게 누군가 비단 수건을 내미는 것만 같았다. 참고 견디는 힘이 군살처럼 박혀 그것이 불행인지 뭔지도 모르고 살았는데, 덜거덕하는 소릴 들으니 비단 동아줄을 거머쥔 듯 가슴이 두려운 환희로 가득하였다.

그녀는 곧장 사무실로 들어갔다. 돈 가마니를 찾기는 쉬웠다. 책상 밑에서 철제 서랍 속에서 돈 냄새가 풀풀 났다. 그녀는 양손에 하나씩 돈 가마니를 쥐고는 질질 끌며 정미소 쪽으로 향했다. 정미소 뒤편 대나무 숲이었다. 숲 가운데는 구로다가 만들어 놓은 알 수 없는 신사가 있었다. 사람인지 동물인지 모를 돌 형상이 붉은 천을 두르고 있었는데, 구로다와 그의 하수인들이 가끔 제단에 꽃을 바치고 돌아갔다. 구씨네 식솔들 대부분은 대나무 숲에 그런 신사가 있다는 것을 알지 못했다. 창식엄마는 언젠가 천석이를 찾으러 그곳에 가게 되었다. 천석은 그곳을 놀이터처럼 여겼는데, 이상한 것은 구로다의 끄나풀인 젊은 머슴들이 천석이 드나드는 것에는 눈감아 준다는 것이었다. 다른 사람의 출입은 불경스럽다며 지랄을 떨어도 천석이 드나드는 것은 모른 체했다.

천석이 그 신사 제단에 갈 적마다 들꽃을 꺾어다 놓기 때문이라는 얘기도 들렸다. 그게 사실인지는 모르지만, 제단에는 정말로 개망초 다발이 흩어져 있었다. 그녀는 도무지 알 수 없는 천석의 행동에 가끔 의심이 갔다. 천지 분간 못하는 바보가 맞는데, 어느 때 보면 일부러 바보인 척하는 것 같기도 했다. 그녀는 천석이 안쓰러운 것은 맞지만, 백석이나 만석이처럼 사라져 버리는 것보다 그냥 바보로 사는 편이 낫다는 생각이었다. 그에게 이해를 구하거나 단속하는 사람이 없어 도태리서 가장 자유로운 사람이 천석일 수 있었다. 그녀는 그런 천석에게 다음날 도움을 청할 계획이었다.

그녀는 끌고 온 돈 가마니를 신사 뒤편 땅 꺼진 곳에 묻고는 대나뭇잎으로 덮었다. 그곳은 일 년을 채 살지 못하고 죽은 아이의 무덤이 있었다. 창식엄마와 함께 구씨네 부엌일을 하는 희재가 낳은 딸이었다. 희재는 구씨네 머슴이던 만수와 혼인 약속을 했는데, 만수가 경성으로 가 소식을 끊으면서 무산되었다. 만수의 됨됨이를 알고 있던 창식엄마는 희재에게 만수를 조심하라고 신신당부했는데, 희재는 결국 애비 없는 자식을 낳고 말았다. 창식엄마의 도움으로 한밤중 부엌 한쪽에서 애를 낳아 키웠지만, 돌이 안되어 죽고 말았다. 그녀가 아무도 모르게 죽은 아이를 대나무 숲에 묻었는데, 희재가 사라지고 어느 날 보니 아이를 묻었던 무덤도 파헤쳐져 있었다. 창식엄마는 돈가마니를 묻으며, 희재 아이가 자신을 도와주는 것만 같았다.

딸처럼 생각했던 희재가 사라진 뒤 그녀는 허전함을 견디기 힘들었다. 밖으로만 도는 창식은 아들이라고 할 수도 없었고, 희재가 그나마 그녀의 외로움을 덜어주었다. 그녀는 죽거나 사라진 것들에 대한 애도가 살아 있거나 살아가야 할 사람들에게 참을 수 없는 서글픔을 느끼게 한다는 사실이 싫었다. 배고픔과 몸의 고통은 견딜 수 있지만, 아리고 쓰린 마음을 가라앉히려면 아주 오랜 시간이 필요하기 때문이었다.

자세히 보지 않으면 그곳에 무엇이 있는지 발견하기 어려울 정도로 숲은 아늑하면서도 음습했다. 신성하면서도 서늘하고, 고요한 듯 영적인 대나무숲이 사람들의 발길을 끌지 못하는 이유이기도 했다. 구로다도 그렇고 다른 일본인들 또한 특별한 날을 제외하고는 신사에 발길하지 않으니 당분간 맘을 놓아도 되었다.

창식엄마는 다시 정미소 앞마당을 지나 구씨네로 돌아왔다. 산소에 간 사람들은 돌아오지 않은 듯 집주변은 조용했다. 그녀는 천석을 찾아다녔다. 천석은 뒤란 장독대 옆에서 누룽지를 먹고 있었다. 아버지 구씨가 죽었는데, 천석은 천진한 얼굴로 누룽지를 먹으며 그녀를 반겼다. 어멈도 먹을래? 도련님이나 많이 먹어요. 만석이도 그랬지만, 천석 역시 그녀에게는 친절한 도련님이었다. 엄마 끝순이가 하지 않는 일들을 그녀가 해준 덕분이었다. 끝순이가 백석이만 챙기는 동안 만석과 천석은 창식엄마 몫이었다. 철이 들면서 그들은 끝순이와 창식엄마의 차이가 무엇인지 알게 되었다. 그렇다고 끝순이를 부인할 수도 없고, 그렇다고 창식엄마를 멀리할 수도 없는 노릇이었다. 창식엄마는 그들이 생모와 계모 같은 두 여자 사이를 오가며 힘들게 살았다는 것을 잘 알았다. 특히 천석에 대해선 그 마음이 더 컸다.

천석이 도련님, 내일 저하고 어디 좀 가실래요? 우리 둘만의 비밀이에요. 누룽지를 먹던 천석이 놀란 표정으로 그녀를 보았다. 좋아 나도 갈래. 그의 콧수염에 붙은 누룽지 가루가 툭툭 떨어졌다. 어쩔 수 없는 그의 콧수염이 그를 스무 살은 더 들어 보이게 했다. 다행히 만석과 구씨보다 콧수염이 풍성해서 갈라진 입술이 덜 드러났고, 겉으로는 동네 바보 취급받을 정도로 어수룩해 보이지만, 속까지 그렇지는 않았다. 실제로 천석이 성질부리는 모습을 본 이들은 겉과 속이 다른 그를 긴가민가할 정도였다. 어느 날 천석을 지속적으로 괴롭히던 한 머슴이 급기야 그의 바지를 벗기는 일을 벌였다. 안된다며 허리춤을 부여잡고 있던 천석을 향해 머슴이 작대기로 잡은 뱀을 던졌다. 허리띠를 매지 않았던 천석은 그만 바지를 놓쳐버렸다.

그의 성기가 궁금했던 머슴들은 일제히 웃음을 터트렸다. 천석이 울면서 도망칠 거라 예상했던 머슴들은 낫을 들고 달려드는 그의 광기에 혼비백산했다. 그 뒤부터 머슴들은 천석의 표정 변화를 살펴가며 놀렸다.

근데, 나랑 어디 가려고? 아, 함흥역에 가려고요. 도련님하고 친한 그 머슴한테 마차 좀 빌려 달라고 하세요. 마차에 쌀 좀 실어 가야 하니까요. 좋아! 나 함흥역에 가고 싶어. 천석은 밝은 별을 바라보는 눈빛이었다. 끝순이 백석을 마중하러 함흥역에 나갈 적마다 천석은 함께 가기를 소원했지만, 끝순은 한 번도 그를 데려가지 않았다. 창피하게 어딜 따라가려느냐며 천석의 등짝을 내려치고는 뒤도 안 보고 마차를 몰았다. 그때마다 천석은 창식엄마에게 달려와 서럽게 울었다. 무엇이 엄마를 부끄럽게 만드는지 몰랐던 날들은 그냥 엄마가 원망스럽기만 했는데, 부끄러움이 무엇인지 알게 되면서부터는 끝순에 대한 원망이 팔자로 바뀌었다. 모든 게 다 팔자라고 생각하면 원망과 분노가 사라졌다. 종일 땡볕에서 일하는 것도 머슴 팔자이고, 종일 물을 길어 밥을 해야 하는 창식엄마도 팔자라고 했다. 그러니까 자신한테 일어나는 모든 일은 팔자에서 비롯되었으니 정체 모를 팔자에게 떠넘기면 조금은 위로가 되었다.

천석은 마침내 그토록 가보고 싶었던 함흥역에 갈 수 있게 되었다. 함흥역은 천석에게 다른 세계로 갈 수 있는 꿈이고 낭만이었다. 벌써부터 역사의 공기가 느껴졌다. 그는 북적거리는 사람들 사이를 비집고 들어가 열차에 오르는 자신을 상상하며 피식 웃었다. 이 역시 팔자라면 자신을 구원한 창식엄마에게 더없이 고마워해야 했다. 천석은 남은 누룽지를 그녀 손에 쥐어주었다. 배고플 텐데, 어서 먹어. 내일 새벽에 아무도 모르게 마차 가지고 만나자. 천석이 자리를 뜨자, 그녀는 그가 준 누룽지를 입안에 털어 넣고는 부엌살림을 정리하기 시작했다.

창식엄마는 스물다섯부터 구씨네 부엌에서 일했다. 성천의 한 일본인 집에서 식모살이하며 살았는데, 그만 일본인 주인한테 겁탈을 당해 그길로 도태리로 흘러들어왔다. 뱃속에 그 일본놈의 씨가 자라고 있는 줄도 모르고 살다가 춘화엄마 도움으로 춘화네 부엌에서 창식이를 낳았다. 그녀에게 춘화엄마는 지금까지 살 수 있도록 도와준 큰 은인이었다. 창식 아버지가 누구인지 아는 사람은 춘화엄마뿐이고 그녀가 어디서 어떻게 도태리로 흘러와 살게 되었는지도 춘화엄마만 알았다. 그녀는 춘화엄마를 친언니처럼 여기고 따랐다.

부엌살림을 정리한 창식엄마는 마지막으로 구씨네 찬방으로 갔다. 그곳에는 쌀가마니와 김치, 마른 생선과 절인 생선 등, 온갖 산나물을 비롯해 양념들이 종류별로 있었다. 그녀는 소금 항아리 깊숙이 손을 넣어 엊그제 잡아넣어둔 돼지고기 한 덩어리를 꺼냈다. 또다른 소금항아리 속에 있던 굴비도 꺼내 준비해 간 망태기에 넣었다. 꼭 한번은 춘화엄마에게 은혜를 갚고 싶었다. 그녀는 작은 쌀가마니 속에 돼지고기와 굴비, 대숲에서 빼놓은 돈뭉치를 가지고 춘화네로 향했다. 사람들이 산에서 내려오기 전에 다녀와야 했다.

그녀는 좁은 논길을 위태롭게 걸었다. 돈과 먹을 것을 머리에 이고도 위태로운 길을 걷는 자신의 인생이 왠지 순조롭게 풀리지 않을지도 모른다는 불안감에 가슴이 방망이질했다. 구씨네 부엌일을 하느라 배는 곯지 않았지만, 배고픔을 해결한다고 불안함이 사라지는 것은 아니었다. 그 짐승 같은 일본 놈이 자신을 겁탈한 뒤 한 말 때문이기도 했다. 자신을 지키며 당당하게 살아가는 것이 진짜 사는 거야. 몸뚱이 한번 잃은 것으로 네 인생이 끝났다고 생각한다면, 그야말로 너는 평생 불행하게 살거야. 나쁜 놈의 궤변으로 들었지만, 지나고 보니 아주 틀린 소리도 아니었다. 그놈 말대로 그깟 몸뚱이 한번 겁탈당했다고 인생이 끝장나는 것은 아니었다. 그러나 그 한번의 치욕이 살아 있는 순간마다 그녀를 괴롭혔다. 창식이를 볼 적마다 그 순간이 떠올랐고, 그 치욕에 사로잡혀 불행하게 사는 자신이 죽도록 미웠다. 기억에서 떠나보려고도 했다. 하지만, 그러면 그럴수록 자신을 챙기지 못했다는 자책이 더 커 몸이 지칠 때까지 부엌일에 매달렸다. 결국 창식이가 떠나고 혼자 남아서야 불행을 자초했다는 생각에 정신이 번쩍 들었다. 창식이도 살아갈 이유를 찾지 못한 듯 철이 들고 얼마 후 수시로 올라가던 뒷산 상수리나무에 목을 맸다. 구씨네 머슴들이 죽은 창식이를 메고 왔을 때, 창식엄마는 속이 후련했다. 슬프고 애통하기보다 창식이 더한 고통을 당하지 않고 죽은 것에 오히려 감사했다. 그녀는 말했다. 창식아, 네 아비는 나쁜 놈이다. 그래서 한 번도 네 아비에 대해 말하지 않았다. 그러니까 너는 태어나기 전의 세상으로 돌아가는 것뿐이야. 다음엔 그놈의 근본 따지는 사람이 아닌 다른 것으로 태어나거라. 네가 겪은 외로움과 고통은 에미가 꼭 갚아주마. 그것이 사람의 근본보다 더 중요한 일이니까.

그녀는 이제 변할 것이었다. 내 뜻대로 생각이 시키는 대로 움직이고 따를 것이었다. 그리고 어쩌면 끝을 보아야만 기억의 한에서 벗어날 수 있을 것 같아 식모살이하던 성천의 그 일본인 지주를 찾아갈 참이었다. 복수든 무엇이든 딱 한 번은 그놈 얼굴을 똑바로 바라보며 그놈의 몸뚱이가 얼마나 중요한지, 자신이 어떻게 여기까지 왔는지 보여주고 싶었다.

논두렁이 끝나는 지점 가까이 춘화네가 있었다. 싸리문 안쪽으로 춘화엄마가 보였다. 춘화가 집을 나간 뒤 춘화엄마는 시름시름 앓고 있어 구씨네 부엌에도 잘 나오지 않았다. 창식엄마는 반가운 마음에 큰소리로 춘화엄마를 불렀다. 성님! 토방 위에 앉아 있던 춘화엄마가 허리를 잡고 일어섰다. 성님, 나예요. 창식엄마를 알아보고 싸리문 가까이 걸어가 그녀를 마중했다. 성님, 몸은 어때요? 약이라도 한 재 지어 먹어야 하는데, 먹는 게 부실하니 낫질 않죠. 창식엄마는 양손 가득 들고 있던 물건을 토방에 내려놓고는 춘화엄마를 부축해 나란히 앉았다. 자네가 여기까지 웬일이야? 주근깨와 검버섯으로 뒤덮인 춘화엄마의 얼굴이 그간의 형편을 말해주었다. 형님, 내가 잠깐 어디 좀 다녀오려고요. 한동안 형님 못 볼 것 같아서 왔어요. 앞으로는 춘화 걱정도 하지 말고 동생들 걱정도 그만 해요. 형님이 그 짐 다 짊어지고 갈 수 없어요. 춘화엄마는 그녀의 말에 엷은 미소를 지어 보였다. 내가 한 게 뭐 있다고. 우리 춘화는 어떻게든 잘 살 거야. 그것이 보기보다 속이 야물고 단단하잖아. 맞아요 형님, 춘화는 분명 잘 살테니 걱정말고 형님 몸이나 잘 챙기세요. 그리고 제가 여기 왔다 갔다는 것은 당분간 비밀로 해주세요. 창식엄마는 춘화엄마의 두 손을 꼭 잡았다. 그 넉넉하고 부드러운 춘화엄마의 손 덕분에 그녀가 살 수 있었다는 것을 다시 확인했다. 그녀는 더 오래 있다가는 춘화엄마의 의심을 살 것 같아서 서둘러 일어섰다.

창식엄마가 떠난 뒤, 춘화엄마는 그녀가 놓고 간 망태기를 열었다.

좀처럼 맛보기 힘든 쌀과 고기, 조기 등 떨어진 지 오래된 곡식과 찬거리가 가득 있었다. 춘화엄마는 그녀가 왜 그 많은 것들을 싸 들고 온 것인지, 짐작이 갔다. 그녀는 전부터 때가 되면 도태리를 떠날 것이라고 얘기했다. 떠나기로 결심을 굳힌 게 분명했다. 그렇다면 아무도 몰라야 했다. 만석이와 춘화부터 도태리를 떠난 사람들은 하나같이 구로다가 체포 명령을 내렸다. 다행히 만석과 춘화는 잡히지 않았지만, 몇몇은 잡혀서 옥살이 중이었다. 도태리를 떠나려면 구로다에게 무슨 연유로 떠나는지 설명하고 허락을 맡아야만 했다.

춘화엄마는 그녀가 무사히 도태리를 떠날 수 있도록 그녀가 가져온 것들을 부엌 나뭇단 속과 빈 쌀독에 나누어 넣었다. 그녀 덕분에 당분간은 기름진 음식을 먹을 수 있게 되었다. 구씨네 일을 못 나가 제때 끼니조차 해결하기 어려웠다. 만일 춘화까지 도태리에 남아 있었더라면, 식구들이 모두 굶을 판이었다.

어둠이 걷히지 않은 새벽녘 창식엄마는 뒤뜰 대나무숲으로 갔다. 그녀는 작은 보따리 하나 들고 있어 멀리 떠나는 사람처럼 보이지 않았다. 새벽닭이 울기 전이라 구씨네와 정미소 주변도 고요했고, 멀리 미곡창고 쪽도 아직은 인기척이 느껴지지 않았다. 그녀는 댓잎에 덮여 있는 돈가마니 가까이 다가가 고양이처럼 낮은 자세를 취했다. 어둠과 안개로 가득 찬 숲은 한 치 앞이 보이지 않았다. 그녀는 천석이 오기를 기다렸다. 천석이 안 오면 어쩌나 하는 불안감이 스치기도 했지만, 오지 않을 천석이 아니었다. 그는 약속과 믿음 같은 말은 몰라도 자신이 한 말은 꼭 지켰다. 농담으로라도 옆 동네 개새끼를 훔쳐 오라고 시키면 알았다고 했다. 천석이 말하는 알았다는 약속이고, 그 약속은 이변이 생기지 않는 한 지켰다. 때문에 그에게 함부로 알았다는 말을 받아내거나 유도하면 안 되었다.

그녀는 대나무 숲으로 다가오는 천석과 마차 소리를 들었다. 그녀는 빠르게 그러나 조심스럽게 앉아 있던 자리에서 일어나 마차가 있는 곳으로 갔다. 마차는 대나무 숲 초입에 얌전히 서 있었다. 그녀는 천석의 손을 잡고 돈가마니가 있는 곳으로 끌고 갔다. 도련님, 이 가마니 얼른 마차에 실어요. 빨리 가야 기차를 탈 수 있으니까 서두르세요. 그녀의 말이 떨어지기 무섭게 천석은 돈가마니를 둘러멨다.

그녀와 천석이 대나무 숲을 떠날 때까지 어둠과 안개는 꿈쩍하지 않았다. 아무것도 사라지거나 빼앗기지 않은 모습 그대로였다. 흩어진 댓잎을 다른 댓잎이 덮었고, 그녀와 천석이 지나간 흔적은 어둠과 안개가 감쌌다. 처음부터 열리지 않은 세상인 양, 두 사람이 마차에 오르자, 숲은 다시 고요의 문을 걸었다.

창식엄마와 천석은 도태리를 벗어날 때까지 아무 말도 하지 않았다. 그녀가 말 단속을 시킨 것도 아닌데, 천석은 알아서 함흥역에 도착할 때까지 마차를 모는 데만 집중했다. 도련님, 고마워요! 창식엄마는 천석의 손을 잡았다. 저만치 함흥역이 희미하게 나타나자, 천석이 비로소 그녀를 쳐다보며 안심한 표정을 지었다. 아줌마, 제 걱정은 하지 말고 어디 가서든 잘 사세요. 목소리부터 달라진 천석의 말에 그녀는 당황했다. 도련님…… 도련님 바보 아니죠? 그녀가 놀라 물었지만, 천석은 눈 한번 껌벅이고는 그녀의 손을 놓았다. 아줌마, 그동안 고마웠어요. 은혜 잊지 않을게요. 아줌마가 있어서 그나마 우리 집안이 버틸 수 있었어요. 어머니는 제가 돌볼게요. 그리고,

의심받을 수 있으니까, 가마니에 쌀을 좀 넣어가세요. 천석은 마차에서 펄쩍 뛰어내렸다. 돈가마니를 열어 준비해 간 쌀로 덮고는 주둥이를 꼼꼼하게 묶었다. 혹시 순사가 뭐라 하면, 구씨네 심부름 가는 거라고 얘기해요. 천석은 처음부터 창식엄마의 계획을 다 알고 있던 듯 말없이 도움을 주고는 돌아섰다.

당황한 창식엄마는 목이 메어 소리쳤다. 도련님, 미안해요… 미안해요… 제가 자리 잡으면 연통할 테니 그때까지 잘 계세요. 그녀는 쏟아지는 눈물을 훔치며 한동안 역 마당에 서 있었다.

천석이 안갯속으로 사라지고도 한참 지나서야 그녀는 다시 마차꾼을 불렀다. 함흥역에서 기차를 타고 다른 곳을 갈 수도 있지만, 그녀의 계획은 그게 아니었다. 그녀는 어쩌면 살아 있을지도 모를 엄마와 아버지가 계신 고향으로 가고 싶었다. 그곳으로 가 무엇을 할지 구체적인 계획을 세울 생각이었다. 다행히 늙은 마차꾼은 그녀의 고향에 대해 잘 알았다. 함흥역에서 이십여 킬로 떨어진 율동이라는 깊은 산속 마을이었다. 어떻게 율동을 아세요? 고향 율동을 말한 것은 처음이었다. 혹여 고향 사람을 만날까 두려워하며 살았기에 율동은 그녀에게 금지어나 다름없었다. 하긴, 스무 살이 안 되어 떠나 지금의 그녀를 알아볼 사람도 없을 것이었다. 어쩌면 늙은 마차꾼이 함께 산나물을 뜯으러 다니던 또래일 수도 있고, 한두 살 아래이거나 더 들었을 수도 있었다. 알 수도 있는데 알아보지 못하는 것은 기억마저 상실하게 만든 폭력의 시간 때문이었다.

그녀는 이젠 두렵지 않았다. 설령 율동마을이 사라졌다고 해도 그녀는 그곳에 터를 잡을 것이었다. 딸년이 일본 놈의 애를 가졌다고 조용히 떠나도록 등 떠민 고향이지만, 그녀에게 율동 말고는 달리 갈 곳이 없었다. 그녀를 기다려 줄 부모 형제가 없다고 해도, 아직 기억에 남아 있는 집 앞마당의 감나무와 대추나무만 있어도 반가울 것 같았다.

마차꾼은 돌아보지 않는 대신 한숨을 길게 내뱉었다. 저도 거기 살았어요. 근데, 놈들이 숯까지 공출해 가 살 수가 없었어요. 나무를 베고 숯을 만들어 팔면 그런대로 끼니는 해결할 수 있었는데, 놈들이 들어오면서 숯과 송진까지 공출해 갔지요. 밖으로 나가지도 못하게 해 종일 숯을 만들고 송진을 따도 배고픔을 해결할 방법이 없었어요. 겨우겨우 감자를 심어 먹고 살다보니, 한밤중에 보따리 하나 들고 율동을 떠나는 사람들이 늘어나기 시작했어요. 저도 그때 어머니가 등 떠밀어서 집을 나왔습니다. 지금은 몇 집 안 남았고, 거의 다 떠났어요. 저는 역에서 마차꾼 노릇하며 한 달에 한두 번 정도 율동에 갑니다.

마차꾼은 그래도 율동 얘기가 하고 싶은 모양이었다. 그녀는 율동에 처음 가는 손님인 양 아무것도 묻지 않았다. 마차꾼이 율동마을 입구에 짐을 내려놓고 돌아갈 때까지 그녀는 조용히 듣기만 했다. 그녀가 마차꾼에게 한 말이라고는 율동으로 가 달라는 한마디뿐이었다.

6. 만석과 춘화의 동거

춘화는 청자 다방 청소로 하루를 시작했다. 봉마담이 나오기 전에 청소를 해놔야 만석의 잔소리를 피할 수 있었다. 사람들은 만석이 봉마담과 그렇고 그런 사이라고 춘화에게 자주 눈치를 주었지만, 춘화는 신경 쓰지 않았다. 두 사람의 관계를 몰라서 태연한 척하는 것이 아니라 따져봐야 아무 득 될 것이 없기 때문이었다. 춘화와 만석은 처음부터 좋아해 혼인한 것이 아니라 어쩔 수 없는 상황에 내몰려 한집에 살게 된 것이었다. 물론 그날 일을 후회하는 것은 아니지만, 혼인이라는 말조차 해보지 못하고 그냥 살아 그런지 별다른 질투심이 느껴지지 않았다. 그렇다고 만석과 몸을 섞지 않은 것은 아니었다. 그날, 국밥집 여자가 내어준 지금의 청자다방 자리에서 두 사람은 함께 잠을 잤고, 그것이 좋아해서 그랬던 것인지 혼인하고 싶어 그랬던 것인지는 기억나지 않았다. 아마 서로를 이용해야만 객지에서 자릴 잡을 수 있다고 생각한 것도 같았다.

눈앞에 닥친 일을 거부할 수도 막을 수도 없는 상황이었다. 도태리에서 청량리까지 오는 동안 춘화와 만석은 보이지 않는 운명처럼 자연스럽지 않은 인연으로 이어지고 말았다. 피할 수 없는 운명은 아니었지만 피해서 나아질 운명도 아니었다. 아니 오히려 그녀는 그 운명의 흐름에서 자신이 무엇을 원하는지 확실하게 알았다. 거슬러 오를 수도 없고 되돌릴 수도 없다면, 흐름을 자신의 의지대로 만들면 되었다. 그러나 그녀는 임신하게 되었고, 그것이 무슨 의미인지 깨달았다. 만석도 거기까지는 생각하지 못한 듯 소스라치게 놀랐다. 혼인하지 않았으니, 자식이 생길 거라고는 미처 예상하지 못했다. 아니, 애를 그렇게 쉽게 가질 수 있단 말이야. 만난 지 두 달밖에 안 됐는데. 그녀는 아무 말도 하지 못했다. 엄청난 잘못을 저지른 사람처럼 웅크리고 앉아 있었다. 나 같은 새끼 낳아서 키울 자신 있냐? 손가락질을 감당할 수 있느냐고. 만석이 그런 말을 하지 않더라도 무섭고 두려웠다. 구씨 집안의 저주를 이어가고 싶지 않았다. 그녀 역시 살아야 한다는 생각으로 만석을 거부하지 못했는데, 만석이 정색하며 따져 묻자 두려움이 원망으로 바뀌었다. 그토록 피하고 싶은 일이었으면 그날 밤 만석에게 덤벼들지 말았어야 했다. 소극적이긴 해도 그녀 역시 도망치지 않았으니 솔직히 두 사람은 공범이나 마찬가지였고, 저주든 축복이든 누구를 원망할 처지는 아니었다. 애는 나 혼자 만들었어? 왜 나한테만 그래. 그리고, 멀쩡하게 잘생긴 당신 형도 있는데, 미리 겁먹을 필요 없잖아. 듣고 있던 만석이 벌떡 일어나 소리쳤다. 그 새낀 내 형도 아니야! 그 새끼는 끝순이 아들이지 구씨네 핏줄 아니야! 춘화 너도 그 새끼 흠모했냐?… 온 동네 여자들이 백석이라면 오줌을 질질거렸다며… 만석이 그토록 비아냥거리는 모습은 처음이었다. 춘화는 공연히 얼굴이 화끈거렸다. 그의 말이 전혀 아니라고 반박할 수는 없었지만 다 지난 일이었다. 그녀는 만석을 선택했고 지금은 다른 사람을 생각할 겨를이 없었다. 왜 그런 쓸데없는 오해를 해. 어찌 되었든 나는 아이 낳을 거야. 저주를 받아도 당신을 선택했으니 어쩔 수 없지… 맘대로 해, 난 그 아이 책임질 생각 없어. 만석이 집을 나간 뒤 춘화는 곰곰이 생각했다. 백석에 관한 얘기를 피하려 돌려 말하고 나니 두려웠다. 큰소리는 쳤지만, 그녀라고 구씨네 저주를 피해 갈 방법이 있는 것은 아니었다. 만석이 저토록 싫어하는데 자식을 낳은들 무슨 의미가 있을까도 싶었다.

그때는 그래서 이층에서 뛰어내릴까도 했다. 보란 듯 집을 나가 늦도록 안 들어오는 만석이를 꺾을 수 없다면 차라리 애가 잘못되도록 이층 창가에서 뛰어내릴 생각이었다.

하지만 그녀는 마음을 고쳐먹었다. 창가에 올라가 아래를 보니 까마득했다. 청량리역에서 내린 사람들이 신작로를 건너 국밥집으로 오고 있었고, 순간 엄마의 걱정 가득한 얼굴이 눈앞을 스쳤다. 춘화는 후들거리는 다리를 진정시켜 간신히 방바닥으로 내려섰다. 다시 생각해 보니 만석이 그녀를 떠날지도 모르는데, 아이까지 없다면 그 결정이 쉬울 수도 있다는 생각이 들었다. 또 이미 생긴 자식을 죽인다면 큰 죄책감에 시달릴 것도 같았다. 춘화는 이후 뱃속의 아이만 생각했다. 만석이 관심을 보이든 말든 신경쓰지 않았다. 집에 들어오든 다방에서 자든 모른 체하자, 만석도 더는 아이 낳지 말라는 소릴 하지 않았다.

그래도 춘화는 때때로 서운함과 서러움이 몰려왔다. 입덧이 시작되자 차가운 식혜가 먹고 싶어 속에서 불이 났고 잘 익은 홍옥이 먹고 싶었다. 그녀는 차마 만석에게 말하지 못했다. 만석은 그녀가 잘 먹지 못해 삐쩍 마른 몸으로 국밥 장사를 하느라 식은땀을 흘리는데도 모른 체했다. 뒤틀린 다리로 무거운 몸을 지탱하다 여러 번 넘어져 고생하는데도 그녀 걱정을 하지 않았다. 그는 원하지 않았기에 되도록 원망하지 않으려 애썼지만, 그녀는 불 꺼진 방에 혼자 누워 있으면, 아이와 자신이 버려진 듯 외로웠다.

봄이 오기 전, 그녀는 원하던 대로 이목구비가 반듯한 아들을 낳았다. 산파가 아들입니다! 라고 소리치는 순간, 그녀는 아들인지 딸인지는 궁금하지 않아 입술부터 확인했다. 아들은 힘차게 울었다. 아들은 찌그러진 곳 하나 없이 희고 반듯한 모습이었다.

그토록 두려워하던 구씨 집안의 피를 물려받지 않았을 뿐만 아니라 잘 생기고 똑똑하기까지 했다. 춘화는 아들 민서를 보면서 경성 제국대학에 다니던 백석이 떠올랐다. 그녀는 스스로가 대견했다. 이층에서 몸을 날리지 않은 자신이 더없이 기특했다. 신을 믿게 되는 것은 자신의 의지를 시험하기 위함이라는 걸, 열여덟 춘화는 인생의 첫 번째 고난을 무사히 통과한 기분이었다.

그제야 열 달 동안 졸인 마음이 풀렸다. 누가 먼저라고 할 것도 없이 서로 자연스럽게 몸을 섞고 서먹하게 아침을 맞이했었다. 그리고 그 첫 경험으로 아들이 태어났다. 사랑이라는 감정을 가질 사이도 없이 얽힌 인연이었다. 만석 말대로 천지신명이 도왔기에 가능했던 것인지도 몰랐다.

긴가민가 믿지 않았던 만석도 멀쩡한 모습으로 태어난 아들을 보더니 놀란 표정을 감추지 못했다. 아이를 낳을 때까지 한 번도 춘화에게 관심을 보이지 않던 만석이 강보에 싸인 아들을 보고는 흥분한 얼굴로 그녀를 바라보았다. 춘화는 그와 눈을 맞추지 않았다. 몸과 마음이 알맹이는 빠져나가고 껍데기만 남은 것 같았다. 보란 듯 큰소리라도 쳐야 하는데, 만석을 보자 좀 전의 기분은 사라지고 알 수 없는 상실감이 느껴졌다. 차라리 그가 태도를 바꾸지 않았다면 그녀의 기분이 덜 상했을 것이었다.

만석은 춘화에게 고마움을 표시했다. 정말 고마워요! 내가 나쁘게 살지는 않은 모양이오. 이처럼 잘생긴 아들을 낳았으니 말이오. 만석의 밝은 표정으로 그동안의 설움이 사라져야 맞는데, 그녀는 씁쓸한 복수를 한 기분이었다. 그녀를 대하던 만석이 맞는지 낯설었다. 언제 다시 그의 모습이 변할지 하는 만석에 대한 불신이 그녀를 괴롭게 했다.

말끔하게 양복을 갖춰 입고 거만하게 담배 피우는 만석을 보면, 가까이하기 어려울 때가 많았다. 사람들이 모두 구사장이라고 불러 그녀도 어느 때는 자신도 모르게 구사장이라고 부를 때가 있었다. 만석이 돈을 벌기 위해 변한 척하는 것인지, 진짜 변한 것인지 알 수 없었다.

그녀는 도태리를 도망치던 순간 그날 그 밤이 운명처럼 기다리고 있었던 것인지도 모른다고 스스로를 위로하며 살았다. 아들이 태어난 것 역시 그 운명의 연장이라고. 혹시라도 아들이 만석을 닮기라도 한다면, 그녀 역시 구씨 집안의 천형을 피할 수 없는 운명이라고 생각했는데, 춘화는 신이 자신을 구원한 것이라고 믿고 싶었다.

그리고 만석이 조금은 자신을 좋아할지도 모른다는 생각을 했다. 여전히 애틋한 눈빛으로 바라보거나 다정하게 말을 건네는 것은 아니지만, 아들이 태어난 이후부터 그는 아무리 늦어도 집에 들어와 그녀와 한방에서 잠을 잤다. 그와 잠을 자는 것이 싫지 않으니 사랑일지도 모른다고, 그녀는 가끔 사랑이란 말을 생각했다. 진짜 사랑하는 남자와 살면 지금의 만석과 무엇이 다를까? 사랑한다고 말하는 남자의 눈빛은 어떤 모습일까. 술을 마시지 않고 멀쩡한 정신으로 그녀의 몸과 마음을 얻으려는 남자의 간절함은 어떻게 표현할까. 상상만으로는 그 느낌을 이해하기는 어려웠다.

그날 청량리역에 잘못 내린 탓에 민석과 운명이 얽히고 말았지만, 그녀는 후회하지 않았다. 다시 그날로 돌아간다고 한들 다른 방법이 있을 리 없었고, 돈 보따리를 가지고 있는 민석을 밀어내지 못했을 것이었다. 처음에는 어쩌다 그와 얽힌 운명이라고 여겼지만, 돌이켜 보면 당시 만석이 아주 싫지만은 않았다.

도태리에서 들은 소문보다 만석은 훨씬 사내다운 구석이 있었다. 인연 하나 없는 낯선 객지에서 발휘한 사업 수완도 그렇고, 자신을 모르는 체하지 않은 것도 고마운 일이었다.

그녀는 지금의 삶이 크게 나쁘지 않다는 생각이었다. 혼인은 하지 않았지만, 민서가 태어났으니, 만석도 자신을 언제까지 모른 체하지는 않을 것이었다. 국밥집과 다방까지 신경 쓰느라 몸은 고되지만 끼니 걱정은 하지 않았다. 청자다방이 워낙 잘 돼 그런지 만석은 국밥집은 신경 쓰지 않았다. 사실 그녀는 만석이 고용한 종업원에 불

163

과했다. 국밥집을 사는 데 한 푼도 보태지 않았고 먹고 자고 하는 모든 비용을 그가 부담하는 조건으로 국밥집 운영을 맡겨 뭐라 따질 상황이 아니었다.

그러나 그녀는 시간이 지날수록 만석의 삶에 기생해 사는 존재일 뿐이라는 기분을 떨칠 수가 없었다. 서로 합의해서 결정한 일임에도 춘화는 조금씩 회의가 생겼다. 만석이 자신보다 봉마담과 더 많은 시간을 보내는 것이 속상했다. 국밥집까지 운영하느라 고단하기 짝이 없는데 우는 아들조차 달래주지 않아 어느 때는 설설 끓는 고깃국 한 바가지를 들고 이층으로 뛰어가고 싶을 때도 있었다.

어린 것이 자지러지게 우는 데, 봉마담과 웃고 떠드느라 모른 체할 때는 정말 뜨거운 국물을 정수리에 부어버리고 싶었다. 만석이 그녀에게 서방 행세를 해준 것도 아니고 연인 노릇을 해준 것도 아니지만, 자기 아들한테는 달라야 했다. 그녀에게는 냉정해도 아들 민서한테는 따뜻하고 자상한 아빠이길 바랐지만, 만석은 갈수록 그녀와 아들에게 가까워지려 하지 않았다.

그녀는 혼인 신고를 하지 않고 동거인으로 살아 그렇다는 생각도 들었다. 봉마담이 그녀를 만만하게 보는 것 역시 만석과 그녀가 법적으로 부부가 아니라는 사실을 알아 그런 것이었다.

춘화는 아들을 업은 채로 청자다방 청소를 끝낸 뒤 한숨 돌렸다. 여섯 시는 되어야 손님들이 찾아오고 손님 대부분도 차를 마시기 위해 다방을 찾아오는 것이 아니라 만석을 만나기 위해서 왔다. 만석에게 돈을 맡기러 오거나 돈을 빌리러 오는 손님들을 위한 다방이라는 사실은 이미 청량리 바닥에 소문이 나 있었다. 급전이 필요한 사람들은 땅문서와 집문서를 들고 왔는데, 그를 담보로 만석은 청자다방에 가만히 앉아 엄청난 돈을 벌어들였다. 청자다방 구사장은 이제 토순네로 불리던 언청이 구씨 아들 만석이 아니었다. 여전히 토순이기는 하지만, 그의 콧수염은 누구도 눈치채지 못하도록 멋들어지게 입술을 가리고 있었고, 돈을 벌기 위한 교양과 상식까지 갖춰 누가 봐도 성공한 사장님이었다.

그녀는 만석 몰래 돈을 모으기 시작했다. 언젠가는 고향이든 어디든 청량리를 떠나 땅을 사고 정미소를 차릴 것이었다. 얼마나 모아야 하는지는 가늠할 수 없지만, 그녀는 하루 장사를 마치고 나면 번 돈의 반을 떼어 꼬깃꼬깃 접어 뒷간 옆 항아리 속에 넣었다. 만석도 땅을 사자고 하면 싫어하지 않을 테고, 도태리로 돌아가 구씨네 땅을 찾자고 하면 더 좋아할 것이었다. 그때까지 그녀는 열심히 국밥장사를 할 것이었다. 건강한 아들을 낳았으니, 만석의 마음을 얻으려 애쓰지 않을 것이며, 봉마담도 신경 쓰지 않을 작정이었다. 봉마담과 만석이 그렇고 그런 사이라는 것은 봉마담이 데리고 있는 김양을 통해 전부터 알고 있었다. 알면서도 사실을 확인하지 않는 것은 질투나 하는 여자로 보이기 싫어서였다.

봉마담은 항상 물방울무늬가 박힌 비단 한복을 색깔별로 갈아입었고, 작고 흰 얼굴에 분홍색 립스틱을 발랐다. 틀어 올린 머리에는 은장식으로 된 개나리꽃 모양의 핀을 꽂았고, 높은 게다를 신고 있어 몸이 가늘고 길어 보였다. 땟국에 절은 흰 치마저고리를 입은 춘화와는 비교되었다. 봉마담이 만석이 마누라이고 춘화는 식모로 보이는 것이 당연했다. 그래봤자 만석의 아들을 낳은 것은 그녀이니 별일 아니라고 생각하면서도, 봉마담이 눈에 거슬리는 것은 어쩔 수 없었다.

춘화는 등에 업혀 있던 아들을 앞으로 안았다. 젖이 좋아 그런지 아들은 다행히 개월 수보다 튼실했다. 돌 지난 지 얼마 안 되었는데, 걸음마를 할 듯 춘화의 목덜미에 매달려 엉덩이를 흔들었다. 저고리를 풀어 젖을 물리면 제 어미와 눈을 맞추며 웃었고, 손님을 받느라 뼈다귀 하나 손에 들려 문간방에 놔둬도 혼자 잘 놀았다. 마치 제 어미의 사정을 봐주는 것만 같았다.

다방 청소가 끝나면 아래층으로 내려가 선지와 머릿고기, 소의 내장 등을 다듬어 끓여야 했다. 일을 도와주러 오는 아주머니가 있어도 새벽 두 시에 가져다 놓은 것들을 씻어 정리하는 일은 모두 춘화의 몫이었다. 장사는 기대 이상으로 잘 되었다. 역에서 가깝고 주변에 다른 음식점이 많지 않은 탓이었다. 몸은 고되지만, 하루 장사를 끝내고 돈을 셀 때면, 만석이 이상으로 자신에게도 재물 복이 없지 않다는 생각이 들었다.

춘화엄마도 그녀가 떠나기 전날, 너는 어딜 가든지 먹고 살 걱정은 안해도 된다더라, 라고 말했다. 그 말은 엄마가 일 년에 한 번 정도 찾아가는 무당한테 들었다는 소리였다. 도태리 서낭당에서 조금 떨어진 산속에 사는 그 무당은 아흔이 넘었는데도 목소리가 마을을 울릴 정도로 쩌렁거렸다. 어찌나 사나운지 자기 말을 듣지 않으면, 무지막지한 욕지거리를 퍼부었다. 그 무당이 용하다고 소문이 난 것은 왜놈들이 도태리를 먹어 치울 것이라는 점괘를 퍼뜨렸기 때문이었다. 바다 건너온 손님이 한 집안을 작살내고 마을을 통째로 삼킬 것이다. 그러나 먼 훗날 구씨 집안을 다시 일으킬 한 여인이 등장한 다는 점괘를 춘화엄마한테 말했다. 그때 춘화엄마는 춘화가 언제 결혼할지 궁금해서 간 지라 우리 딸이 언제 결혼할 것인지 말해 보라고 다그쳤다. 무당은 말했다. 당신 딸은 혼인하지 못해, 평생 혼자 살 팔자야. 춘화엄마는 무당의 말에 사색이 되어 다시 물었다. 무슨 개똥 같은 소리야! 우리 딸이 왜 혼인하지 못한다는 거야? 당신 딸이 똑똑해서 그래. 남자한테 의지해서 살 팔자가 아니야. 무당의 말을 모두 믿는 것은 아니지만, 춘화엄마와 춘화는 가끔 그 무당의 말이 신경 쓰였다.

지나고 보니 무당이 말한 구씨네 얘기 속에 결국 춘화도 들어 있었다. 춘화는 엄마가 어렴풋이 들려준 그 무당 얘기를 가끔 떠올리면서 삶이 어디로 흘러가든 애당초 먹은 맘은 변하지 않을 것이라 마음을 다졌다.

장마가 시작되면서 국밥집 손님이 뜸해졌다. 청량리역으로 오는 손님이 그만큼 줄었다는 뜻이었다. 이른 봄에는 역 마당이 사람들로 바글거렸다. 다들 정해진 목적지가 있을 테지만, 사람들 대부분은 그녀가 처음 청량리에 내려섰을 때처럼 낯선 피로감으로 방향감각을 잃어버린 듯 잠시 멍하니 서 있었다.

그녀는 없는 손님을 핑계 삼아 아들과 여유로운 시간을 보냈다. 등에 업고 역 마당을 돌아보며 청량리역에 잘못 내려 난감했던 기억을 떠올리기도 했다. 그때 만석을 만나지 않았더라면 등에 업은 아이도 태어나지 않았을 테고, 다른 곳에서 지금과는 다른 삶을 살고 있을지도 몰랐다.

오랜 시간을 건너온 듯 역 주변은 여전히 낯설고도 익숙했다. 국밥집 주변의 상점들을 돌아본 것도 처음이었다. 만석이 몰아치듯 일을 벌여 옆집에 누가 사는지조차 몰랐다. 아이는 절룩거리는 제 어미의 등이 편한 듯 곧 잠이 들었다. 그녀는 국밥집에서 조금 떨어진 곳에 있는 양장점까지 걸어갔다. 다행히 비가 그쳤고 저녁 손님을 받으려면 여유가 있었다.

그녀는 양장점 유리 안에 걸려 있는 연분홍색 원피스와 보라색 투피스를 보았다. 멋쟁이 여자들이 입는다는 그런 옷이었다. 만석이 엄마도 가끔 그런 옷을 입었고, 구로다 마누라도 그런 신식 옷을 입었다. 걸린 옷들 사이로 보이는 빨간 뾰족구두 역시 신기하기만 했다. 옷도 그럴 테지만, 구두는 그녀에게 더 어울리지 않을 듯 보였다. 삐쩍 마른 몸에 원피스를 입은 들 멋쟁이로 보일까, 뒤틀린 다리에 뾰족구두를 신은들 제대로 걸을 수나 있을까. 그녀는 낡은 고무신과 허름한 치마저고리를 훑어보고는 흘러내린 아이를 치켜올렸다. 그러고는 자연스럽게 양장점 문을 열고 들어갔다. 유리창에 걸린 옷들이 자신과 어울리지 않는다고 생각해 그냥 돌아서려고 했는데, 문득 도태리 엄마가 떠올랐다. 쌀독까지 비워 자신에게 준 엄마와 아버지가 어떻게 살아가고 있을지 그제야 정신이 번쩍 들었다. 끼니 걱정할 엄마에게 무슨 투피스가 필요할까 싶기도 하지만, 엄마가 딱 한 번만이라도 경성의 멋쟁이 여자들처럼 투피스를 입고 행복했으면 싶었다.

바느질하던 주인 여자가 춘화의 방문에 몸을 돌렸다. 무슨 일로? 투피스를 맞추려고요. 주인 여자는 그리 반가운 표정이 아니었다.

자리에서 벌떡 일어나 줄자를 들고 덤벼들어야 하는데, 그녀는 주인 여자의 반응이 마땅치 않았다. 양장점 아닌가요? 그녀가 다시 묻자, 여자가 일어나 다가왔다. 춘화는 서둘러 말했다. 저희 엄마 투피스를 맞추려고요. 키는 저하고 똑같고, 덩치는 저보다 두 치수 크게 해주시면 됩니다. 그리고, 색깔은 저기 걸어놓은 보라색으로 해주세요. 저는 저어기 청량리 국밥집 사장입니다. 춘화가 또박또박 정확하게 말하자, 양장점 주인 여자의 눈빛이 달라졌다.

국밥집 주인이라면 믿을만한 손님이었다. 국밥을 먹으러 간 적은 없지만, 다방 주인인 만석에 대한 소문은 양장점 단골인 기생들이 들려주었다. 양장점 여자는 춘화의 태도에서 시간이 촉박함을 알아차리고는 빠르게 그녀의 치수를 재기 시작했다. 그녀가 겉모습은 추레하지만, 국밥집 사장이라는 소리가 여자에게 신뢰를 주었다. 춘화의 몸은 가늘고 길었다. 어리지만 어린애가 있어 가슴은 부풀었고 눈매는 선하면서 강단 있어 보였다.

많은 손님의 치수를 쟀지만, 춘화만큼 몸이 좋은 아낙은 처음이었다. 양장점 주인은 투피스의 주인이 춘화의 엄마가 아니라 춘화였으면 싶었다. 흰 얼굴에 분을 바르고 립스틱을 칠하면, 골목에 있는 기생들보다 더 예쁠 것 같았다. 초연각 기생들이 가끔 양장을 맞추러 들르는데, 그녀들은 진한 화장에 풍성한 한복을 입고 있어 막상 치수를 재보면 몸의 비율이 그리 좋지 않은 경우가 많았다. 허리가 짧다거나 다리가 짧고 목이 짧고 어깨가 넓어 원피스와 투피스를 입혀도 맵시가 나지 않았다. 그녀의 몸길이를 재던 여자는 심하게 돌아간 발목을 보고는 못 볼 것을 본 듯 나직하게 혀를 찼다. 춘화는 못 들은 척 아이한테만 신경을 썼다.

여자는 그녀가 주문한 대로 춘화의 치수에 두 치수 더 올려 적었다. 투피스 가격은 16원이라고 했다. 보름 후에 만들어 놓을 테니 찾아가라며 친절한 목소리로 아이의 손을 잡아보기도 했다. 여자의 애교 있는 목소리가 싫지 않은 듯 아이도 여자를 빤히 바라보며 웃었다. 그녀는 뒤돌아서 속바지 속에 있던 돈을 꺼냈다. 이십 원이 넘었다. 국밥 판 돈과 가지고 있던 돈 전부였다. 항아리 속에 모아 둬야 할 돈이지만, 오늘은 엄마의 옷값으로 쓸 생각이었다. 돈과 함께 주소가 적힌 종이쪽지를 탁자 위에 올려놓은 그녀는 기분 좋은 표정으로 여자에게 말했다. 옷이 다 되면 이 돈하고, 여기 적힌 주소로 보내 주세요.

그녀는 더없이 흐뭇했다. 엄마가 양장을 입어보며 잘 살고 있는 그녀를 생각해 주길 바랐다. 그녀가 보낸 돈으로 어머니와 아버지가 쌀밥과 고깃국을 먹으며 행복했으면 싶었다. 그녀는 자신이 조금은 괜찮은 자식이 된 것 같았고 집을 나온 것 역시 잘한 일만 같았다. 쌀 때문에 일본 순사들에게 굴욕당하고 그 모습을 백석에게 보여 죽을 만큼 힘들었지만, 끝까지 죽음으로 내몰지 않은 삶에 미소가 지어졌다. 물론 만석과의 사이가 그리 좋은 것은 아니지만, 모든 일이 다 좋을 수 없다고 생각해야만 원하는 방향으로 한 걸음이라도 나갈 수 있었다.

양장점을 나온 그녀는 석양에 물들어가는 청량리역을 바라보았다. 기차가 도착한 듯 역 마당으로 사람들이 걸어 나왔다. 저들 중 한두 명은 국밥집으로 건너올 것이었다. 역 마당의 낯섦보다 더 빨리 느껴지는 허기가 국밥집 냄새를 맡게 할 것이었다. 배를 채워야만 비로소 보이는 도시의 풍경, 기차에서 내려선 그들의 눈에 청량리는 낯선 미지의 땅으로 느껴질 것이었다. 그녀는 빠르게 걸었다. 국밥을 팔아 돈을 모아야만 미래를 기약할 수 있었다. 그녀에게 항아리 속의 돈은 쌀과 땅과 정미소를 가질 수 있게 하고 절름발이 방춘화가 기죽지 않고 살아갈 수 있는 밑천이고 자존심이었다.

그녀는 자는 아이를 방에 눕히고 곧장 가게로 나왔다. 연탄불 구멍을 활짝 열어 끓여둔 가마솥을 다시 덮혔다. 뚝배기마다 밥과 썰어 놓은 파를 한 주먹씩 넣고, 저만치 사람들이 건너오길 기다렸다. 전찻길을 넘어서는 사람 수를 가늠한 뒤에는 서둘러 밥과 파가 담긴 뚝배기에 썰어 둔 내장을 고명으로 올린 뒤 뜨거운 국물을 토렴해 담았다. 국밥만 팔아 손님이 주문하길 기다릴 필요 없었고, 상차림 또한 국밥 한 그릇과 배추김치 한 접시가 다였다. 손님들이 국밥을 먹는 동안 그녀는 잠깐 방으로 들어가 자는 아이를 확인하거나 창밖으로 다른 손님이 오는지 지켜보았다.

마지막 기차인 듯 어둑한 역 마당으로 한 무리의 사람들이 쏟아져 나왔다. 그들 중 적어도 서너 명은 전찻길을 건너 국밥집으로 향할 것이라고, 그녀는 점을 치듯 사람들의 움직임을 살폈다. 아이가 깨기 전에 마지막 장사를 해야 했다. 그녀의 생각이 적중한 듯 네 명의 젊은 여자들이 전찻길을 건너 그녀의 국밥집으로 오고 있었다.

그녀는 다시 뚝배기에 밥과 파 내장을 담았다. 뼛국물로 가득 찼던 가마솥이 바닥을 보였다. 여자들이 마지막 손님이었다. 국밥집 문을 열고 들어온 젊은 여자들은 그녀와 비슷한 또래였다. 한눈에도 가난과 고단함을 견디지 못해 고향을 떠나온 여자들이었다. 여자들은 서로 편하게 말을 섞었다. 그녀와 가게 안을 둘러보기도 하고 창밖으로 조금 전 건너온 전찻길을 내다보기도 했다. 손에 들었던 크고 작은 보따리는 탁자 옆에 쌓아놓고 허기를 부추기는 가마솥을 바라보기도 했다. 가장 앳된 얼굴의 여자애가 기운 없는 소리로 말했다. 언니들, 국밥 먹을 돈 있는 거 맞지요? 바로 옆자리에 앉은 여자가 어린 여자애의 등짝을 어루만지며 슬며시 웃었다. 걱정하지 마, 언니 돈 있어. 그동안 미곡창고에서 번 돈 가지고 나왔으니까, 당분간은 먹을 거 걱정 안 해도 돼. 뚝배기에 국물을 퍼 담던 춘화는 여자들이 하는 미곡창고 얘기에 귀가 솔깃했다. 미곡창고에서 일했다면 미선공이 뻔했고, 무슨 사연이 있어 고향을 떠난 것이 분명했다. 그러고 보니 네 명의 여자 얼굴이 비슷해 보였다. 자매들인가 봐요. 어디서 왔어요? 탁자 위에 국밥을 놓으며 춘화가 물었다. 큰 언니 같은 여자가 말했다. 함주에서 왔어요. 전쟁터로 끌려가야 할지도 모른다고 해서… 춘화는 말없이 고개를 끄덕였다. 네 자매가 함께 집 나온 것을 보니 남 일 같지 않았다. 아이고!… 배고플 텐데, 어서들 먹어요. 자매들의 사정 역시 그녀와 다르지 않았다. 도태리를 떠날 수밖에 없었던 그녀와 함주를 떠나야 온 자매들 역시 일본의 전쟁 때문에 내몰린 것이었다.

고향과 부모를 등져야만 했던 이유가 같다는 것만으로도 그녀는 자매들이 안타까워 자꾸 눈이 갔다. 그녀는 남은 머리 고기를 접시 가득 담아 막냇동생 앞에 놓아 주었다. 많이 먹어요. 좋은 날이 올 때까지 헤어지지 말고 잘들 살고요. 그나마 혼자가 아니라 넷이라 다행이었다. 춘화도 청량리역에서 혼자였다면, 나쁜 상황에 몰렸을지도 몰랐다. 그녀의 인심에 자매들은 하나같이 순진한 미소를 지었다. 사장님 고맙습니다! 사장님은 여기가 고향이세요? 큰 언니가 춘화에게 호감을 보이며 물었다. 망설이던 그녀는 인상 좋은 자매들에게 저절로 마음이 열렸다. 저는 함흥 성천에서 왔어요. 저도 언니들처럼 그놈들 등쌀에 집을 나올 수밖에 없었지요. 큰 언니가 춘화의 팔을 잡으며 혀를 찼다. 저런! 그랬군요. 그래도 국밥집 사장님이 됐으니, 운이 나쁘지는 않네요. 그 말에 동생들이 눈을 맞추며 웃었다. 춘화도 사장님 소릴 들으니 나쁘지 않았다. 의지처를 만난 기분이었다. 큰 언니가 자기 밥을 동생들에게 덜어주는 걸 본 춘화는 다시 부엌으로 가 남은 밥을 모두 가져다 자매들에게 주었다. 사장님 이리 장사하면 남는 게 없을 텐데요. 큰 언니의 걱정에 기분 좋아진 춘화는 호기롭게 말했다. 걱정하지 말아요. 저 집 나와서 부자 됐습니다. 그녀의 말에 자매들이 깔깔거리며 웃었다. 그녀도 따라 웃었다. 한바탕 웃는 자매들을 보며 그녀는 예전 친구들과 깔깔거렸던 기억을 떠올렸다. 풍자가 보고 싶었다. 절름발이 그녀를 아무렇지도 않게 절름발이라고 부르던 풍자, 그녀가 전혀 눈치 보지 않도록 눈치 없이 행동하던 풍자. 배짱 좋고 익살맞은 풍자는 지금 어디서 살고 있을까? 도태리로 가지 않는 이상 풍자의 소식을 알 수 있는 방법은 없었다. 그녀는 어딘가에서 자신을 떠올릴지도 모를 풍자를 생각하며 자매들에게서 눈을 떼지 못했다.

언제든 청량리에 오면 국밥 먹으러 오세요. 진심이었다. 그녀는 자매들이 청량리서 잘 지내길 바라고 언젠가는 고향 함주로 무사히 돌아가길 바랐다. 그녀도 물론 고향으로 돌아갈 때까지 국밥 장사를 해 돈을 벌 것이었다. 오늘만 사는 인생이 아니고서는 누구나 찾아가고 싶은 고향이 있고, 그리운 사람들이 있을 것이었다. 어둠 속으로 사라진 청량리역이 내일이면 또 누군가의 꿈과 안식을 위해 존재하듯, 그녀는 지금의 국밥집이 목적지도 아니고 종착지도 아니었다. 자매들이 잠시 들러 허기를 채운 것처럼, 국밥집은 그녀에게 종착역이 아닌 정차역이었다. 그래서 청량리가 늘 지나가는 바람처럼 느껴지기도 하지만, 바람이라고 머문 자리에 최선을 다하지 않는 것은 아니었다. 국밥 그릇을 싹싹 비우고는 흡족한 듯 큰 언니를 바라보는 어린 동생의 미소가 잠시나마 그녀의 고단함을 덜어주었다.

자매들은 순서대로 그녀에게 고마움을 표시하며 국밥집을 나갔다. 그녀는 피붙이가 떠난 듯 자매들이 보이지 않을 때까지 밖을 내다보았다. 이쪽과 저쪽의 경계처럼 보이는 전찻길이 어둠에 묻히자, 통행자들도 보이지 않았다. 모든 것이 어둠 속으로 완벽히 숨어든 듯 저녁 안개가 내리기 시작했다.

그녀는 지친 다리를 끌고 다니며 마지막 설거지를 시작했다. 다행히 아이 울음소리는 들리지 않았다. 제 어미 사정을 봐주는 양, 아이는 순하고 건강하게 잘 컸다. 아들이 없었다면, 아니 아들이 만석을 닮아 태어났더라면, 지금보다 못한 생활을 하고 있을 것이었다. 만석은 그녀에게는 친절하지 않지만, 아들한테는 다른 모습을 보였다. 가끔은 아들을 안고 다방으로 가기도 했다. 그곳에 오는 손님들에게 아들을 보여주면서 구씨 가문의 대를 이을 자식이라고 했다. 그녀는 만석과 아들 봉마담이 나란히 앉아 있는 것을 보면 기분이 좋지 않았다.

그녀의 자리를 빼앗긴 것만 같아서 종일 마음이 심란했다. 도무지 만석의 진짜 속내를 알 수가 없었다. 봉마담은 어디까지나 사업 동료고 가족은 그녀와 아들이라고 얘기할 때는, 그녀가 과한 걱정을 하는 게 아닌가도 싶었다. 그러나 그녀에게는 한 번도 그리 밝게 웃어주지 않는 만석이 봉마담과 있을 때는 더없이 행복한 얼굴을 하고 있어 그의 말을 믿기 어려웠다.

그녀는 공연히 울적했다. 마지막 손님이던 자매들이 떠나고부터 세상에 혼자 남은 기분이었다. 요즘 들어 부쩍 그런 기분이 자주 드는 것은 먹고 살 걱정이 없어 그런 것이라고 애써 자신을 달래 보지만, 노력해도 울적한 마음은 쉽게 가시지 않았다. 그녀는 가게 바닥을 쓸며 아리랑을 불렀다. 그녀의 곱고 애절한 아리랑 소리가 썰렁한 국밥집을 울렸다. 축축한 밤기운이 섞인 아리랑 소리는 골목의 희미한 불빛을 휘청거리게 했다.

그녀의 등 뒤로 소리 없이 문이 열렸다. 그녀의 아리랑 소리가 열린 문밖으로 흩어졌다. 가게 문이 열릴 시간이 아닌데, 놀란 그녀는 뒤돌아서 열린 문을 보았다. 만석이 진한 백합 냄새를 달고 들어왔다. 국밥을 끓이지 않을 때는 아래층에서까지 맡아지는 백합 냄새였다. 머리가 지끈거릴 정도로 지독한 그 냄새를 풍기는 사람은 봉마담으로 미제 분을 바른 탓이었다. 얼굴에 곰보자국이 있는 것도 아닌데, 지나칠 정도로 하얗게 분을 발라 청자다방 단골 남자들은 그녀를 봉 부키라고 불렀다. 평양이 고향인 봉마담은 어릴 적부터 수재 소릴 들을 정도로 똑똑했는데, 아버지와 오빠가 독립운동을 해 집안이 몰살을 당했다고 했다. 그녀만 간신히 경성으로 피신했다가 청량리까지 흘러오게 되었고, 신식 교육까지 받아 영어도 잘하고 일본말도 유창하다고 했다. 만석조차 봉마담의 말이 사실인지 그냥 하는 헛소리인지 모를 정도로 봉마담의 언변은 뛰어났다. 만석이 청자다방을 시작하고 봉마담을 소개받은 것은 돈을 가장 많이 빌려간 금방 주인 박 사장이었다. 박 사장이 자기 단골인 봉마담을 만석에게 소개해 주고 청자다방을 제 집 드나들 듯했다.

만석이 봉마담을 데리고 온 것도 이상했지만, 이른 퇴근을 집이 아닌 국밥집으로 한 것이 별일이었다. 춘화는 백합 냄새를 풍기는 봉마담까지 달고 온 만석을 어찌 맞아야 할지 당황해 쳐다보기만 했다. 가게 안은 다행히 사물을 겨우 분간할 정도는 되었다. 좋은 일 있나? 민서 엄마 노랫소리가 골목까지 들리던데… 민서를 낳은 뒤부터 만석은 그녀에게 반말했다. 살림을 차렸을 때만 해도 자기보다 두 살이나 위인 춘화의 눈치를 보더니 갈수록 아랫사람 다루듯 함부로 했다. 사실 그런 문제는 상관없었다. 만석이 자신을 대하는 태도만 분명하게 해주었으면 싶었다. 민서 엄마 노래 잘하네! 다리만 멀쩡했다면 장연각 마담이 얼른 데려가려고 했을거야. 장연각은 경성에서 알아주는 기생집이었다. 팔도의 미색이 모두 모여 있다고, 전부터 사대부와 장안의 부자라면 장연각에 애첩 한 명은 둬야 한다는 소리가 있을 정도였다.

봉 마담의 헛소리에 춘화는 기분이 언짢았다. 듣고 가만히 있는 만석에 대한 서운함이 더 커 그냥 넘어갈 수 없었다. 그녀는 앞치마에 손을 닦으며 봉마담과 만석을 향해 말했다.

장연각이 그리 유명하다면 나보다 훨씬 인물 좋은 봉마담이 가지 그래요. 손바닥만 한 청자 다방에서 일하는 걸 보면, 민서 아빠가 참 잘난 모양입니다. 하긴, 민서 아빠가 고향에서도 여자들한테 인기 좋았어요. 어머… 그랬군요! 봉마담의 하얀 얼굴이 흐려졌다. 춘화는 참아왔던 속내를 털어내듯 한마디 더 덧붙였다. 하긴 고향서부터 좋다고 쫓아와 사는 여자도 있으니, 우리 민서 아빠가 대단한 사람인가 봐요. 말해놓고 나니 쓸데없는 호기 같았다. 그녀는 작정하고 헛웃음까지 흘렸다. 도태리서 만석은 구씨네 아들이지만 존재감이 전혀 없었다. 백석이 워낙 잘나 비교할 처지가 못 되었고, 머슴들과 어울려 노느라 그는 명심보감조차 읽지 않았다. 말과 행동은 거칠고 머리와 수염 기르는 데만 열중해서 도태리에선 그를 털북숭이 한량이라고도 불렀다. 그런 그를 깎아내리는 것이 아니라 최고의 사내라고 부추기니 만석도 당황한 모양이었다. 만석의 손이 올라가 수염을 만지는가 싶더니 그에게 향했다.

쓸데없는 소리 하지 말고 밥이나 차려! 오늘 바빠서 저녁도 못 먹었단 말이야. 심상치 않은 분위기에 봉마담이 끼어들었다. 민서 엄마 말 맞아요. 저요… 오라는데 많은데, 오라버니가 하도 사내다워서 여기 있는 거예요. 기생오라비 마냥 반질반질한 사내들보다 훨씬 멋있잖아요. 봉 마담은 보란 듯이 만석의 어깨에 손을 얹으며 애교를 떨었다. 춘화한테는 삿대질하며 밥을 차리라고 하더니, 봉마담 말에는 주머니에 손을 넣으며 헤벌쭉거렸다. 앞뒤 분간 못 할 정도로 캄캄했더라면 봉마담과 만석의 꼬라지를 보지 않아도 되었을 것이었다. 그녀는 돌아서며 소리쳤다. 저녁 손님이 많아서 밥 떨어졌어. 때맞춰

방 안에서 아이 울음소리도 들렸다. 그러나 아이 울음소리를 쫓아 급하게 뒤돌아 서던 그녀는 그만 탁자 다리에 걸려 바닥으로 넘어지고 말았다. 엉덩이가 깨진 듯 통증이 몰려왔다. 그녀는 일어나려 안간힘을 썼다. 봉마담이 쳐다보고 있어 더 기분이 나빴다. 시원찮아! 서방 밥 굶기려다 벌받은 거지. 아이참! 딱하기도 하지. 오라버니 얼른 일으켜 드리세요. 그녀는 탁자 다리를 붙들고 일어나려 기를 썼다. 하지만 엉덩이가 시큰거려 몸을 일으킬 수 없었다. 만석이 손을 내밀어주면 잡고 일어나려 기다렸지만, 만석은 그녀를 비웃는 봉마담 손을 이끌고 가게 밖으로 나갔다.

춘화는 한참 동안 바닥에 앉아 통증을 다스려야 했다. 외쪽 다리 통증은 가시지 않아 균형잡기가 힘이 들었다. 자다 깬 아이가 악을 쓰며 울었다. 그녀는 간신히 일어나 벽을 붙들고 아이가 있는 방으로 갔다. 아이 옆으로 쓰러진 그녀는 우는 아이에게 젖을 물리고는 등을 쓰다듬었다. 엄마가 더는 버티지 못하겠다. 너도 아빠도 감당할 수가 없어. 미안하다… 어쩌면 건강한 봉마담이 너를 더 잘 키워줄 수도 있어. 그녀는 울면서 아이를 보듬었다. 자기를 팽개치고 봉마담과 가게를 나간 만석을 이해하고 싶지 않았다. 아무것도 기약할 수 없는 만석에게 기대어 시간을 소비하고 싶지 않았고, 사랑이 오길 기다리고 싶지도 않았다. 그녀 힘으로 땅을 사고 정미소를 차려 자신을 지키고 싶었다. 만석이 원하는 것이 있듯 그녀에게도 원하는 삶이 있었다. 지금까지는 만석의 도움이 컸지만, 더는 누군가의 도움으로 살아가지 않을 것이었다.

마음을 정리하고 나니 더는 만석이 곁에 있고 싶지 않았다. 그녀는 냉정해지려 애썼다. 아이와 눈을 맞추지 않았고, 아이 냄새를 맡지 않으려 아이에게서 떨어졌다. 배가 부른 아이는 제 손과 발을 가지고 잘 놀았다. 방금 젖을 먹였으니 한두 시간은 울지 않을 것이었다. 방안엔 위험한 물건이 없어 다칠 염려를 하지 않아도 되고, 아직 걷지 못하니 밖으로 나갈 걱정도 없었다. 또, 아이가 큰 소리로 울면 만석도 언제까지 모른 채 두고 보지는 않을 것이었다.

옷가지 몇 개만 챙긴 그녀는 마지막으로 방문 창호지를 뜯어 몇 자 적었다. 당신 덕분에 객지에서 굶어 죽지 않고 잘 살았어. 내 길을 갈 것이니, 아이랑 잘 살아. 만석이 잘 살기를 바랐다. 만석도 그녀에 대한 미련 따위는 없을 것이었다. 어쩌면 그녀와 만석 모두 이미 알고 있었는지도 모른다. 언젠가는 제 자리를 찾아 떠나고 남을 것이라는 것을.

그녀는 장독대로 가 항아리 속에 모아둔 돈을 꺼냈다. 혼자 살기에 충분한 돈이었다. 이층집과 기와집을 원하지 않고 끼니마다 쌀밥 먹기를 원하지 않으면 부족하지 않았다. 사람 만나 입으로 돈을 굴리는 일보다 들판에 나가 농사짓고 겨울이면 새끼 꼬고 가마니를 짤 것이었다. 그녀에게 돈은 저쪽으로 건너기 위해 필요한 징검다리 같은 것이었다. 징검다리가 목적이 될 수는 없었다. 지금은 저쪽으로 가기 위한 갈림길에서 잠시 방향을 잃었지만, 벗어나야 했다.

그녀는 다시 잠든 아이를 매만지고는 조용히 방문을 열었다. 문 닫히는 소리가 심장을 스쳤다. 그녀는 숨을 참으며 아이의 숨소리를 들으려 애를 썼다. 소리는 조용한데 아이 냄새가 그녀에게 달라붙었다. 비릿하면서도 들큼한 젖내가 그녀의 영혼을 흔들었다. 억센 손아귀가 그녀의 목덜미를 움켜잡는 것 같아 발길이 떨어지지 않았다. 그녀는 숨을 끊고 쫓기듯 밖으로 나왔다. 아이는 잊을 것이었다.

고요한 밤이었다. 그녀는 한발 한발 국밥집에서 멀어졌다. 뒤돌아보지 않고 전찻길을 따라 무작정 걸었다. 경성으로 가는 전찻길이었고, 그녀가 처음부터 가야 했을 길이었다. 가다 보면 경성역에 이를 것이고, 날이 밝으면 목적지의 방향이 또렷해질 것이었다. 그녀는 보따리를 꼭 끌어안고는 서늘한 밤공기를 헤쳐 나갔다. 사물을 분간할 정도의 달이 떠 있고, 차고 딱딱한 철로가 방향감각을 잃지 않게 했다. 그녀는 계속 걸었다. 그러나 뒤틀린 발목이 아파 자주 비틀거렸다. 다리만 멀쩡하다면, 더 빨리 걷거나 뛰어서 경성역에 도착할 수 있을 텐데. 그녀는 불이 붙은 듯 화끈거리는 발목 때문에 잠시 멈췄다. 얼마만큼 더 가야 경성역이 나올지 아니 얼마만큼 지나야 날이 밝을지 가늠할 수 없어 전찻길이 수렁처럼 느껴졌다.

문득 가도 가도 끝이 날 것 같지 않은 어쩌면 죽음으로 가는 길일지도 모른다는 두려움이 몰려왔다. 만날 수 없는 운명인 양 갈라진 철길을 따라 걷는 것만이 그녀가 할 수 있는 최선이라는 게 더 무서웠다. 다른 친구들처럼 달릴 수도 포기할 수도 없어 혼자 엉엉 울었던 체육대회 때처럼, 그녀는 캄캄해진 눈앞을 응시하고 서 있었다. 그때 누군가 그녀의 손을 잡아 주었더라면, 절룩거리면서라도 끝까지 달렸을 것이었다. 아무도 그녀에게 달려오지 않았다. 선생님도 친구도, 엄마도 그저 구경꾼에 불과했다. 그녀는 모래바람이 이는 운동장 한가운데서 시뻘건 얼굴로 서 있었고, 화가 난 눈으로 누군가를 뚫어져라 쳐다본 것 같기도 했다.

그녀를 다시 달리게 한 것은 순전히 그녀 자신이었다. 친절과 동정이 아닌 오기와 의지로 살아야 한다는 각오가 그녀를 움직이게 했다. 그녀의 이름은 절름발이, 병신, 꺽다리가 아니라 방춘화였다. 구씨네 머슴의 딸도 아니고 구씨네 부엌데기 딸도 아니었다. 세 명의 외삼촌까지, 구씨네서 일하지 않으면 살 수 없는 그런 형편으로부터도 벗어나야 했다. 그래야만 방춘화라는 이름으로 불릴 수 있었다. 다시 걸어야 했다. 발목이 부러지지 않는 이상 걸어서 목적지를 찾아가야 했다. 걷다 보면 날이 밝을 것이고, 날이 밝으면 어디로 가야 할지 더 잘 보일 것이었다.

7. 제물포로 간 춘화

춘화가 일하게 된 곳은 제물포항에서 가까운 곳에 있는 홍북 정미소였다. 제물포 지주 최홍북의 증조부 때부터 운영하던 곳인데, 일본의 산미증식계획이 시작되면서 정미소를 빼앗기고 말았다. 홍북정미소는 구씨네 정미소와는 비교가 안 될 만큼 규모가 컸다. 벽돌로 된 외벽에 양철지붕을 얹은 건물 세 채가 나란히 있어 얼핏 보면 무슨 감옥처럼 보이기도 했다. 정미소 설비도 홍북정미소 시절의 도정기가 아닌 일본 기술자들이 들여온 신식 기계였다.

새 기계가 트럭에 실려 정미소 안으로 들어오던 날 그곳에서 일하던 일꾼들은 기계의 규모와 일본군에 앞도 당했다. 한 일꾼은 일본군이 탱크를 몰고 쳐들어왔다며 도망치기도 했다. 수십 대의 도정기가 한꺼번에 돌아가면 전쟁터와 다름없었다.

정미소 뒷마당에는 제물포 인근에서 집결된 베 가마니가 산처럼 쌓여 있었고, 정미소 앞마당에는 도정해서 선별한 쌀가마니가 까마득한 높이로 쌓여 있었다. 쌓인 베 가마니 맨 위에서 일하는 인부들은 밥 먹을 때나 내려왔고, 한여름엔 더위를 못 견뎌 굴러떨어지기도 했다.

인부들은 지게와 등짐으로 쌀가마니를 날랐는데, 자기 차례를 기다리느라 길게 줄 서 기다렸다. 칼을 찬 순사들이 인부들을 감시해 쌀가마니가 터져도 쌀 한 톨 가져갈 수 없었다. 땅바닥에 쏟아진 쌀을 줍다가 순사의 눈에 띄기라도 하면, 곤봉으로 사정없이 맞았다. 도정된 쌀은 한 번 더 미선공들의 손을 거쳐 포장되었다. 그건 전체 쌀의 십 퍼센트 정도로 천황이 먹을 쌀과 일본군이 먹을 쌀을 구별해 관리하기 위함이었다. 이 모든 과정을 마친 쌀가마니는 대기하고 있던 메갈꾼에 의해 우마차와 일본군 트럭에 실려 제물포항으로 빠져나갔다.

아무리 그래도 어떻게든 쌀을 빼내 가는 인부도 있었는데, 그 방법이 어찌나 탁월한지 순사조차 혀를 내두를 정도였다. 열여섯 살 정수가 그랬다. 다른 인부들이 나르는 쌀가마니를 세어 종이에 적는 일을 맡은 정수는 셈이 빠르고 눈치가 빨라 손발만 맞으면 그의 도움으로 쌀 한 가마니 빼내는 것은 일도 아니었다. 검수를 거친 쌀가마니에는 붉은 도장이 찍혔는데, 정수는 그 일을 맡은 만기의 무딘 눈썰미를 이용했다.

인부들이 날라 온 쌀가마니를 우마차와 트럭에 차례로 실으면, 정수는 종이쪽지에 그 숫자를 적었다. 그 다음엔 만기가 쌀가마니에 붉은 도장을 내려쳐야 하는데, 만기의 시선은 자주 다른데 가 있었다. 소리에 민감한 그는 주변에서 들려오는 소리를 무시하지 못하고 수시로 정신을 빼앗겼는데, 정수는 그때를 이용해 마부와 눈빛을 교환했다. 붉은 도장이 찍히지 않은 쌀가마니는 재물포항으로 갈 수 없고 등외로 다시 검수 과정을 거쳐야 했다. 쌀가마니를 빼돌린 마부는 이때를 이용해 자신의 은신처로 가 쌀가마니를 숨긴 뒤 정수와 나눠 가졌다.

인부들이 그 사실을 알면서도 정수를 봐주는 것은 그렇게 빼낸 쌀가마니를 정수는 혼자 독차지하지 않고 끼니 걱정하는 인부들에게 한두 되 또는 한 두말씩 나눠주기 때문이었다.

춘화가 홍북정미소에 들어갈 수 있었던 것은 도태리에서 미선공으로 일한 경험 탓이었다. 감독관은 유리판에 쌀 서너 말을 쏟아붓고는 그녀에게 골라보라고 했다. 도태리서도 눈썰미 좋기로 소문이 났던 그녀는 손이 보이지 않을 정도로 일을 끝냈다. 그녀가 티를 골라낸 쌀은 당장 밥을 해 먹어도 좋을 만큼 깨끗하고 윤이 났다. 감독관은 그녀의 솜씨에 만족한 듯 당장 일해도 좋다고 했다. 그러면서 감독관은 혼인했느냐고 물었다. 그녀는 조금 망설이다 혼인하지 않았다고 대답했다. 아이까지 낳고 살았으니 실제로는 결혼한 것이나 다름없지만, 그녀는 순간 감독관의 의도를 짐작했다. 혼인해 아이가 있으면 이런저런 핑계로 일에 지장을 주기 때문이었다. 그녀의 대답을 들은 감독관은 앞으로 지켜볼 것이니, 천황폐하를 위해 충성하라고 했다.

그녀는 고개를 끄덕였다. 그놈의 천황폐하 때문에 야반도주 인생이 되고 말았는데, 욕을 해도 시원찮을 천황에게 충성하라니. 청량리 국밥집을 떠나던 그 밤에도 그녀는 통통 부어오른 다리를 끌고 노량진역까지 걸었다. 풀밭에서 쉬기도 하고 남의 집 처마 밑으로 들어가 쪽잠을 자기도 했다. 거의 하루 만에 도착한 곳이 노량진역이었고, 그곳에서 그녀는 제물포로 가려는 사람들의 이야기를 엿들었다. 정확하게는 제물포항에 가면 일자리가 넘쳐난다고 했다. 일본으로 가는 화물이 많아 지게꾼과 등짐 꾼이 필요하다고, 그리고 화물 대부분은 곡물과 전쟁에 필요한 물자들이라고 했다. 곡물이라면, 도태리에서와 마찬가지로 도정된 쌀가마니일 것이었다. 정미소가 있다면 당연히 미선공이 필요할 것이고, 그 일이라면 당장이라도 할 수 있었다. 그렇게 제물포로 오게 된 그녀는 이곳 역시 잠시 머물다 언젠가는 정착할 곳을 찾아 떠날 생각이었다.

흥복 정미소 역시 일본의 감시가 삼엄했다. 일을 마치면 감시관 서너 명이 미선공들을 한 줄로 세워놓고 몸을 수색했다. 두 팔을 머리 위로 올리고 빙빙 돌게 하거나 팔짝팔짝 뛰어보라고 했다. 양말을 벗어 뒤집게 하고 걷어 올린 소매는 내려서 털게 했다. 입안에 넣은 생쌀까지 뱉어내야 할 정도였다. 쌀 한 톨이라도 밖으로 나가지 못하게 하려는 처사였다.

청량리 국밥집서부터 노량진까지 걸어온 그날의 후유증이 가시지 않은 채로 일하게 된 춘화는 급기야 몸져누웠다. 손 빠름을 알고 있는 3조 반장인 영숙이 그나마 그녀의 병가를 인정해 주어 쉴 수 있게 되었는데, 알고 보니 영숙은 그녀가 구한 집에 먼저 들어와 살고 있는 여자였다.

그녀는 제물포역에 도착하던 날 야트막한 언덕배기에 있는 동네를 찾아갔다. 그곳에 판자로 얼기설기 만들어진 쪽방촌이 거미줄처럼 얽혀 있다는 정보를 들었다. 주로 충청도와 전라도 지역에서 올라와 제물포항이나 정미소에서 일하는 이들이 많았고, 혼자 올라온 젊은 남자와 앳된 여자들이 방값을 아끼려고 방 하나에 서너 명씩 모여 살았다. 땅뙈기를 빼앗겨 먹고 살길을 찾아 흘러드는 사람도 부지기수였다. 제물포는 서해를 왕래하는 고깃배와 여객선이 드나들어 그쪽 사람들한테는 접근하기가 쉬웠다.

그녀가 처음 골목으로 들어서자 한 영감이 어느 집에선가 튀어나오더니, 아가씨, 방 구하러 왔지? 하고 물었다. 그렇다고 했더니 다짜고짜 따라와, 하고는 앞장서 걸었다. 그녀는 등이 심하게 굽은 할아버지를 따라갔다.

본래 두 명이 쓰던 방인데, 지난달 한 여자가 고향으로 돌아가 혼자 쓰고 있다고 했다. 달리 알아볼 곳도 없었지만, 당장 들어가 짐 풀라는 영감한테 등 떠밀린 그녀는 얼떨결에 영숙의 방에 들어오게 되었다. 방 얻는 수고는 영감이 덜어주었고, 일자리는 영숙의 도움을 받게 되었으니 제물포에서의 운은 나쁘지 않았다.

충청도 서천에서 올라왔다는 영숙은 동생들과 부모님을 위해 매달 우편환으로 돈을 보냈다.

영숙은 돈을 벌어 다섯 명의 남동생을 학교에 보냈는데, 정작 자신은 학교에 가본 적이 없었다. 여학교까지 다닌 춘화는 영숙의 처지가 안타까웠다. 아들만 생각하는 영숙 엄마의 처사가 부당하게 느껴졌다. 학교에 보내달라고 하지 그랬어? 사실, 나도 고향에 남아 있고 싶었어. 서천에 좋아하는 남자도 있고… 근데, 울 엄마가 또 애를 낳을까 봐 떠나왔어. 동생들 돌보기 지긋지긋했거든. 그만 낳으라고 하지? 울 아버지가 서천 팔남봉이거든. 한마디로 서천에 배다른 자식이 몇이나 더 있는지 몰라. 그러니 울 엄마가 애를 그만 낳을 수 없었겠지. 그렇게라도 해야 아버지를 붙들어 앉힐 수 있으니 말이야. 이상한 것은 밖으로만 도는 아버지가 어쩌다 한 번 집에 왔다 가는데, 그때마다 엄마가 아이를 갖는 거야. 난 아이가 그렇게 쉽고 빠르게 생긴다는 사실이 믿기지 않아. 그런 팔남봉 아버지를 붙들고 매달리는 엄마도 이해할 수 없었고. 가족은 사랑만으로 사는 게 아닌 모양이야.

영숙의 얘기를 듣던 춘화는 참았던 웃음을 터트렸다. 꼭 자기 얘기만 같았다. 만석과 보낸 청량리 생활이 떠오르며 그날의 선택에 대한 후회는 들지 않았다. 다시 그날로 돌아간다고 해도 만석이 말고 다른 선택은 찾지 못할 것 같았고, 만석을 떠난 것 또한 잘한 선택이었다. 아들을 두고 온 것이 가장 큰 상처이긴 하지만, 아들한테는 훗날 용서와 이해를 구할 것이었다. 춘화는 고향 떠난 이후 그토록 크게 웃어보기는 처음이었다. 영숙도 그녀를 따라 웃었다. 작은 목소리로 느리고 의뭉스럽게 말하는 영숙의 말투에 그녀의 마음이 저절로 열렸다. 그렇다고 네가 그 많은 동생을 책임질 수는 없어. 무책임하게 낳은 부모가 책임져야지. 영숙은 그녀의 말을 쉽게 이해하지 못하는 눈치였다. 아들을 위해 딸이 희생하도록 강요하는 것은 잘못된 처사야. 부모 형제를 버리라는 말이 아니라, 자신부터 챙기고 그들도 알아서 자립할 수 있도록 기회를 줘야 해. 무조건 도와주는 것만이 능사는 아니지.

그녀는 영숙이 애처로웠다. 고향 도태리에서도 그녀 또래 중에는 가족을 위해 멀리 일본이나 동남아로 가는 친구들이 더러 있었다. 그때마다 춘화와 풍자는 떠나는 친구들을 껴안고 한없이 울었다. 누가 판단해도 어린 여자의 쓰임이 결코 좋은 쪽이 아니었는데도 부모와 나라는 그녀들의 긴 외출을 막아주지 않았다. 친구들은 분명 가고 싶지 않아 두려움에 떨고 있었는데, 앞장서 데려가려는 인사와 등 떠미는 부모는 친구들의 눈물을 모른 체했다. 그녀는 영숙도 그런 식으로 서천에서 제물포로 흘러왔다는 생각이었다.

영숙아 내가 한 살 많기는 하지만 우리 친구하자. 그리고 우리 당분간은 고향 잊어버리고 열심히 돈 벌자. 이놈의 세상에서 살아남으려면 돈이든 땅이든 가져야 해. 일본 놈들도 언젠가는 제 나라로 내뺄 거야. 내가 일본 말을 조금 알아서 들었는데, 그놈들 망할 날이 머지않았대. 영숙이 화들짝 놀라며 그녀의 팔을 잡았다. 어머 그래! 너 참 똑똑하고 대단하다. 영숙의 말투와 표정에 그녀는 다시 한번 큰 소리로 웃었다. 다리 병신이라고 놀림받을 적마다 나는 분노 대신 세상에 지지 않겠다고 의지를 다졌어. 동정으로 살아가지 않고 당당하게 내 능력으로 살아보려고. 영숙은 야무지게 말하는 춘화를 부러운 눈빛으로 바라보았다. 춘화처럼 똑 부러지게 말하는 여자는 처음이었다. 고향 서천에서도 그렇고 흥북정미소에서 일하는 여자들 역시 무슨 일이든 어쩔 수 없다고 말했다. 여자니까, 힘이 없으니까, 알지 못하니까, 방법이 없으니까, 무서워서 조용히 시키는 대로 살아갔다. 그래야만 그나마도 지킬 수 있다고, 지금보다 더 나빠질까 봐 변화하고 달라지는 걸 원치 않았다. 춘화는 달랐다. 그녀의 말 속에는 뭔가 단단하고 질겨서 끊어질 것 같지 않은 성질머리가 있었다. 세끼 굶지 않고 살면 그만이라고 생각했는데, 그녀는 살아 가는데 필요한 세상의 이치 같은 것을 얘기했다. 그녀의 이야기가 조금복잡한 산수문제 같기는 하지만, 그래도 영숙은 그녀에게 믿음이 갔다.

그녀는 영숙이 끓여주는 쌀죽을 먹으며 꼬박 이틀을 누워 지냈다. 이상하게 입맛이 쓰고 몸이 가라앉았다. 밥 한 그릇만 먹으면 독한 감기도 금방 좋아졌는데, 이번에는 몸을 혹사한 탓인지 좀처럼나아지지 않았다. 가까이 바다에서 풀어오는 비릿한 냄새 탓도 있었다. 그녀는 이리저리 뒤척이며 엊저녁 못 잔 잠을 청하려 애썼지만, 골목 안이 시끄러워 자리에서 일어났다. 옥수숫대로 만들어진 손바닥만 한 창으로 밖을 내다보니 방을 소개해 준 노인이었다. 서울에서 살다 제물포로 온 노인은 쪽방촌에 방 여덟 개를 가지고 있었다.

서울에서 목수 일을 하던 노인은 송현동에 땅을 산 뒤 직접 방을만들기 시작했다. 방을 찾는 사람이 많아지면서 송현동 일대 방값은조금씩 오르고 있었다. 골목의 소란은 노인이 아들과 다투는 소리였다. 등이 바짝 굽고 투박해 보이는 노인과 달리 아들은 포마드를발라 넘긴 머리와 줄무늬 셔츠를 입고 있어 세련되어 보였다. 아들은 노인에게 마지막으로 한 번만 더 돈을 해달라며 강짜를 부리는중이었다. 이번에는 실패하지 않을 자신 있다고, 큰 소리로 돈을 요구했다. 그러나 노인은 아들의 말이 가당치도 않다는 듯 멱살을 잡고 당장 꺼지라고 소리쳤다. 대낮이고 쪽방촌은 거의 비어 있다시피해 두 사람의 싸움을 말리러 나오는 사람도 없었다. 몸살이 난 그녀만 노인이 안타까워 조바심을 냈다.

아버지, 한 번만 더 도와주면 그동안 가져간 돈까지 다 갚을게요. 아들은 어떻게든 아버지를 설득하려 애를 썼다. 이놈아, 그동안 가져간 돈이면 송현동을 다 사고도 남았겠다. 착실하게 일해서 돈 벌 생각을 해야지, 쌀로 장난을 쳐! 먹는 걸로 장난치면 천벌받는다. 무식한 소리 하지 마세요. 장난치는 것이 아니라 투자예요. 쌀값 오른다는 정보를 받았단 말입니다. 쌀 100석 값만 있으면, 바로 세 배는 벌수 있단 말입니다. 아버지 친구 아들 동석이도 지난 달 300백 석 값벌었다고 소문이 났잖아요. 아들은 노인이 알아듣도록 천천히 말하기도 했다.

그게 다 일본 놈들이 우리 쌀 욕심이 나서 그러는 것인데, 그 꼬임에 빠져 쌀도 뺏기고 돈까지 뺏기냐 이런 미친놈아! 나도 귀가 있어 다 듣고 있다. 그놈들 마수에 걸려 보지도 못한 쌀 사고 콩 사놓고는 돈벼락 맞길 기다리다니, 그래서 그놈들이 우릴 우습게 보는 거야. 아버지 그게 아니라니까요. 똑똑한 양반들이 하는 투자라고요. 이번엔 정말 자신 있으니까 돈 좀 빌려주세요. 차라리 계집질하거라. 더는 그놈들한테 줄 돈 없다.

제물포에 곡물거래소가 생기자, 전국의 쌀과 콩을 거래하려는 사람들이 몰려들었다. 그러나 쌀에 대한 경쟁력이 강해지자, 일본이 유통조직의 주도권을 가지려 미두취인소를 설립했다. 쌀과 콩의 중개를 독점하겠다는 뜻이었다. 문제는 미두취인소가 현물 없이 선물거래로 이루어져 투기로 변질된 것이었다. 보증금만 있으면 누구나 투기를 할 수 있었고, 쌀값과 콩값 시세를 쥐락펴락하는 것도 일본인들이었다. 때문에 제물포역과 곡물거래소 주변은 기생집과 여관이

성행하고 매일 지옥과 천당을 경험한 이들이 술에 취해 휘청거렸다.

노인의 완강한 태도에 방법을 바꾼 듯 아들은 제 멱살을 잡은 노인의 손길을 세차게 뿌리쳤다. 바닥으로 넘어진 노인은 중심을 잃고 언덕으로 굴렀다. 이때를 노린 아들은 노인의 집으로 달려갔고, 잠시 후 노인이 숨겨둔 돈다발을 들고나왔다. 더는 두고 볼 수 없었던 그녀는 절뚝거리며 밖으로 나왔다. 이러시면 안 돼요. 그녀는 아들이 노인의 집에서 가지고 나온 돈뭉치를 쳐다보며 그 앞을 막아섰다. 당신이 뭔데 지랄이야! 할아버지 방에 세 들어 사는 사람입니다. 보아하니 할아버지 돈을 훔쳐 가는 것 같은데, 이러면 안 됩니다. 노인의 아들이 두려웠지만 그녀는 용기를 내어 말했다. 돈뭉치를 들고 도망치려던 그는 앞길을 막고 선 그녀를 빤히 바라보다가 '주제에 꼴값하고 있네'라며 그녀를 언덕 아래로 밀어버렸다.

그녀는 다행히 두어 발작 구르고 멈췄다. 한숨 돌린 그녀는 뒤틀린 다리를 수습해 바로 앉았다. 걸음마를 배우면서부터 수도 없이 넘어지고 구르며 살아 웬만한 고통은 견딜 수 있었다. 그녀는 오른손으로 땅을 짚고 엉덩이를 밀어 조금씩 앞으로 나갔다. 노인에게 가기 위해서였다. 간신히 몸을 일으켜 앉은 노인은 좀 전과는 다르게 엉엉 소리 내 울고 있었다. 그녀는 노인을 위로했다. 할아버지, 잊어버리세요. 노인은 그녀의 위로가 와닿지 않는 듯 한동안 눈물을 흘리다 말했다. 아가씨처럼 다리 불편한 사람도 이렇게 열심히 사는데, 사지 멀쩡한 놈이 투기할 생각이나 하니… 사실 나도 병들어서 얼마 살지 못해요. 아들놈이 정신 차리는 것 좀 보고 죽으려고 했는데, 다 틀린 것 같소. 노인의 고무신은 앞 코가 구멍이 나 있었다. 저고리 동정은 노인의 손톱 밑처럼 더러웠고, 환갑이 지난 나이라고는 믿기지 않을 정도로 주름지고 거칠었다. 그녀는 노인을 보면서 구씨네 머슴살이하는 아버지를 떠올렸다. 아버지도 노인과 비슷한 연배였다. 노인보다 더 많은 일을 하고 사니 노인의 몸보다 더 늙고 거칠고 엉망일 것이었다. 그래도 노인은 쪽방촌에서 월세를 받아 끼니 걱정은 안 하고 사니 그녀의 아버지보다는 나은 삶이었다.

그녀의 아버지는 구씨네 땅이 모조리 일본의 관리에 들어가면서 새경조차 제대로 받지 못했다. 그녀가 집 떠나오던 때가 도태리 사람들이 가장 힘든 생활을 할 때였고, 태평양 전쟁에 혈안이던 일본의 폭정이 극에 달했을 때였다. 그녀는 잊고 지내려 했던 도태리가 기억나 마음이 울적했다. 보기는 노인이 부자 같은데, 아들의 횡포를 목격하고 나니 노인의 팔자도 배고픈 사람과 별반 다르지 않다는 생각이 들었다. 어느 쪽이 더 불행한지 누가 누구보다 더 행복한지는 아무도 알 수 없는 일이었다.

그녀는 노인을 부축해 집으로 갔다. 노인의 집은 쪽방촌 맨 위 언덕배기에 있었다. 그녀가 사는 방과 조금도 다르지 않은 노인의 방 안엔 당장이라도 떠날 듯 가방 하나와 못 고지에 걸린 옷가지 몇 벌, 이부자리뿐이었다. 문간방에 달린 부엌에는 연탄 한 장 없었고 밥사발이나 솥단지 같은 부엌살림도 보이지 않았다.

이거 큰 신세 졌네. 아가씨 같은 딸 하나 있으면 여한이 없을 텐데… 마누라 일찍 죽고 아들놈 하나 잘 키워보겠다고 제물포로 왔는데, 복이 없는 모양이야. 넋두리하는 노인의 눈빛이 그녀를 붙들었다. 사실 그녀도 좋은 딸은 아니었다. 도태리를 떠나야 할 분명한 이유가 있었지만, 엄마와 아버지를 생각한다면 청량리에서 다시 집으로 돌아가야 했는지도 몰랐다. 기시다와 구로다가 무섭기도 했지만, 돈 몇 푼 벌어 돌아가 봐야 안전한 삶을 보장할 수 없었다. 그녀는 힘이 무엇인지, 그 힘이 어디서 나오고 어떻게 쓰는지 도태리에서 보았다. 또 힘이 있으면 삶이 어떻게 달라질 수 있는지 똑똑히 경험했다.

모든 힘은 땅에서 나왔다. 땅을 차지하느냐 못하느냐에 따라 힘과 권력을 가질 수 있고 또 빼앗길 수 있었다. 그래서 그녀는 땅을 원했다. 땅을 가져야만 사람답게 살 수 있고, 땅을 사기 전에는 고향도 부모님도 생각지 않을 것이었다. 그러니 그녀는 노인이 생각하는 그런 딸이 아니었다.

어르신, 저는 저만 살자고 여기로 왔어요. 효녀가 아니라 이기적인 딸이죠. 노인이 신발을 벗어가며 빙긋이 웃었다. 그렇지 않네. 남한테 욕 안 먹고 제 앞가림 잘하면 그게 잘 사는 거지. 내 아들놈처럼 부모 돈 가져다 나쁜 짓 하는 게 불효지…

그녀는 노인이 그리 말해주어 고향에 대한 미안함을 덜어낸 기분이었다. 노인의 아들처럼 나쁜 짓은 하지 않았지만, 그렇다고 자랑할 만한 딸은 아니었다. 아니 그녀는 부모에게 늘 아픈 자식이고 불쌍한 자식일 뿐이었다. 그래서 어쩌면 눈앞에서 멀어지는 것이 부모를 위해 더 나은 생각일 수 있었다. 평생 자식을 병신으로 만들었다는 자책 때문에 아버지는 그녀와 눈을 맞추려 하지 않았다. 그녀가 애써 밝게 살아가려는 이유도 그래서였다. 아무렇지도 않은 듯 살아야 누군가의 동정으로부터 자유로웠다.

그녀는 노인의 신발을 가지런히 해놓고는 집을 나왔다. 집으로 내려가는 길이 까마득했다. 그녀는 다시 한번 자신이 노인을 의지해 언덕을 올랐다는 것을 깨달았다. 그렇다면, 노인은 왜 그녀의 부축 아닌 부축을 거절하지 않고 끝까지 자기 집까지 간 것일까. 노인에게 필요했던 것은 자신을 부축해 줄 사람이 아니었다. 외롭고 누추한 자신의 삶을 처음으로 넋두리할 상대가 필요했던 것인지도 몰랐다. 그녀도 가끔은 뭉쳐있는 속엣것을 속 시원히 토해내고 싶을 때가 있었다. 도태리에선 풍자가 있었는데, 집 떠나온 이후 그녀는 누구에게도 속내를 털어놓지 못했다. 노인처럼 그녀도 언젠가는 잘 모르는 누군가에게 이런저런 이야기를 털어놓으며 삶의 무게를 덜어낼 수도 있을 것이었다.

그녀는 올라올 때처럼 한 손으로 땅바닥을 잡고 엉덩이를 밀며 언덕을 내려왔다. 올라가는 길보다 내려가는 길이 더 어려운 그녀였다. 흙바닥을 밀고 내려온 탓에 몸이 진흙투성이였다. 엊그제 내린 비로 길바닥은 진흙탕이었고, 저녁마다 술에 취한 이들과 공중변소까지 달려가기를 포기한 이들이 싸질러 놓은 대소변으로 엉망진창이었다. 골라 디뎌도 시원찮은 그 길을 그녀는 온몸으로 쓸어내린 꼴이었다. 남들 얘기만 듣고 여기까지 온 자신이 후회되었지만, 정착지가 아니라는 생각으로 그나마 버티는 중이었다.

입을 틀어막고 뒤꼍으로 간 그녀는 속엣것을 토해내고서야 속을 진정시킬 수 있었다.

그녀는 잠깐이라도 잠을 자려 눈을 감았지만, 무리했던 탓인지 몸살 기운이 다시 올랐다. 그녀는 혹시 엄마처럼 무슨 병이 든 것은 아닌지 걱정되었다. 하지만 그녀는 아직 젊었다. 물론 집을 나와 제물포로 오기까지의 여정이 쉽지는 않았지만, 그래도 엄마가 살아온 세상보다는 덜 힘들었다. 그녀는 엄마와 아버지가 사는 세상에서 기죽어 살고 싶지 않았다. 끼니를 해결하려 지주에게 머리 조아리며 식민지 여성으로 살아가기 싫었다. 보리밥 한 그릇을 놓고 서로 눈치 보는 그런 가난을 외면하고 싶었다. 식민지 여성은 언제든 가지고 놀아도 되는 장난감처럼 여기는 그들에게 계속 당할 수만은 없었다.

영숙이 오기 전에 저녁밥을 해야 했다. 그녀 몫까지 일하느라 고단했을 영숙을 위해 그녀는 아껴둔 고도리를 구웠다. 고등어 새끼 고도리는 가격도 싸고 비린내가 적었다. 저녁 무렵 물지게에 고도리를 담아 팔러 다니는 장사치가 있는데, 그는 송현동 언덕배기까지는 올라가기 싫은 듯, 항상 마을 초입에서 떨이라고 소리쳤다. 고도리가 거의 다 팔렸을 무렵에 나가 흥정만 잘하면, 2전에 한 양재기를 살 수도 있었다. 고도리보다 더 싼 조기 새끼도 더러 가져오긴 하는데, 그야말로 먹을 것이 별로 없어 인기가 덜했다. 그러나, 그런 생선조차 귀하게 기다리는 사람들이 있었다.

조기 새끼가 물러 터졌거나 말거나 고도리 꽁지가 떨어져 나갔거나 말거나 상관없는 사람들에게 장사치는 고마운 사람이었고, 그에게 그런 사람들은 물동이를 비워 언덕빼기를 가볍게 벗어날 수 있게 해주는 사람들이었다. 가끔은 1전도 받지 않고 그냥 가져가라며 인심 좋게 건네는 생선도 있었다. 그런 날은 가까이서 불어오는 짠내와 상한 생선 냄새로 송현동 골목은 화장터만 같았다. 먹고사는 게 죽음의 냄새와 다르지 않음을 매일 확인시켜 주는 곳이 송현동이었고, 그렇게라도 살아야 가난에서 벗어날 수 있음을 다짐하게 만드는 곳이 그녀가 사는 송현동이었다.

그녀는 반쯤 탄 구공탄에 고도리 서너 마리를 올려놓고 익기를 기다렸다. 뒤집혔던 속이 가라앉은 것인지 고도리 냄새가 속을 진정시킨 것인지 입안에 군침이 돌았다.

그녀는 노릇하게 구워진 고도리 한 마리를 집어 들었다. 호호 불어서 막 입안에 넣으려는 순간, 영숙이 피식거리며 부엌으로 들어섰다. 눈치 보지 말고 먹어. 그녀는 집었던 고도리를 다시 연탄불 위에 올려놓았다. 한 마리 먼저 먹어버리면 영숙이 제 몫을 먹지 않을 것 같았다.

영숙이 방으로 들어간 사이 그녀는 쟁반에 구운 고도리와 김치, 밥을 담아 가져갔다.

진수성찬이네! 영숙이 기분 좋게 웃어가며 밥상에 앉았다. 그녀도 고도리 냄새를 맡으며 마주 앉았다. 밥상이 주는 행복감보다 그런 기분을 영숙과 함께 느낄 수 있다는 것이 더 좋았다.

두 사람은 잠시 밥에 열중했다. 눈치 볼 것 없는 편안한 밥상이었다. 서로의 일상에 말은 필요치 않았다. 두 사람은 밥그릇을 비울 때까지 먹기만 했다. 그녀보다 더 빨리 수저를 내려놓은 영숙이 말을 꺼냈다. 서천에서 전보가 왔어. 엄마가 아픈 모양이야. 나는 돈 벌어 동생들 가르쳐야 하는데, 여동생이 아직 어려서 살림할 사람이 없어. 춘화는 순간 가슴이 철렁했다. 겨우 의지처를 만났는데, 영숙이 고향으로 돌아가야 한다는 소릴 들으니 기대고 섰던 벽이 떨어져 나가는 기분이었다. 엄마가 많이 아픈 거야? 전부터 심장이 안 좋았어.

사는 게 힘들어 생긴 병이지. 언제 갈 모른 척해주길거야? 하루라도 빨리 가야 하는데, 이번 달 일한 봉급은 받고 가야 할 것 같아. 봉급날은 이틀 후였다. 그녀는 심란했다. 이틀 후면 영숙이 떠날 테고 그러면 그녀 혼자 쪽방에 남아야 했다. 영숙이 떠나고 비좁고 남루한 방에 혼자 있을 생각하니, 그녀는 벌써 서러웠다.

솔직히 가난이 버글버글 끓는 집구석으로 돌아가고 싶지 않아. 먹을 때보다 굶을 때가 더 많고 따뜻할 때보다 추울 때가 더 많고 사는 게 지겹다는 소릴 입에 달고 사는, 궁상이 갯벌에 들어갔다 나온 듯 덕지덕지 붙은 부모 형제 보는 일이 비참해서 고향으로 돌아가려 하지 않았는데, 그래서 동생들 학비 대주고 난 뒤엔 나도 서울에서 공부하려고 했는데… 공부해서 춘화 너처럼 유식해지고 싶었는데. 전에는 꿈이라는 게 뭔지도 모르고 살았는데, 너랑 살다 보니 내가 얼마나 무지한 삶을 살았는지 깨달았는데. 공부해서 고향 서천으로 돌아가 국어 선생님 하고 싶었는데… 그녀는 일부러 크게 웃었다. 바보야, 그게 뭐 어렵다고 하면 되지. 너, 국어 선생님 진짜 잘 어울린다! 넌 분명 훌륭한 선생님이 될거야. 그녀는 일부러 큰 소리로 말했다. 진짜 할 수 있을까? 곧 해방될 테고, 우리말을 가르칠 선생이 많이 필요할 거야. 그녀의 말에 영숙의 얼굴이 조금은 밝아졌다. 나도 폼나는 인생 한번 살아보고 싶어. 한 달만이라도 국어 선생님으로 살면 행복할 것 같아. 초등학교 4학년 담임선생님이던 이춘길 선생님도 나한테 열심히 공부해서 좋은 선생님이 되라고 했어. 내가 국어책을 읽으면 반 친구들이 귀를 쫑긋 세우고 집중했거든. 그래서 아마 선생님이 그런 말을 한 것 같아. 내가 고집을 피워서라도 중학교에 가고 고등학교에 갔으면 선생님이 되었을지도 모르는데, 그랬더라면 이춘길 선생님 말대로 대학교에 가서 국어를 전공하고 고향 서천에서 아이들을 가르치고 있을지도 몰라. 아니야, 내가 고집을 부렸다면 동생들하고 엄마 아버지는 끼니 걱정하며 살았을 거야. 영숙은 고개를 저어가며 말했다. 자신의 선택에 문제가 있음을 후회하는 것이라면 그녀가 쉽게 거들고 나설 텐데, 영숙은 후회가 아니라 체념이었다. 선택은 영숙이 하는 게 아니라 부모님과 동생들 그리고 세상이 했다. 영숙은 그들이 한 선택을 충실히 따르며 살았을 뿐이었다. 영숙이 객지에 나와 돈을 벌어 고향으로 보내는 것 또한 그들의 선택이지, 영숙의 의지가 아니었다.

춘화는 영숙의 독백과도 같은 넋두리를 들었다. 시작은 등 떠밀려 할 수도 있지만 결과는 자기가 만들어야 한다고 생각해. 언제까지 세상 탓하며 넋두리나 하며 살 수는 없잖아. 그것도 어찌 보면 비겁한 일이야. 난 걸음마를 시작하면서부터 넘어지고 깨지고 또래들의 놀림거리로 살았어. 그럴 때마다 울면서 엄마한테 달려가 고자질했지. 하지만, 언제까지나 엄마를 방패막이로 살아갈 수 없다는 걸 알고 나서 더는 엄마 뒤에 숨지 않았어. 선택도 내가 하고 문제 해결도 내가 하고 책임도 내가 지기로 했지. 도움이란 사랑하면 안 되는 연인들처럼 빨리 정리할수록 서로 간의 상처가 덜해. 우리 아직 스무 살도 안 됐잖아. 춘화는 영숙이 아닌 자신한테 그 말을 하고 있었다. 시작도 안 해본 일들을 포기하거나 단념하기엔 너무 이른 나이였다. 아니 무너지거나 모든 걸 포기할까 봐 그녀 자신에게 하는 말이었다.

영숙이 자신 없다고 하면 그녀도 약해질까 봐 어설픈 조언을 늘어놓고 나니 민망했다. 그러나 영숙은 그녀의 얘기를 깊게 받아들였다. 감동했어!. 너를 만난 것은 새로운 인생을 살아보라는 신의 뜻인 것 같아. 무슨 신까지 들먹거려. 그녀가 웃음을 터트리자, 영숙도 무릎을 치며 웃었다. 근데 춘화야, 너 대단한 연애해 본 사람 같아. 어떻게 그렇게 연인들의 속내를 잘 아니? 그녀는 당황했다. 연애는 남녀가 마음이 통해야 할 수 있는 것인데, 아이까지 낳고 산 그녀가 연애도 결혼도 하지 않았다고 말할 수는 없었다. 그래도 그녀는 영숙에게 지난 일을 털어놓고 싶지 않았다. 당연할 거라 생각해 물은 그 연애를 그녀도 당연히 해보지 않은 것으로 받아들이고 싶었다. 솔직히 만석과 아이는 낳았지만, 연애를 한 것은 아니었다. 그녀 마음속 연인은 그러니까 상처받지 않기 위해 빨리 정리한 백석이라야 맞는데, 그 역시 그녀 혼자만의 생각이었다. 백석은 그녀를 자기 집 머슴딸로만 기억할 것이었다.

그녀는 잠시 생각에 잠겼다. 영숙에게 거짓말하고 싶지는 않지만, 그렇다고 사실을 말하기는 더 싫었다. 영숙이 웃음을 머금고는 그녀의 대답을 기다렸다. 지독한 사랑을 하고 싶었지. 매일 만나 눈이 빠지도록 바라보며 서로의 몸을 만지고 목소리를 확인하고 알 수 없는 미래를 얘기하며, 사라지는 시간이 아쉬워 애가 타는 그런 사랑 말이야. 아니 그런 연인을 만나 죽어라 사랑하고 싶었어. 아마⋯ 언젠가는 그런 사랑을 하겠지. 진짜 그런 사랑을 꿈꿨는데, 그녀는 그만 여기까지 흘러와 버렸다. 얘길 하는 동안 그녀는 쓸쓸하고 허무했다. 혼자라는 사실보다 앞으로 그러한 미래를 꿈꿀 수 있을지 자신이 없었다. 입가에 미소를 머금고 그녀의 대답을 기다렸던 영숙이 박수를 쳐가며 실소했다. 소설 쓰네. 원래 연애 한번 못해 본 애들이 연애 박사인 양 떠들더라. 너처럼 똑똑한 애들은 연애 잘 못한대. 우리 반 반장 있잖아? 그 여자, 부두 감독하는 일본 남자랑 연애하잖아. 처음에는 아니라고 발 빼더니 더는 속일 수 없는지, 요즘엔 말끝마다 우리 구찌상 구찌상하더라. 구찌든 고찌든 사랑하면 사람이 달라지나 봐. 요새는 배급으로 나오는 과자도 우리한테 양보한다니까.

영숙은 자신이 사랑하는 양 상기되어 말했다. 춘화 네가 말한 그런 사랑 나도 해보고 싶어. 사랑하다 헤어져도 그런 사랑은 평생 가슴에 남을 것 같아. 바보야, 가슴에 품고 살아야 하는 그런 사랑은 하지마. 그러니까 이루어질 수 없는 사랑은 애당초 시작도 하지 말라고. 그녀는 손바닥으로 영숙의 무릎을 내리쳤다. 사랑은 나중에 하고 당장 닥친 문제부터 해결하자. 너는 서천으로 가서 동생들 돌보며 열심히 공부해서 선생님 노릇해. 나는 여기서 일 좀 더 하다가 다른 곳으로 갈 거야. 편지 할 테니 서천 주소 적어놓고 가. 그녀는 영숙에게 연필과 종이쪽지를 내밀었다. 영숙이 또박또박 고향 집 주소를 적었다. 영숙의 반듯한 필체에 그녀의 눈이 동그래졌다. 맘에 드는 남자 있으면 먼저 편지를 보내. 글씨로 홀리고 난 다음에 얼굴을 보여줘. 그녀가 무슨 말을 하는지 뒤늦게 이해한 영숙은 한참 동안 웃음을 멈추지 않았다. 글씨는 연습하면 되지만, 얼굴은 어쩔 수 없으니 네 말대로 쉽게 보여주면 안 되겠다. 그녀와 영숙은 밤늦도록 수다를 떨었다. 가족들 얘기를 할 때는 우울한 표정을 지었다가 연애 이야기를 할 때는 사랑스러운 소녀의 모습으로 변했다.

며칠 후 영숙은 고향 서천으로 내려갔다. 그녀는 영숙의 부재를 알면서도 혼자 남은 방안이 낯설었다. 영숙이라는 친구와 함께 했던 행복한 시간은 그녀 인생에 다시 올 것 같지 않았다. 아니 누군가와 밥을 먹으며 농담을 주고받고 서로의 걱정을 해주는 그런 친구를 만나는 행운은 다시 찾아올 것 같지 않았다. 그녀는 영숙이 남기고 간 편지를 읽고 오랜 시간 뒤척거렸다.

그녀는 몹시 지쳐 있었다. 잦은 야근 탓이었다. 작업량은 갈수록 많아지는데, 미선공은 턱없이 부족했다. 일거릴 찾아온 여자들도 한두 달 만에 그만두는 경우가 허다했다. 눈이 아프고 등쌀과 어깻죽지 허리가 부러질 듯 아픈 일이었다. 그럼에도 그녀는 숙련공이라 야간작업에서 빠지기 어려웠다. 그녀는 한 푼이라도 더 벌어 빨리 다른 곳으로 떠날 생각이었다. 청량리에서 나올 때 가져온 돈과 그동안 번 돈을 합치면 돈 열 마지기 이상은 살 수 있었다.

한나절이 되도록 밖으로 나오지 않던 그녀는 누군가 부르는 소리에 방문을 열었다. 쪽방촌 주인 노인이었다. 무슨 일로? 잠깐 나랑 얘기 좀 하세. 그녀는 부스스한 얼굴을 한 채 밖으로 나갔다. 노인은 전보다 더 야위었고 금방이라도 쓰러질 듯 불안한 눈빛이었다. 아가씨, 혹시 가진 돈 있으면 여기 쪽방촌 사? 노인이 무슨 말을 하는 것인지 이해되지 않았다. 그게 무슨 말씀이세요? 노인은 서 있기 힘이 든 듯 땅바닥에 쪼그려 앉더니 다시 말했다. 내가 더는 이곳에 있을 수가 없어. 아들놈을 위해서라도 조용히 이곳을 뜰까 해. 그러니까 아가씨가 여기 쪽방촌 사서 관리하면 좋을 것 같아. 한 달에 백 원은 떨어지니까 쏠쏠할 거야. 그녀는 정신이 번쩍 들었다. 한 달에 백

원이면 큰돈이었다. 더구나 방만 빌려주고 가만히 앉아서 버는 돈이니 어려운 일도 아니었다. 어르신, 얼마에 파실 건데요? 노인은 나뭇가지를 주워 땅바닥에 알 수 없는 숫자를 적었다 지우기를 반복했다. 그녀는 노인의 계산이 끝나길 기다렸다. 잠시 뒤 노인은 조심스럽게 말했다. 아가씨가 무슨 돈이 있다고, 아무래도 무리한 부탁 같네. 노인은 땅바닥에 썼던 숫자를 발로 지웠다. 어르신 말씀하세요. 제가 살게요. 그녀의 말에 확신을 얻은 듯 망설이던 노인은 다시 말했다. 그럼, 삼백 원만 줘. 아들 오기 전에 얼른 떠나야 해. 그녀는 흥정하지 않았다. 노인과의 거래가 비싼지 싼지도 알지 못할뿐더러 노인의 말이 사실인지 거짓인지도 알 수 없었다. 하지만, 그녀는 왠지 노인이 떠날 수 있도록 도와주고 싶었다. 삼백 원 드릴게요. 그녀의 순순한 대답에 마음이 놓였는지 노인이 그녀의 손을 잡았다. 아가씨 고마워! 내가 그래도 인복은 있는 모양이네. 아가씨 같은 사람을 만나고… 허리춤에서 몇 장의 종이를 꺼낸 노인이 그녀 앞에 내밀었다. 쪽방 문서였다. 여기다 도장 찍어. 문서를 보는 순간 그녀는 가슴이 쿵쾅거렸다. 문서를 갖다니, 늘 상상은 했지만, 눈앞의 현실이 믿기지 않았다. 그녀는 서둘러 방으로 들어가 한 번도 찍어보지 않은 도장과 돈을 가지고 나왔다. 외삼촌이 죽은 대추나무로 만들어 준 도장이었다. 구씨네 대나무 숲에 있던 대추나무 한 그루가 말라죽자, 머슴들은 너나없이 대추나무를 가져다 몰래 도장을 만들었다. 둘째 외삼촌은 겨울내내 엄마와 아버지 나와 할머니 할아버지 그리고 큰외삼촌 작은외삼촌들 도장까지 무려 열 개의 도장을 만들었다. 폐병에 걸린 외삼촌이 대추나무 조각에 일본 이름이 아닌 우리 이름을 낫으로 한 자 한 자 새겼다. 안타까운 것은 그해 겨울 외삼촌이 죽어버린 것이었다. 토방 위에 시뻘건 피를 한 바가지는 쏟고 나자빠져 죽은 것을 새벽녘 엄마가 발견했다. 엄마는 미련한 놈이라며 외삼촌이 만든 도장들을 불 지핀 아궁이에 집어던졌다. 그녀의 도장이 살아남은 것은 엄마의 작은 실수 때문이었다. 살아생전 소고깃국 한번 진하게 먹이지 못한 누이의 한과 슬픔은 엄마의 몸을 가누기 어렵게 만들었고, 아궁이 속으로 던지기 직전 손아귀 힘이 풀리면서 그녀의 도장은 불구덩이 속에 들어가지 않았다.

방춘화라는 이름이 선명하게 새겨진 도장이었다. 그녀는 떨리는 손으로 열 개의 쪽방 문서에 도장을 찍었다. 정령 사실인가 싶었다. 문서가 생기다니, 그녀는 도장이 찍힌 문서를 한 장 한 장 살펴보았다. 열 개의 방마다 노인의 이름은 지워지고 방춘화 이름이 붉고 선명했다. 그녀는 노인에게 삼백 원을 건넸다. 어르신 여기 돈 있어요. 돈을 받아 드는 노인은 좋지도 싫지도 않은 표정이었다. 그녀가 원한 것이 아닌데, 그런 노인을 보니 공연히 미안했다. 어르신 고맙습니다. 내가 고맙지. 노인은 그녀한테 받은 돈을 허리춤에 차고 있던 전대에 넣었다. 내가 사람 보는 눈이 있지. 아가씨는 왠지 내 부탁을 들어줄 것 같았어. 노인은 그녀를 향해 손짓하며 돌아섰다. 그녀는 노인이 사라지고 난 뒤에도 이게 무슨 일인가 싶었다. 자기 손에 들린 문서가 정말 방춘화 것이라는 게 믿기지 않았다. 생각지도 않았던 재산이 갑자기 생긴 것 같아 은근 겁이 나기도 했다. 공짜로 얻은 것이 아니라 삼백 원이라는 큰돈을 주고 샀는데도 뭔가 과분한 것을 가졌다는 생각이 들었다.

쫓기듯 청량리를 떠나 잠시 머물 생각이었던 제물포에서 열 개의 방을 얻고 나니 부자가 된 기분이었다. 쪽방이긴 하지만 다달이 걷히는 월세를 모으면 큰 종잣돈을 만들 수 있었다. 그날 밤 그녀는 더없이 흡족한 맘으로 잠을 잤다. 처음으로 느닷없이 닥친 행운이 당황스럽긴 했지만, 고향의 엄마와 아버지 외삼촌들과 함께 할 수 있는 미래가 조금 가까워진 것 같아 설렜다.

이튿날 새벽, 그녀는 기분 좋게 일어나 일 나가려던 참이었다. 누군가 기척도 없이 그녀의 방문을 열어젖혔다. 노인의 아들이었다. 그녀가 놀라 소리쳤다. 무슨 짓이에요! 노인의 아들이 피식거리며 방으로 들어왔다. 몰라서 묻냐? 그녀를 걷어찰 듯 그의 발이 공중으로 들렸다. 다짜고짜 무슨 말이에요? 그녀는 침착하려 애썼다. 그를 자극해 봐야 좋을 리 없었다. 사람들한테 다 들었어. 우리 아버지가 너한테 쪽방 팔았다며! 얼마에 팔았어? 문서 이리 줘 봐. 그제야 그녀는 노인에게 시한폭탄 같은 아들이 있었다는 사실을 상기했다. 그 아들이 그녀를 찾아올 줄은 꿈에도 생각지 못했다. 하지만 그녀는 노인의 방을 정당한 값을 치르고 샀으니 문제 될 것이 없었다. 문제는 그걸 인정하지 않는 아들이었다. 어르신한테 돈 주고 샀는데, 무슨 문제 있어요? 그에게 밀리면 불리할 수도 있었다. 그녀는 공중에 들린 그의 발을 옆으로 피했다. 또 비좁은 공간에서 그와 입씨름하기보다는 밖으로 나가는 편이 나을 듯해 서둘러 밖으로 나왔다. 그의 소란에 쪽방촌 사람들도 하나둘 밖으로 나왔다.

이런 병신 주제에, 네가 우리 아버지 홀려 등쳤지? 노인의 아들이 개차반이라는 것은 쪽방촌 사람이면 다 아는 사실이었다. 그러나 노인은 떠났고 이제 쪽방촌 주인은 그녀였다. 그의 행패를 봐 줄 사람은 없었다. 그녀는 어처구니없는 얼굴로 그를 쏘아보았다. 왜? 내 말이 틀렸냐. 분명 우리 아버지 홀려서 방값도 엉터리로 줬을 거야. 그러니까, 조용히 살고 싶으면, 나한테 방값 더 줘. 그가 무서웠다. 한쪽 다리로 아무리 중심을 잡으려 해도 몸은 이미 벌벌 떨고 있었다. 하지만, 말도 안 되는 그의 요구를 들어줄 수는 없었다. 버텨야 했다. 그녀는 이를 악물었다. 도테리에서 기시다한테 협박 받았을 때처럼 온몸의 피가 굳기 시작했다. 아무리 악을 써도 뻔한 결말이라는 걸 알지만, 그래도 그냥은 물러설 수 없었다. 말 같지도 않은 소리 집어치우고 꺼져. 그녀는 노인의 아들을 노려보며 당차게 쏘아붙였다. 그녀의 말이 끝나기 무섭게 그의 두툼한 손바닥이 그녀의 뺨을 휘갈겼다. 중심을 잃은 그녀의 몸은 한 바퀴 돌아 바닥으로 나뒹굴었다. 뒤이어 그의 발길질이 그녀의 옆구리를 걷어찼을 때, 그녀는 더 이상 숨을 쉴 수 없었다. 실낱같은 생이 끊어진 느낌이었다. 그녀의 팔다리가 힘없이 늘어지자, 지켜보던 사람들이 혀를 차며 몰려들었다. 그녀는 꺼져가는 의식 저편으로 사람들의 발자국 소리와 노인의 아들이 내뱉는 마지막 협박 소리를 들었다. 너, 며칠 후에 다시 올 테니, 삼백 원 만들어 놔. 안 그랬다간 멀쩡한 다리마저 병신 만들 거야. 그놈의 병신이라는 소리는 차라리 괜찮았다. 몸이 시원찮아 얻은 별명 같아서 그런대로 참을 수 있지만, 멀쩡한 다리마저 부러트리겠다고 하는 것은 한마디로 죽이겠다는 얘기나 마찬가지였다. 지금까지 한쪽 다리로 살아온 그녀의 삶을 처음으로 되돌려 두 다리 없이 살라는 저주였고, 차라리 죽음을 선택하는 편이 더 낫다는 뜻이기도 했다.

그의 악담이 그녀의 의식을 되살렸다. 그녀는 불에 덴 듯 몸을 벌떡 일으켰다. 다시는 그런 말을 듣고 싶지 않았다. 굳어가던 피가 거꾸로 솟구치는 듯 감정이 폭발했다. 노인의 아들이든 누구든 그녀의 몸에 대해 함부로 말할 자격이 없었다. 그녀는 노인의 아들에게 소리쳤다. 이런 후레자식 같은 놈! 쪽발이보다 못한 새끼! 그녀의 욕설에 모든 것이 잠깐 정적에 빠졌다. 곧바로 노인의 아들이 걸음을 멈추었고, 미끄럼을 타듯 그의 왼발이 빠르게 그녀를 조준해 달려왔다. 죽음이 당도했다. 그의 발길이 당도하기 전에 그녀의 의식은 빠르게 사라지기 시작했고, 그녀의 짧은 인생이 파노라마처럼 지나갔다. 행복하지 않았던 기억으로 눈물이 흐르던 찰나, 사라지고 있던 그녀의 의식 너머로 사람들의 웅성거리는 소리가 다시 희미하게 들려왔다.

흠씬 패 버려요! 저런 놈은 맞아도 싸요. 세상에! 몸도 성하지 않은 아가씨한테 저리 행패를 부리다니, 악질이야. 아이고! 영감님은 착해 빠지던데 아들놈은 왜 저렇대! 그러니까 맞고 있는 사람은 그녀가 아니라 노인의 아들이었다. 뭔가 잘못된 것 같았다. 그녀는 죽어가던 의식을 되살려 살며시 눈을 떠 보았다. 양복바지를 입은 가랑이가 그녀 옆으로 널브러져 있었다. 노인의 아들이었다. 그리고 그 옆으로 바지저고리에 중절모를 쓴 한 남자가 서 있었다. 죽음 직전 그녀를 구해준 남자였다. 그녀는 비로소 안도의 숨을 내쉬었다. 아직 살아 있다면, 앞으로 나쁜 생은 살지 않을 것이라고, 그녀는 처음으로 신에게 기도했다.

널브러져 있던 노인의 아들이 꾸물꾸물 일어나 다시 반격을 시작했다. 서 있던 중절모 남자는 잠시 피하는 듯하더니 날아온 그의 주먹을 낚아채 단숨에 꺾었다. 노인의 아들이 비명을 지르며 그만이라고 소리쳤다. 누가 봐도 뻔한 승부였다. 꺾인 주먹을 가슴에 움켜쥐고 뒷걸음질해 달아나는 노인의 아들에게 중절모 남자가 말했다. 다시는 이런 짓 하지 마. 한 번 더 내 눈에 띄면 넌 제물포 바닥에서 사라져야 할 거야.

그녀는 지켜보던 이들이 모두 떠나가길 기다렸다. 그들에게 너덜너덜해진 몸을 보이기 싫었다. 아가씨 괜찮아? 한 여자가 물었다. 괜찮아요. 그녀는 고개를 숙인 채로 대답했다. 자신의 구질구질한 상황을 지켜본 눈과 마주치면 더 비참해질 것 같았다. 그녀에게 동정이나 연민은 독약보다 위험하고, 쓸데없는 위로와 조언은 자신을 더 부정하고 초라하게 만들었다. 그녀에게 필요한 것은 무관심이었다. 그거면 충분했다.

저 괜찮으니까, 걱정 말고 돌아가세요. 한 여자가 돌아가고 나서도 여전히 그녀의 주변을 맴도는 남자가 있었다. 검정 고무신을 신은 중절모 남자였다. 그 남자가 가장 먼저 떠나가길 바랐는데, 남자의 실루엣은 좀처럼 사라지지 않았다. 자, 일어나 봐요. 남자가 그녀 앞으로 손을 쑥 내밀었다. 흠칫 놀란 그녀는 고개를 뒤로 젖혔다. 남자의 목소리가 왠지 낯설지 않았다. 그녀가 남자의 목소리를 기억해낸 순간, 남자가 먼저 그녀의 팔을 잡아 일으켰다. 그녀는 어쩔 수 없이 중절모자 쓴 남자와 마주하게 되었다. 안 좋은 상황에서만 만나는군요. 백석이 맞았다. 바지저고리를 입고 중절모자를 써 중년의 남자 같기도 했지만, 백석이 틀림없었다. 어느 날 도태리에서 사라진, 경성제국대학에 다니던 구씨네 첫째 아들 구백석, 구씨 아내 끝순의 자랑스런 아들 백석이었다. 어떻게 이곳에? 자신을 구해줬다는 상황보다 그가 송현동 쪽방촌에 있다는 것이 더 놀라웠다. 어쩌다 보니… 그나저나 몸부터 추스르고 얘기합시다. 사실 그녀는 똑바로 서 있기 힘들었다. 백석이 잡아 주지 않으면 땅바닥으로 내려앉을 판이었다. 그녀는 안간힘으로 버텼다. 기차역에서처럼 험한 꼴을 또 보이고 말았지만, 그보다 더 비참한 모습은 보이고 싶지 않았다.

그녀는 바로 앞 쪽방촌이 자신의 집이라고 말했다. 그럼, 잠깐 들어갑시다. 그는 망설임 없이 그녀를 부축해 집으로 갔다. 그를 자신의 방으로 안내한 것이 부끄럽긴 했지만, 그래도 그녀는 그의 부축을 거절하지 않았다. 두 사람은 무사히 방으로 들어왔고 그녀는 비로소 벽에 기대앉아 있을 수 있게 되었다. 노인의 아들한테 맞은 가슴이 뻐근해서 숨쉬기가 힘들었다.

그녀는 통증을 가시게 하려고 숨을 짧고 빠르게 내쉬었다. 그가 눈치채지 않도록 입을 닫고서 들숨과 날숨을 조절하자 호흡이 조금씩 편안해졌다. 방안을 둘러본 백석은 문 앞에 앉아 그녀의 눈치를 살폈다. 그럼, 그때 기차를 타고 당도한 곳이 제물포입니까? 여기서 계속 혼자 살았습니까? 그녀는 다시 숨이 막혔다. 백석의 물음에 어찌 대답해야 할지 머릿속이 하얘졌다. 만석을 만나 청량리에서 국밥집을 해가며 애를 낳았다고 말해야 할지, 아니면 그의 말대로 제물포에서 계속 미선공으로 혼자 살았다고 해야 할지 혼란스러웠다. 그녀가 아무 말이 없자 그가 나직하게 말했다. 낯선 곳에서 고생 많았겠어요… 그녀는 말없이 눈물을 쏟았다. 힘들게 버티던 무언가가 무너지는 느낌이었다. 그 한마디를 듣기 위해서 제물포까지 흘러왔나 싶었다. 그보다 그녀는 백석이 궁금했다. 가뭇없이 사라져 죽었는지 살았는지조차 몰랐던 그가 어떻게 송현동 쪽방촌에 나타난 것인지 알고 싶었다. 여긴 어떻게? 나는 제물포에 일이 있어 지난달부터 이곳에서 살고 있었소. 이제 일이 끝나 내일 여길 떠나요. 어디로 가는데요? 그녀는 다그치듯 물었다. 잠시 망설이던 백석은 자신을 똑바로 보는 그녀의 눈을 피할 수 없는 듯 말을 꺼냈다. 만주로 갑니다. 춘화 씨는 눈치챘을지도 모르지만 이제 구백석이란 사람은 없어요. 고향 도태리에서도 없고 경성제국대학에서도 구백석은 찾을 수 없을 겁니다. 그녀의 가슴에서 쿵 소리가 났다. 그녀는 잔기침으로 숨소릴 다스렸다. 춘화라고 이름 불러준 남자는 백석이 처음이었다. 자신을 그토록 똑바로 바라봐 준 사람도 그가 처음이었고 숨쉬기를 불안하게 만든 사람도 그가 유일했다. 하지만, 그녀는 이내 자신의 감정이 얼마나 위험하고 뻔뻔한 일인지, 그가 만석의 형이고 아들 민서의 큰아버지라는 사실을 깨달았다. 아니 자신은 가족이라고 말할 수 없는 이상한 관계를 만든 당사자일 뿐이었다.

그녀는 침착하려 애썼다. 자신이 아닌 백석의 이야기에 집중해야 했다. 제 짐작대로 만주에 가는 것이라면, 위험한 일인데, 왜 그런 일을? 우리 땅을 지켜야만 살아갈 수 있기 때문입니다. 경험하지 않았습니까. 그것들이 우리를 어떻게 빼앗고 능욕하는지, 빼앗긴 우리 땅을 되찾아야 하는 일은 우리의 사명입니다. 백석의 표정은 비장하고 말투는 섬세했다. 그녀의 눈에 그는 성천면 지주 구씨네 아들이 아니라 특별하고 대단한 사람이었다. 그녀가 한때 흠모했던 잘생기고 반듯한 경성제국대학생이 아니라 빼앗긴 땅을 되찾으려 싸우는 영웅이었다.

그런 그에게 다른 말은 필요하지 않았다. 도태리 소식은 전혀 모르시죠? 그의 눈빛이 흔들렸다. 모릅니다. 돌아갈 수도 없고 돌아가서도 안 되는 처지라 연락 끊고 사는 편이 나을 것입니다. 그녀는 그가 왜 그런 말을 하는지 모르지 않았다. 백석의 연락이 끊기면서 구씨네는 사실상 몰락한 것이나 다름없었다. 백석의 엄마 끝순이 충격을 받아 정신이 나가고 구씨가 정미소 피댓줄에 감겨 죽었기 때문이다. 구로다한테 빼앗긴 땅은 해방이 되면 되찾을 수 있을 거라 기대했던 도태리 사람과 구씨네 머슴들도 더는 희망을 잃었다.

그녀는 말없이 고개를 끄덕거렸다. 그는 절대로 눈에 띄면 안 되는 사람으로 살고 있었고, 그에게 과거의 영광 따위는 무의미해 보였다. 춘화씨도 미선공으로 살자고 여기까지 오지는 않았을 텐데, 무슨 일하며 살 거예요? 저는 땅을 갖고 싶어요. 땅을 사 농사를 짓고 정미소를 운영하고 싶어요. 내 땅에 씨를 뿌리고 가꾸면서 살 거예요. 그리 확실한 꿈이 있어 집을 나왔군요. 꿈 때문에 집을 나온 것은 아닙니다. 머슴의 자식으로 더는 살고 싶지 않았고, 그놈들의 횡포를 견딜 수 없어서 도망쳤습니다. 솔직한 대답이었다. 그녀의 말을 들은 백석의 입꼬리가 살짝 올라갔다. 꿈은 결핍이 만들어주기도 합니다. 결핍을 극복하면 원하는 것을 가질 수 있고 결핍에 무너지면 후회하는 인생을 살겠지요. 그러고 보니 춘화씨와 저는 목표가 같군요. 저는 빼앗긴 땅을 되찾으려 고향을 버렸고, 춘화씨는 자기 땅이 갖고 싶어 고향에서 탈출하고. 그놈의 땅이 문제군요. 결린 갈비뼈 사이로 후끈한 바람이 스쳐 지나갔다. 설명하기 힘든 통증이 그녀의 입꼬리를 부추겼다. 그녀는 그와 대화를 하고 있다는 것이 믿기지 않았다. 지난번 일도 그렇고 이번에도 큰 신세를 졌습니다. 그녀는 백석을 향해 고개를 숙였다. 제물포에 오래 머물지 마세요. 땅을 사려면 땅이 있는 곳으로 가야지요. 이곳은 투기꾼과 협잡꾼 밀정들이 판을 치는 곳입니다. 그래도 생각지도 않은 곳에서 춘화씨 만나 반가웠습니다. 하지만 춘화씨는 저 만난 적 없습니다…

그가 벌떡 일어나 문밖으로 나갔다. 무슨 말인가 꼭 하고 싶었는데, 망설이던 순간 그는 방을 나가버렸다. 그녀가 힘겹게 밖으로 나갔지만, 그는 이미 저만치 언덕을 내려가고 있었다. 그녀는 노을 속으로 사라지는 그를 바라보았다. 저녁 바닷속으로 가라앉는 듯 그의 몸은 점점 가라앉더니 마침내 뒤통수까지 잠겼다. 모든 게 신기루만 같았다. 엄청난 일이 있었던 것도 같고, 아무 일도 일어나지 않은 것도 같았다. 허전하기도 하고 쓸쓸하기도 한 것이 쪽방촌 골목이 한없이 넓어 보였다. 그녀는 저녁달이 뜰 때까지 집 앞 골목에 앉아 있었다.

이튿날 그녀는 일 나가자마자 반장 언니를 찾았다. 엊저녁 결심한 바를 얘기하기 위해서였다. 반장은 그녀를 보자마자 너도 그만두려고 하니? 라고 물었다. 꼭 백석의 말 때문에 결심한 것은 아니었다. 그의 말이 아니라도 가까운 시일 내 제물포를 떠날 생각이었다. 왜 영숙이가 떠나니까 혼자는 못 살겠니? 바빠 죽겠는데 너까지 그만두면 어떡해. 반장의 말투에 채근과 걱정이 섞여 있었다. 그녀는 달리 할 말이 없었다. 붙들어봤자 소용없을 테고, 갈 데는 있니? 아직 정하지 않았어요. 그럴 줄 알았어. 무조건 그만두면 어쩔 거야. 너는 손도 빠르고 똑똑한데 다리가 불편해서 쉽게 취직하기 힘들 거야. 반장은 그녀의 다리를 내려다보며 혀를 찼다. 괜찮아요, 조금 쉬면서 갈 데 찾을 거예요. 기다려봐. 반장은 기어이 그녀의 문제를 해결해 주려 덤볐다. 그녀가 아무리 괜찮다고 해도 그녀의 팔을 붙들고는 한참을 생각하더니 뭔가 떠오른 듯 호들갑스럽게 말했다. 참! 얼마 전에 우리 구찌상 삼촌이 식모를 구한다고 하더라. 충청도 어디 사는 지주인데, 논이 수천 마지기에 정미소도 엄청 크게 운영한대. 마누라 없이 혼자 와서 사업을 하다 보니 집안일 할 사람이 없는 모양이야. 봉급도 많이 준다는데, 조건이 일본 말을 할 줄 알아야 한대. 아마 이런저런 잔심부름을 시키려고 그러는 것 같다. 춘화 네가 딱 맞는 사람 같은데? 다른 소리는 안 들리고 논이 수천 마지기란 소리만 들렸다. 그 소리에 그녀는 공연히 맘이 설렜다. 아직 어딘지도 모르고 갈지 말지 정한 것도 아니었다. 더구나 땅 주인이 일본 사람이라면, 구씨네 땅을 차지한 구로다와 다르지 않은 사람일 것이었다. 그럼에도 그녀는 엄청난 땅과 정미소가 있다는 소릴 들으니 맘이 솔깃했다. 그쪽에서 구하지, 왜 제물포에서 사람을 구한대요? 우리 구찌가 그러는데, 충청도 산골이라 말도 안 통하고 일본 사람이라면 진저리를 친대. 하긴, 나는 사랑에 빠져서 구찌가 일본놈인지 조선 놈인지 눈에 뵈는 게 없지만, 누가 그놈들하고 상대하려 하겠어. 춘화야, 내가 우리 구찌한테 말해서 봉급도 많이 주고 잘해주라고 할게. 그 삼촌이 경무부장 출신이라 우리 구찌가 엄청 신경 쓰는 거 같아. 반장은 그녀도 걱정하고 구찌도 챙겨주려는 속셈이었다.

반장의 솔직함이 오히려 믿음이 갔다. 반장 말대로 일본인에 대해 호의적인 사람은 없었다. 어쩔 수 없는 상황에 내몰렸더라도 그들과 한편이 되거나 그들을 우호적으로 대할 한국인은 없었다. 아니, 그런 사람들도 있지만, 그들은 그야말로 자기 자신을 부정하고 우리를 배신한 변절자일 뿐이었다. 그들의 사관에 고개를 숙이는 많은 부역자들의 변명이 비굴하기 짝이 없는 것 역시 잃어버린 자신을 감추기 위해서였다. 그보다 그녀는 구찌 삼촌이 많은 땅을 소유하고 있다는 사실에 관심이 갔다. 그 땅의 주인은 분명 따로 있을 것인데, 일본인이 가지고 있다면 빼앗은 것이었다. 그녀는 뭔가 작심한 듯 반장에게 말했다. 반장님, 제가 그곳으로 갈게요. 반장님이 구찌한테 얘기해 주세요. 정말이야? 진짜 고맙다! 이 은혜 꼭 갚을게. 사람들이 내 등 뒤에서 일본놈이랑 사귄다고 욕하는 거 다 알아. 누구는 내 면전에 가래침을 뱉고 가기도 했어. 알면서도 구찌를 사랑할 수밖에 없었어. 일본놈이라고 다 나쁜 것은 아니야… 솔직히 그녀도 반장이 왜 구찌랑 연애하는 것인지 어떻게 그게 가능한지 답답했지만, 자신의 팔자라고까지 여기는 반장의 순애보에 함부로 욕할 수는 없는 노릇이었다.

그녀는 반장의 배려로 오전 일만 마치고 돌아왔다. 지난번처럼 몸이 다시 으슬으슬 춥고 속이 거북해 무얼 먹기가 겁이 났다. 반장은 자신의 제안을 들어준 그녀가 고마운 듯 한나절이 모자라게 일했는데도 한 달 치 봉급 12원에 1원을 더 얹어 13원을 주었다. 그 역시 반장과 구찌의 입김이 있어 가능한 일이었다. 반장의 호의가 고맙기는 했지만, 그녀는 뭔가에 홀린 듯 떠나기로 한 것이 옳은 것인지 불안한 마음이 없지 않았다.

소고기국이 먹고 싶었다. 그녀는 배짱 좋게 30전을 주고 소고기 반 근을 샀다. 기름기 없는 음식만 먹어 그런지 몸이 갈수록 허약해지는 느낌이었다. 국밥집을 할 때는 몸은 고되어도 고기는 실컷 먹을 수 있었다. 소고기를 사고 보니 아들 민서가 그리워 숨이 턱 막혔다. 만석이 아들을 배고프게 키우진 않을 테지만, 어린 것이 기죽어 살지는 않는지 그동안 애써 참았던 그리움이 봄물처럼 터져 나왔다. 그녀는 흐르는 눈물을 닦아내며 미안하다는 말을 반복했다. 그녀는 떠나온 것을 후회하지는 않지만, 더 나은 방법을 찾지 못한 것에 수시로 좌절했다.

그녀는 되돌아갈 수 없는 것들에 대한 미련을 잠시 유예시켰다. 그리움과 미안함 죄책감 같은 감정도 참을 수 없는 배고픔을 이기진 못했다. 소고기 반 근이면 그녀 혼자 충분히 먹고도 남았다. 불린 미역에 고기를 넣고 푹 끓인 그녀는 고향 떠난 이후 가장 화려한 만찬을 즐겼다. 소금으로 간만 했을 뿐인데, 미역국은 그동안 먹지 못해 쪼그라든 몸을 활짝 펴지게 했다. 몸이 따뜻해지니 걱정이 사라졌다. 고단했던 몸과 마음이 축축 늘어지면서 잠이 몰려왔다. 그녀는 이길 수 없는 몸의 욕구대로 먹고 자고 아침을 맞았다.

떠나야 했다. 반장이 알려준 정보대로 제물포항으로 가 당진으로 가는 배를 탈 것이었다. 양손에 보따리 한 개씩 든 그녀는 동이 트기 전에 집을 나왔다. 가파른 쪽방촌이 아직 깨어나지 않은 시간이었다. 멀리 언덕 아래로 집어등을 단 고깃배들이 반짝거렸다. 그녀는 아픈 다리를 이끌고 천천히 언덕을 내려갔다.

제물포항에서 당진으로 가는 여객선은 하루에 두 번 있었다. 밀물 때 배를 타고 떠나야만 만조에 맞춰 오섬포구로 갈 수 있었다. 서해안포구로 다니는 똑대기는 여러 척이 있지만 물때를 맞추다 보니 오섬포구에 다 들르지는 않았다. 오섬포구로 가는 배는 풍천호 였다. 그녀는 반장이 일러준 대로 풍천호를 찾았다. 포구에 정박해 있는 수십 대의 배 중 풍천호는 바다와 더 가까운 끄트머리 쪽에 있었다. 뱃머리에 알 수 없는 붉은 깃대를 꽂고 있는 풍천호를 발견한 순간, 그녀는 반갑기도 하고 두렵기도 했다. 배가 정말 바다에서 길을 찾아갈 수 있을지 믿기지 않았다. 땅에서는 특정한 물체를 이정표 삼아 갈 수 있지만, 바다는 그야말로 출렁이는 물뿐인데, 어떻게 목적지를 찾아가는 것인지 신기하기만 했다. 그녀는 문득 배까지 타고 떠나야 하는 자신의 삶이 참으로 변화무쌍하다는 생각이 들었다. 겨우 열여덟인데 북쪽에서 남쪽으로 또 서쪽으로의 이동이 마치 자연스럽게 흘러가는 것 같으면서도 한편으론 누군가에 의해서 어쩔 수 없이 떠밀려 가고 있는 것만 같았다.

동트기 전이지만 물때에 맞춰 배 타러 온 사람들은 북적일 정도였다. 흔들리는 배를 보자 그녀는 속이 울렁거렸다. 크고 작은 보따리와 나무 상자를 멘 사람들이 하나둘 줄을 서더니 바로 배에 오르기 시작했다. 배에 탄 사람은 스무 명쯤 되었다. 여객선치고는 작은 배였다.

선장이 큰 소리로 물었다. 안 탄 사람 있슈? 사람들이 다 탔슈, 라고 이구동성 대답했다. 그녀는 대답 대신 고개를 끄덕이다 실소했다.

툭 튀어나온 충청도 사투리 때문이었다. 바닥에 주저앉은 중년의 여자가 시큰둥하게 말했다. 안 탄 사람헌티 물어봐야지 탄 사람헌티 물어보면 워치기 대답헌다. 뒤이어 그녀 옆에 있던 한 노인이 선장을 향해 소리쳤다.

참! 맷돌포 가지 유? 선장은 퉁명스럽게 대답했다. 안 가유. 맷돌포 안 가유? 안 가유. 진짜 매돌포 안 가유? 안 가유! 진짜 안 가유? 시방 장난허유! 이 배는 풍천호유! 그러니께 풍천호는 맷돌포 안 가유? 안 가유! 선장이 눈을 부라리며 소리쳤다. 어라! 그럼, 잘못 탔슈 내려줘유! 문 안 닫았으니께 얼릉 내려유! 근디 맷돌포는 워치기 간대유? 다른 배 타유. 다른 배유? 영창호 타유! 영창호유? 그게 워딨대유? 선장의 인상이 심하게 구겨졌다. 아따 노인네 참 승질나게 허네. 밖에 나가면 영창호라고 쓴 배 있슈! 노인은 선장의 큰 소리보다 자신의 불안이 더 큰 듯 계속해서 물었다. 옆이라면, 왼쪽이유? 오른쪽이유? 선장과 노인의 입시름에 사람들이 웃었다. 선장은 갈수록 핏대가 올랐고, 노인은 여전히 선장의 입만 바라보았다. 배가 출발할 시간이었다. 영창호 타라구유! 영창호! 나가서 왼쪽이유! 선장이 마지막 포고인 듯 노인을 향해 소리치자 문 가까이 있던 젊은 남자가 노인을 데리고 서둘러 밖으로 나갔다.

그녀는 배가 바로 출발할까 봐 초조했다. 노인을 데리고 나간 남자가 다시 배에 오르지 못할까 봐 초조해하던 차, 그가 헐떡이며 배 안으로 들어섰다. 남자 가까이 있던 사람들이 나직하게 그러나 그녀의 귀에까지 들리도록 중얼거렸다. 슨장놈 에미애비두 없나, 드럽게 두 지랄허네. 그러게 말유, 노인네가 모를 수도 있지 그게 뭐 그리 큰 죄라구 그런댜. 배삯두 드럽게 비싸면서, 안 그류 그류? 중년 아주머니의 말에 한 아저씨가 죽이 맞아 선장 욕을 주고받았다. 노인을 데리고 밖으로 나갔다 들어온 젊은 남자는 공연히 얼굴을 붉혔다. 모른 체 등 돌리고 앉아 있기 어려운 똑대기 안이었다. 사람들은 아주머니의 거친 말투가 선장을 자극할까 봐 불안했지만, 그는 다행히 선착장을 빠져나가느라 다른 데는 신경을 쓰지 않았다.

배가 움직이자, 그녀의 속이 다시 출렁거렸다. 나무 기둥을 붙들고 어떻게든 속을 진정시켜 보려 애를 써보지만, 어지럼증까지 더해 뒤집힌 속은 갈수록 심해졌다. 갈 길이 까마득하기만 했다. 그녀의 멀미를 눈치챈 아주머니가 좀 전 선장을 향해 욕할 때와는 달리 그녀 곁으로 오더니 등을 쓸어주며 말했다. 아직두 멀었는디 벌써 그러면 워치건댜. 새닥! 새닥! 정신 좀 차려봐. 그녀는 점점 까무룩 해졌다. 분명 나무 기둥을 꼭 붙들고 있는데 배가 빙글빙글 돌았다. 일찍 나오느라 빈속인데 속엣것들이 당장 튀어나올 듯 목구멍까지 꾸역꾸역 치밀었다. 그녀는 결국 뱃전으로 나와 난간에 몸을 기댄 채로 온 힘을 다해 토했다. 노란 신물이 한바탕 쏟아지고 나니 울렁거림이 조금 가셨다. 그녀를 뒤따라 나온 아주머니가 등짝을 두들기며 한 번 더 토하라고 소리쳤다. 더혀! 더혀! 속이 암것두 읎어야 편혀. 그녀는 등짝을 맞아가며 또 한차례 토했다. 창자가 끊어질 듯 껑껑거리고 나니 그제야 허리가 펴졌다.

괜찮어, 멀미 허다 죽은 사람은 읎으니께. 그녀의 얼굴에 비로소 핏기가 돌았다. 고맙습니다. 새닥, 서울 사람 같은디 뭐허러 오섬은 간댜? 그녀는 대답 대신 눈인사만 건넸다. 일본놈인 구찌 삼촌 집으로 식모살이하러 간다고 말하기는 싫었다. 하여튼 서울 것들은 깍쟁이라니께. 새닥도 깍쟁이구먼. 기분 나쁜 말투는 아니었다. 그랬다면, 그녀를 선실까지 부축하지 않았을 것이었다. 자릴 잡은 아주머니는 어느새 코를 골기 시작했다.

속이 진정되자 겁이 났던 바다가 눈에 들어왔다. 물 위에 떠 있다는 사실이 실감 나지 않았다. 방향도 길도 없는 바다였다. 무엇을 꿈꾸거나 포기하기 좋은 바다였다. 누군가를 그리워하거나 잊기에 좋은 바다였다. 그녀는 아주머니의 코 고는 소릴 들으며, 바다 끝에서 마주할 세상을 꿈꿨다.

8. 당산마을에 정착한 춘화

그녀는 가루차를 가지고 히로에게 갔다. 정미소 뒤편 작은 오두막에서 히로의 집까지는 이백여 미터 떨어져 있었다. 마을에서 히로의 집은 정미소에 가려 잘 보이지 않았다. 정미소 주변은 너른 평야로 히로가 오섬포구의 작은 역천을 개간해 만든 땅이었다.

바닷물이 드나들고 갈대와 갯것들로 무성했던 천들은 거의 가 논으로 바뀌었다. 그는 들 한복판에 집과 정미소를 짓고 포구로 길을 내었다. 역천의 개발권을 독점해 만든 논에서 수확한 쌀들은 포구로 운반되어 배에 실려 일본으로 갔다. 서너 가구만 살던 당산마을에 히로가 나타나자, 사람들은 경계했다. 누군가를 잡으러 온 순사인 줄로만 알았다. 그러나 인근 마을 지주인 송열의 소작농으로 살아가는 그들에게 히로는 솔깃한 제안을 했다. 높은 소작료를 내지 말고 자기 일을 도와달라고 했다. 자신의 농사를 짓고 정미소에서 일하면, 배고픈 소작농보다 훨씬 많은 임금을 주겠다고 했다. 그러잖아도 소작료를 내지 못해 농사조차 짓지 못할 상황이었던 사람들은 히로의 제안에 솔깃했다. 아니, 그보다 좋은 일자리는 없다고 생각했다. 당산마을 사람들뿐만 아니라 인근에 사는 소작농들까지 히로네 농사 짓기를 원했다. 그는 더 많은 쌀을 생산하기 위해 누구든 원하기만 하면 와서 일할 수 있도록 했다.

하지만, 히로의 말대로 소작농을 포기했거나 포기하지 않은 사람들은 얼마 후 전보다 더 높은 소작료를 지불하지 않으면 히로의 핍박을 견딜 수 없다는 걸 알았다. 히로의 미끼에 걸려든 것이었다. 죽도록 일해도 끼니 걱정해야 하는 형편은 전과 다르지 않았다. 히로는 그런 그들의 불만에 이렇게 말했다. 당장은 힘들겠지만, 이 또한 천황폐하가 평화로운 천하통일을 이루면 모두가 잘 사는 세상이 된다. 한 번도 본 적 없고 한 번도 꿈꿔본 적 없는 평화로운 천하통일이 무슨 뜻인지 모르지만, 거만하기 짝이 없는 히로의 말을 곧이듣는 사람은 없었다.

그녀는 히로 집을 오갈 적마다 끝없이 펼쳐진 평야가 논이라는 사실이 믿기지 않았다. 원래 작은 섬이던 임야의 둑을 막아 육지로 만들고 그 농토에 벼를 심었다. 누렇게 익은 벼가 갈바람에 춤추는 풍경은 보기만 해도 가슴이 뛰었다. 이토록 넓은 땅에서 쌀을 수확하는데, 정작 모내기하고 추수하는 동네 사람들은 굶주림에 시달렸다. 그녀는 들 한가운데를 지날 적마다 불합리한 세상에 적개심이 생겼다. 땅은 씨를 뿌리고 거두는 사람들 것이어야 했다. 빼앗고 훔치는 것이 아니라 그 땅에서 살아가는 사람들의 삶이 되어야 마땅했다. 땅은 지주와 머슴, 약자와 강자의 논리로 나눌 수 없는 것이었다. 그녀는 언젠가는 이 땅에서 얻은 쌀이 공평하게 돌아가길 바랐고, 그런 날이 빨리 오기를 고대했다.

하늘은 눈이 내릴 듯 어두웠다. 그녀는 게다 대신 고무신을 신고 풍성한 검정치마를 입었다. 누비 덮개로 어깨를 감쌌지만, 사방에서 불어오는 찬 바람을 막기는 어려웠다.

그녀는 보자기로 감싼 찻주전자를 품에 안고 빠르게 걸어서 히로 집에 당도했다. 그녀를 본 히로가 식탁으로 가 앉았다. 약속된 시간에 맞춘 셈이었다. 정확해서 좋군. 히로가 무표정한 얼굴로 말했다. 오늘 세 시경에 면청지주 박정기하고 합정지주 민수길이 온다고 했습니다. 역천 개발 허가 문제로 꼭 만나고 싶다고 했습니다. 알았어. 방 상이 통역을 잘해야 할 거야. 알겠습니다. 그녀는 히로의 전문 통역사이면서 집안일을 도맡아 하는 그의 집사이기도 했다. 그녀는 두 가지 일을 하는 조건으로 매달 200원의 봉급을 받았다. 큰돈이었다. 제물포에 있는 조카 구찌로부터 연락을 받기 전 그는 150원을 내걸고 사람을 구하던 차였다. 그녀가 나타났다. 그녀는 말귀를 잘 알아들을 뿐만 아니라 일본 말까지 잘해 히로 맘에 쏙 들었다. 때문에 그녀의 봉급은 면접 날 50원이 더 올라 200원으로 책정되었다. 그녀는 히로의 조건에 흡족했다. 똥물까지 토하며 온 보람이 있었다. 새벽녘에 출발해서 오후 늦게 도착한 그녀는 히로가 보낸 안내인을 따라 허허벌판 한가운데 있는 그의 집으로 갔다. 그녀를 본 히로가 인상을 구기며 말했다. 제대로 걷지도 못하는 거지를 보냈군. 히로의 혼잣말을 들은 그녀는 흩어진 머리카락을 쓸어올렸다. 걷는 데는 지장 없습니다. 그녀가 자신의 말을 알아듣고 반박한 것이 놀라운 듯 그는 두툼한 코를 실룩거렸다.

그녀는 히로에게 말차를 따라준 뒤 부엌으로 향했다. 아침 준비를 해야 했다. 그는 세 끼 똑같은 음식을 먹었다. 매번 절인 매실과 정어리, 삶은 무, 흰쌀밥, 삶은 돼지고기를 밥상에 올려야 했다. 식재료는 배를 통해 정기적으로 가져오는 일본인이 있어 항상 넉넉한 편이었다. 그는 밥의 양과 찬의 양을 항상 정확하게 먹었다. 밥그릇이 조금이라도 넘치거나 부족하면 표정이 굳어졌다. 그녀는 여러 번 그의 굳은 표정 앞에서 쩔쩔맸지만, 지금은 저울에 재지 않아도 정확할 정도였다.

히로는 다행히 그녀가 만든 음식을 싫어하지 않았다. 아주 가끔은 그녀를 위해 밥상 위에 동전 몇 개를 올려놓기도 했는데, 만족스러운 식사였다는 뜻이었다. 그녀는 조심스럽게 식사 준비를 했다. 소리에 예민한 히로가 부엌 쪽으로 고개를 돌리지 않도록 그릇을 조심히 다뤄야 했다. 그녀는 작은 나무 식탁에 밥상을 차리고는 히로에게 다가가 "되었다"라고 말했다. 보던 신문을 접고 일어난 그가 식탁으로 가다가 그녀에게 물었다. 애들은 어떤가? 그녀는 그의 뜻밖의 물음에 당황했다. 언제까지나 모른 척해주길 바랐는데, 그녀는 말없이 고개만 끄덕였다.

그러니까, 그녀가 히로에게 임신 사실을 들킨 것은 당산마을에 온 지 두 달쯤 지났을 때였다. 물론 그 전에 임신한 것을 알았지만, 마지막 정착지라고 생각해 어떻게든 히로와 사람들 눈에 띄지 않으려 했다. 서방도 없이 혼자 나타난 여자가 아이까지 낳는다면, 좋은 눈길로 바라봐 줄 리 없었다. 제물포에서 그토록 심한 몸살을 앓은 것도 그렇고, 배 멀미로 사경을 헤맨 것 역시 입덧 때문이었다. 불과 몇 달 사이에 일어난 일들이었다.

아무리 감추려고 해도 불러오는 배를 감추기는 어려웠다. 어느 날, 부른 배 때문에 걸음걸이가 더 불편해진 그녀를 본 히로가 의심했다. 네, 임신했습니다. 아이 아빠는 서울에 있고요. 방 상은 속일 줄을 모르는군. 어차피 생긴 아이니 나아야 할 테지만, 사람들이 혹여 나를 의심할지도 모르니까 되도록 눈에 띄지 않는 것이 좋을 것 같은데? 공연한 오해로 내 명예가 훼손되는 것은 용납 못 해. 난 천황 폐하와 가문을 위해 살아야 하니까. 히로가 무슨 일을 걱정하는지 알았다. 히로 말대로 그녀 역시 그런 오해를 받는 것은 원치 않았다. 제 집에 올 사람은 없으니까 걱정하지 마세요. 정미소 일꾼들도 제가 히로집에서 일하는 걸 알아 함부로 대하진 않습니다.

그녀의 걱정은 임신 사실을 알았을 때부터였다. 첫째 아들 민서는 반듯한 얼굴로 태어났지만, 뱃속의 아이도 민서처럼 태어날 것이라고 장담하기 어려웠다. 그녀는 자꾸 만석의 갈라진 입술이 떠올라 괴로웠다. 만일 만석을 닮은 아이가 태어난다면, 낯선 곳에서 과연 잘 키울 수 있을지, 여자아이면 수염으로 가릴 수도 없을 텐데, 그 모든 가정이 당장의 현실로 다가왔다. 전혀 생각지 못한 걱정거리였다. 왜 하필 만석을 떠난 뒤 아이가 생겼고, 왜 그때 만석을 냉정하게 밀쳐내지 못했는지 후회되었다. 산달이 가까워지자, 그녀는 밤마다 만석을 닮은 아이가 태어날까 봐 두려움에 떨었다. 사람들 눈을 피하는 일보다 아무도 없는 들판 한가운데서 아이를 낳아 키워야 한다는 사실이 더 겁이 났다. 청량리를 떠날 때 구씨네와의 인연은 끝이라고 생각했는데, 제물포에서 다시 백석을 만나고 그리움 한 점 없는 만석의 자식을 또 가졌으니, 앞으로 어떤 일이 벌어질지 캄캄하기만 했다.

히로는 다행히 일본에서 아내가 와 있어 식사를 챙겨주러 가지 않아도 되었고, 어쩔 수 없이 그녀의 사정을 봐주겠다고도 했다. 그녀는 모든 여지를 염두에 두고 차근차근 출산 준비를 했다. 돈은 충분했다. 국밥집 하면서 모은 돈과 송현동 쪽방촌에서 번 돈도 있었다. 그리고, 히로에게 매달 받은 봉급까지 차곡차곡 모아두어 가난을 걱정할 일은 아니었다. 때가 되면 땅을 사고 정미소를 살 돈이지만, 당장은 태어날 아이와 그녀의 생활을 위해 써야 했다.

그녀가 진통을 시작한 지 한나절쯤 되었을 때, 한 노인이 그녀의 집을 찾아왔다. 그녀는 처음 보는 노인이 방 안으로 들어와 깜짝 놀랐다. 걱정 말어, 너 혼자 애 낳다가 죽을지도 모른다고, 히로 마누라가 보냈다. 일본년이 그래도 인정머리는 있더라. 저도 새끼를 낳아봤으니 그 고통을 알겠지. 그녀는 그제야 안심했다. 허리가 끊어질 듯 아파 방안을 기어다니며 신음하던 차였다. 그녀는 노인이 구세주만 같았다. 산통을 하다 죽을지도 모른다고, 어쩌면 이쯤에서 자신의 인생이 끝날지도 모른다고 생각했는데, 노인이 자신을 도우러 왔다고 하는 순간, 죽음의 늪에서 한발 멀어진 느낌이었다. 죽을 만큼 고통스러웠던 것이지 죽고 싶었던 것은 아니었다. 그러나 그녀는 그 깨달음의 여운이 식기 전에 또다시 깊은 절망에 빠졌다. 아니 그녀보다 노인이 먼저 절망하여 말을 더듬었다. 세상에! 이게 무슨 일이야! 노인의 탄식이 또렷하게 들렸다. 그녀는 노인의 탄식이 무슨 뜻인지 정확히 알아들었다. 그동안 품고 있던 두려움의 실체가 세상 밖으로 나왔다는 뜻이었다. 그녀는 두 눈을 감고 이를 악물었다. 피할 수 없는 구씨네 비극이 자신을 떠나지 않은 것에 분노가 솟구쳤다. 그것도 한 명이 아니라 둘이라니, 그것도 수염이 나지 않아 가릴 수도 없는 여자애들이라니! 이게 무슨 일이야! 이게 무슨 일이야! 라고 반복하는 노인의 탄식이 그녀의 가슴에 비명처럼 꽂혔다.

그녀의 자궁에서 나온 아이는 한 명이 아니라 둘이었다. 당황한 노인은 먼저 나온 아이를 닦을 새도 없이 자궁 밖으로 머리를 쑥 내민 두 번째 아이를 받아야 했다. 쌍둥이였다. 수십 명의 아이들을 받았지만, 쌍둥이는 처음이었다. 그녀는 무사했다. 마른 옥수숫대만 같던 그녀의 몸에서 두 명의 아이가 태어났다. 이제 혼자가 아닌 가족이 생겼다. 그녀는 정신을 놓치지 않으려 아이 울음소리에 집중했다. 축복받은 잉태는 아니었지만, 자기 몸을 빌려 태어난 생명이니 받아들여야 했다. 그것도 한 명이 아닌 두 명의 생명이 태어났으니, 비애가 아닌 축복일지도 모른다고 애써 마음을 달랬다. 그리고 그녀는 마침내 오랜 시간 자신을 짓누르던 두려움의 실체를 확인했다.

아이들은 어때요? 노인은 아무 말이 없었다. 그리 어려운 확인도 아니고 말하는 데 어려움이 있는 노인도 아닌데, 그녀는 노인이 아이들을 챙기느라 경황이 없다고 생각했다. 그녀는 기다렸다. 노인이 억지스럽게라도 웃으며 희망적인 말을 해주길 기다렸다. 새댁, 두 딸이야. 근데, 이쁘진 않다. 새댁은 이쁜데, 그 집안 사람들이 못생겼구면. 노인은 정말로 억지스럽게 웃었다. 그녀도 따라 웃었다. 노인의 웃음보다 더 크고 이상하게 웃었다. 기쁨인지 슬픔인지 모를 괴상한 소리로 웃고 난 그녀는 다시 물었다. 할머니 말이 맞아요. 저는 이렇게 이쁜데, 구씨네 남자들은 참 못생겼어요. 걱정하지 말어, 애들은 크면서 이뻐져. 노인의 말속에는 체념의 다른 뜻이 숨어 있었다. 노인은 강보에 감싼 애들을 그녀 옆에 나란히 눕혔다. 그녀는 돌아보지 않았다. 시간이 필요했다. 구씨네 저주를 마주하고 쓰러지지 않을 용기와 에미의 마음이 솟구칠 때, 두 아이를 품에 안을 것이었다.

방안을 치운 노인은 밖으로 나갔다. 문밖으로 나간 노인이 혀를 차며 한숨을 쉬었다. 두 아이 울음소리보다 노인의 혀 차는 소리가 더 크게 들렸다. 돌아누운 그녀는 참았던 울음을 터트렸다. 어쩌라구! 어쩌라구! 통곡 소리에 노인이 다시 방으로 들어와 그녀를 다독였지만, 울음은 쉽게 그치지 않았다. 애들 배고파 울잖아, 어여 젖줘. 다 팔자려니 살아야지… 노인은 더 숨차게 우는 아이를 안아다 돌아누운 그녀의 젖가슴 가까이 뉘었다. 젖 냄새를 맡은 아이가 자지러질 듯 울자, 그녀는 울음을 그쳤다. 핏덩이 계집애가 갈라진 입술을 벌리고 젖을 찾았다.

죽일 놈의 구씨! 징그러운 구씨! 아이의 입술을 본 그녀는 저절로 욕이 나왔다. 그토록 피하려고 했건만 노인의 말대로 팔자를 거부할 수는 없는 모양이었다. 그녀는 깊은 한숨을 내쉬고는 아이에게 젖을 물렸다. 그러나 아이는 젖을 먹을 수가 없었다. 젖꼭지를 입에 넣고 아무리 몸부림쳐도 갈라진 입술은 젖을 빨지 못했다. 지켜보던 노인이 아이의 입에 젖꼭지를 물리고 어떻게든 먹이려고 애썼지만 소용없었다.

결국 그녀는 두 아이에게 한 방울의 젖조차 먹이지 못했다. 젖은 터질 듯 부풀었지만, 아이들은 배고파 울었다. 이제 막 세상에 나왔는데 첫 번째 저주가 먹을 수 없는 입이라니, 그녀는 자신의 뒤틀린 발목의 비극보다 두 아이한테 내려진 저주가 더 참혹했다. 성천의 지주 구씨와 만석, 천석이 입을 가지고 태어난 두 아이를 어찌 감당해야 할지 막막했다.

노인이 미음을 끓여와 두 아이에게 먹일 때, 그녀는 깊은 잠에 빠졌다. 기억을 상실한 사람처럼 평온한 얼굴로 오랜 시간 자고 일어나 그녀 옆에서 나란히 잠든 아이들을 보았다. 자신을 닮아 가늘고 길어 보이는 두 딸, 만석을 닮은 곱슬머리와 뭉뚝한 코, 짙은 눈썹, 만석과 그녀의 아이들이 맞았다. 징그럽게도 닮았네! 그녀는 웃었다. 더는 아이들이 자신의 인생을 망칠 것이라고 생각하지 않을 것이었다. 불행을 끝내는 방법은 불행의 실체와 가까워지는 것이었다. 그녀는 그걸 깨달았고 더는 두 아이를 상대로 자신을 갉아 먹지 않을 작정이었다. 두 아이는 어쩌면 외롭게 살아갈 그녀 인생에 위안이 될 수도 있었다. 그녀는 그제야 두 아이를 품에 안았다. 두 개의 핏덩이가 그녀의 품을 파고들었다.

두 아이와 히로의 정미소 뒤에서 산 지 벌써 7년째였다. 그녀가 히로의 집으로 일하러 가면 아이들은 집안에서 꼼짝하지 않았다. 그녀가 밖으로 나가지 못하도록 주의를 준 탓이었다. 아이들의 세상은 집안과 짚 누리가 전부였다. 그녀가 없을 때는 집 안에서 놀았고 그녀가 있을 때는 일꾼들이 모두 돌아간 뒤 정미소 주변과 짚 누리에서 뛰어 놓았다. 다행히 아이들은 건넛마을을 동경하지 않아 그녀의 걱정을 덜어주었다. 아이들이 남들 눈에 띄는 걸 원치 않는 그녀의 생각을 아는 듯 불만을 표시하거나 반항하지 않았다.

애들은 괜찮냐고 묻는 히로의 의중은 그러니까, 여전히 다른 사람들 눈에 띄지 않고 무사한지 묻는 것이었다. 7년이 지나는 동안 히로는 환갑의 나이에 이르렀고 싱싱했던 눈동자는 퇴색되었다. 그녀 역시 제 나이보다 훨씬 들어 보이는 여인으로 살아갔다. 소녀이던 방춘화는 도태리를 떠나 청량리와 제물포 당산마을로 오는 동안 굴곡진 여인의 모습으로 변해 있었다. 홍조가 사라진 얼굴은 억척과 고단함이 두껍고 진하게 배어 있을 뿐이었다.

그녀는 아이들이 태어났을 때 빼고는 매일 같이 히로의 집안일을 했다. 그의 식사를 챙기고 그가 하는 일을 통역하거나 번역했다. 때문에 히로가 어떤 사람을 만나 무슨 이야기를 주고받는지, 전쟁은 어떻게 돌아가고, 일본의 진짜 속내는 무엇인지 남들보다 정확히 알았다. 그녀는 자신이 아무리 히로가 주는 봉급으로 살아가고 있지만, 그것은 어디까지나 일한 대가였다. 히로는 그녀의 주인도 아니고 그녀의 친구도 아니었다. 히로는 빼앗은 땅에서 잠시 이득을 취하는 도둑에 불과했고, 그녀는 언제라도 빼앗긴 땅을 되찾으려 노리고 있는 복병이나 다름없었다.

히로와 그녀는 시간이 만들어 준 일에 대한 약간의 신뢰는 있을지언정, 믿음으로 친해진 관계는 아니었다. 히로도 모르지 않을 것이었다. 알면서도 그녀가 필요하기에 적당한 신뢰로 무장해 그녀를 관리하는지도 몰랐다.

그녀는 히로의 신경통이 부쩍 심해진 것을 눈치채고는 그가 몸을 덜 숙이도록 현관 앞에 의자를 가져다 놓았다. 그녀의 배려가 맘에 든 듯 히로의 입가에 엷은 미소가 흘렀다. 방 상은 시대를 잘못 타고 났어. 머리도 좋고 눈치도 빨라서 공부하면 인재가 될 텐데. 아이들까지 데리고 일본으로 가서 공부할 생각은 없나? 애들이 정상적으로 살아가려면 미개한 이곳보다는 일본이 낫잖아. 천황폐하에 대한 충성만 맹세한다면, 내가 모든 걸 도와 줄 수 있어. 히로가 외출 준비를 마치고 나오며 말했다. 그녀는 히로의 제안에 당황했다. 고마운 제안인지 불편한 제안인지 따지기 전에 일본으로의 이주는 한 번도 생각한 적이 없었다. 그가 아무리 그녀와 아이들을 위해 그런 제안을 했더라도 히로의 나라에 가서 도움받고 싶지는 않았다. 히로와 약간의 신뢰가 쌓였다고 해도 그것은 일에 대한 신뢰인지 인간에 대한 신뢰는 아니었다. 그리고 그녀는 히로 따위 인간에게 동정받을 아무런 이유가 없었다.

그녀의 생각은 빠르게 정리되었다. 애들 아버지를 기다려야 합니다. 순진하긴! 아직도 남편을 기다린단 말이야? 이 나라 남자들은 죄다 애국자인 척 정작 제 가족한테는 소홀하더군. 방 상 남편도 독립운동하느라 멀리 떠난 거 아니야? 7년이란 세월이 흘렀는데 나타나지 않는다면 독립운동하거나 방 상을 버린 거야. 혹시라도 돌아와 방 상이 괴상하게 생긴 딸을 그것도 둘이나 낳은 걸 알면 다시 집을 나갈 거야. 히로는 자신의 제안을 거절한 그녀가 기분이 나쁜 듯 모욕을 멈추지 않았다. 그녀는 얼굴색 하나 변하지 않은 채로 서서 그의 모욕을 받았다. 그녀는 크게 상처받지 않았다. 만석이 독립운동하러 떠날 리도 없고, 자신을 찾아올 리도 없기 때문이었다. 괴상하게 생긴 딸들에 대한 모욕도 이제는 그녀를 분노하게 하지 않았다. 딸들이 태어났을 때 충분히 모멸감과 절망감으로 괴로웠고 그것이 딸들을 위해 아무 도움이 되지 못한다는 걸 깨달았다.

내 문제는 내가 알아서 할 테니 신경 쓰지 마세요. 그녀의 단단한 말투에 히로의 얼굴이 굳어졌다. 방 상, 내 은혜를 거절하다니! 그래서 발전하지 못하는 거야. 약소국의 비극은 은혜받을 줄을 모르고 자존심만 강해서 문제라는 거야. 그녀는 더 이상 대꾸하지 않았다. 히로도 그녀의 눈치를 안 볼 수는 없어 강요할 입장은 아니었다. 오늘 세 시경에 면청 지주 박정기과 합정지주 민수길이 온다고? 그것들 이번에도 내 조건을 들어주지 않으면, 좋지 않은 꼴을 당할 거야. 방 상이 잘 알고 있을 테니 통역할 때 실수하지 마.

알겠습니다. 그녀의 짧은 대답을 듣고 히로는 오섬포구로 나갔다. 히로의 소개로 이민 오는 일본인 친구와 그의 가족을 마중하기 위해서였다. 히로의 친구 카츠는 식민회사를 통해 합정 토지를 10정이나 불하 받았다. 3만 평에 이르는 토지를 거의 헐값에 살 수 있도록 힘써 준 사람은 히로였고, 일본인이 아니면 절대 살 수 없는 싼 거래였다. 이 사실을 알게 된 합정의 소작농들은 지주 민수길에게 항의했지만, 돌아온 대답은 일본 공장에 취직시켜 줄 테니 농사를 포기하라는 것이었다. 그 소리에 솔깃해진 몇몇 소작농들은 실제로 오섬포구를 떠나기도 했다.

히로가 합정지주 민수길과 면청지주 박정기를 다시 만나기로 한 것은 더 많은 소작농을 일본으로 보내기 위해서였다. 그는 일본에 일자리는 많은데 일할 사람이 없어 난리라고 했다. 군수공장과 탄광 등 산업체에서 일하면 대우가 좋아 안정적으로 살아갈 수 있다고 선전했다. 우리 소작농과 젊은이들이 떠난 자리는 일본인들이 건너와 토지를 매입하고 돈 되는 것들을 빼앗는 데 열중했다. 그들이 말하는 토지제도는 그야말로 자신들의 부족한 식량을 충당하기 위해 만든 제도였다. 가난하고 힘없는 소작농과 농어 촌민들이 그들의 중요한 대상이었다.

그녀는 히로가 보고 버린 신문을 가져가 읽기도 하고, 그가 치는 전보를 통해 그들의 속셈을 대충 알고 있었다. 알지만 사람들과의 접촉이 거의 단절된 들판 한가운데서 살아가는 처지라 엄청난 비밀을 알고 있다고 해도 아무 소용이 없었다.

히로가 집을 나간 뒤 그녀는 남은 집안일에 매달렸다. 그가 수북하게 쌓아놓은 담배꽁초를 버리는 것을 시작으로 그의 방과 거실을 청소하고 벗어놓은 옷가지를 빨아야 했다. 히로가 마중 나간 손님들 점심까지 준비하려면 잠시도 쉴 틈이 없었다. 그녀는 문득 부엌 쪽 창으로 들어온 히로의 정미소를 보았다. 정미소 뒤쪽으로 아이들이 있는 그녀의 집이 있었다. 그녀가 집을 비우면 두 딸은 뜨개질하거나 한글 공부를 했다. 큰딸은 몇 달 사이 한글을 깨쳤고 셈도 제법 잘했다. 둘째 딸은 그녀가 구해준 뜨개실로 모자와 목도리 짜는 재미에 푹 빠졌다. 그녀가 아이들을 학교에 보내지 않은 것은 두렵기도 하지만, 호적에 오르지 못한 이유도 있었다. 아이들을 위해서 만석을 찾아갈까도 고민했다. 두 아이를 데리고 찾아간다면 만석도 자기 자식임을 부인할 수 없을 테지만, 아이들 역시 자신의 뿌리를 확인하고는 적잖은 충격을 받을 것이 분명했다. 또 학교가 아이들의 고통을 감내해 줄 만큼 중요한 곳이라고 생각하지 않았기에 그녀는 학교를 선택하지 않았다. 아니, 선택할 수 없어서 두 아이 교육을 자신이 하기로 했다.

아이들도 바깥세상에 대해 동경하지 않았다. 동경은 무엇을 보았거나 들었을 때 상상하기 마련인데, 두 아이는 집과 정미소 밖으로 나간 적이 없었다. 먼발치서 정미소와 들에서 일하는 사람들을 지켜보기는 했지만, 그들에게 큰 관심을 보이거나 가까이 다가가진 않았다. 두 아이에게 집 밖의 사람들은 아직 들판의 풍경과 같았다. 그녀가 물론 아이들의 호기심을 덜어주려 가끔은 사람들 이야기를 들려주기도 하고, 주어진 환경에 만족할 수 있도록 애를 써 주었다. 물론 아이들은 점점 커 갈 테고 그녀가 감당할 수 없는 나이가 될 것이고, 그때는 바보가 아닌 이상 또 다른 세상이 있음을 의심하고 호기심을 가질 것이었다. 그때는 그녀도 어쩌지 못하는 상황이 올 테지만, 지금으로서는 아이들을 지키는 것이 더 중요했다.

친구를 마중 나갔던 히로가 친구인 카츠와 그의 가족을 데리고 돌아왔다. 키가 호리호리하고 머리숱이 풍성한 카츠에게는 그녀의 두 딸과 비슷한 또래의 딸이 있었다. 붉은색과 흰색이 섞인 비단 기모노를 입고 있었는데, 카츠의 아내를 닮은 통통한 아이였다. 그녀의 두 딸은 얼굴만 만석을 닮았고 몸은 그녀를 닮아 가늘고 길었다. 그녀는 카츠의 딸이 입은 값비싼 기모노에 눈길이 갔다. 자신의 두 딸에게도 비단으로 된 색동 한복을 해주고 싶었다. 형편이 어려워해 줄 수 없는 것은 아니었다. 그녀에게는 충분한 돈이 있었고 먹을 것을 걱정하지 않아도 되었다. 다만 그녀는 아이들에게 비단옷을 해주는 일보다 땅을 사는 일이 더 중요했다.

그녀는 히로와 그의 친구 가족을 위해 점심을 준비했다. 히로가 특별한 음식을 요구하지 않아 평소와 다름없는 밥상을 차렸다. 사각의 식탁에 히로와 카츠가 나란히 앉았고 카츠의 아내와 어린 딸이 맞은편에 앉아 밥을 먹었다. 그녀는 두어 발작 거리에 서서 그들을 지켜보았다. 카츠의 아내가 그녀에게 김치를 달라고 했다. 김치 먹어보고 싶었어요? 도쿄에 있는 친구들이 경성에 간다고 하니까, 김치를 꼭 먹어보라고 했어요. 냄새는 구리지만, 몸에 좋다고요. 그녀는 히로의 눈치를 보았다. 히로의 부엌 깊숙이 있는 김치는 히로가 먹는 것이 아니라 그녀가 먹기 위해서 담가 놓은 것이었다. 히로의 들척지근한 음식을 먹고 속이 불편할 때마다 꺼내 먹는 그녀만의 김치였다. 방 상만 먹는 거 있잖아, 가져다드려. 히로는 김치를 찾는 카츠 아내가 재밌다는 듯 웃었다. 이 사람은 호기심이 많아서 큰일이야. 그 냄새 나는 음식을 왜 먹으려고 하는 거야. 카츠가 인상을 찌푸리며 말했다.

그녀는 부엌 선반 가장 아래쪽에 있던 작은 항아리에서 김치를 꺼냈다. 배추를 썰어 담은 김치는 잘 익어 신맛이 풍부했고, 추운 날씨에 살얼음이 끼어 있었다. 그녀는 작은 보시기에 김치를 담아 카츠의 아내에게 가져갔다. 김치를 본 카츠의 아내는 망설임 없이 김치를 집어먹었다. 히로와 카츠 그리고 카츠의 딸이 그 모습을 빤히 바라보았다. 카츠의 아내는 보란 듯 김치를 입에 넣더니 뭔가 이상한 듯 눈살을 찌푸리며 그녀를 쳐다보았다. 그럴 줄 알았어! 아무리 영

양가가 있어도 그런 이상한 맛을 참으며 먹기는 어려울 거야. 어떻게든 씹어보려 우물거리던 카츠의 아내는 매운맛이 감돈 듯 입을 벌리고는 캑캑거렸다. 카츠는 당황했고 아이는 제 엄마를 챙기려 의자에서 일어섰다. 그러자 히로가 그녀를 향해 소리쳤다. 뭐 하나! 얼른 가서 뱉어낼 그릇을 가져와야지. 그녀는 뛰어갈 수 있는 몸이 아니었다. 부엌에 갔다 오려면 스무 걸음은 필요했고, 그녀가 죽을힘을 다한다고 해도 카츠 아내는 매운맛을 조금 더 참고 기다려야 할 판이었다. 카츠의 아내는 급기야 입안에 불이라도 난 듯 눈을 뒤집으며 꽥꽥 소릴 질렀다. 할 수 없었다. 부엌에 다녀오느니 차라리 손을 더럽히는 것이 나았다. 그녀는 카츠의 아내 입 가까이 손바닥을 내밀었다. 카츠의 아내가 그녀의 손바닥에 씹던 김치 쪼가리를 내뱉었다.

이를 본 히로와 카츠 아이가 손사래를 치며 인상을 구겼다. 그녀는 아무렇지도 않은 듯 카츠의 아내가 뱉은 김치 쪼가리를 가지고는 부엌으로 향했다. 어떻게 저런 썩은 음식을 먹는 거야! 친구들이 날 골탕 먹이려고 김치가 몸에 좋다고 했군요. 그녀는 물로 입안을 가시며 도쿄의 친구들을 욕했다. 그럴 줄 알았어. 웬만한 입맛이 아니고는 조선의 김치를 먹기 힘들지. 카츠가 히로를 보며 말했다. 맞아, 나도 영 조선 음식에 적응을 못하겠어. 무엇보다 위생적이지 못해. 그저 배만 채우려고 먹는 음식들이 많거든. 히로가 고개를 가로저으며 카츠를 향해 말했다. 카츠의 딸까지 코를 감싸 쥐고 찡찡거리자, 히로는 부엌으로 간 그녀를 돌아보며 눈살을 찌푸렸다. 내 집에선 냄새 풍기지 말라고 했는데, 김치를 감춰두고 먹었군. 정말 구질구질해. 히로의 혼잣말이 그녀에게 들려왔다. 그녀는 카츠의 아내가 뱉은 김치 쪼가리를 개수대에 털어내고는 손을 씻었다. 그러고는 히로를 생각하며 피식 웃었다.

그나저나 히로, 본토에서는 전쟁이 곧 끝날지도 모른다는 얘기가 심심찮게 들리는데, 이곳에 땅을 마련해도 되는지 모르겠어. 물론 언젠가는 전쟁이 끝나겠지. 하지만, 우리가 조선을 포기하는 일은 없을 거야. 조선은 우리에게 미개척지나 다름없는 기회의 땅이야. 그런 걱정은 하지도 마. 지난해는 조선 벼가 아닌 우리 본토 벼를 심었더니 수확량이 열 배나 늘었어. 이곳엔 역천이 많아 개발만 하면 금싸라기 땅이 된단 말이야. 카츠 자네는 이곳 땅을 사서 우매보시 공장을 하는 게 어때? 자네 부친 꿈을 조선에서 이루면 좋잖아. 조금 있다가 자네가 사야 할 땅 지주들이 올 거야. 내가 힘을 쓸 테니까 잘해 봐.

히로는 카츠가 걱정하는 전쟁 얘기는 단번에 무시해 버렸다. 그러나 그녀는 카츠의 말에 귀가 솔깃했다. 사실 그녀는 히로가 카츠를 마중 나간 동안 전보 한 통을 받았다. 총독부에서 히로에게 온 긴급 전보에는 '이달 말일까지 가족과 본토로 긴급 귀국'이라고 쓰여있었다. 전쟁이 곧 끝날 것이라는 카츠의 말을 듣지 않았다면 그녀도 히로처럼 대수롭지 않게 여기고는 받은 전보를 그에게 전달했을 것이었다. 그녀는 카츠의 말이 뭔가 일리 있다는 생각이 들었다. 어쩌면 일본이 패망할지도 모른다는 소문이 아주 뜬금없지 않을지도 몰랐다. 정미소에서 일하는 일꾼들 입에서 나온 소리였다. 만일 그런 날이 빨리 온다면, 히로가 태연하게 도망치도록 내버려둘 수는 없었다. 그녀는 찬장 속에 둔 히로의 전보를 꺼내지 않았다.

면청 지주 박정기과 합정 지주 민수길이 제시간에 맞춰 히로의 집으로 왔다. 박정기는 두 번째 방문이라 그녀와 안면이 있었다. 히로의 집에 처음 왔던 박정기는 그녀가 일본어를 통역하는 걸 놀라워했다. 히로 집 부엌데기가 그것도 절름발이 그녀가 일본 말을 통역하는 것이 신기한 듯 히로보다 그녀에게 더 집중했다. 그때 박정기는 히로가 제 땅 말고도 소작농 땅과 주변인들의 땅을 헐값으로 매입할 수 있도록 앞장서 도왔다. 그의 아들이 면청 주재소 순사가 될수 있도록 히로의 손을 빌리기 위함이었다. 히로가 박정기를 또다시부른 것도 한 번 더 그를 이용해 땅을 얻은 뒤 부탁을 들어줄 속셈이었다. 박정기 역시 아들을 순사로 만들기 위해서는 히로의 부탁을거절할 수 없는 처지라 친분이 있는 민수길을 데려온 것이었다. 박정기와 눈인사를 나눈 그녀는 두 사람을 안내했다. 두툼한 솜바지와저고리를 입은 민수길은 박정기보다 한참 위로 보였다. 콧수염까지있어 겉보기는 대단히 근엄한 양반 같았다. 그녀는 민수길이 쓰고온 중절모자를 받아 챙겼다. 그는 그녀에게 고개를 끄덕이며 눈길을주었는데, 이미 박정기한테 그녀의 얘기를 듣고 온 눈치였다.

응접실 탁자를 중심으로 카츠와 히로, 박정기와 민수길이 둘러앉았다. 박정기와 민수길은 히로와 그녀의 눈치를 살피며 대화가 시작되길 기다렸다. 여기 히로는 본토에서 온 친구로 조선은 처음입니다. 내가 불러서 왔으니 실망하지 않는 거래가 이루어졌으면 합니다. 민수길씨는 많은 소작농이 있고 매년 소작농과의 갈등 때문에 힘들다고 들었습니다. 총독부 방침대로 토지 정비 제도로 소작농들이 땅을 갖기는 점점 어려워집니다. 그러니 하루라도 빨리 우리가 주인이 되는 것이 서로 좋을 것입니다. 전에도 말했지만, 원하기만 하면 가난한 소작농들을 본토에 취직시켜 주겠습니다. 히로는 시종일관 차분하면서도 거만한 표정으로 말했다. 이제 그녀가 히로의 말을 전달할 차례였다. 총독부의 토지 정비는 일본인들을 위한 것이지 조선인들을 위한 것이 아닙니다. 지주를 설득해 소작농의 토지를 빼앗겠다는 심보이니 쉽게 결정하시면 안 됩니다. 그녀는 박정기와 민수길이 알아듣도록 쉽게 설명했다. 혹시라도 히로가 눈치챌까 봐 걱정은 되었지만, 다행히 히로는 그녀의 통역에 제동을 걸지 않았다. 그보다 박정기는 그녀의 통역이 마땅치 않은 듯 얼굴이 어두워졌다. 민수길 역시 히로와 박정기의 진짜 속셈을 읽은 듯 그녀에게 알았다는 눈짓을 보내고는 자신의 입장을 밝혔다. 세상의 변화를 읽지 못하는 것은 아니나 그렇다고 조상한테 물려받은 땅을 헐값으로 팔 생각은 없소. 소작농들이 아무리 들고 일어난들 일본 놈들보다 나쁘겠소? 그러니 땅값을 제대로 주고 사든지 아니면 그만두시오. 그녀는 민수길의 말 중 땅값을 제대로 쳐 줘야 팔겠다는 얘기만 통역했다. 히로는 당초 예상과 다른 이야기가 오가자 불편한 얼굴로 박정기를 보았다. 우리 형님이 말귀를 잘 못 알아들은 것 같으니 아줌마가 다시 얘기해 봐요? 박정기는 그녀와 히로를 번갈아 보며 난처해했다. 어떻게 된 겁니까! 이러면 좋지 않습니다. 우리는 당신들을 생각해서 땅도 사주고 취직도 시켜준다고 했는데, 지주라는 사람들은 돈 욕심만 내는군요. 히로의 언성이 높아진 이상 거래는 성사되기 어려웠다. 그녀가 아무리 통역을 잘해도 소용없는 일이었다. 솔직히 그녀는 몸이 닳은 박정기는 미덥지 않았다. 그녀의 통역을 이해한 민수길의 의지대로 거래가 깨지길 바랐다. 민수길씨는 그러니까 싸게는 팔지 않겠다는 뜻입니다. 그러니 박정기씨한테 소작농의 토지를 싸게 넘길 다른 지주를 데려오라고 하는 것이 어떨까요? 그녀의 의견까지 넣어 통역하자, 굳었던 히로의 안색이 달라졌다. 그럼요! 제가 다른 사람 데려올 테니 아무 걱정하지 마세요. 박정기는 위기를 모면이라도 한 듯 쩔쩔매며 다음을 약속했다.

그녀는 히로에게 다음 약속은 박정기가 다른 지주를 물색해놓고 연락하겠다는 식으로 통역했다. 그 약속이 불발되거나 아주 늦게 잡히길 바라면서 말이다. 히로는 땅값을 높게 쳐주지 않으면 팔지 않겠다고 말한 민수길을 믿고 온 박정기에 대한 서운함이 큰 듯 그를 향해 눈살을 찌푸리며 먼저 일어섰다.

박정기보다 땅 평수가 더 많은 민수길은 그리 급할 것 없다는 입장이었다. 토지개혁이니 뭐니 떠들어도 자신은 조상 대대로 물려받은 땅을 헐값에 팔아 버리는 것보다 소작료를 올려 받는 것이 이문이었다. 민수길이 그녀의 통역에 동의한 것은 어설픈 애국심보다 시세에 맞는 거래 조건이었다. 어찌 되었든 그녀는 민수길의 땅이 히로 아니 총독부에 넘어가지 않은 것에 안도했다.

카츠도 기대가 깨지자 언짢은 표정이었다. 자신의 중재가 잘못되어 거래가 불발된 것에 미안함을 느낀 히로는 어떻게든 카츠의 기분을 풀어주려 애썼다. 걱정하지 말게. 땅은 이 동네도 많이 있어. 나처럼 역천을 개발해 농지를 만들어도 좋고, 채운에 가면 부재 농지가 많아서 좋은 기회가 될 걸세. 히로의 자신감에 카츠는 금세 밝아졌다. 카츠의 아내도 히로에게 잘 부탁한다는 의미로 두 손을 모으고 목례했다.

그녀는 채운에 가면 널린 게 땅이라는 히로의 말이 이해되지 않았다. 그렇게 빈 땅이 많은데, 왜 소작농은 지주의 그늘에서 벗어나지 못하는 것이고, 왜 땅 한 평 없는 사람들이 그리 많아 배를 곯고 사는 것인지 알 수 없었다. 고향 성천도 마찬가지였다. 지주의 땅은 계속 늘어나고 소작농과 머슴들의 가난은 갈수록 깊어졌다. 종일 일해도 머슴은 늘 배가 고프고 지주와 그 위에서 군림하는 일본인들은 머슴들의 배고픔을 무시했다. 그 모든 문제가 전쟁과 정치 때문이라는 것을, 그래서 그녀가 분명하게 알 수 있는 것은 땅이 있어야 곯지 않고 사람답게 살 수 있다는 것뿐이었다.

그녀는 히로와 카츠네 가족의 저녁 식사 준비를 해놓고 밖으로 나왔다. 움츠러드는 어깨보다 마음이 더 울적하고 허허로웠다. 추수가 끝난 너른 들판엔 나락을 탐하는 새들이 붉은 노을에 갇혀 있고, 고산봉 같은 짚 누리 옆에는 그녀의 피안이 있었다. 그 피안 옆으로 종일 검은 연기를 뿜어대는 정미소 굴뚝이 지평선과 맞닿아 있었다. 그 지평선 끝 허름하기 짝이 없는 보금자리로 서둘러 가야 하는데, 그녀는 휘청거렸다. 눈부시게 아름다운 노을 속으로 걸어가야 하는데, 뒤틀린 다리가 꿈쩍하지 않았다. 낯선 땅에 막 도착한 기분이었고, 오늘따라 세상 끝으로 내몰린 것만 같았다. 그녀는 땅바닥으로 내려앉아 누군가를 불렀다. 자신을 구원할 누군가를 부르며 소리내어 울었다. 그러나 그녀의 울음은 노을에 묻히고 바람에 흩어졌다. 그녀의 인생이 빈 들판을 구르는 우렁이 껍질만 같아 서러웠다.

며칠 후, 히로에게 또 한 통의 전보가 왔다. 지난번과 똑같은 내용이었다. 이번에도 그녀는 히로에게 전보를 전하지 않을 생각이었다. 아무래도 수상했다. 정미소 일꾼들 말대로 곧 해방이 될 모양이었다. 어제 히로의 집으로 쌀 배달을 왔던 당산마을 일꾼들은 그녀에게 몸조심하라고 일렀다. 만약에 해방이 되고 히로가 도망칠 위기에 처하면 그녀에게 해꼬지 할지도 모른다며, 여차하면 오늘 밤이라도 히로의 집에서 나오라고 했다. 그녀는 고민했다. 전보도 그렇고 일꾼들이 전한 소식까지 심상치 않은 것이 분명했다. 하긴 그들이 우리 땅에서 주인 노릇한 지 36년이었다. 땅을 빼앗고 쌀을 훔친 자들의 폭력은 갈수록 세졌고, 땅을 빼앗기고 쌀을 도둑질당한 사람들의 삶은 망가지고 피폐해졌다. 그런데 도둑질한 땅을 돌려주고 머리 숙여 사죄해야 할 그들이 해코지할지도 모른다니 기막히게 어이없는 세상이었다.

쌀을 싣고 포구에 나갔던 히로가 돌아왔다. 도정한 쌀을 오섬포구를 통해 제물포로 보내기 위해서였다. 만조에 맞춰 들어온 배는 한 번에 수백 가마니의 쌀을 싣고 제물포로 간 뒤 그곳에서 기다리고 있던 큰 배에 다시 옮겨 싣고는 일본으로 갔다. 서해와 중남부 지방의 쌀을 제물포에 집결시켜 본토로 가져가는 식이었다.

그녀는 포구에서 돌아온 히로의 눈치를 살폈다. 혹시라도 전쟁이 곧 끝날지도 모른다는 걸 눈치채고 있지는 않은지 살폈지만, 히로는 전과 다름없어 보였다. 그러나 그녀가 저녁 준비를 해놓고 집으로 돌아가려 하자, 그가 그녀를 불러 세웠다. 방 상, 잠깐 이리 와 봐요.

그녀는 시킬 일이 또 있나 싶어 히로에게 갔다. 무슨 일이세요? 저녁 시간이었고 부엌일 말고 다른 일은 없었다. 방상, 혹시 땅 살 텐가? 히로의 표정에서 뭔가 초조함이 느껴졌다. 그보다 그녀에게 땅을 사라고 말하다니, 그녀는 몹시 놀랐지만 애써 태연하게 행동했다. 갑자기 그게 무슨 말씀인지요? 방 상도 대충 눈치를 챘겠지만, 본토로 돌아가야 할 것 같아. 지난주부터 전쟁에 지고 있다는 것은 알고 있었지만, 우리는 끝까지 포기하지 않았어. 그래서 실패한 표시를 낼수 없었고 여느 때처럼 쌀을 보내고 군수물자를 계속 보냈던 거야. 하지만, 우리 천황께서 항복을 했다니, 그만 돌아가야겠지. 나는 이곳을 정말 사랑하는데, 떠나야 하는 것이 아쉽군. 히로의 말이 길어지면서 그녀는 울화가 치밀었다. 전쟁에 진 사람의 태도와 말투가 아니었다. 히로의 전쟁은 그러니까 승리할 때까지 계속 싸워야 하는데 패배했고, 그래서 이 땅을 떠나야 하는 게 몹시 안타깝다는 뜻이었다. 시종일관 같은 표정으로 흔들림 없이 말하는 히로에게서 그녀는 처음으로 두려움 비슷한 감정을 느꼈다. 그가 소릴 지르거나 폭력을 쓰지는 않고 언제나 묵직하고 낮은 목소리로 예의를 갖춰 말하는데도 겁이 났다.

그녀가 감춰둔 히로의 전보는 쓸모 없어졌다. 손에 쥐었던 패 하나를 잃어버린 기분이었다. 그녀는 능구렁이 같은 히로를 살피며 무슨 답변을 할 지 궁리했다. 이번엔 달랐다. 그는 구석에 몰려 있었고 빠져나가려면 누군가의 도움이 필요했다. 그가 아무리 다급한 속내를 감추고 여유를 부려도 그의 제안은 쓸모 없어진 전보만큼이나 그녀의 판단에 전적으로 의지해야 했다. 처음부터 이곳에 히로의 땅은 없었다. 없는 땅을 그녀에게 사라고 하는 것은 사기였다. 그녀는 히로의 착각을 일깨워 주고 싶었다. 히로, 땅은 이곳에서 농사짓는 사람들이 주인입니다. 이 땅을 떠나는 사람은 더 이상 주인이 아닙니다. 히로의 안색이 붉어졌다. 방 상 참 당돌하군… 난 이곳에 많은 돈을 들여서 개간했어. 빈손으로 갈 수는 없어. 그렇다고, 땅을 가지고 갈 수도 없잖아요. 히로는 한동안 말이 없었다. 어려운 숙제를 풀기 위해 끙끙거리는 모습이었다. 만조 때 들어온 배를 타려면 내일 저녁 무렵에 떠나야겠네요. 히로도 그 사실을 알고 있었기에 그녀에게 땅을 사라고 했을 것이었다. 방 상도 겪어봤지만, 난 우월한 민족의 한 사람으로 천황에게 충성하고 약소민족의 발전을 돕는 사람이지 도둑은 아니야. 그녀는 히로의 말에 조금도 공감이 가지 않았다. 더구나 그의 화려한 말솜씨에 말릴 것 같아 그녀는 입을 다물었다. 잠시 후, 히로가 그녀의 눈치를 보며 손가락으로 탁자를 톡톡 내리치며 물었다. 방 상 수중에 돈이 얼마나 있나? 가지고 있는 돈 전부를 내게 주면, 이곳 땅문서를 정리해 주겠네. 히로의 마지막 제안이었다. 여기서 일하고 받은 돈이 전부입니다. 그것도 딸들하고 사느라 거의 모으질 못했습니다. 그동안 신세 진 것도 있으니, 제가 본토로 돌아가는 여비 정도는…, 어쨌든 히로 덕분에 당산마을에 정착하게 되었으니 아주 틀린 소리는 아니었다. 히로는 고개를 갸우뚱거리며 그녀를 똑바로 바라보았다. 방상, 참 영리한 여자야!… 알았네. 그렇게 하겠네. 훗날 다시 와서 내 땅을 찾을 것이니, 자네가 그동안 잘 맡아주게. 히로는 끝까지 땅과 자존심을 버리지 않았다. 그녀는 히로에게 말하고 싶었다. '이곳에 당신 땅은 처음부터 없었어요. 빼앗은 땅에 잠시 머물렀을 뿐, 다시 돌아와 땅을 찾겠다는 것은 소가 웃을 일입니다.' 라고 말하고 싶었지만, 이제 히로의 전쟁은 졌고 그녀의 전쟁은 이긴 것이 분명해 그럴 필요를 못 느꼈다.

이튿날 그녀는 히로에게 200원을 건넸다. 그녀가 가지고 있는 돈 중 극히 일부였다. 히로는 그녀에게 당산마을과 오섬포구의 역천을 개발해 얻은 땅문서를 건넸다. 히로의 모습은 초췌했고 그녀는 환희에 차 있었다. 그녀는 손가방 하나 달랑 들고 있는 히로에게 도시락을 건네주며 잘 가라고 인사했다. 그녀의 안위를 걱정했던 정미소 일꾼들이 포구까지 따라 나와 주변에서 맴돌았다. 히로는 어제와 전혀 다른 사람처럼 행동했다. 불안한 눈길로 주변을 돌아보며 초조함을 감추지 못했다. 만조의 바다는 물살이 거칠었다. 추위에 떠는 사람들과 두려움에 떠는 사람들이 위태로운 갑판 위로 올라갔다. 포구의 운명이 안타까움과 속 시원한 이별만 있는 것이 아닐 터, 그녀는 쫓기듯 도망치는 히로를 보았다. 히로가 배에 오르고 얼마 뒤 일꾼 한 명이 포구를 향해 뛰어오면서 소리쳤다. 해방이유! 해방! 이제 그 놈들 망힛슈! 천황이 싹싹 빌었대유! 진짜 해방이었다. 그 오랜 바람이 이루어졌는데, 그녀는 함께 기뻐하고 소리칠 가족이 어린 두 딸 뿐이었다. 정미소와 짚 누리 밖으로 나가 본 적 없는 딸들이었다. 지주와 소작농, 일본과 식민, 억압과 자유, 구속과 해방 같은 낱말을 가르치기에 그들은 너무 어렸고, 그녀는 그걸 알려주기가 겁이 났다. 같은 세상에 살지만 다른 세상 사람인 양 자라고 있는 딸들에게 무서운 얘기를 미리 해주고 싶지 않았다. 그녀는 두 딸이 그녀의 세상

안에서만 안전하게 크길 바랐다.

저녁나절 그녀는 두 딸을 데리고 밖으로 나왔다. 딸들에게 너른 들판을 보여주었다. 벼 밑동만 가득한 들판이지만, 오월이면 푸르름으로 가득할 것이고 시월이면 황금빛으로 변할 들이었다. 그녀는 비로소 땅을 가졌다는 실감이 났다. 그녀가 그토록 바라던 땅이었고, 고향의 엄마와 아버지 외삼촌들이 그토록 가지고 싶어 하던 땅이었다. 땅이 없어 배를 곯았고 땅이 없어 무시당했다. 땅을 빼앗겨 쫓겨나고 폭행당하며 살았다. 땅이 없으면 죽은 목숨이나 마찬가지였다. 이젠 그 모든 악몽이 과거가 되었다. 그녀는 두 발로 딛고 선 이곳이 마지막 종착지라는 현실에 가슴이 벅찼다. 얘들아, 이거 다 우리 땅이야! 저기서부터 여기까지 다 우리 땅이야. 그녀가 가리킨 저쪽과 이쪽은 당산마을을 마주하고 있는 너른 평야였다. 열 가구 남짓한 작은 마을이지만, 인근에 어리 되천 틀모시 도꼬지 같은 크고 작은 마을이 많아 농사지을 걱정은 하지 않아도 되었다. 운영하던 정미소도 그녀의 소유가 되었으니 젊은 일꾼들도 필요했다.

그녀는 소작료와 일꾼들의 새경도 다시 조정할 생각이었다. 죽도록 일해도 밥 굶는 사람이 없도록 할 것이고, 높은 소작료 때문에 먹고살기 어렵다는 소작농이 없도록 신경 쓸 것이었다. 그녀는 애당초 맘먹은 것을 잊지 않으려 도태리에서의 꿈을 상기했다. 아직은 실감이 나지 않았지만, 혹시라도 삶이 흔들리면 두 딸이 균형을 잡아줄 것이라 믿었다.

해방이 되고 히로가 본토로 쫓겨갔다는 소식은 빠르게 돌았다. 히로뿐만 아니라 우리 땅에서 주인 행세를 하던 모든 일본인이 소리 소문 없이 사라지자, 너나없이 좋은 세상이 왔다고 좋아했다. 밥을 먹지 않아도 배부르고 큰 소리로 말하니 살 것 같다고 했다. 오섬포구는 떠났다가 다시 돌아오는 사람과 다시 떠나는 사람들로 북적거렸다. 쉴 새 없이 드나드는 어선들로 포구는 비린내가 진동했다. 있어도 맘대로 먹지 못했던 어제와는 다른 세상이었다. 쌀과 물고기 푸성귀까지 쓸어가던 놈들이 사라지자, 장사치들의 목소리가 종일 시끄러웠다.

그녀에 관한 소문은 빠르게 퍼졌다. 어디서 왔는지조차 모르는 그녀가 운영하던 정미소를 사고 그의 땅까지 샀다는 소문이었다. 언청이 두 딸과 사는 절름발이 과수댁이 알고 보니 엄청난 부자였다는 소문도 돌았다. 두 딸에 관한 이야기도 그녀만 아는 비밀이었던 셈이다. 그녀는 개의치 않았다. 소문이 난 이상 딸들도 더는 감출 수 없게 되었다. 그녀는 가장 먼저 그녀를 찾아온 당산마을 이장에게 부탁했다. 정미소에서 일할 사람과 벼농사를 지어줄 사람이 필요했다. 그녀 또래의 이장은 그녀의 처지를 이해한 분위기였다. 다만, 일본 놈처럼 막 부려 먹고 삯을 안 주면 곤란하다고. 그녀는 절대 그런 일은 없을 거라며 이 땅에서 살아가는 한 혼자만 배불리 먹는 일은 없을 거라고 약속했다.

이장이 돌아간 뒤 그녀는 두 딸에게 당부했다. 봄부터 사람들이 농사를 지으러 올 거야. 많은 사람이 여기 정미소와 논에서 일할 거니까, 너희들은 되도록 사람들 있는 곳엔 가지 말고, 집 근방에서만 놀아야 해. 큰딸이 고개를 갸웃거리며 물었다. 엄마, 우리가 사람들 만나는 게 창피한 거지? 우리 얼굴이 이상하게 생겨서 밖에 나가면 안 되는 거 맞지? 그녀는 말문이 막혔다. 정곡을 찌르는 큰딸의 물음에 뭐라 답할지 답답했다. 그녀가 할 말을 고르는 사이 둘째 딸이 그녀가 해야 할 말을 대신했다. 언니 말이 맞아. 전에 정미소 일꾼이 그랬어.' 숨어 사는 이유가 있었네! 도대체 조상이 무슨 죄를 지었길래 애들이 저 모양이래. 라고 했어. 순간 그녀는 박수무당의 저주가 정말 맞는지도 모른다는 생각이 들었다. 쌍둥이를 낳은 것도 그렇고 아들도 아닌 두 딸이 구씨네 피를 물려받은 걸 보면 저주가 틀림없었다. 그런 나쁜 말은 잊어버려, 세상엔 같은 얼굴이 하나도 없어. 다 다르게 생겼고, 각자 생긴 대로 사는 거야. 엄마가 마을에 가지 말라고 하는 것은 너희들을 나쁘게 보는 사람이 있을 수 있기 때문이야. 너희들을 지키려면 어쩔 수 없어. 그녀도 모르지 않았다. 딸들이 언제까지 그녀의 말을 수긍할지, 언젠가는 이곳이 아닌 저곳으로의 꿈을 위해 그녀를 떠날 것이었다. 그녀가 도태리를 떠났듯이 딸들도 분명 정미소와 들판을 벗어나는 날이 올 것이었다. 그때가 언제일지는 모르지만 당장은 그녀와 너른 들판이 딸들의 세상이길 바랐다.

둘이라서 다행이었다. 둘은 서로 친구가 되었고 형제가 되었고 서로의 의지처가 되었다. 그녀는 갈라진 입술로 서로 얘기하며 웃고 떠드는 딸들의 모습을 보며 작은 평화를 느꼈다. 한없이 외롭고 초라해지다가도 두 아이의 웃음소리를 들으면, 돌이켜보고 싶지 않은 기억에서 잠시나마 자유로워졌다. 밤바람이 싸리문을 흔들 때도 그랬고, 그믐달이 흙 담을 시커멓게 물들일 때도 그녀는 두 딸을 끌어안고 새벽을 기다렸다.

그녀는 정미소 이름을 '구씨네 정미소' 라고 지었다. 밤새 뒤척이며 결정한 이름이었다. 히로가 남기고 간 대현정미소, 라는 간판은 떼어 아궁이 불쏘시개로 썼다. 히로는 자기가 직접 쓴 정미소 간판을 그녀에게 매일 닦으라고 했다. 어려운 일은 아니지만, 대현이라는 일본어 간판을 마주할 때마다 품위 있는 척 교만하기 짝이 없는 히로의 얼굴이 떠올라 주먹으로 내리치고 싶었다. 아니 언젠가는 저놈의 간판을 꼭 바꿀 것이라고 다짐했었다. 그리고 그녀는 마침내 한글로 쓴 '구씨네 정미소' 간판을 달게 되었다. 그녀의 성씨인 방씨네 정미소라는 이름을 붙일까도 생각했지만, 정희와 정미는 어쩔 수 없는 구씨네 핏줄이고 그녀의 딸들이었다. 딸들은 자신들의 성씨가 처음으로 세상 밖으로 나와 간판으로 걸린 걸 신기하게 바라보았다. 그녀 말고는 누구도 두 아이의 이름을 불러준 적이 없어 구씨라는 글자가 새겨진 간판을 올려다보며 연신 손으로 가리켰다. 마치 나무 꼭대기에 앉은 파랑새를 보는 양 상기된 얼굴로 반복해서 구씨네 정미소라고 불렀다. 엄마, 저기 봐. 구씨야! 그러니까, 우리 정미소 맞지? 우리 정미소 맞아.

정미소 기계들은 히로가 들여온 지 얼마 안 되어 새것이나 다름없었다. 겨우내 짠 볏가마니도 그대로 있고 쓰지 않은 농약과 비료도 잔뜩 쌓여 있었다. 줄다리기 행사에 쓸 짚도 눈발이 성성한 채 그대로였고, 마을과 들, 나무들도 그대로였다. 히로가 도망치며 가져갈 수 있는 것은 아무것도 없었다. 실제로 그는 손가방 하나 달랑 든 채 게다 짝이 벗겨지는 줄도 모르고 부둣가를 내달았다. 기모노 자락을 사정없이 희롱하는 포구의 바람에 눈살 한번 찌푸리지 못한 채 도망쳤다. 벼 가마니 한 장 가져가지 못하는 꼴에 명예와 품격을 입에 달고 살던 히로, 결국 그녀가 이겼고 그는 졌다. 히로는 빈손으로 도망쳤고 그녀는 너른 땅의 주인이 되었다.

정미소 간판을 걸고 나니 지난 일들이 사월의 눈처럼 눈이 부셨다. 완연한 봄은 아니지만, 수없이 많은 겨울을 보낸 그녀에게 이까짓 추위쯤은 아무것도 아니었다. 그녀는 마른 수건으로 간판을 닦으며 머지않아 찾아올 봄을 그리고, 여름과 가을을 기대했다.

구씨네 정미소에 관한 소문은 먼 동네까지 퍼졌고, 그녀가 제시한 일꾼들의 임금과 봉급에 관심을 보인 사람들이 찾아오기 시작했다. 의심 반 기대 반으로 찾아온 사람들은 그녀가 빈 소릴 할까 봐 재차 물었다. 증말이유? 떼먹는 거 아니쥬? 설마 왜놈보다는 낫겠지. 도망친 그놈 말여? 히론지 조론지 하는 그놈 말여! 등짝이 베껴지도록 쌀가마니 날렀는디, 품삯 한 푼 안 주고 도망쳤잖어. 니미 그놈 모가지 땄었야 하는디, 암만 생각히두 분혀!.

그녀의 구씨네 정미소 일꾼들 새경은 인근 정미소 일꾼 중 가장 많았다. 점심도 제공하고 틈틈이 쉬는 시간도 갖도록 했다. 쉬지도 못하고 매일 허기져 일했던 일꾼들은 그녀의 제안에 눈물을 흘렸다. 여자가 무슨 정미소를 운영하고 그 많은 논농사를 짓느냐고 의심의 눈초리를 보냈던 사람들도 구씨네 정미소에서 일하기를 원했다. 모든 일이 원만하게 흘러갔다.

부엌일을 도와줄 아주머니들까지 소개받아 그녀가 무리해서 일하지 않아도 되었다. 운 좋게도 그녀에게는 돈의 여유가 있었다. 땅을 사려고 모아둔 돈은 해방 덕분에 얼마 쓰지 않고 히로의 땅을 차지하게 되었으니 농사짓는데 쓸 여유가 있었다. 그녀의 농사 준비는 완벽했다. 일꾼도 충분했고 정미소도 새 단장을 마쳐 언제라도 발동기를 돌리기만 하면 되었다. 아니, 가장 중요한 일이 남아 있었다. 고향 도태리로 가 엄마와 아버지 외삼촌들을 데려와야 했다. 해방이 되었으니, 도태리도 구로다와 그 하수인들이 모두 떠났을 것이었다. 구씨네 정미소는 어떻게 되었을지, 백석과 천석은 어떻게 되었는지 모든 것이 궁금했다. 어쩔 수 없이 떠난 고향이라 그녀가 도울 일이 있으면 돕고 싶었다. 당산마을 구씨네 정미소와 도태리 구씨 정미소의 주인은 분명 다르지만, 구씨네 핏줄로 연결된 것은 사실이었다.

9. 인민재판을 당하는 춘화

'구씨네 정미소' 간판을 단지 5년이 흘렀다. 그동안 당산마을은 주민 수가 크게 늘었고 그녀의 쌀농사도 해마다 수확량이 늘었다. 역천을 더 개발한 덕분에 논은 백여 마지기 이상 늘었고 일하겠다는 사람도 수시로 찾아왔다. 그녀는 일하겠다는 사람은 되도록 거절하지 않고 받아주었다. 해방은 되었지만, 여전히 배곯는 사람들이 많았고 비싼 소작료를 챙기는 지주들도 여전했다.

그녀의 농사와 정미소 일을 전적으로 도와주는 이는 당산마을 이장이었다.

그는 당산마을의 첫 주민이나 마찬가지였다. 그의 어머니는 이웃마을 되천에 살다 남편이 죽자 시어머니의 호된 시집살이를 견디지 못하고 열 살이 안 된 아들을 데리고 집을 나왔다. 어린 그도 엄마가 도망치기를 바랐다. 그의 할머니는 자신의 아들이 며느리 때문에 죽었다며, 눈앞에 보이기만 하면 주먹과 부지깽이로 때렸다. 스물두 살에 과부가 된 그의 엄마는 그때마다 싸리문 밖에 쪼그리고 앉아서 훌쩍였다. 자신의 엄마가 맞는 걸 본 그는 어느 날 싸리문에 걸려 있던 낫으로 할머니를 내리찍을까 망설였다. 그의 손에 들린 낫을 본 엄마가 달려와 그를 품어주지 않았다면 정말 그랬을지도 몰랐다. 이후 두 사람은 겉보리 한 말 달랑이고 집을 나왔다.

두 사람이 밤새 걸어 도착한 당산마을은 오두막 두 채가 전부인 마을이었다. 그가 세 번째 주민이 된 셈이었다. 그의 어머니는 한 데 잠을 피하기 위해 싸릿대와 흙으로 움막을 만들었다. 그래도 맞지 않으니 살 것 같다고 했다. 그도 나쁘지 않았다. 사납고 거친 할머니 생각은 금방 잊어버렸다. 그는 엄마를 따라 히로네로 일을 다녔다. 밥을 먹을 수 있으니 더없이 좋은 일자리였다. 그러나 그의 엄마는 당산마을로 온 지 반년도 안 되어 죽어버렸다. 혼자 남은 그는 배가 고파 히로네 머슴으로 계속 살아갔다. 그가 아는 것은 되천과 당산마을 그리고 히로의 농사일이었다. 히로는 그를 순한 말이라고 불렀다. 히로의 말에 절대 복종하는 순하고 착한 말, 히로는 그를 당산마을 이장이라는 완장을 채워주었다.

해방이 되어 히로는 떠났고 그 모든 것은 그녀 것이 되었다. 하지만 주인만 바뀌었을 뿐, 그의 일상은 달라진 것이 없었다. 그는 어제와 다름없이 농사일과 정미소 일을 계속했다. 그녀도 다행히 이장을 마다하지 않았고 아니, 이장의 처지를 가엽게 여겼다. 누구에게나 부드럽고 따뜻한 봄날만 있는 것이 아닐 터, 계절의 순환과 다르지 않은 삶에 연민을 가졌다. 그는 항상 그를 이장님이라고 불렀다. 히로는 이장이라는 완장을 그에게 채워 순한 말처럼 부려 먹었지만, 그녀는 자신을 돕는 누구에게도 고압적이거나 거만하지 않았다. 그들을 가까운 이웃이고 마음의 고향이라고 여기지는 않았지만, 불공평하지 않은 평화로운 공동체로 살아가길 꿈꿨다. 그녀의 일터에서 굶주리는 사람이 없기를 바랐고, 어떤 이념으로도 그녀와 갈등 빚기를 바라지 않았다. 그녀는 다만 땅을 귀히 여기고 그 땅에서 먹고사는 생명의 소중함을 깨닫기를 바랐다. 그것이 그녀의 가장 현실적인 이상향이었다.

그녀는 새벽부터 늦은 저녁까지 정신없이 바빴다. 부엌일과 두 딸을 돌봐주는 당산마을 아주머니가 있기는 하지만, 딸들을 만족시키지는 못했다. 아주머니는 그저 밥을 해주고 빨래와 청소를 해줄 뿐이었다. 아이들에게는 책이 아닌 세상에 대한 궁금증을 풀어줄 사람이 필요했다. 경성은 어떤 곳이고 세상은 얼마나 넓고 또 지구는 어떻게 만들어졌는지 같은 질문에 답해 줄 사람이 필요한데, 한글조차 모르는 아주머니에게 그런 답을 기대하기는 어려웠다. 그녀는 자신이 그 역할을 해주지 못하는 것에 대한 미안함과 학교에 보내주지 않는 것에 대한 죄책감이 들기도 했지만, 막상 아이들을 보면 그런 마음이 사라졌다. 평범치 않은 두 소녀를 너그럽게 이해하고 받아줄 세상이 아니었다. 인물의 좋고 나쁨이 머리와 마음보다 중요시하는 세상이었다. 남자보다 여자에게 더 가혹한 세상의 시선을 견디지 못할 것이었다. 그녀는 곧 초경을 시작할 딸들이 멸시의 대상이 되어 고통받는 꼴을 보고 싶지 않았다. 때문에 그녀는 셋이 살아도 충분하다고 여겼다.

그녀는 추수가 끝나면 돼지를 잡아 구씨네 식구들과 당산마을 사람이 모여 잔치를 열도록 했다. 농한기를 맞은 일꾼들은 일 년 치 새경을 받았고 이장처럼 수시로 구씨네 일을 돌봐주는 이들에게도 그녀는 품삯을 넉넉히 주었다. 구씨네서 일하는 사람들이 끼니 걱정한다는 소릴 듣고 싶지 않아 매달 쌀을 지급했다. 그렇다고 그녀의 베풂이 모두에게 환영받는 것은 아니었다. 그녀가 히로의 농토를 샀다는 소문이 나면서 박정기를 비롯해 인근 마을의 지주들이 곱지 않은 눈길을 보내왔다. 농번기에 일꾼이 부족한 것은 구씨네서 모두 데려갔기 때문이고, 그녀가 히로의 땅을 그리 싼 값에 산 것 역시 두 사람이 불미스러운 사이였기에 가능했을 것이라고 뒤 소릴 했다.

또 나라에서 농지개혁 시행 준비를 마쳤다는 말이 나왔다. 3정보(1정보 3천 평)가 넘는 농지는 나라가 사서 땅이 없는 농민들에게 분배한다는 거였다. 가난한 농민들에게 당장 좋은 소식으로 들렸지만, 땅을 그냥 주는 것이 아니라 현물이든 돈이든 높은 세금을 내야 하는 조건이었다. 지주들도 농지를 나라에 바치고 매년 생산된 작물의 두 배 가까이 보상해 준다고 하자 호불호가 갈렸다.

역천 개발로 전체 농지가 10정보 이상 되는 그녀에게도 좋은 소식은 아니었다. 그럴 바에는 차라리 소작농들에게 싼값으로 분할 판매하는 것이 나았다. 소작농 입장에선 지주에게 소작료를 내는 것이나 나라에 세금을 내는 것이나 별다를 것이 없고, 소작료를 내느니 새경을 받거나 농번기 품삯을 받아 사는 것이 더 속 편하다고 생각할 수 있었다.

그렇다고 시행될 농지개혁법을 거부할 수도 없는 상황이었다. 지주들 더러는 세상이 변했으니, 농지 개혁에 동참하는 것이 마땅하다고 했다. 앞으로는 땅보다 다른 방법으로 재산을 모아야 한다고, 농지개혁령은 그러니까 지주들에게는 새로운 기회를 만들어 줄 것이고, 농지가 없던 농민들에게는 땅을 가질 수 있게 되어 더없이 좋은 세상이 될 것이라고 했다. 그녀는 쉽게 받아들이지 못했다. 농지개혁으로 정말 평등한 세상이 만들어질 수 있을지 확신이 들지 않았다.

합정 지주 박정기가 찾아온 것도 그 때문이었다. 히로가 있을 때부터 그녀에 대한 감정이 좋지 않았던 박정기는 누구보다 그녀에 관한 일에 민감하게 반응했다. 전에도 그녀를 만나러 당산마을까지 왔다가는 그녀의 눈치를 알아챈 이장이 핑계를 만들어 돌려보냈다. 박정기가 그녀를 만나려는 이유가 뻔했기 때문이었다. 그는 히로의 땅을 자신이 사지 못한 것에 큰 불만과 아쉬움을 가지고 있었다. 그도 해방이 되어 히로가 서둘러 본토로 돌아갈 거라는 정보를 듣고선 히로의 땅에 눈독을 들이던 중이었다. 그런데, 하루 이틀 상관으로 히로는 도망치고 땅은 그녀가 헐값으로 가졌다는 소릴 듣고는 화를 참을 수 없어 했다.

그는 할아버지 때부터 내려온 합정과 우정 일대의 땅을 소유하고 있었다. 일본 놈들 때문에 그 많은 땅이 줄어들었고 정미소 창고도 꽉 찬 적이 없었다. 말만 지주이지 소작료를 최고로 높게 받아도 살림이 전 같지 않았다. 그는 어떻게든 떵떵거리던 시절로 돌아가고 싶어 했다. 그녀가 가진 땅만 손에 넣을 수 있다면, 예전의 영화를 되찾을 수 있다고 생각했다. 그리고 나라에서 추진하고 있는 농지개혁은 지주들을 죽이려는 법이고, 결국엔 세금 때문에 땅을 빼앗기게 될 것이라고, 끝까지 반대하라고 그녀에게 강요하러 온 것이었다. 농지가 많은 그녀가 반대하고 나서야 다른 지주들도 합세해 힘을 얻을 수 있다고 그녀를 방패 삼을 작정이었다.

박정기가 그녀의 구씨네 정미소를 찾아왔을 때, 이장은 정미소 앞에서 담배를 피고 있었다. 이장은 작은 키에 선한 눈빛을 가졌지만, 일머리가 좋아 덩치 큰 일꾼들을 잘 부렸다. 그는 박정기가 다가오자 피고 있던 담배를 땅바닥에 버렸다. 정월 대보름 추위가 정미소 문 앞을 떠나지 않을 때였다. 저고리 소매 밖으로 빠져나온 그의 팔목이 찬바람에 붉어졌다. 검정 고무신 속 버선은 황토 바닥을 기어다닌 듯 제 색을 잃고 구멍이 뚫려 있어 누군가의 챙김을 받으며 사는 모양새가 아니었다. 침을 뱉고 진저리를 친 이장은 다가오는 박정기에게 인사를 건넸다. 일찍 오셨네유!

박정기가 왜 온 것인지 모르지 않는 터, 그녀 대신 그가 적당한 핑계를 만들어 돌려보내야 했다. 자신을 대놓고 무시하는 박정기를 위해 아무 얘기도 그녀에게 전해주고 싶지 않았다. 고아나 다름없이 자라온 이장에게 그의 무시는 적개심을 가지게 했다. 그녀가 당산마을에 오기 전부터 히로네서 일한 이장은 사실 당산마을의 터줏대감이라고 할 수 있었다. 솔직히 그는 다른 동네로 가 머슴살이를 할까도 생각했다. 해방이 되고 히로가 당산마을에서 도망쳤을 때, 이장도 당산마을을 떠나려고 했다. 어디든 이곳보다 못할까 싶어 마음을 굳혔는데, 그녀가 그를 눌러앉게 했다.

그녀는 한 번도 이장을 다른 사람과 비교하거나 무시하는 말을 하지 않았다. 그리 친절하거나 부드러운 성품으로 보이지는 않지만, 그녀는 뭔가 잘못됨을 바로잡는 힘이 있었다. 신경 쓰기 귀찮아서 또는 내 일이 아니라서 나보다 못한 인간이라서 그러려니 하는 것이 아니라, 옳고 그름을 확실하게 말할 줄 알았고 책임질 줄 알았다. 그녀는 이장에게 든든한 의지처가 되었다. 그녀에 대한 믿음이 그녀하고는 아무 상관 없는 그가 만든 감정이지만, 그래도 이장은 그녀를 위해 일할 생각이었다.

이장의 인사에 박정기가 그를 꼬나보며 웃었다. 중배야, 내 앞 이서 눈두 똑바루 못 뜨더니 그새 많이 컸다. 그 여자 빽이 큰 모냥이다! 박정배와의 대면은 늘 그런 식이었다. 이장이 아무리 윗사람 대접을 해주려 눈을 곱게 떠도 박정기는 매번 그를 깔아뭉갰다. 중배야, 니가 언제부터 저 여자 머슴 노릇 했다고 건방을 떠냐. 괜히 시비 걸지 말구 온 용건이나 말유? 이장은 알면서도 아는 체하고 싶지 않았다. 지난번이두 와서 말힜는디, 너 시방 나 엿 멕이냐! 지난번두 말힜지만, 우리 사장님은 박 사장님 만나고 싶지 않대유. 핑계를 대느니 확실한 의사를 전달하는 것이 좋을 듯싶었다. 그녀에게 한번쯤 물어보고 답변을 해야 하지만, 그는 자신의 대답이 곧 그녀의 대답이라고 확신했다. 뭐라구! 네 사장이 날 안 만나겠다고? 물어보지두 않구 워치기 안다니? 니가 아주 그 여자 서방 행세를 하는구나. 박정기가 이장을 향해 삿대질을 했다. 예상은 하고 있었지만, 박정기의 심한 말에 이장은 그만 얼굴이 발개졌다. 그러잖아도 홀아비가 그녀의 온갖 궂은일을 도맡아 한다는 소문 때문에 불편했는데, 엉큼하기 짝이 없는 박정기 입에서까지 그런 말이 나오니, 이장도 알 수 없는 속내를 들킨 기분이었다.

시방 뭔 소릴 허는 규! 나이 잡슨 양반이 그런 실없는 얘기나 허구 말유. 지는 유, 우리 사장님처럼 인간적인 사람은 츰이유. 이북 서는 좋은 핵교두 다니구 양반집 자손이었대유. 이장은 자신도 모르게 그녀에 대해 떠들었다. 그녀가 함흥에서 왔고 딸이 둘이고, 여학교를 나와 일본 말과 영어를 잘한다는 것은 히로가 있을 때부터 아는 사실이지만, 양반집 자손이라는 것은 그가 지어낸 이야기였다. 그녀가 좋은 집안 사람이라는 걸 박정기가 알아야 함부로 하지 못할 것이었다. 박정기의 가장 큰 치부는 자신의 어머니가 합정의 이름난 기생이었다는 사실이었다. 그는 어머니를 가문의 수치로 생각했고, 늘 양반가에 대한 원망과 부러움을 가지고 살았다. 기생해서 번 돈으로 합정에 땅을 사 지주가 되었거늘 제 어머니를 인정하지 않았다.

이장이 겪어본 지주들은 대체로 양반집 자손이거나 출세한 가문의 사람에게는 한없이 예의 바르고 쓸데없는 존중을 가지고 있었다. 자신들이 갖지 못한 것들에 대해서는 어떻게든 손에 쥐려 했는데, 그것이 자신보다 약한 사람 손에 쥐어져 있을 때는 토끼 굴을 발견한 여우처럼 행동했다. 박정기의 눈에는 그녀가 토끼였다. 굴이 아무리 깊어도 그는 그녀를 기어이 밖으로 끄집어내 잡아먹으려 할 것이었다. 하지만 이장이 보기에 그녀는 결코 만만한 사람이 아니었다. 그녀는 똑똑한 머리와 단단한 의지를 가진 사람이어서 박정기의 뻔한 술수에 쉽게 넘어가지 않을 것이었다.

이장은 아무리 까막눈이고 보잘것없는 집안에서 태어났지만, 조상을 탓하지 않았고 신의를 지킬 줄 알았다. 조상이 그에게 남긴 것이라고는 흙담집 한 칸이지만, 그는 그 집에서 무탈하게 어른이 되었고, 아픈 데 없으니 일하며 살아갈 수 있었다. 그녀는 말했다. '씨 뿌

257

릴 땅 한 평 있다면 얼마든지 만석꾼이 될 수 있다고.' 이장은 그 말을 되뇔 때마다 기분이 좋아졌다. 자신도 언젠가는 그녀처럼 너른 땅을 가질 수 있다는 생각에 가슴에 벅찼다. 큰 부자는 아니어도 자신의 땅을 부쳐 먹고 살 수만 있다면, 다른 욕심은 생기지 않을 것 같았다. 배곯지 않고 산다는 것은 남의 눈치를 보지 않아도 된다는 뜻이었고, 밥을 얻어먹지 않으니 무시당할 일도 없었다. 이장은 그녀를 믿는 만큼 자신에게도 그런 날이 빨리 올 것이라 믿었다.

이장이 잠깐 다른 생각에 빠져 있는 동안 그를 꼬나보던 박정기가 코웃음치며 말했다. 양반은 무신 양반이여! 이북서 왜놈헌티 겁탈당허고 도망친 주제에… 구사장은 참 비밀두 많어. 소문들으니께, 구사장 서방은 경성에 있다메? 그 집안이 언청이라던디? 그래서 딸들이 밖이 나오지 않는다구… 넌 봤냐? 허긴, 그 여편네 사나워서 집안에 발이나 들여놓았겠냐. 이장은 순간 가슴이 철렁 내려앉았다. 그녀가 말을 단속한 것은 아니지만, 두 아이를 보는 순간 이장은 저절로 입을 다물어야 한다는 사실을 깨달았다. 비밀이라고 할 것도 없고 아무도 비밀이라고 말한 적 없는데, 이장은 스스로 비밀을 만들었다. 그런데 박정기가 알고 있을 정도면, 그녀의 집안 사정은 더 이상 비밀이 아니었다. 그녀에게 결코 좋은 일이 아니었다. 그는 그녀의 비밀이 자신에게 그녀를 공격할 좋은 무기가 될 거라는 걸 잘 알고 있을 터였다. 워디서 그런 쓸디없는 소릴 들었대유. 애들이 워낙 몸이 약히서 문밖 출입을 못허는 거유. 이장은 어떻게든 박정기 말을 반박해 보려 애를 썼다. 그러나 박정기의 표정은 확신에 차 있었고, 이장의 반박은 어딘가 궁색하기만 했다. 야, 니가 아무리 구사장을 변호

히두 소용없서. 시상에 비밀이 워딨다니. 아무리 감춰 봐라, 과부 고쟁이 속에 이가 몇 마린지 다 아는 시상이다. 그니께 얼릉 가서 구사장 나오라구 히라이. 나올 때, 아주 땅문서 갖구 나오라구 혀. 나라헌티 땅 넘기는 것보단 나헌티 파는 게 나을걸 .

박정기의 목적이 그녀의 땅을 차지하기 위한 것이라는 걸 알게 된 이상 더더욱 그를 도와주기는 싫었다. 박정기 역시 이번만큼은 그녀와 단판을 지을 생각인 듯 쉽게 물러날 태도가 아니었다. 망설이던 이장은 박정기를 정미소에 남기고 그녀의 집으로 향했다. 어떻게 할지는 그녀가 결정하고 판단할 일이었다. 이장은 그저 그녀가 시키는 일만 하면 되었다. 이장이 등을 보이자, 박정기가 땅바닥에 침을 뱉으며 한마디 덧붙였다.

중배야, 내가 장가보내줄 테니까 말 잘 혀! 박정기의 키득거리는 소리가 걸음을 방해했지만, 그는 돌아보지 않았다. 박정기가 하는 말은 하나같이 그를 놀리기 위함이었다. 말에 뜻을 두기 시작하면 한없는 모멸감에 시달려야 했다.

정미소에서 그녀의 집까지는 오 분여 거리였다. 박정기가 구지 그녀를 직접 찾아가지 않고 이장을 통하는 것은 처음부터 그녀가 외부인의 출입을 금했기 때문이다. 박정기는 이장만이 유일하게 그녀의 집을 왕래할 수 있다는 것을 누구보다 잘 알았고, 이장을 통해서만 그녀를 만날 수 있음을 기분 나쁘게 생각했다. 주제에 대단한 사람이라도 되는 양 착각한다고, 양반 없어진 지 한참 되었거늘 꼴사납게 군다고 했다. 그러나 이장은 그녀가 자신에게만 어떤 특권을 준 것 같아 흐뭇했다. 물론 두 딸이 바깥세상에 드러나지 않도록 하기 위함이라는 것을 알면서도 그녀의 굳게 닫힌 대문을 자신만이 열고 들어갈 수 있다는 사실에 은근한 자부심을 가졌다.

그녀는 두 딸과 함께 영어 공부 중이었다. 이장은 처음에 그녀가 하는 말이 미국말이라는 것을 몰랐다. 아무리 들어도 이상한 소리였다. 이장은 되천에 사는 친구 영구한테 그녀가 이상한 말을 한다고 했더니, 미국말이라고 했다. 그러면서 영구는 되천에도 미국말 할 줄 아는 남자가 한 명 사는데, 소문에는 그 남자가 미국으로 공부하러 갔다가 그만 병들어 포기하고 되천으로 왔다고 했다. 남자가 되천 양지산에 벽돌로 지은 집에서는 가까이 작은 섬들과 배들이 드나드는 것을 볼 수 있었다. 남자는 종일 산에 올라가 멍하니 바다를 바라보는 게 일상이었는데, 그것이 남자의 병을 낫게 하는 치료제 역할을 한다고 했다. 약을 먹거나 주사를 맞거나 하는 것이 아니라 바다 풍경을 바라보면 낫는 병이라니, 마을에선 그런 그를 미쳤다며 쉬쉬 했다. 이장의 친구 영구도 남자가 미치지 않고서는 쓸데없는 일에 그토록 열중하지 못할거라고 했다. 경성에는 유명한 의사도 많고 약방도 많다고 들은 영구는 도무지 이해할 수 없는 일이었다. 그나마 다행인 것은 남자가 동네사람들을 만나면 피하지 않고 인사를 건넨다는 것이었다. 영구는 나무하러 양지산에 갈 적마다 남자와 마주쳤는데, 그때마다 남자는 영구에게 인사를 건넸다.

이장은 영구한테 그 남자가 어떻게 말하는지 한번 해보라고 했다. 영구는 씨익 웃으며 남자는 누구를 만나든지 굿모닝!이라고 인사한다며, 뭔가 기분 좋은 소리 같다고 했다. 이장은 영구가 그녀처럼 말하는 소릴 듣고는 깜짝 놀랐다. 정확하게 들린 것은 아니지만, 미국

말이 틀림없었다. 굿모닝! 은 그때부터 이장이 아는 유일한 미국 말이 되었다.

되천에 산다는 그 남자는 미국에서 살다 왔으니, 미국말을 잘하는 것이 당연할 테지만, 그녀가 미국말을 할 줄 안다는 것은 놀라웠다. 그녀가 두 딸과 미국말 공부하는 것을 본 이장은 자신도 모르게 굿모닝! 이라는 말을 뱉고 말았다. 이장의 작은 소리를 알아들은 것인지 두 딸이 까르륵 웃었다. 두 아이가 갈라진 입술을 환하게 치켜 올리며 웃는 모습에 이장은 멋쩍게 웃었다. 자신을 향해 그토록 환하게 웃어준 사람은 두 아이가 처음이었고, 자신이 누군가를 웃게 만든 것도 처음이었다. 이장은 좀 전 박정기로부터 당한 무시를 잊어버렸다.

그녀가 책장을 덮으며 웃고 있는 두 아이와 이장을 번갈아 보았다. 그녀도 아이들도 그들만의 세상에서는 더없이 행복해 보였다. 그녀가 절름발이든 아이들이 괴상하게 생겼든지 간에 셋은 언제나 다정하고 순수했다. 들과 정미소가 그들의 전부지만, 모습 어디에서도 불만과 걱정은 보이지 않았다. 이장은 그녀의 그런 당당한 밝음이 좋았다. 밝음은 자신이 만드는 것이라는걸, 그늘과 밝음을 구분하는 것 자체가 자신의 몫이라는 걸 그녀를 보면서 깨달았다. 그는 글자도 모르고 세상 이치도 모르지만, 마음먹기에 따라 얼마든지 밝게 살 수 있다는 걸 알고부터 자신의 인생도 그리 어둡지만은 않다고 생각했다.

두 아이가 방으로 들어가자, 그녀는 박정기 문제를 꺼냈다. 이장이 왜 왔는지 알고 있는 터였다. 그 사람한테는 땅을 절대 팔지 않을 겁니다. 그는 농사가 아닌 다른 힘을 얻기 위해서 땅이 필요한 사람 같습니다. 만일 땅을 처분해야 한다면, 이 땅에 살면서 함께 농사지을 사람들과 나눌 것입니다. 농지법이 시행되기 전에 결정해서 말씀드릴게요. 그녀는 이미 마음을 굳힌 상태였다. 전에도 박정기가 땅을 매수하겠다며 여러 번 사람을 보냈지만, 그녀는 대꾸하지 않았다. 농지개혁 얘기가 나올 때부터 박정기는 그녀의 땅을 싸게 매수해 소작농에게 비싸게 팔거나 나라에 넘겨 보상받을 계획이었다. 바깥에 나가지 않아도 그녀는 라디오와 책 그리고, 이장이 사다 주는 신문을 통해서 세상 돌아가는 것을 알았다. 전에도 똑같이 얘기했는데, 그 사람이 말을 안 듣고는 부득부득 사장님께 가보라고 히서 왔슈. 한 번 더 거절하면 알아듣겠죠. 이장님은 제 말 그대로만 전해주세요. 그녀는 대수롭지 않다는 표정으로 말했다. 그녀도 이장이 박정기한테 얼마나 시달렸을지 짐작했다. 이장은 어떻게든 박정기를 피하고 싶어서 그녀의 집으로 왔을 것이었다. 어느 날 정미소에서 일하는 한 일꾼이 박정기가 왔다 가면 이장의 얼굴이 먹구름처럼 검어진다고 했다. 이장뿐만 아니라 그녀의 구씨네정미소에서 일하는 사람들에게도 공연히 시비를 걸거나 심부름을 시킨다고 했다. 그녀는 박정기를 경계만 할 뿐, 그와 대거리할 생각은 하지 않았다. 잘못 건드렸다가 그녀는 물론 다른 식구들까지 화를 당할까 봐 조심하고 있지만, 꼭 한번은 짚고 넘어갈 참이었다. 당산마을에 온 지 십여 년이 넘었는데 그녀는 여전히 이방인 취급을 당했다. 이장 같은 좋은 사람도 있기는 하지만, 대부분은 그녀를 외지에서 굴러온 과부 취급했다. 그녀의 남편을 한 번도 본 적 없으니 그녀가 거짓말을 한 것이라고, 당산마을에 올 때부터 그녀는 과부였고 어쩌면 괴상하게 생긴 딸들을 낳는 바람에 시댁에서 쫓겨났을 거라고 수군거렸다. 모두 틀린 소리는 아니지만, 그렇다고 맞는 얘기도 아니었다. 순진한 이장이 얼굴이 시뻘게져 그들이 한 말을 그대로 전했을 때, 그녀는 어느 책 속의 이야기 같아서 큰소리로 웃고 말았다. 어렸을 때부터 무서운 동화처럼 들어온 구씨 가문의 내력을 자신이 고스란히 물려받은 셈이었다. 그때는 그녀도 친구들과 쉬쉬하면서 얘기했는데, 이젠 그녀가 이야기의 주인공이 되어 있었다.

이력이 나 그런지 새삼스럽지도 않았다. 무슨 이야기든 끝이 있는 법이었다. 구씨네 이야기의 주인공인 그녀는 맞지도 틀리지도 않는 소문과 추측을 무시하고 진짜 이야기를 해 나갈 것이었다. 그때가 언제인지는 알 수 없지만, 그리 비극적으로 그리고 싶지는 않았다. 도태리 구씨네의 비극이 더는 이어지지 않도록 주인공인 그녀가 이야기를 바꿀 것이었다.

이장이 돌아간 뒤 그녀는 장롱 속에 넣어두었던 돈뭉치를 꺼냈다. 농사일에 필요한 물건을 사고 일꾼들 품삯과 찬거리 등을 살 돈이었다. 내년엔 새 도정기를 들여오고 낡은 창고도 다시 지어야 했다. 고향에도 다녀올 생각이었다. 아니 고향은 내년까지 기다릴 필요 없이 올해 모내기를 마치면 바로 배를 탈 것이었다. 도태리 부모님께 몇 번 전보를 쳤지만, 아무런 소식이 없었다. 엄마와 아버지가 전보를 받고 외삼촌들과 당산마을로 오기를 기다렸지만, 아무런 소식이 없는 걸 보니 필시 좋지 않은 일이 생긴 것인지도 몰랐다. 아니면, 그녀가 친 전보가 제대로 들어가지 않았을 수도 있었다. 고향 생각으로 밤잠을 설친 날은 바로 달려가고 싶다가도 두 아이와 농사일이 그녀의 발목을 잡으면 다시 주저앉았다. 생각해 보면 아득히 먼 곳만 같았다. 그 길을 다시 찾아갈 수 있을지 혹시 그녀의 기억 속 고향이 신기루처럼 사라져 버린 것은 아닐지 두려웠다.

유월 초순까지는 모내기를 끝내야 했다. 봄 가뭄이 길어져 모가 늦게 자란 탓이었다. 물이 풍족했으면 벌써 모내기를 끝냈을 터였다. 젊은 일꾼 대여섯 명이 쉬지 않고 물레방아를 돌려 못자리에 물을 댄 덕분에 모는 잘 되었다. 역천이 말라 제때 모를 심을 수 있을까 걱정하던 차 연이틀 비가 내려 가뭄 걱정도 덜었다.

모찌기는 이른 새벽에 이루어졌다. 네모 반듯한 모판마다 서너 명의 사람들이 양쪽 끝에서부터 모를 찌기 시작했다. 한 묶음씩 찐 모를 모 한 가닥으로 돌려 묶어 뒤로 던져 놓으면, 또 다른 일꾼들이 이를 가져다 모심을 논바닥에 일정한 간격으로 던져 놓았다. 한 달 보름이 된 모는 한 뼘 정도 자라 심기에 맞춤했다. 새벽부터 시작된 모찌기가 끝나면 새참을 머리에 인 동네 아낙들이 들판을 향해 차례로 걸어왔다. 이를 본 일꾼들은 음식 냄새를 참지 못하고 득달같이 달려가 아낙들의 머리에서 광주리와 술 주전자를 받아 논두렁에 펼쳐놓았다. 베 보자기를 걷자, 광주리 안에는 쌀밥과 오색 나물, 생선과 돼지고기가 사발마다 가득했다. 일꾼이나 일없이 제 아비를 찾아와 논두렁을 뒹구는 애들에게도 새참 광주리는 넉넉했다.

새참을 마치고 잎담배를 핀 일꾼들이 다시 논으로 들어가면, 본격적으로 모내기가 시작되었다.

양쪽 맨 끝에 선 사람이 못 줄을 잡으면 그 사이로 사람들이 한 발작 간격으로 나란히 섰는데, 눈치 빠른 이들은 손 빠른 사람 옆에 가 섰다. 왼손에 한주먹의 모를 잡고 오른손으로 서너 개의 모를 떼어 손가락으로 찔러 넣듯 논에 꽂았는데, 비슷한 양을 쥐고도 가장 먼저 허리를 펴는 사람이 고수였다. 흰 수건을 두른 수십 명의 일꾼들이 논바닥을 향해 허리를 굽혔다 젖혔다 하는 모습이 떼로 앉아 날갯짓하는 두루미들 같았다. 물 댄 논바닥 여기저기서 개구리가 튀어 오르고 씀바귀와 소리쟁이는 산들바람에 소리쳤다.

허리 굽힘이 둔해질 즈음 누군가 방아 타령 선소리를 시작했고, 뒷소리는 다 같이 받아 불렀다. 어리 사는 대흥이는 목청이 좋아 모내기 소리꾼으로 알려져 그를 서로 데려가려 애썼는데, 멀리서도 그의 노래가 들려 어느 집에서 모내기하는지 알 수 있을 정도였다.

에헤이 어어 에이호어어 호어/ 노들 방아/ 에헤이 허어어/ 헤이야 헤이야 어이 허어 오오/ 노들 방아/ 노자 노자 젊어서 노자/ 늙어 놀려면 못 노나니/ 헤이야 에헤이야 으허 어이/ 허어 오오/ 노들 방아

무정세월/ 오고가는 마음/ 아까운 농부가 다 늙는구나/ 헤이야 에헤이야 으허 어이/ 허어 오오 야아/ 놀던 방아/ 광풍아 불지 마라/ 애써 심은 고운 모포기/ 늘어진다

[네이버] 「방아 타령」[-打令] (한국향토문화전자대전)

구씨네 모내기 하는 날은 당산마을 사람뿐만 아니라 인근의 도꼬지와 어리 되천 마을에서까지 모여 동네잔치 날이 되었다. 첫해는

265

그녀에 대한 믿음이 부족해 일꾼 부족으로 맘고생이 심했는데, 한두 해 지나면서 품삯은 물론 먹거리까지 풍족하다는 소문이 돌며 구씨네 일이라면 마다하지들 않았다. 그녀는 이장을 시켜 고기와 술을 넉넉히 준비했다. 푸성귀는 동네 아낙들이 가져온 것을 사고 건어물은 포구에 나가 짝으로 사들였다.

그녀가 이루고 싶었던 것은 배고프지 않게 사는 삶이었다. 배부르고 배고픈 이들이 나뉘지 않고, 먹을 것이 없고 먹을 것이 넘쳐서 불행하거나 행복하다는 사람들로 나뉘지 않는, 그래서 땅이 필요했고 농사를 짓겠다고 결심한 거였다. 그녀의 결심은 해마다 거르지 않는 모내기가 증명했다. 정미소 앞마당에 펼쳐진 잔치 음식은 잠시나마 모두의 평등한 음식으로 소비되었다. 밥을 먹기 위해서 일하고 밥을 얻기 위해서 땅에 엎드린 사람들이 가장 행복한 시간은 다 함께 모여 밥 먹을 때였다. 밥 앞에서 얼굴을 찌푸리거나 화를 내는 사람은 없었다. 밥을 먹을 때는 다들 한없이 너그럽고 더없이 친절했다. 밥은 전쟁을 멈추게 하고 사랑을 샘솟게 했다. 그래서 그녀는 밥은 신이 인간에게 준 가장 큰 은혜이고 믿음이라고 여겼다.

그녀는 모내기가 끝나가는 들을 바라보았다. 바람은 온화하고 싱그러웠다. 당산마을 산등성이서 익어가는 겉보리 냄새와 역천으로 흘러드는 봄물 냄새, 포구의 조기 냄새, 논두렁에 엎지른 시큼한 막걸리 냄새가 서풍을 타고 논바닥으로 흘러들었다. 그녀의 풍경이었다. 풀 한 포기 흙 한 주먹조차 매일 신선한 의미이고 소중한 삶이었다. 그녀는 저린 다리를 쉬려 잠시 땅바닥으로 내려앉았다. 보고 또 보아도 벅찬 들녘으로 단풍 같은 노을이 쏟아지고 있었다. 붉은 노을은 찰랑거리는 논바닥을 물들이고 멀리 소나무 숲에 떼 지어 앉은 두루미를 품었다. 그녀는 들녘의 풍경에 사로잡혔다. 더는 바랄 것이 없었다. 자신조차 풍경이 된다고 한들 아쉽지 않았다. 빈들이 마침내 푸름으로 가득 채워지면, 그녀의 영혼은 만조의 기쁨으로 출렁였다. 이미 만선의 깃발을 마중한 기분이었다.

황금빛 벼들이 들녘을 채울 때까지 기다리면 되었다. 그녀는 비와 태풍이 그녀의 들녘을 무사히 지나가길, 다가올 여름에 빌었다. 그것이 땅에 대한 그녀의 경배였다.

모내기한 지 이십여 일이 지났다. 뿌리 내린 모들은 시퍼렇게 포기 수를 늘려 갔다. 일꾼 서너 명이 돌아가며 물레방아를 돌려 논바닥 물도 충분했다. 논의 풀 매기도 이장이 알아서 할 것이니, 그녀는 그동안 별러 왔던 고향에 다녀올 참이었다. 한 달 정도는 여유가 있었다. 그녀는 쌀과 건어물 등 도태리로 가져갈 물건들을 차곡차곡 마차에 실었다. 포구로 가져가 제물포 가는 여객선에 실어야 했다.

소고기와 돼지고기는 함흥에 들러 넉넉하게 살 것이고, 옷가지와 신발도 부족함 없이 준비해 갈 생각이었다. 소식이 끊어져 죽었다고 믿고 있을 그녀가 나타난다면, 마을 사람들은 물론 엄마와 아버지 외삼촌들이 깜짝 놀랄 것이었다. 또 그녀가 구씨네 이상으로 부자가 되었다는 사실을 알고 나면, 믿을 수 없다며 눈물을 흘릴 것이었다. 밤잠을 설친 그녀는 짐 꾸러미를 보니 가슴이 설렜다. 잊은 적 없는 고향이지만, 이십여 년이 흘렀다. 기억 속 고향이 그대로 있을지 사라져 버렸을지 알 수 없지만, 그래도 도태리만 생각하면 가슴이 뛰었다. 기억하고 싶지 않은 악몽이 가슴 한 켠에 여전히 남아 있지만, 그리움을 이길 수는 없었다. 두 딸은 자신들에게도 가족이 있다는 사실에 놀라워했다. 엄마인 그녀가 세상이었던 딸들에게 외가가 있고 친가가 있다는 것은 곧 그녀의 지나온 시간을 밝혀야만 이해시킬 수 있는 일이었다. 그녀는 딸들이 왜?라는 질문을 할까 봐 두려웠다. 아직은 성숙하지 않은 두 아이가 그녀를 아니, 엄마를, 여자를 이해하지 못할 것 같아 어떻게 말해야 할지 한참을 망설였다. 그러다 그녀는 사실과 다르게 말하기보다 정확하게 말해주는 것이 그녀 스스로에게 떳떳하다 싶었다. 아이들이 혹여 그녀의 삶을 부끄러워하거나 창피하게 해석해도 어쩔 수 없는 일이었다.

그녀는 고백과 용기의 문제가 아닌 진실과 사실의 문제고, 두 딸이 반드시 알아야 할 일이라고 생각했다. 그녀의 담백한 이야기를 듣던 큰아이가 먼저 질문했다. 엄마를 지켜줄 사람이 없어서 도망친 거야? 솔직히 그녀가 믿고 의지할만한 사람이 당시에는 없었다. 아버지와 엄마, 외삼촌 누구도 그녀를 지켜주겠다고 믿음 준 사람이 없었다. 그녀는 그때 식민지 여성이었고 너무 가난했다. 그들에게 대항하거나 맞서 싸운다는 것은 목숨을 내놓아야 하는 일이어서 하루하루 끼니를 해결하며 어떻게든 버티는 것만이 최선이었다. 도와줄 사람이 없어서 도망친 것은 아니야. 엄마를 지키기 위해서야. 비겁하지 않으려면 싸우든 도망치든 결정해야만 했어. 나는 그대로 무너질 수 없어서 도망친 거야. 땅이 있어야 굶지 않고 땅이 있어야만 제대로 살 수 있다는 것을 너희들 본가인 구씨네를 통해서 배웠어. 아주 오래 걸리긴 했지만, 도태리를 떠난 걸 후회하지 않아. 다만, 가족들과 연락하지 못하고 살아서 그게 한이란다.

딸들은 그녀를 이해하는 것 같기도 아닌 것 같기도 했다. 그녀의 눈물을 본 적이 없어 그토록 힘든 시절을 지나왔다는 사실이 믿기지 않는 듯한 표정이었지만, 그렇다고 거짓이라고 생각하는 것 같지도 않았다. 그녀의 이야기보다는 처음으로 들판과 정미소 당산마을을 벗어난다는 사실을 믿기지 않아 했다. 포구를 옆에 끼고 살면서도 배를 타본 적이 없었다. 말로만 듣던 경성을 거쳐 지도에서나 본 함흥으로 기차를 타고 간다니, 내일이 오지 않으면 어떡하나 걱정했다. 그녀의 세상에서만 살아가기에 딸들은 너무 커 버렸다. 경험하지 않은 세상에 대한 공감보다는 동경이 더 큰 나이였다.

그녀는 두 딸이 자신에 대해 크게 안타까워하지 않아 다행이었다. 딸들에게는 그녀의 힘든 과거보다 내일 떠날 여행에 대한 호기심이 더 큰 게 당연했다. 두 발로 마주할 바깥이 동경하던 세상과 얼마나 다를지에 관한 호기심으로 수다 떨기 바빴다.

그녀만의 구질구질한 보따리를 풀었다가 다시 싸맨 기분이었다. 상처의 흔적은 그녀만의 것이라는 것을 누구에게서도 위로받을 수 없다는 것을 확인받은 기분이었다. 그녀는 딸들이 잠든 이후에도 한참 동안 창밖을 서성였다. 캄캄한 들녘으로 물안개가 자욱이 내려앉고 있었다. 장마가 가까운 듯 논배미에선 개구리 소리가 극성스러웠다. 그녀는 알 수 없는 불안감으로 들녘을 응시했다.

이튿날, 그녀는 두 딸과 함께 포구로 막 나가려던 참이었다. 짐은 이장이 마차에 실어 포구로 가져오기로 했다. 몸놀림이 늦은 그녀를 딸들이 재촉했다. 엄마, 배 놓치면 어떡해! 빨리 좀 해. 알았으니까,

먼저 나가 있어. 그녀는 엊저녁 잠을 못 잔 탓인지 몸이 무거웠다. 딸들이 마당으로 나가자, 그녀는 집안을 둘러보고는 서둘러 신발을 신었다. 그녀가 대문을 밀고 나가려던 차, 이장이 먼저 문을 잡아당기며 들어왔다. 짐을 싣고 포구로 나가 있어야 할 이장이 집안으로 뛰어들며 말했다. 사장님 큰일 났어요! 전쟁이 터졌대요! 그래서 이쪽으로 오는 배는 다니는데, 제물포로 가는 배는 끊어졌대요. 말을 더듬는 이장이 쉬지 않고 말했다. 무슨 전쟁이요? 그게 그러니까, 북에서 인민군이 삼팔선을 넘어 남쪽으로 쳐들어오고 있는데, 남쪽 사람들을 닥치는 대로 죽인대요. 그래서 경성 사람들은 벌써 피난 가느라 난리래요. 이장은 겁에 질린 듯 손까지 떨었다. 그가 포구에 나가 들은 소릴 테니 틀린 소리는 아닐 것이었다. 전쟁이라니! 일본 놈들이 물러간 지 얼마나 되었다고, 더구나 그들은 우리와 같은 땅에 사는 사람들이 아닌가. 해방된 지 얼마나 되었다고 또 전쟁을 일으킨단 말인가. 그녀는 머릿속이 복잡해졌다. 믿을 수 없는 소리라면 좋을 테지만, 제물포로 가는 포구가 막혔다면 심각한 일이었다. 사장님, 우리도 피난 가야 하지 않을까요? 이장은 당장 당산마을을 떠나야 할 듯 조급해했다. 글쎄요? 땅을 버리고 어떻게 피난 간대요. 그래도 가만히 앉아서 죽을 수는 없잖아요. 여기는 경성에서 한참 떨어진 곳이라 괜찮을 거예요. 당산마을은 이제 그녀의 고향이나 다름없었다. 땅과 집이 있고 두 아이가 있었다. 이곳은 그녀 삶의 전부였다. 어떠한 일이 생겨도 이곳을 떠나 떠돌 수는 없었다. 그녀의 태연한 모습에 이장도 조금은 안심하는 눈치였다. 이장님, 배가 뜨지 않아 고향엔 갈 수 없게 되었네요. 마차에 실었던 짐은 다시 푸세요.

먹거리는 일꾼들에게 나누어 주고 다른 물건은 집안에 들여놔 주세요. 그녀는 전쟁이 났다는 사실보다 고향에 가지 못하는 것이 못내 서운하고 안타까웠다.

그녀는 착잡한 마음으로 집안을 서성였다. 포구로 나가 이장의 말을 확인해 볼까도 싶었지만, 그가 없는 얘기를 지어낼 사람은 아니었다. 아니 이장의 말이 맞았다. 딸들이 틀어놓은 라디오에서 노래가 아닌 남자의 긴박한 말소리가 들려왔다. 그녀는 라디오에 귀를 기울였다. 이른 새벽 북한이 3,8선을 넘어 남침했다는 보도와 함께 휴가 나온 군인들은 서둘러 부대로 복귀하라는 소식을 전했다. 전쟁이 맞았다. 소리없이 들어온 두 딸도 라디오의 긴급 뉴스에 화들짝 놀랐다. 엄마, 우리 어떡해? 피난 가야 해? 어디로 가? 두 딸이 그녀를 잡고 물었다. 가긴 어딜 가니, 우린 그냥 여기 집에 있을 거야. 북한군이 여기까지 쳐들어온 것도 아닌데 미리 도망치는 것도 우습잖아. 조금만 더 상황을 지켜보자. 그리고 외가에는 배가 다니면 그때 바로 떠나자. 안 가는 게 아니라 못 가는 거니까 조금만 참자. 딸들은 그녀의 말을 받아들이면서도 실망한 표정을 감추지 못했다.

그녀도 딸들만큼이나 서운했다. 아무리 태연한 척하려고 해도 아무 일 없었다는 듯 행동하기는 어려웠다. 라디오에선 쉬지 않고 전쟁 소식을 전하고 있었지만, 피난을 떠나야 한다고 말하지는 않았다. 이장은 수시로 포구에 나가 배가 제물포로 가는지 확인해 알려주었는데, 매일 피난민을 실은 배만 들어온다고 했다. 당산마을뿐만 아니라 포구를 끼고 있는 마을엔 피난민들이 하나둘 늘어나기 시작했다.

어린 것을 데리고 배에서 내려선 피난민은 이집 저집 돌아다니며 방 한 칸을 부탁했다. 무작정 떠나온 피난길이었고 어린 것을 굶길 수 없어 체면 따질 여유가 없었다. 날이 갈수록 피난민 수는 늘어났고 포구는 임시 거처를 찾는 이들로 북적거렸다. 가구 수가 많지 않은 당산마을에도 제물포와 서울 수원과 안성에서까지 피난민들이 찾아왔다. 라디오에선 여전히 국군이 잘 싸우고 있으니 안심하라는 방송을 했지만, 피난민 누구도 그 말을 믿지 않았다.

전쟁이 난 지 두 달이 넘었는데 피난민은 여전히 줄지 않았다. 처음에는 황해도와 옹진 사람들이 피난을 오더니 갈수록 가까운 안산에서까지 배를 타고 피난을 왔다. 한 피난민은 그녀에게 남한은 이제 끝장났다고 했다. 전쟁이 난 지 일주일도 안 되어 서울은 물론 경기도까지 그들 손아귀에 넘어갔고, 지금은 천안과 온양 신례원에도 인민군이 진을 치고 있다고 했다. 신례원이라면 당진에서 멀지 않은 곳이었고, 인민군이 당진까지 온다면 당산마을은 함락된 것이나 마찬가지였다. 이장은 더 아랫지방으로 떠나야 하는 것 아니냐고 설득하듯 그녀에게 말했다. 그러나 그녀는 이미 마음을 굳힌 상태였다. 남자의 말대로 심상치 않은 것은 확실했다. 피난민의 숫자를 보면 전쟁이 어떤 상황인지 짐작할 수 있었다. 그래도 그녀는 당산마을을 떠날 생각이 없었다. 꽃이 한창 핀 벼들을 내팽개치고 떠난다면 땅을 포기하는 것이나 마찬가지였다.

피난 온 한 젊은 남자는 그녀의 정미소에서 일할 테니 밥만 먹여 달라고 했다. 산달이 코 앞인 아내의 손을 잡고 마지막 보루인 양 부탁하는 남자를 거절하기는 어려웠다. 그녀는 정미소가 아닌 정미소 근처 미곡 창고에 남자가 거처할 곳을 마련해 주었다. 이후에도 서너 가족이 그녀의 정미소를 찾아왔고, 그녀는 미곡 창고를 아예 피난민 거처로 내주었다. 한산하기 그지없던 마을이 피난민들로 채워지면서 당산마을은 전에 없이 활기가 넘쳤다. 여자들은 밭일을 도왔고 남자들은 논농사를 도우며 지냈다. 전쟁이 났다고는 하지만, 사람 수만 늘어났을 뿐 전과 다름없는 평범한 일상이었다. 마른 논엔 물을 대고 피사리하고 고추밭을 매고 콩밭에 북을 주었다.

들녘은 더없이 푸르고 평화로웠으며 사람들은 낮은 자세로 엎드려 일했다. 전쟁보다 먹고 사는 일이 더 중요했다. 아침 이슬을 맞으며 일해야만 보리밥 한 끼를 먹을 수가 있고, 땅거미가 꺼져야만 허리를 펼 수 있었다. 옆 동네서 들려오는 총소리가 옆구리를 바싹 겨누지 않는 이상 사람들은 논밭으로 나가 일하기를 멈추지 않았다. 그녀의 첫 번째 피난민 젊은 남자의 아내는 기어이 미곡창고 한구석에서 아이를 낳았다. 눈이 동그란 계집아이 울음소리가 정미소 마당에까지 들려오자, 일하던 사람들은 일제히 박수를 치며 좋아했다. 전쟁이 턱 밑까지 닥쳐왔어도 새 생명은 태어나고 사람들은 환호했다. 죽음의 땅이 아니라 생명의 땅이라서 다행이었다. 살고자 이곳까지 찾아온 생명의 소리에 걱정하거나 두려워하는 이들은 없었다. 너 나없이 들뜬 표정이었다. 그녀도 아이 울음소리를 들었다. 두 딸을 낳았을 때 들은 그 소리와 같았다. 그녀는 부엌으로 들어가 미역과 소고기 생선 등을 꺼내 보자기에 쌌다. 고향에 가져가려던 것인데, 산모를 위한 것이 되었다. 딸들도 아기가 울음 소릴 낼 적마다 귀 기울였다. 새소리와 물소리 바람 소리만 듣던 딸들에게 어린 생명의 소리는 낯설고도 경이로운 소리로 들렸다. 한 날은 두 딸이 아기 울음소리를 듣고는 한 발 한 발 정미소 쪽으로 다가갔다. 신기한 울음소리에 매료되어 끌려갔던 것이다. 이를 본 이장은 화들짝 놀라 딸들을 막아섰고, 딸들은 그제야 사람들과 부딪치면 안 된다고 했던 그녀의 말을 상기했다. 그녀는 죄스러운 마음에 딸들에게 거짓말을 했다. 아기가 걸음마를 하게 되면 우리집으로 놀러 올 거야. 그때 너희들이 업어주고 과자도 먹여주렴. 그녀의 말에 두 딸은 박수를 치며 좋아했다. 충분히 가능한 얘기였고 그녀도 실제로 그런 일이 생기길 바랐다. 두 딸은 그렇게 그녀의 확실하거나 확실치 않은 크거나 작은 약속을 믿었다.

전쟁이 난 지 두어 달이 지났다. 우리가 이겼다는 소식은 들려오지 않았고, 피난민은 포구와 육로를 통해 계속 들어왔다. 처음엔 눈치 보며 쭈뼛거리던 피난민들도 어떻게든 살아야겠다는 의지로 당산마을에 가랑비처럼 스며들었다. 자고 일어나면 산비탈과 동네 어귀에 피난민들의 천막과 움집이 한두 채씩 생겼고, 그들은 자연스럽게 논밭으로 나가 일했다. 친인척도 아닌 피난민과 함께 밥을 먹고 일하는 것은 당산마을 사람들이 인정이 넘치거나 일손이 필요해서 그런 것이 아니었다. 다 전쟁 때문이었다. 어쩔 수 없는 그들이기에 어쩔 수 없이 받아들인 거였다. 전쟁은 어쩔 수 없이 일어난 것이 아닌데, 어쩔 수 없이 살아가야 하는 사람들에게는 하루하루가 돛대 없는 배에 타고 있는 마음이었다.

그러나 고단한 피난살이는 차츰 전쟁이 났다는 사실을 무뎌지게 했다. 너른 들에 엎드려 있는 사람들 풍경에서 전쟁 따위는 아무 상관 없어 보였다. 보리가 누렇게 익어가고 벼 이삭이 통통하게 여물고 있어 전쟁의 모습을 상상하지 못했다. 그녀도 더는 피난민이 들어오지 않기를 바랐다. 그쯤에서 전쟁이 끝나고 다들 왔던 길로 돌아가기를 바랐다. 하지만 당산마을의 전쟁은 아니 그녀의 전쟁은 이제부터가 시작이었다. 인민군이 당산마을까지 왔다는 소식을 전해준 이는 미곡창고에서 아기를 낳은 젊은 아빠였다. 잠시 읍내에 나갔다 돌아온 그는 군복차림의 인민군들이 트럭을 타고 읍내에 들어와 있는 것을 보았다고 했다. 그가 국군과 인민군의 복장을 구별하지 못할 리 없었고, 확성기를 통해 흘러나오는 김일성 찬양의 노래를 모를 리 없었다. 얼굴이 하얗게 질려 돌아온 그는 이장에게 당산마을도 안전하지 않다며 남쪽으로 더 내려가야 한다고 했다. 얘기를 들은 이장은 그길로 그녀를 찾아왔고 그녀는 전쟁이 더 이상 라디오에서 흘러나오는 뉴스가 아니라 현실이라는 걸 실감했다. 마차에 짐을 실을까요? 이장은 당장이라도 피난 보따리를 챙길 듯 초조하게 그녀를 보았다. 읍에까지 왔다면 피난길이 막혔을 거예요. 뱃길도 막혔는데, 육로인들 막지 않았겠어요. 조금 더 기다려봐요. 그놈들 아주 무섭다는데, 어떡한대요? 그녀도 방법을 알지 못했다. 피난민들한테 들은 인민군의 잔인함을 생각하면 당장이라도 떠나야 맞는데, 어디로 가든 그곳이라고 안전하다는 보장이 없었다. 그녀는 무섭고 두려웠지만, 하루 이틀만 더 생각해 보고 결정할 생각이었다. 이장은 여차하면 떠날 수 있도록 대충이라도 피난 짐을 싸놓겠다고 했다. 그것까지 말릴 수 없었던 그녀는 이장을 돌려보낸 뒤 자신도 만일을 대비해 보관하고 있던 현금을 꺼내 가방에 넣어두었다. 험한 길로 다녀야 할지 몰라 딸들의 신발도 하나씩 더 챙기고 옷가지도 정리해 두었다.

긴 밤이 지나고 있었다. 날은 덥고 습했다. 그녀는 내내 뒤척이다 새벽 두 시경에 잠이 들었다. 잠결에 어디선가 섬뜩한 소리가 들려왔다. 쥐 소리와 새소리 바람 소리가 아닌 아주 생소한 소리였다. 태풍이 불거나 비가 억수같이 쏟아져도 그토록 음험한 느낌은 들지 않았는데, 가슴이 덜컥 내려앉으며 몸이 벌떡 일으켜졌다. 그녀는 닫힌 창으로 밖을 내다보았다. 되천이었다. 당산마을에서 가장 가까운 되천에서 들려오는 소리였다. 불길한 예감으로 온몸에 소름이 돋는 순간, 누군가 대문 안으로 헛기침하며 들어섰다. 당연히 이장일 터였다. 그녀는 서둘러 밖으로 나갔다. 이장이 그녀를 보자마자 말했다. 사장님, 얼른 피해야 해요. 저기 짚더미 속이나 왕겨 가마 속에 숨으면 어떨까요? 그는 자신보다 그녀를 더 걱정하고 있었다. 되천 사는 우리 일꾼이 자다 말고 도망쳐 왔는데, 본보기로 몇 명씩 잡아다가 누가 반동분자인지 대라고 한 대요. 안 그러면 그냥 총으로 쏜대요. 집집마다 돌아다니면서 젊은 남자들을 막 붙잡아 가고, 부녀자들한테는 밥을 시키고 난리도 아니래요. 그보다 마을에서 누가 부자냐고 묻더래요. 사장님이 위험해요! 이장을 안심시킬 여유가 없었다. 그렇다면 이장이 시키는 대로 왕겨 가마에라도 들어가 숨어야 하는데, 몸이 굳어 버린 듯 움직여지지 않았다. 이장은 지체할 시간이 없다며 재촉하는데, 한 발짝도 뗄 수가 없었다. 아무것도 모르고 잠들어 있는 두 딸 때문이었다. 이장님은 먼저 가 있어요. 내가 아이들 데리고 정미소로 갈게요. 서둘러야 해요. 겁에 질린 이장이 뒤돌아서며 손을 휘저었다.

　침착함을 되찾은 그녀는 아이들 방으로 갔다. 딸들은 홑이불을 걷어차 버린 채로 자고 있었다. 그녀는 속삭이듯 작은 소리로 아이들을 깨웠다. 얘들아 일어나. 어서! 우리 집에서 나가야 해. 딸들은 쉽게 잠을 털어내지 못했다. 잠이 많은 나이였고 동이 트려면 먼 시각이었다. 그녀는 딸들의 곤한 잠을 깨우기가 왠지 미안했다. 무슨 일로 집을 나가 왕겨 더미 속에 숨어야 하는지 설명해야 하는데, 그 역시 답답한 일이었다. 하지만 당장은 몸부터 피해야 했다. 꾸물거릴 시간이 없다는 걸 상기한 그녀는 다시 애들을 깨웠다. 빨리 일어나! 안 일어나면 우리 죽어! 얼른 집에서 나가야 해. 그제야 두 딸은 놀란 눈을 비비며 일어나 앉았다. 엄마, 우리 왜 죽는데? 나중에 설명해 줄 테니까, 얼른 옷 입고 따라와. 그녀는 애들이 옷을 입는 동안 먹을 것을 챙기려고 부엌으로 향했다.

　그녀가 대바구니에 토마토와 감자, 쑥개떡 같은 간식거리를 챙겨 담고 있을 때, 밖에서 웬 횃불이 집을 비추었고 여러 명의 발소리가 들려왔다. 도깨비불이나 반딧불이 아니었다. 소리는 사뿐하게 땅을 밟는 소리가 아니라 거칠고 투박하게 땅을 울리는 소리였다. 순간, 그녀는 올 것이 왔다는 예감이 들며 한발 늦었다는 후회가 들었다. 그들이 마룻바닥을 쿵쿵거리며 올라섰다. 그녀는 챙기려던 간식을 포기하고 마루로 뛰쳐나갔다. 여태껏 보지 못한 시커먼 물체들이 횃불을 들고 서 있었다. 그녀는 떨리는 목소리로 물었다. 무슨 일로? 무슨 일이 생겨도 기죽지 않고 당당하게 맞서려 했던 그녀는 그들을 마주한 순간 혀가 말려들었다. 높은 곳에 올라선 듯 팔다리가 심하게 떨렸다. 그녀는 간신히 목소리를 끄집어내 물었다.

무리 중 한 명이 가소롭다는 듯 피식 웃었다. 누구냐고? 우리는 조선민주주의인민공화국의 혁명군이다! 횃불 든 남자가 소리치듯 말했다.

그녀는 어둠과 불빛에 익숙해지면서 마루에 선 그들을 희미하게 볼 수 있었다. 총과 칼을 든 다섯 명의 남자였다. 세 명은 앳되어 보였고 나머지 두 명 중 한 명은 나이가 있는 듯 보였는데, 그 남자만 오른쪽 팔에 붉은 완장을 차고 있었다. 그들은 하나같이 후줄근해 보이는 모자를 쓰고 있었고, 위아래가 다른 군복과 민간 복장을 섞어 입고 있었다. 붉은 완장을 찬 남자가 그녀 앞으로 한발 다가서자, 횃불 든 남자가 들고 있던 종이쪽지를 꺼내 그에게 건넸다. 붉은 완장의 남자는 종이쪽지를 횃불에 비춰보며 이름이 방춘화인가? 북에서 온 남자들이 어떻게 그녀의 이름을 알고 있는 것인지, 그녀는 왠지 그들보다 종이쪽지가 더 겁이 났다. 네, 그녀의 짧은 대답이 끝나기도 전에 그가 다시 물었다. 고향이 성천면 도태리라고? 나랑 같은 동향이잖아! 그곳에서 뭐 하고 살았나? 그는 시종일관 딱딱한 음성으로 취조하듯 물었다. 동향이라는 말을 하면서도 표정은 조금도 변하지 않았다. 다 알고 온 것 같아 거짓으로 말할 수도 없었다. 그녀는 사실대로 말했다. 여학교를 졸업하고 미선공으로 일했습니다. 아버지와 삼촌들 모두 머슴이었습니다. 머슴살이한 지주네가 누구지? 오래되어 기억나지 않습니다. 왠지 구씨네 라고 말하면 안 될 것 같았다. 그녀는 숨을 내쉬며 한 손으로 마루 기둥을 잡았다. 언제부터 절름발이인가? 그녀는 구씨네 이야기를 덮기 위해 서둘러 대답했다.

간난아이 때 열병을 앓아 이리 되었습니다. 완장 찬 남자가 그녀의 위아래를 훑어보더니 큰 문제가 없는 듯 종이쪽지를 횃불 든 남자에게 건넸다. 그러나 그녀가 살았다 싶던 순간, 두 딸이 마루로 나왔다. 소란에 깬 듯 눈을 비비며 고쟁이 바람으로 나오는 것이었다. 딸들을 보는 순간 그녀는 숨이 탁 막혔다. 무슨 일이 있어도 방에서 나오지 말라고 당부했어야 했다. 그녀의 불찰이었다. 엄마, 이 아저씨들 누구야? 딸들이 그녀에게 다가오며 물었다. 완장 찬 남자가 횃불을 뺏어 두 딸을 비췄다. 뭐야! 애들 있다는 말은 없었잖아? 정보가 틀린 것 같습니다. 종이쪽지를 건넨 남자는 그녀에 관한 정보가 잘못되었음을 알고는 난감해했다.

딸들은 집에 손님이라도 찾아온 듯 순진한 얼굴로 나와 헝클어진 머리카락을 젖혔다. 남자는 횃불에 드러난 두 딸의 얼굴을 보고는 기이한 표정을 지었다. 이건 또 뭐야! 사람 맞어? 남자가 얼굴을 찡그리며 불편한 기색을 드러내자, 옆에 서 있던 남자들도 횃불 아래로 얼굴을 디밀었다. 딸들은 순식간에 횃불 든 남자와 무리에게 둘러싸였다. 세상에! 토끼 같잖아. 토끼는 귀엽기나 하지, 저주받은 얼굴인데. 이런 얼굴 처음 봐! 그들은 우리에 갇힌 괴상한 동물이라도 보는 양 저마다의 감상을 숨기지 않았다. 딸들은 그제야 남자들이 위험하다는 걸 안 듯 두 손으로 얼굴을 가린 채 울기 시작했다. 그녀는 뼈가 녹아내리는 것만 같았다. 그녀는 소리쳤다. 얘들아, 어서 방에 들어가 있어! 그녀가 할 수 있는 최선이었다. 세상과 싸워 이길 수는 없었다. 딸들만 안전하다면 죽을 때까지 세상으로 나가는 문을 걸어 잠글 것이었다. 그녀가 있고 땅이 있으니 그리 살 수 있었다.

그녀는 다시 한번 소리쳤다. 어서 방으로 들어가 문 잠가! 그녀의 외침에 정신을 차린 두 딸은 서둘러 방으로 들어갔고, 쿵 소리를 내며 방문이 닫혔다.

그래봤자 그들과 두어 발작 거리에 있을 뿐인데, 그래도 그녀는 딸들을 안전한 대피소로 옮긴 기분이었다. 하지만, 그녀의 느닷없는 큰소리에 기분 상한 남자가 그녀의 빰을 세차게 올려붙였다. 이년이 어디서 큰소리쳐! 완장 찬 남자는 연거푸 그녀의 빰을 때렸고 그녀는 쿵 소릴 내며 마룻바닥으로 쓰러졌다. 절름발이 주제에 어디 인민의 해방을 위해 수고하는 우리에게 큰 소릴 치나! 우리는 조국 해방인민위원회에서 나왔다. 너는 반동 지주로 고발되었으니, 인민의 재판을 받아야 한다. 어서 끌고 나가! 남자의 말이 끝나기 무섭게 옆에 있던 군인 두 명이 자빠져 있는 그녀에게 다가오더니 양쪽 겨드랑이에 손을 넣어 비틀 듯 잡아당겼다. 그녀는 힘없이 끌어올려졌고 질질 끌려 밖으로 나갔다. 도대체 왜? 이 일을 어떡하지! 오만가지 생각이 찰나의 숨결에 교차했다. 인민재판에 끌려 나가면 죽은 것이나 마찬가지라고 했다. 그들이 만든 명분에서 살아남은 사람은 없다고 했다. 듣는 것만으로도 소름 끼쳤던 그들의 만행이 자신한테 닥쳤으니, 그녀는 이 고비가 자신의 마지막 불행이길 소원하며 정신을 흔들었다.

그녀는 맨발이었고 밖은 아직 해가 뜨기 전이었다. 집안에는 두 딸이 있었고, 세 명의 인민군이 남아 있었다. '그 물건들 다시 한번 볼까, 그래도 여자잖아,라며 킥킥거리는 소리가 새어 나왔다. 그녀는 발버둥 쳤다. 그녀는 안돼!라며 울부짖었다. 그녀에게 일어난 모든 일이 구씨네 때문이었다. 그날 청량리역에서 만석을 아는 체하는 것이 아니었다. 경성이 아니라 만주나 청진으로 떠났어야 했다. 그랬으면 만석을 만나지 않았을 테고, 딸들의 불행을 만들지 않았을 것이었다. 그녀는 절망했다. 아무리 절망하고 절규해도 그녀를 도와줄 신은 나타나지 않았다. 그녀는 자신과 두 딸을 지켜줄 이가 단 한 명도 없다는 사실이 더 비참했다. 그녀는 딸들에게서 점점 멀어졌다. 죽어라 소리치고 몸부림쳤지만, 그녀는 결국 정미소 마당으로 끌려오고 말았다.

동이 트자, 구씨네 정미소 앞으로 사람들이 모였다. 제 발로 모인 것이 아니라 인민군들에 의해 소집 당한 사람들이었다. 당산마을 사람들과 피난민, 인근의 도꼬지, 어리, 태성, 채운 등에서 동원된 사람들이었다. 사람들 맨 앞줄에는 그녀와 채운 박씨 태성사는 조씨 아들이 있었고, 그 옆으로 대여섯 명의 남자들이 더 있었다. 앞줄에 앉은 사람은 모두 새끼줄로 묶여 무릎 꿇린 채로 있었다. 총과 칼을 찬 인민군의 위협에 겁먹어 바들바들 떨고 있었고, 동원된 사람들 역시 죄인처럼 묶여 있는 그들과 왜 대면하고 있는지조차 모르는 듯 놀란 얼굴로 서로의 눈치를 살피느라 정신없었다.

누구 앞에서도 머리 숙여본 적 없던 그녀는 기력이 떨어져 고개가 땅바닥에 닿을 지경이었다. 두 손은 뒤로 묶여 있고 헝클어진 머리카락이 얼굴을 덮고 있어 그녀가 구씨네 방 사장이라는 것을 알아보기 어려웠다. 얼마 후, 확성기를 든 한 인민군이 묶여 있는 사람들 뒤쪽에 서서 말했다.

"우리는 조국 해방을 위한 민주주의 혁명군이다. 부자와 가난뱅이가 없는 다 같이 잘 먹고 잘 사는 세상을 만들기 위해 온 혁명 투사란 말이다. 그동안 부자라고 가난한 자를 업신여긴 자, 높은 소작료를 챙겨 배를 불린 자, 일본 놈과 붙어먹은 자, 나랏일을 잘못한 자 등 조국 해방에 방해가 되거나 걸림돌이 되는 자들은 모두 반동으로 여길 것이다. 오늘 위대한 혁명 사업을 방해하는 반동분자들을 재판하려고 하니, 지금부터 여기 있는 반동분자들이 어떤 잘못을 했는지 낱낱이 고발하기 바란다. 만일 반동분자들을 감싸주거나 침묵하다가는 똑같이 반동분자로 낙인찍힐 것이니 각오해라."

이 무슨 해괴한 재판인지, 그녀는 듣고도 이해가 가지 않았다. 가난한 자를 업신여기거나 높은 소작료를 챙기거나 일본놈과 붙어먹은 사람이 반동분자라면, 그녀는 어느 항목에도 해당되지 않았다. 그녀는 소작료도 다른 사람보다 적게 받았고 부자라고 거만 떨지도 않았다. 그리고 일본인 히로한테 땅을 사긴 했지만, 그들과 한패라서 산 게 아니라 땅을 빼앗은 놈들로부터 다시 찾은 것이었다. 그런데 왜 자신이 반동으로 몰려 끌려온 것인지 알 수 없었다. 그녀만 그런 것이 아니라 모여 있는 사람 모두 그들이 말하는 인민재판에 대해 이해할 수 없다는 표정이었다. 옆 사람과 얘기를 나눌 수도 없었다. 총과 칼을 찬 인민군이 사람들 주위를 맴돌았다.

확성기를 든 남자가, 지금부터 재판을 시작하겠다는 말과 함께 앞줄에 무릎 꿇려 있던 채운 사는 박씨를 일으켰다. 오른쪽에서 첫 번째였고, 두 번째는 하어리서 온 노인, 세 번째는 그녀였다. 정신을 차린 그녀는 고개를 돌려 박씨를 보았다. 고쟁이 바람에 맨발이었다. 때마침 떠오른 해가 핏자국이 선명한 그의 얼굴을 비추었다. 그녀는 분노로 시뻘게진 그의 눈을 보았다. 채운 사는 박씨는 그의 증조부 때부터 교육자였다. 증조부와 조부는 훈장이었고 그의 부친은 해방 전까지 보통학교 교장을 지냈다. 박씨 또한 중학교 영어 선생이었다. 학식 있고 덕망 있다는 소릴 듣는 집안의 박씨가 반동분자로 찍혀 인민재판에 끌려 나왔다, 그를 알아본 사람들은 고개를 저었다. 저 양반이 무슨 잘못을 했다고, 법 없이도 사는 사람인데. 겁에 질린 사람들이 신음하며 중얼거렸다.

자 그럼, 박동배가 무슨 잘못을 저질렀는지 말해 보시오! 거기, 당신부터! 인민군이 총부리로 가리킨 사람은 맨 앞줄 오른쪽 첫 번째 노인이었다. 총부리가 자신을 겨냥하자 노인은 두 손을 번쩍 들며 소스라치게 놀랐다. 처음 본 박동배에 대해 욕을 하라니, 그는 산골에서 밭이나 일구며 살아 같은 동네 사람들과도 친밀하지 않았다. 총부리에 겁먹은 노인이 어쩔 줄 몰라 끙끙거리자, 인민군이 다시 위협했다. 재판에 협조하지 않으면 너부터 반동분자로 처단하겠다. 다급해진 노인은 박동배를 향해 소리쳤다. 저놈은 어른한테 인사를 안 해요! 버르장머리가 없어요! 인품 좋기로 소문난 집안의 박동배가 버르장머리가 없다니, 사람들은 일제히 고개를 들어 노인을 쳐다 보았다. 노인의 말이 끝나기 무섭게 인민군은 노인 옆에 있던 중년의 남자를 다시 가리켰다. 분위기는 점점 고조되었다. 두 번째 고발자로 지목된 중년 남자가 박동배에 관해 말했다. 우리 아들이 그러는데, 박 선생이 담임이랍시고 육성회비를 착복했대요. 두 번째 남자가 말을 마치자, 박동배는 절대 아닙니다! 라며 절규했다. 그러자 옆에 있던 인민군이 개머리판으로 그의 어깨를 내려쳤다. 박동배는 땅바닥으로 내려앉으며 울부짖었다. 절대 아닙니다! 그의 신음이 그녀에게 고스란히 전달되었다. 일면식 없는 박동배의 비극은 그녀에게 닥칠 비극이었다.

그녀는 시간이 멈추거나 천천히 흐르길 바랐다. 자신의 차례가 오지 않기를, 어떤 기적이 일어나길, 세상이 그대로 얼어붙길 바라며 몸부림쳤다. 인민군의 총구가 그다음 그다음을 지목할 때마다 여기저기서 탄식했다.

박동배의 인민재판은 쉽게 끝나지 않았다. 누군가는 박동배가 비싼 자전거를 타고 다닌다고 고발했고, 또 누군가는 그가 늙은 어머니한테 욕하는 소릴 들었다고도 했다. 그녀는 속이 타들어 갔다. 사람들이 자신에 대해 뭐라 말할지, 당산마을에서 사는 동안 누군가를 서운하게 한 적은 없었는지 기억을 더듬어 보았지만, 아무것도 기억나지 않았다. 자신을 향하게 될 인민군의 총구와 바로 옆에서 느껴지는 박동배의 신음과 집에 두고 온 딸들 때문에 지난 일을 떠올릴 기력이 없었다.

박동배의 인민재판이 끝나갈 즘, 뒤쪽에 앉아 있던 누군가가 선창하듯 죽여라, 라고 소리쳤다. 눈치를 보던 사람들도 하나둘 박동배는 반동분자다, 라는 소리와 함께 죽이라고 외쳤다. 그토록 순진하고 정 있는 이웃들이 죽이라고 목소리를 높이자, 박동배는 체념한 듯 두 눈을 감았다. 이로써 박동배의 인민재판이 끝나자, 감시하던 두 명의 인민군이 박동배를 뒤쪽으로 끌어다 앉혔다.

다음 인민재판 대상자는 태성에 사는 조씨 아들이었다. 조씨는 구씨네로 간간히 일을 다녔는데, 아들이 읍사무소 서기라며 자랑을 입에 달고 살았다. 그 자랑스런 아들이 포승줄에 묶여 인민재판에 끌려 나왔고 아버지 조씨는 고발자 신세가 되었다. 조씨는 자신의 아들 자랑이 뭔가 잘못되었음을 알았다. 아비가 아들을 그것도 강제로 비난할 수밖에 없는 상황이었다. 조 씨는 아들을 비난할 수도 없고 가만히 있다가 총에 맞아 죽을 수도 없는 지경이었다. 아무리 희번덕거리며 둘러보았지만, 아무도 그를 쳐다보지 않았다. 다들 제 살길을 찾느라 불리한 행동은 하지 않았다. 조씨는 갈수록 절망했다. 조씨 집안에서 공무원이 나온 것은 그의 아들이 처음이었다. 까막눈인 조씨는 공무원 아들을 둔 덕분에 무시당하던 문중에서 사람 대접을 받게 되었고, 동네 사람도 그를 함부로 하지 못했다. 잘난 아들 덕분이었다. 요즘에는 부잣집에서 중매쟁이를 보내 아들을 눈독 들이는 중이었다.

조씨 아들이 일으켜 세워지자, 감시하던 한 인민군이 자신 바로 앞에 앉아 있는 할머니를 향해 총구를 겨눴다. 그것이 무슨 뜻인지 알고 있던 할머니는 침을 꿀꺽 삼키며 일어섰다. 저놈 아주 나쁜 놈이야! 지난번에 편지 좀 읽어달라고 했더니 바쁘다고 그냥 갔어요. 글 모른다고 무시했어요! 할머니는 처음 본 조씨 아들을 향해 눈까지 흘겼다. 그러고는 주저앉아 땅바닥을 두들기며 울었다. 할머니를 지목했던 인민군이 박수를 유도하며 죽이라고 소리치자 다른 인민군들도 가세해 사람들을 위협했다. 여기저기서 아들을 죽이라고 소리치자, 조씨가 벌떡 일어났다. 거짓말이오! 저 죽일 놈의 할망구, 벼락 맞을 소리하네! 밥 굶는다기에 엊그제 쌀 한 말까지 줬는데 내 아들을 죽이라고, 나부터 죽여라! 죽여! 조씨가 외쳤다. 사람들은 조씨의 외침을 보지 않았다. 고개를 숙이고 있거나 다른 곳을 보았다. 조씨의 위험한 행동에 조씨 아들이 답변했다. 아버지 앉아 있어요! 아들의 울부짖음에 조씨는 무너지듯 내려앉았다. 그리고 아들을 죽음으로 내모는 또 다른 고발자들의 들을 수밖에 없었다. 저놈은 전에 일본놈이랑 친하게 지냈어요! 저놈은 바람둥이요! 저놈은 말본새가 영 틀려먹었어요! 저놈은 그러니까, 그냥 나쁜 놈이요! 조씨 아들의 인민재판 역시 박동배와 다르지 않았다. 인민군은 어떻게든 재판의 끝이 죽음으로 결론 나도록 했다. 조씨 아들이 고개를 떨구자, 아버지 조씨는 사람들에게 달려들었다. 아니라고, 어떻게 그럴 수 있느냐고, 아들 좀 살려달라고 애원하며 사람들에게 매달렸다. 하나같이 어쩔 도리가 없다며 고개를 떨구었다. 그들의 목숨도 인민군의 총구 앞에 있었다.

그녀는 여기까지가 끝이라고 마음의 준비를 했다. 아득했던 세월이 주마등처럼 스쳐 지나갔다. 도태리의 상징과도 같았던 구씨네 정미소와 그 뒤편의 대나무 숲, 미곡창고 유리판에 깔려 있던 하얀 쌀, 긴 논두렁 끝에 있던 그녀의 토담집, 함흥역으로 가는 길가 미루나무와 역 광장의 더러운 변소, 청량리 국밥집과 기찻길이 꿈결처럼 지나갔다. 그리고, 두 딸의 갈라진 입술 사이로 새어 나오는 순진한 웃음소리가 그녀의 심장을 찔렀다. 그녀는 감았던 눈을 크게 뜨고는 모여 있는 사람들과 그들을 감시하는 인민군들을 보았다. 그리고 그녀는 두 눈을 꼭 감았다.

재판이 시작되었다. 중년의 남자가 굵고 텁텁한 목소리로 외쳤다. 저년이 일본놈이랑 붙어먹는 걸 내 두 눈으로 똑똑히 보았다! 쪽바

리새끼랑 붙어먹고는 부자가 되었다! 저년의 땅을 빼앗아 가난한 사람들에게 나눠줘야 한다! 면청 지주 박정기의 고발이었다. 뒤이어 그녀의 구씨네 정미소에서 일하는 일꾼 둘이 차례로 일어났다. 절름발이라 재수 없어! 미국말도 지껄여! 일 시키려고 별 수작을 다 부린다! 이 동네에 어울리지 않는 여편네다! 수상한 게 한두 가지 아니다! 아무리 듣지 않으려 해도 들렸다.

그들의 고발은 그녀와 상관없거나 얼토당토않은 인민군을 위한 외침일 뿐이었다. 그런데도 그녀는 짓밟힌 벌레가 된 것만 같았다. 다른 고발은 그럴 수 있다고 해도, 일본 놈과 정을 통하여 지주가 되었다는 소리는 견디기 어려웠다. 그들도 어쩔 수 없는 처지라는 걸 이해하면서도 그녀는 모든 걸 부정당한 기분이었다. 모든 걸 부정당한 사람은 반동분자가 되었고 반동분자는 죽어야 했다.

그녀는 그들 재판의 희생양이 아니라 입맛에 맞지 않는 죽음의 머릿수에 속할 뿐이었다. 인민군의 총구가 옆구리에 닿는 순간, 인민군의 매운 눈과 마주치는 순간, 자신이 죽지 않으려면 남을 죽여야만 했다.

인민재판은 점심을 지나 저녁 무렵까지 계속되었다. 한 아낙이 인민군들에게 주먹밥을 가져다주었다. 그들은 굶고 있는 사람들 앞에서 실실거리며 주먹밥을 먹었다. 마지막 반동분자 재판이 끝났을 때는 다섯 시가 넘었고, 사람들은 지쳐갔다. 배고픈 사람들은 인민군의 정치 선동에 빨리 동의해야만 집으로 돌아갈 수 있다는 걸 알았다. 마지막 반동분자를 향한 고발이 시작되자마자 무조건 죽이라고 소리쳤다. 그가 누구인지 무슨 잘못을 했는지 따질 필요가 없었다. 큰 소리로 반동분자라고 소리치면 그만이었다. 반동분자는 그렇게 만들어졌고 아무 잘못이 없는 사람들이었다. 아니 자신이 무슨 짓을 하고 있는지도 몰랐다. 반동분자 열두 명의 재판이 끝나자, 인민군은 비로소 해산을 명령했다. 모여 있던 사람들은 자신들이 만든 반동분자들을 피해 빠르게 집으로 도망쳤다. 열두 명의 반동분자와 그보다 많은 수의 인민군만 남았다. 확성기를 든 인민군이 정미소 옆 너른 논을 가리켰다. 저기 논을 향해 걸어! 벼꽃이 한창이었다. 시월이면 벼가 익을 테고 들녘은 황금빛으로 변할 텐데, 더는 그러한 들녘의 풍경을 보지 못할 것이었다. 그녀는 자꾸 걸음이 뒤처졌다. 꽃이 한창인 벼를 헤치며 걷자니 그랬고 담아갈 수 없는 풍경이 서러워 그랬고 뒤틀린 다리가 제멋대로 흔들려 그랬다.

다행히 그녀의 등에 총구를 겨눈 인민군은 재촉하지 않았다. 반동분자라고 소리치지도 않았고 빨리 걸으라고 욕하지도 않았다. 그래도 그녀는 뒤에 있는 인민군이 무서웠다. 이미 죽은 것이나 마찬가진데, 한발 한발 뗄 적마다 등짝에 구멍이 나는 것만 같았다. 그녀는 뒤엉킨 숨을 헐떡이며 허리까지 닿는 벼포기를 헤쳤다. 벼꽃이 떨어질세라 조심조심 앞으로 나갔다.

그녀가 논바닥에 박힌 고무신을 빼내려 몸을 숙였을 때, 뒤에 있던 인민군이 속삭였다. 총소리가 나면 바로 쓰러졌다가 캄캄해지면 집으로 돌아가시오. 그녀는 무슨 얘긴지 바로 알아들었다. 그가 왜 자신을 죽이지 않고 살려주는 것인지 물을 필요는 없었다. 인민군의 속삭임은 죽음 직전의 그녀를 살릴 구원의 목소리였고, 그녀는 살아야겠다는 의지뿐이었다.

얼마쯤 걸었을까, 토끼몰이하듯 뒤쫓던 인민군 중 한 명이 멈춰!
라고 소리쳤다. 허리까지 닿는 벼 포기 사이를 걷던 사람들이 멈칫
했다. 그러나 이내 멈춤이 끝이라는 걸 깨닫고는 논바닥에 납작 엎
드리거나 어디론가 무작정 뛰기 시작했다. 사냥이 시작되었다. 한여
름 들녘을 관통하는 총소리가 저녁 바람을 찢었다. 땅을 울리는 신
음과 탄식, 울부짖음에 벼꽃이 떨어지고 허리가 꺾였다. 사람들은
멈췄거나 멈추지 않았다. 그녀도 총소리와 동시에 논바닥으로 고꾸
라졌다. 죽은 척하라던 인민군의 말이 아니어도 총소리를 듣는 순간
그녀는 총에 맞은 듯 쓰러졌다. 축축한 논바닥에 얼굴을 묻는 순간
그녀는 아득했던 삶이 탕 소리와 함께 사라진다는 것에 깊은 허무
를 느꼈다. 무엇을 위해 그토록 끈질기게 버티고 모질게 살아온 것
인지 알 수 없었다. 한 방에 끝날 인생이라는 걸 알았더라면, 추억이
나 낭만 따위를 떠올릴 여유조차 없는, 탕 소리 한꺼번에 고꾸라질
인생이라는 걸 알았더라면, 그녀는 그리 독하게 살지 않았을 것이었
다. 그녀는 총에 맞았으니 죽음을 기다려야 했다. 그녀의 땅에 피를
뿌리고 갈 수 있어서 다행이었다. 이대로 논바닥에 묻힌다면 흙이
되고 물이 되고 바람이 될 수 있었다. 그녀는 어느 순간 까무룩 정
신을 잃었다.

얼마나 지났을까? 논바닥에 묻힌 얼굴이 차갑게 느껴졌다. 그녀는
고개를 살짝 들어보았다. 캄캄한 어둠뿐이었다. 그녀는 왜 자신이
논바닥에 엎어져 있었던 것인지 생각했다. 그리고 마침내 총에 맞
아 쓰러졌음을 기억해 냈다. 그녀는 죽지 않고 살아 있었다. 목도 멀
쩡했고 팔과 다리도 움직여졌다. 죽은 척하라던 인민군의 말대로 그

녀는 죽은 척 아니 죽어 있다가 다시 살아났다. 벼꽃 냄새와 포구의 비린내가 살았음을 확인시켰다. 그러나 그녀는 안도하면서도 무서웠다. 다른 이의 기척이 느껴지지 않아 겁이 났다. 죽음을 향해 나란히 걷던 사람들은 사라지고 그녀만 살아있었다. 살아 있다는 사실이 무섭기는 처음이었다. 죽지 않으려고 도망치고 또 도망치며 살았는데, 그녀는 순간 죽음보다 못한 삶을 위해 도망쳤다는 후회가 밀려왔다. 누군가 그녀의 등에 또다시 총구를 겨누고 있는 것 같아 움직일 수도 없고 소리 낼 수도 없었다. 그녀는 어둠을 응시하며 죽은 듯 누워 있었다.

다른 인기척은 느껴지지 않았다. 바람 소리와 풀벌레 소리만 시끄러웠다.

그녀는 벼포기를 붙들고 어둠을 더듬었다. 무서움을 이겨내고 집으로 가야 했다. 두 딸이 기다리고 있는 집으로 가야만 하는 것이 그녀가 살아야 할 명분이었다. 하지만, 깊은 어둠에 갇혀 사방을 분간할 수 없었다. 그녀는 방향을 잃고 어둠을 응시해야 했다. 포구, 오섬포구의 바람 냄새를 따라가면 되었다. 포구의 비린내가 그녀를 구했다. 구원자에 대한 믿음으로 그녀는 뛰듯이 걸었다. 딸들에 대한 걱정과 불안이 그녀를 집으로 인도했다. 그러나 어둠을 뚫고 집 앞에 도착했을 때, 그녀를 기다리고 있던 것은 총을 멘 인민군이었다. 그녀가 정신없이 대문 안으로 들어서려던 순간, 어디선가 나타난 인민군이 그녀를 잡아당겼다. 춘화씨! 접니다. 놀라지 마세요. 소스라치게 놀란 그녀는 인민군의 음성이 왠지 낯설지 않음을 떠올렸다.

자신에게 죽은 척하라고 했던 그 인민군 목소리였다. 그리고, 그

인민군이 왠지 아득한 기억 언저리에 있던 구씨 일가라는 걸 알았다. 경성제국대학에 다니다 사라진, 제물포 언덕빼기 쪽방촌에서 만난 만석이 형 백석이었다. 어떻게! 여길! 놀란 그녀를 백석이 서둘러 집안으로 끌고 들어갔다. 조심해야 합니다. 인민군이 백석이란 걸 안 그녀는 안심했다. 그러나 백석은 주변을 몹시 경계했다. 두 사람의 인기척에도 딸들의 움직임은 느껴지지 않았다. 그녀의 기척을 느꼈다면 뛰쳐나와 울고불고할 텐데, 그녀는 인민군들한테 끌려가며 가졌던 불길함이 더 커졌다. 딸들에게 보였던 인민군의 행동이 내내 맘에 걸렸다.

그녀는 딸들이 있는 방문을 열어젖혔다. 방안엔 캄캄한 어둠뿐 두 아이는 보이지 않았다. 그녀는 딸들의 이름을 불렀다. 정미야! 정희야! 순간, 엽다지 문이 열리면서 두 딸의 울음소리가 들렸다. 딸들을 차례로 꺼내 마루로 데리고 나온 그녀는 백석이 등 뒤에 있다는 사실을 잊은 체 딸들이 무사한지 살폈다. 두 딸은 무사했다. 멀쩡히 서 있는 것을 보니, 총에 맞은 것 같지 않았고 구타를 당한 것 같지도 않았다. 그녀는 비로소 두 딸을 끌어안았다. 영원 같았던 하루가 딸들을 부둥켜안고서야 긴 설움으로 터졌다. 다행이라고 안도하기 무서운 날이었고, 어떻게든 살아야 한다고 이를 악물기 힘든 날이었지만, 살아가야 할 이유가 있었다는 그래서 기어이 살아 두 딸을 품에 안았다는 사실이 그녀는 기쁜 것이 아니라 서러웠다.

그녀의 상황을 이해할 수 없었던 백석은 지켜만 보았다. 그녀가 울음을 그친 뒤 굳은 표정으로 등잔불에 불을 붙이자, 그녀와 그녀의 두 딸이 보였다. 얘들아, 큰아버지야 인사드려. 두 아이의 인사를 받은 백석의 눈동자가 심하게 흔들렸다. 당황한 표정으로 그녀를 바라보며 가늘게 탄식했다. 뒤틀리고 갈라진 입술을 가진 두 아이, 구씨네 피가 맞았다. 어찌 이런 일이!… 만석이군요? 알면서 왜 이런 선택을 했습니까? 백석이 따지듯 그녀에게 물었다. 살다 보니 그리되었습니다. 피할 수도 있었겠지만, 피하지 못하는 운명도 있나 봅니다. 그래도 누구보다 잘 아는 춘화씨가 구씨네와 인연을 맺다니, 당신도 나만큼이나 어쩔 수 없는 인생을 사는군요. 마음을 추스른 백석이 딸들을 차례로 안았다. 딸들도 거부감없이 백석을 안으며 큰아버지라 불렀다. 그녀는 처음으로 구씨네와 가족이 되었음을 인정해야 했다. 피할 수 없는 운명이 맞았다. 부정할 수도 없고 해체할 수도 없는 인연이 그녀가 짊어져야 할 삶의 굴레임을 받아들여야 했다. 그러나 가슴 한구석에는 여전히 가시지 않은 구씨네에 대한 분노가 그녀를 괴롭혔다. 가족이 축복도 아니고 형벌도 아니라면 그저 가볍거나 무거운 짐일 뿐이고, 그 짐의 무게는 짐을 지고 가야 하는 사람의 몫일 뿐이었다.

백석의 처지도 그녀와 다르지 않았다. 꿈도 아니고 의지도 아닌 무엇에 휩쓸려 여기까지 오고 말았다. 그녀와 그녀의 두 딸이 큰아버지 하며 안기는 순간, 그는 세상 끝에 선 기분이었다. 열심히 도망치며 살았는데, 한 발짝도 벗어나지 못한 것 같았다. 도태리를 떠나 경성과 만주 평양과 제물포, 당산마을까지 전혀 다른 사람으로 살아왔는데, 돌고 돌아 다시 구씨네에 도착한 것이었다. 그는 흔들리는 등잔불을 무연히 바라보았다. 더는 여한이 없는 표정이었고 더는 버틸 기력이 없어 보였다. 참으로 고생 많았겠소. 이제 구씨네는 춘화씨가 주인이오. 그녀는 아무 말도 하지 않았다. 쓰러질 듯 휘청거리며 돌아서는 백석의 등에 모진 말을 할 수가 없었다. 식사라도 하고 가시지요? 그녀는 그에게 밥 한 끼 먹이고 싶었다. 그러나 그는 제물포에서 헤어질 때처럼 등을 돌린 채 손으로만 작별 인사를 건넸다. 백석이 떠난 뒤에도 그녀는 그 자리에 그냥 서 있었다. 잠시 후, 들녘 어디쯤에서 한 방의 총소리가 들렸다. 동력을 잃은 포구의 바람이 들녘으로 떨어지는 소리였고, 그녀의 맘속 깊은 곳에 감춰져 있던 그리움 하나가 산산이 부서지는 소리였다. 아니, 구씨네 마지막 별이 마침내 들녘 한가운데로 떨어져 빛을 잃는 소리였다. 그녀는 별이 사라진 캄캄한 대지를 향해 울부짖었다.

10. 줄다리기, 춘화의 축제

　땅은 그 자리에 있었다. 누구는 죽었고 누구는 가뭇없이 사라졌다. 누군가는 심하게 다쳤고 또 누군가는 병들어 죽을 지경이 되었지만, 인민군의 땅 뺏기는 실패했다. 가져갈 수도 빼앗을 수도 없는 것이 땅이었다. 모든 것이 부서졌거나 뒤집어졌지만, 땅을 빼앗기지 않았으니 다시 살아갈 수 있었다.

　전쟁의 후유증은 컸지만, 삶의 회복은 빨랐다. 먹고사는 일이고 농사를 지어야만 가능한 일이었다. 그녀의 당산마을도 다시 농사를 되찾았다. 피를 뿌렸던 들녘은 그날의 기억을 잊고 모내기를 하고 물레방아를 돌리고 가을걷이를 했다. 일꾼들은 낮게 엎드려 벼를 베고 풍년가를 불렀다. 그녀도 그날을 빠르게 잊어갔다. 농사를 포기할 수는 없었다. 잠시 멈추거나 쉬어갈 수는 있어도 포기할 수 없는 것이 농사였다.

　그녀의 들녘에는 새벽부터 저녁 무렵까지 사람들로 넘쳤다. 정미소 굴뚝은 쉬지 않고 연기를 뿜었고 집 누리는 산봉우리를 만들었다. 사람들은 더 악착같이 일했고 땅은 일한 만큼의 대가를 주었다. 덕분에 당산마을은 갈수록 커졌다. 포구는 만선으로 북적이고 들녘은 계절마다 먹거리를 공급했다.

그녀는 정미소 앞마당을 서성였다. 처음 맞는 겨울이 아닌데, 왠지 생의 마지막 겨울인 양 모든 것이 달라 보였다. 빈 들판을 서성이는 바람과 왕겨 더미에 달려든 참새들까지 고요한 풍경처럼 느껴졌다. 그녀는 짚더미에 웅크리고 앉아 먼 여행을 다녀온 양 달콤한 오수에 빠져들었다.

구씨네 정미소 앞마당에선 줄다리기에 쓸 새끼 꼬기가 한창이었다. 인근 마을에서 모인 사람까지 수십 명이 빙 둘러앉아 새끼를 꼬았고, 장정 서너 명이 짚단을 날랐다. 서너 개의 짚을 계속 덧대며 부처님께 빌 듯 두 손바닥을 비비면 새끼줄이 되었다. 손이 빠른 사람은 고치에서 실을 뽑듯 눈 깜짝할 사이에 서너 발의 새끼를 꼬아 가랑이 뒤로 뺐는데, 최고의 기술자는 이장이었다. 그의 옆에는 다른 사람보다 두 배나 많은 짚이 쌓였지만, 손놀림이 빨라 순식간에 짚이 사라졌다. 줄다리기가 열리는 틀모시 덕배조차 이장의 새끼 꼬는 솜씨는 따라가지 못했다. 한번은 일꾼들이 두 사람의 실력을 보겠다며 막걸리 한 말을 먹이고는 내기를 걸었다. 술이 약한 이장이라 당연히 덕배한테 질 거라고 예상했다. 그러나 이장이 보기 좋게 덕배를 이기고 말았다. 술에 취한 이장은 앉아서 새끼를 꼬는 덕배와 다르게 서서 새끼를 꼬기 시작했다. 지푸라기를 수북이 집어 들고는 굿을 하듯 빙빙 돌아가며 새끼를 꼬았는데, 지푸라기가 스스로 공중돌기하며 그의 두 손바닥 사이로 쑥쑥 빠져나왔다. 지켜보던 사람들은 이장이 신들렸다며 소리쳤다. 그 일 이후 이장은 새끼 꼬기의 명장으로 불렸다.

새끼 꼬기는 줄다리기에서 가장 첫 번째 일로 중 줄과 큰 줄을 만들기 위한 잔줄이었다. 짚단은 농사를 많이 짓는 그녀가 가장 많이 제공하였고 인근 마을에서도 가져왔다. 짚단을 모으는 것도 일이지만, 새끼를 꼬아 잔줄 수백 개를 만들려면 추수가 끝난 뒤 시작해 이듬해 초 순경까지 해야 했다.

중줄과 큰 줄이 완성되면 줄틀을 꺼내 설치하는데, 줄 틀은 배에서 쓰는 어구로 못에 담가놨다가 윤달에 꺼내 사용했다. 3개의 구멍을 판 뒤 통나무 밧줄을 이용해 고정식 삼발이를 설치한 다음 줄 걸이와 손잡이를 붙이는데, 삼발이는 이동할 수 있게 되어 있었다. 중 줄과 큰 줄 곁 줄을 줄 틀에 붙이는 작업이 끝나면, 줄 틀을 해체해 다시 못에 보관한 뒤 줄 머리를 만들었다. 줄 머리는 암줄과 숫줄로 나뉘고 몸줄의 한쪽 끝은 고리 모양으로 구부렸다.

모든 줄이 완성되면 마을의 두목이 제비뽑기로 자기편 줄을 선택했는데, 줄다리기의 승패를 예상할 만큼 중요한 순서였다. 이장은 이번 대회에서 틀림없이 당산마을이 속해 있는 아랫마을이 이길 것이라고 장담했다. 이장 다음으로 새끼를 잘 꼬는 틀모시 덕배가 시름시름 앓기 시작하면서 윗동네는 힘쓸 사람이 없다고 야단이었다. 어느 마을에선 객지로 떠난 사람들까지 불러 모은다고들 했다. 이겨야만 풍년이 들고 마을에 좋은 기운이 찾아든다고 승패를 점치는 이들도 있었다. 원당마을 박씨 아내는 수 줄을 삶아 먹고 꼭 임신할 것이라 별렀다. 이장은 특별히 박씨 아내의 부탁을 들어 수 줄 몇 가닥을 가져다주기로 했다.

그녀는 새끼 줄이 끝도 없이 길어져 그리운 인연에 가닿았으면 싶었다. 더는 볼 수 없는 아들 민서와 엄마 아버지 삼촌들 그리고, 도태리 사람들, 두 딸을 낳게 한 만석과 그의 형제들, 친구 풍자와 영숙이 그리고 백석이까지… 새끼 줄이 그들에게 가 닿을 수 있도록 요술을 부렸으면, 그래서 그 줄이 이어지는 곳으로 따라갔으면 싶었다. 두 딸과 한 번쯤은 당산마을을 떠나 아직 잊히지 않은 그들에게 가 위로받고 싶었다. 그녀에게 그리움과 허무를 만드는 그곳으로 잠시 여행을 다녀오면 남은 인생이 조금은 덜 외로울 것 같았고, 그 힘으로 지금의 삶을 무너뜨리지 않고 살아갈 수 있을 듯 싶었다.

그녀는 새끼 꼬는 사내들을 바라보았다. 들녘을 물들였던 짚이 사내들의 손에 길고도 질긴   줄로 만들어지고 있었다. 산처럼 쌓여 있던 짚더미가 바닥을 드러내면 새끼 꼬기는 끝이 났다. 그녀는 국수봉에 올라가 당제를 지내보고도 싶었다. 당집 앞에 있다는 신령한 느티나무를 보며 잊혀졌거나 잊히지 않은 것들에 대해 기도라는 걸 해보고 싶었다. 신령한 것들은 어느 곳에나 존재하니까, 어쩌면 오래전 그곳 도태리와도 맞닿아 있을 것이었다.

그녀는 궁금했다. 포구 말고는 집 밖으로 나가본 적이 없어 줄다리기가 열리는 틀모시 난장이 궁금했다. 인근 마을 농사꾼이 다 모여 잔치를 연다고 했다. 한 번쯤은 그들 속에 끼여 어울리고 싶었다. 세상과 사소한 일상을 나누며 살고도 싶었다. 인민군과 백석이 떠난 뒤 그녀는 두 딸과 문밖출입하지 않았다. 딸들이 그날 인민군에게 어떤 봉변을 당했는지 생각하고 싶지 않았다. 그녀와 딸들의 기억 속에 그날은 통째로 사라졌거나 처음부터 존재하지 않은 날이어야 했다. 그래야만 살아갈 수 있었다. 그래야만 그녀도 자신을 지킬수 있었다. 그러나 그녀의 침묵 속에 가둬 두었던 그날은 국군이 들어오면서 무너지고 말았다.

국군이 들어오면서 들녘은 다시 피바람이 불었다. 인민군과 내통했거나 부역한 사람들을 색출하기 시작했다. 그녀의 정미소 앞마당에서 인민재판에 동조한 사람들이 그 대상이었다. 일본 놈과 붙어먹었다고 그녀를 반동분자로 고발한 면청지주 박정기는 바로 빨갱이가 되었다. 이장이 숨 가쁘게 달려와 그녀에게 그 소식을 전했다. 부모와 자식을 잃고 반동분자로 몰렸던 사람들은 낫과 곡괭이를 들고 빨갱이 처단에 앞장섰다. 사실 누가 반동분자고 빨갱이인지 확실하지 않았다. 인민기를 들고 있거나 그들에게 친절하면 빨갱이고 빨갱이 눈에 거슬리면 모조리 반동분자가 되었다. 뭐가 뭔지 모르던 사람들은 그냥 모두에게 친절했을 뿐이었다.

배고픈 사람에겐 밥을 해주었고 헐벗은 사람에겐 옷을 내주었을 뿐이었다. 그런데 그들은 도저히 이해할 수 없는 이념과 사상이라는 말을 엿장수처럼 써먹으며 마을을 뒤집었다. 옳고 그름이라는 상식만으로도 평화롭게 살아가던 세상이 죽거나 죽이거나 해야 하는 사나운 짐승 우리로 변했다.

그녀의 집에도 국군이 들이닥쳤다. 두 딸은 또다시 비명을 지르며 연다지 속으로 들어가 숨었다. 가장 안전한 곳이라고 생각하는 곳이 겨우 연다지였다. 두 딸은 그 안에서 서로를 끌어안고는 겨우 숨만

쉬었다. 방문 밖에선 군홧 발소리와 총소리, 칼을 휘두르는 소리가 욕지거리와 함께 들렸다. 귀를 틀어막고 몸을 더 낮춰도 바깥소리를 완전히 막을 수는 없었다. 딸들은 자신들의 소리에만 집중하려 괴상한 소리를 질러대기 시작했다. 그렇게 바깥세상에서 조금씩 멀어졌고 자신들만의 세상에 빠졌다.

딸들에게는 인민군이나 국군 모두 무자비한 인간들일 뿐이었다. 집은 갈수록 깊은 동굴로 변했다. 아이들의 기억에서 밖으로 나가는 문은 사라졌다. 집안은 어둡고 답답하고 냄새났다. 딸들은 종일 잠을 자거나 비명을 질렀다. 그녀 역시 딸들처럼 변해갔다. 그녀는 종일 창가에 앉아 들녘을 바라보거나 음식을 만들었다. 먹고 자고 소리치는 것이 집안에서 일어나는 전부였다. 이장도 창밖에서 그녀를 만나고 돌아갔다. 고요하고도 불안한 시간이 그녀의 집과 정미소에 먼지처럼 쌓여갔다. 그녀는 그 고요와 불안에 점점 익숙해졌다. 더 뒤틀어진 다리와 더 거칠어진 들녘의 바람이 지붕을 날리고 외벽을 뜯어도 그녀는 무신경했다. 딸들의 비명은 바람 소리처럼 들렸고 포구의 비린내와 집안의 역겨움을 구분하지 못했다.

그녀가 가장 멀쩡할 때는 이장을 만나 농사짓는 이야기를 할 때였다. 그때만큼은 눈빛이 반짝거리고 손발이 균형을 잡았다. 그러나 이장은 그녀의 변화를 눈치채지 못했다. 집 안으로 들어갈 수는 없지만, 전과 다름없이 일 처리하는 그녀에 대해 여전히 똑똑하고 당찬 사장이라고 생각했다. 그러나 그녀는 정미소에 갇혀 미쳐가는 중이었다. 그녀가 정확히 기억하는 것은 정미소뿐이었다. 다른 일들은 그녀의 기억에서 끊어졌거나 뒤엉켜버렸다. 그녀는 종일 정미소 문 앞에 앉아 떠오를 듯 떠오르지 않는 세월을 공연히 주억거렸다.

11. 에필로그

　그녀는 그가 다녀가고 이틀 후 조용히 눈을 감았다. 짚더미에 기대앉아 잠을 자는 듯 죽은 그녀의 손에는 세상 밖으로 나오지 못하고 죽은 두 딸의 머리핀이 꼭 쥐어져 있었다. 이장은 그녀들의 장례를 조용히 치른 뒤 정미소 주변 들에 유해를 뿌렸다. 그리고, 그가 다시 당산마을에 왔을 때, 이장은 그녀와 그녀의 딸들에 관해 말했다. 그녀는 구씨네 때문에 살았고, 구씨네 때문에 죽었다고. 이장의 말에 그는 한동안 깊은 상념에 사로잡혔다.

　얼마 후, 그는 그녀의 정미소가 있던 자리에 모이라이 23호점을 열었다.

　개업식에 참석한 그의 아버지 구만석은 카페 입구에 세워진 그녀의 동상을 만지며 중얼거렸다. "춘화, 당신 참 대단하오." 그는 만석의 말을 못 들은 척 지나쳤다. 그는 모이라이 23호점을 성공시키기 위한 일에만 집중했다. 정미소를 지키다 죽은 노인의 이야기는 자신이 어릴 적 읽은 한편의 동화 같아서 모이라이 신화와 잘 맞았다. 노인이 마치 그를 위해 동화 같은 삶을 살아낸 것만 같았고, 자신을 이곳으로 이끌었다는 생각이었다.

그가 노인을 위해 아니, 그녀를 위해 세운 기념비에는 이렇게 적혀 있었다.

"이 땅의 주인은 이곳에서 뿌리내린 산과 들 사람이 주인이다. 이 땅의 어느 것 하나도 누구의 것이 될 수 없으며, 이 땅의 어느 것 하나도 빼앗아 갈 수 없다. 이 땅의 모든 것은 본래 자리에서 영원할 것이며, 숭배하고 경배하는 이들이 진정한 주인이다. 대지의 신 모이라이는 나와 당신 우리를 위해 이곳에 잠들었다.

참고 자료

한국전쟁의 기원-브루스 커밍스, 김자동 옮김/일월서각
당진시 대호지면주민자치회 증언록 " 그다음 이야기"
디지털당진문화대전 "마을로 간 한국전쟁"
박찬웅 " 6,25일지"/지식산업사
[네이버 지식백과] 한국전쟁 [韓國戰爭] (한국향토문화전자대전)
한국학중앙연구원 - 향토문화전자대전
(한국농촌경제연구원,1986) 한국짚문화
당진기지시박물관 자료.

《당진 문학 10주년 리미티드 에디션》은 지역 문학의 기록과 작가들의 목소리를 담기 위해 기획된 한정판 시리즈입니다. 문학의 본질에 집중하고자 절제된 디자인과 단순한 구조를 선택했으며, 작품의 여운과 언어의 깊이를 오롯이 전달하고자 하는 의도로 제작되었습니다.

구씨네 정미소

초판 1쇄 **2025년 10월 10일** 초판 1쇄 발행 **2025년 11월 01일**

지은이 **이경희**
발행처 재단법인 당진문화재단
주소 **충남 당진시 무수동 2길 25-21** 전화 **041)350-2932** 팩스 **041)354-6605**
홈페이지 **www.danginart.kr**

크리에이티브 디렉터 북베어 경영지원 **한정희** 책임편집 **최은주** 교정교열 **김지윤**
디자인 **김지은 · 유승연** 멀티미디어 **이예린** 마케팅 **김도윤**

펴낸곳 **자유의 길** 등록번호 **제2017-000167호**
홈페이지 **https://www.bookbear.co.kr** 이메일 **bookbear1@naver.com**

ISBN **979-11-90529-38-9 (03800)**